21 世纪高等学校数字媒体专业规划教材

Photoshop CS4 中文版上机必做练习

汪 端 李才应 编著

清华大学出版社

北 京

内 容 简 介

这是一本按照 Photoshop 的教学顺序编写的教科书，又是一本思路、风格、方法和表述都与众不同的教科书，也是一本非常适合 Photoshop 初学者的教科书。

本书以 Photoshop CS4 的基本菜单命令为线索，以学习和掌握 Photoshop 的基本操作为目标，按照必需、实用、简明、可行的原则，由浅入深、循序渐进，精心组织了 100 个练习。其内容并没有包含 Photoshop CS4 的所有命令，但包含了学习 Photoshop 必须掌握的方方面面。不求新奇，但图实用，其中许多见解不乏独到之处，对于立志学好 Photoshop 的读者来说，本书铺开的绝对是一条必由之路，更是一条成功捷径。

本书作者从事 Photoshop 的教学工作 9 年，深知学习的难点，理解学员的需求，熟悉工作的要求。书中习题处处精心设计，个个精选推敲，题题精准实用，力求帮助更多的朋友在学习 Photoshop 的过程中激发灵感，增强信心，掌握要点，少走弯路。本书的语言表述非常准确、通俗，这得益于作者中文专业出身、扎实的文字功底和多年的教学实践。

本书适用于各类平面设计培训班作为辅助教材，也是学习 Photoshop 的各类专业图像操作人员、图像处理爱好者必备的参考书。

图书在版编目（CIP）数据

Photoshop CS4 中文版上机必做练习/汪端，李才应编著. —北京：清华大学出版社，2010.2
（21 世纪高等学校数字媒体专业规划教材）
ISBN 978-7-302-20803-7

Ⅰ．①P…　Ⅱ．①汪…②李…　Ⅲ．①图形软件，Photoshop CS4－高等学校－习题
Ⅳ．①TP391.41-44

中国版本图书馆 CIP 数据核字（2009）第 155245 号

责任编辑：魏江江　顾　冰
责任校对：焦丽丽
责任印制：孟凡玉

出版发行：清华大学出版社　　　　　　　　地　　　址：北京清华大学学研大厦 A 座
　　　　　http://www.tup.com.cn　　　　邮　　　编：100084
　　　　社　　总　　机：010-62770175　　邮　　　购：010-62786544
　　　　投稿与读者服务：010-62776969，c-service@tup.tsinghua.edu.cn
　　　　质　量　反　馈：010-62772015，zhiliang@tup.tsinghua.edu.cn
印　刷　者：北京嘉实印刷有限公司
装　订　者：北京市密云县京文制本装订厂
经　　销：全国新华书店
开　　本：185×260　印　张：31.25　字　数：758 千字
　　　　　附光盘
版　　次：2010 年 2 月第 1 版　　印　　次：2010 年 2 月第 1 次印刷
印　　数：1～4000
定　　价：99.00 元

前　言

我们的目标是：战胜 Photoshop！如果您也有这样的愿望，那么摆在您面前的这本书就是您学好 Photoshop 的真心朋友。

为了学习 Photoshop 的操作技能，很多朋友或闭门苦心钻研，或拜师精心学艺，但总都少不了要找几本相关的书来做教材。我从事 Photoshop 教学 9 年，接触了很多学员朋友，深知学习中的难点，熟谙教学中的要点。为帮助读者尽快战胜 Photoshop，遵循简明、实用、必需的原则，按照扎实、渐进、见效的方法，精心组织了 100 个必做练习题，倾心编著了这本教科书。因此，在林林总总的 Photoshop 教材中，本书的思路、风格、方法绝对与众不同。

这不是一本包罗万象的 Photoshop 教科书，书中没有按部就班地讲解每一个菜单、每一条命令。本书根据学习 Photoshop 的常规步骤和必须掌握的基本知识点，由浅入深、循序渐进地安排了 100 个练习。这些练习处处精心设计，个个精选推敲，题题精准实用，力求帮助读者在学习 Photoshop 的过程中增强信心，少走弯路，掌握技能，激发灵感。

与其他 Photoshop 教科书相比，这本书有极其鲜明的特点：

（1）全书图文并行，步步有图，图文互解，力求准确、简明、通俗，尽量使读者在学习中感到熟悉、方便、明白，在操作中感到好懂、好记、好做；

（2）书中各项练习所采用的图像大部分来自 Photoshop 软件中自带的图像文件，确保读者在任何计算机上的操作都与本书完全同步。另外根据实际操作提供了一些具有典型意义的图像，读者可以在随书赠送的光盘中方便地找到；

（3）本书表述的所有操作命令都以竖线相连来表示，例如使用"色相与饱和度"命令就写成选择"图像"|"调整"|"色相/饱和度"命令，就是说读者在 Photoshop 中先打开"图像"下拉菜单，再选择其中的"调整"选项，然后在又一级下拉菜单中选定"色相/饱和度"命令。相信读者很快会适应这种清晰便捷的表述方法；

（4）练习的顺序以 Photoshop CS4 的菜单命令为线索，由浅入深，循序渐进。每个练习的开始提出了明确的目标与任务，中间是详细的操作步骤与方法，最后是归纳的要点与提示。如果读者能够第一遍照着书做下来，第二遍再进行巩固和理解，第三遍能背着书做出来，并开始举一反三有所发挥，就是学有所成、练有所长了；

（5）本书为读者着想，表述语言通俗易懂，操作步骤清楚明白，逻辑关系严谨有序。读者看的是书，学的是知识，因此，这里既没有诘屈聱牙之晦涩，也没有嬉皮笑脸的调侃。这些都得益于我的中文专业功底，以及多年的教学实践；

（6）本书随书赠送的光盘中包括了书中练习所需的图像文件，还根据书中练习的情况，考虑到初学者的需要提供了一部分 PSD 格式的源文件，这对于帮助读者理解练习中的难点和关键操作步骤很有好处。另外，光盘中特地提供了一批本书实例操作的视频教学文件，读者可以播放这些视频文件，如同在教室里跟着老师一起操作一样方便。

应该提醒的是，这些练习的安排可谓用心良苦，每道题都有其明确的针对性，做到题题相联，点点相关，环环相扣。因此做题的时候不仅要看、要做，而且还要想，真正理解了，才会真正掌握。

Photoshop 是当今图像处理的首选软件，我在多年的工作和教学实践中，认真探索，逐步形成了特色鲜明的教学思路，陆续出版了战胜 Photoshop 的系列教材，受到了很多学员、教师和同行的好评。最新的 Photoshop CS4 面世以后，我重新编写了这本教材，纠正了过去书中的一些文字错误，增添了一些新的理解、体会和做法，这里有很多凝聚心血和汗水的独到见解。本书的内容更丰富、更深入、更实用，相信这些都会给读者今后的学习和工作带来启发和帮助。

Photoshop CS4 新增了三维图像处理功能，本书中的三维图像处理的实例是李才应编写的。杨俊平承担了全书的文字及图像的校订工作，在此表示感谢。

本书是为所有愿意踏进 Photoshop 门槛的朋友们准备的。我们一个一个地做练习，我们一步一步地向前走，这本书为读者铺开的是一条走向成功的必由之路，这本书带读者走过的是一条战胜 Photoshop 的最佳捷径。

汪　端

2009 年 6 月

目　录

练习 1　软件初始设置 1

练习 2　打开图像文件 5

练习 3　建立选区 10

练习 4　编辑选区 17

练习 5　编辑选区图像 22

练习 6　妙用魔棒 26

练习 7　修补图像局部瑕疵 31

练习 8　克隆图章 37

练习 9　设置颜色 42

练习 10　设置画笔 46

练习 11　使用画笔 51

练习 12　填充渐变色彩 57

练习 13　图像局部修整 61

练习 14　文字输入与编辑 66

练习 15　文字再编辑 70

练习 16　绘制矢量图形 75

练习 17　绘制太极图 80

练习 18　认识图层 84

练习 19　编辑图层 91

练习 20　多图层管理与编辑 97

练习 21　合并图层 101

练习 22　揭开色彩关系之谜 105

练习 23　观察认识通道 110

练习 24　编辑通道 114

练习 25　通道就是这么回事 119

练习 26　CMYK 通道正相反 123

练习 27　制作基本立体特效字 127

练习 28　通道减法 133

练习 29　流光溢彩的特效字 138

练习 30　初试路径 144

练习 31　描绘路径 149

练习 32　路径转换为选区 155

练习 33　转换路径·······································159

练习 34　自制矢量图形·····························163

练习 35　按照路径排列文字····················168

练习 36　编辑路径文本····························172

练习 37　认识色阶·······································175

练习 38　按照直方图调整图像····················180

练习 39　认识曲线·······································186

练习 40　精细调整曲线······························191

练习 41　曲线多点控制调整图像实例··········194

练习 42　调整图像色彩平衡关系·················198

练习 43　改变图像色彩······························202

练习 44　匹配颜色·······································209

练习 45　替换图像局部颜色·······················212

练习 46　调整高反差照片····························216

练习 47　填充色彩与图案····························220

练习 48　制作四方连续图案·······················225

练习 49　制作无缝四方连续图案·················231

练习 50　基本变换操作······························236

练习 51　变形制作透视投影·······················240

练习 52　变换制作一朵花····························244

练习 53　随意变形操作······························247

练习 54　制作邮票图案······························253

练习 55　镜像制作·······································260

练习 56　理解图层蒙版······························265

练习 57　图层蒙版的魅力····························268

练习 58　用蒙版替换局部图像····················273

练习 59　矢量蒙版的活力····························277

练习 60　两种蒙版的套用····························283

练习 61　快速蒙版方便快捷·······················286

练习 62　非破坏性调整层····························291

练习 63　神奇的调整层······························297

练习 64　用调整层处理高反差····················300

练习 65　填充图层·······································304

练习 66　编辑填充图层······························308

练习 67　黑白照片着色······························312

练习 68　建造光与影···································319

练习 69　样式真风流···································325

练习 70　一点即现的样式面板····················330

练习 71　图地反转·······································336

练习 72　制作一幅拼图 ·· 341
练习 73　走进滤镜库 ·· 348
练习 74　顽皮的液化 ·· 352
练习 75　自动的消失点 ·· 356
练习 76　镜头校正变形 ·· 359
练习 77　虚化背景 ··· 362
练习 78　锐化让照片更清晰 ·· 365
练习 79　梦幻极坐标 ·· 369
练习 80　制作纹理 ··· 376
练习 81　球体上的凹陷字 ··· 382
练习 82　雕刻纹理 ··· 388
练习 83　3D 对象基本操作 ··· 394
练习 84　导入 3D 物体并赋予贴图 ·· 400
练习 85　3D 立方体的制作 ··· 405
练习 86　从灰度新建网格物体 ·· 409
练习 87　获得真实的光影信息 ·· 414
练习 88　举手之劳的"动作" ·· 419
练习 89　制作自己的"动作" ·· 425
练习 90　拼接全景照片 ·· 431
练习 91　解读 RAW 格式文件 ··· 435
练习 92　优化网页图像 ·· 441
练习 93　切割网页图像 ·· 446
练习 94　重组历史瞬间 ·· 452
练习 95　设计师的好帮手 ··· 457
练习 96　裁切图像 ··· 461
练习 97　不同插值方法的不同用途 ·· 466
练习 98　输出精度与图像尺寸的关系 ··· 470
练习 99　主要色彩模式转换 ··· 475
练习 100　保存好自己的作品 ··· 481

后记 ·· 486

练习 1　软件初始设置

目的与任务

在使用 Photoshop 进行工作之前，需要认真做好基本设置，这将为以后顺利操作软件创建一个较好的工作空间。

实例学习

1. 设置工作环境

启动 Photoshop CS4 之前，要在 Windows 中做好相应的设置。

显示器色彩设定非常重要。选择屏幕左下角的"开始"|"设置"|"控制调板"|"显示"选项，在弹出的窗口中先选择"设置"选项卡，将颜色设定为 16 位增强色以上；屏幕区域应根据显示器的实际情况设定，如 17 英寸显示器设为 1024×768 像素为宜。单击"应用"按钮，单击"确定"按钮退出，如图 1-1 所示。

在屏幕左下角的开始图标上右击鼠标，选择搜索命令，打开搜索窗口。在搜索文件名中填入*.tmp。指定搜索的目标为所有盘，按"搜索"按钮，将硬盘中所有 TMP 格式文件搜索出来，按 Ctrl+A 键将所有 TMP 格式文件选中，按 Delete 键删除全部 TMP 文件，如图 1-2 所示。

这样做是为了清理磁盘空间，在清理.tmp 文件之前，应关闭所有应用程序。

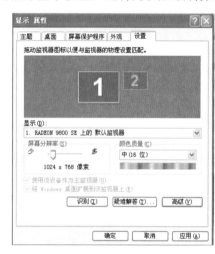

图　1-1

图　1-2

启动 Photoshop CS4。

过去 Photoshop 的启动画面是一只大眼睛，它眼看着 Photoshop 从 0.97 到 7.0 走过了十几年的历程。到了 Photoshop CS，这个启动画面变成了几只美丽的彩色羽毛，现在画面简洁了许多，如图 1-3 所示。

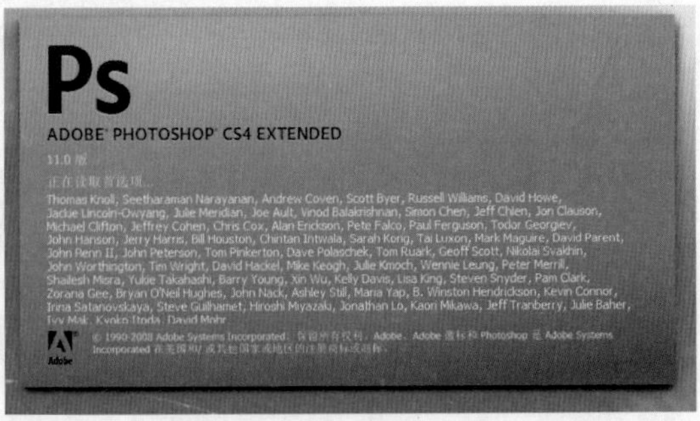

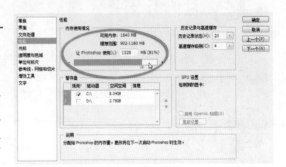

图 1-3

2．设置软件工作环境

选择"编辑"|"首选项"|"常规"命令，在面板的左侧目录栏中选中"性能"选项。

注意"内存使用情况"，这里标明了"可用内存"和"理想范围"，可以在下面拉动滑标来设置自己想给 Photohsop 多大的内存空间，如图 1-4 所示。

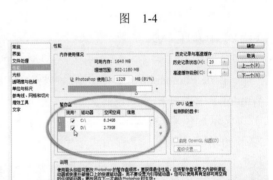

图 1-4

将暂存盘选项中，这台计算机所有的驱动都列在这里。将暂存盘 1 设定为机器中空间最大的盘。这样，将来做图时，会有足够的空间来倒图像。再为暂存盘 2 设定一个较大的硬盘，一旦第一个盘空间不够，可以利用第二个盘来倒图，这样做是为了避免因磁盘空间不够而死机，如图 1-5 所示。

单击"确定"按钮退出设置状态。

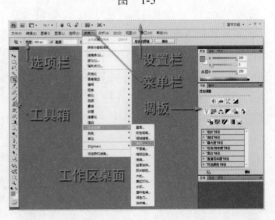

图 1-5

3．合理安排调板位置

启动 Photoshop CS4 后应单击窗口右上角的最大化图标。

在操作界面中，上面是设置栏、菜单栏和选项栏，左侧是工具箱，右侧是各种调板，如图 1-6 所示。

图 1-6

如果是新手，而且使用的是别人用过的机器，软件中各个调板的位置已经被改变，可以选择"窗口"|"工作区"|"基本功能（默认）"命令将所有控制调板恢复到默认位置。如果对操作 Photoshop 比较熟练，可以选择"基本"命令，则各个调板只显示图标，这样就扩大了桌面操作空间。

这个菜单中列有高级 3D、颜色和色调、绘画、排版等一系列命令，都是为方便相应的专业操作而设的。

左边的工具箱会自动贴到桌面最左边工具选项栏下面，将来它会直接影响到图像打开的位置，如图 1-7 所示。

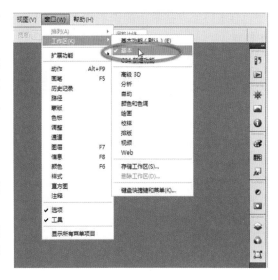

图 1-7

将来如果某个调板没有打开，可以在"窗口"菜单下依次单击相应的命令，这些调板会逐个打开，如图 1-8 所示。

图 1-8

Photoshop CS4 中有 24 个调板，分布在若干个窗口中。每个窗口中都有几个调板，这些调板可以任意组合。用鼠标按住历史调板，拖动到信息那一组调板窗口中去。也就是说，调板是可以任意组合的，如图 1-9 所示。

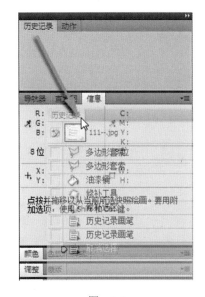

图 1-9

小技巧：有些常用的调板要经常调用，可以使用快捷键，

- F5 键是画笔调板的开关键；
- F6 键是颜色调板的开关键；
- F7 键是图层调板的开关键；
- F8 键是信息调板的开关键；
- F9 键是动作调板的开关键。

在调板栏中单击所需的调板图标，就可以打开调板，再次单击那个图标则折叠收进那个调板，如图 1-10 所示。

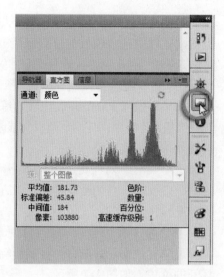

图 1-10

 要点与提示

为 Photoshop 创建一个良好的工作空间，是确保软件正常工作，充分发挥软件效能的重要前提条件，认真做好软件初始设置十分必要。

Photoshop CS4 的界面与以前版本相比，有了很大的改变，风格更接近苹果系统。调板改为可以收进式，大大增加了桌面的操作空间，增加调整和蒙版等调板。各个调板移动、组合、开关都很方便灵活。操作者依照爱好和习惯，调整好一个较舒适的工作界面，将为以后的操作带来方便。

练习2 打开图像文件

目的与任务

进入 Photoshop CS4，打开图像文件是所有操作的第一步，灵活迅速地打开文件，准确方便地观察图像，这些都是开始进行图像操作之前的基本操作。

实例学习

1. 打开图像文件

选择"文件"|"打开"命令，在弹出的窗口中，找到所需的图像文件。选择光盘中的"藏族歌舞.jpg"图片，单击"打开"按钮。图像打开后并不一定是桌面上的最佳显示比例，这时用鼠标在工具箱中的抓手工具上双击，图像会自动以最佳显示比例显示在桌面工作区域中，如图 2-1 所示。

小技巧：用鼠标双击灰色桌面即可弹出"打开"窗口。

在上边选项栏中单击启动 Bridge 图标，这是 Photoshop CS4 中的一个"图像浏览器"独立软件，在打开的图像文件浏览窗口中，先找到所需的目录，再选中所需的图像文件。这时，被选中的图像各项信息显示在左侧的缩略图下，如图 2-2 所示。

双击或者拖动这个图像到 Photoshop 的桌面上来就可以打开所选的图像文件。

图　2-1

图　2-2

打开光盘中的图像文件"山丘.tif"。

Photoshop CS4 将过去桌面最下面的状态栏移到了每个文件的最下面。

要想清楚地知道当前打开图像文件的基本参数，就用鼠标按住文件最下边状态栏中显示文件大小的标志不要松开，可以看到弹出的窗口中显示了当前文件的各项数据，包括图像的宽高像素总数、长度，还有色彩模式和通道数，以及图像精度。这些都是在进行图像操作前应该知道的，如图 2-3 所示。

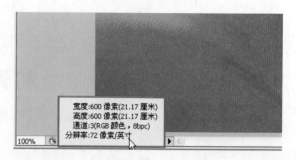

图　2-3

2．观察图像

在图像操作过程中如果图像显示区域不够，可以关闭各项调板以扩大图像显示区域。按相应的功能键可以快捷地打开或关闭相应的调板。

按 Shift+Tab 键，则关闭所有调板。这时可以将图像扩大到整个工作区域。再次按 Shift+Tab 键，所有的调板又都打开了。如果单按 Tab 键，则临时关闭桌面上所有的活动调板，这样可以更好地观察图像，如图 2-4 所示。

图　2-4

打开导航器调板。移动滑标向右，则图像被放大，最大可以到 3200%。移动滑标向左则图像被缩小，再用鼠标反复单击缩小图标，最小可以到在屏幕上只占 1 个像素。也可在前面的比例框中直接输入所需比例后回车，如图 2-5 所示。

图　2-5

当显示比例大于桌面最佳显示比例时，导航调板预览窗口中的红色线框可以移动，需要详细观察哪一部分图像就将红框移动到那个地方，桌面上的大图像也随之移动到相应位置，如图 2-6 所示。

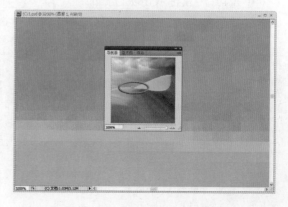

图　2-6

当显示比例大于桌面最佳显示比例时，图像的右边和下边会出现滚动杆。拉动滚动杆或使用工具箱中的抓手工具可以在框中移动图像便于观察，如图 2-7 所示。

如果正在使用其他工具，而临时需要使用抓手工具移动观察图像，就按住空格键，图像中的鼠标临时变成抓手工具，移动图像到所需位置后松开空格键，又恢复为正在使用的工具。

图像操作过程中经常要以 100% 比例显示图像，就在工具箱中的缩放工具上双击。这样做是确保所有像素点都被显示出来，在制作高精度图像时尤其必要。

什么时候需要将图像恢复到桌面最佳显示比例，就在工具箱中的抓手工具上双击鼠标即可。

当正在使用其他工具而临时需要放大或缩小图像时，可以同时按下空格键和 Ctrl 键，图像中的鼠标临时变成了放大工具，单击鼠标就将图像放大一倍。如果同时按下空格键和 Alt 键，图像中的鼠标临时变成了缩小工具，单击鼠标就将图像缩小一半。松开控制键，图像中又恢复为正在使用的工具，如图 2-8 所示。

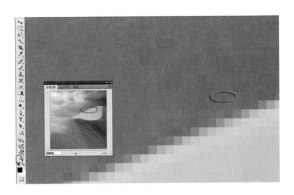

图　2-7

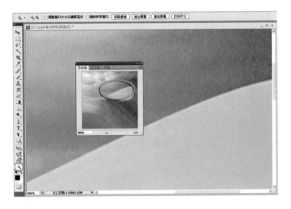

图　2-8

3．设定标尺与参考线

在操作图像时，往往需要准确地定位。选择"视图"|"标尺"命令，当前图像和以后打开的图像上都出现了标尺。随着鼠标的移动，在横竖标尺上都可看到鼠标的坐标位置。当需要将图像中的某一点设定为 0 坐标点时，用鼠标按住图像左上角的 0 坐标点移动到图像中的所需位置就行了。什么时候需要恢复原始 0 坐标点，就在原始 0 坐标点上双击鼠标，如图 2-9 所示。

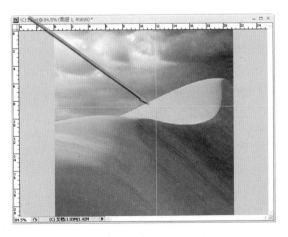

图　2-9

打开光盘中的图像文件"小鸭.tif"。

在图像有标尺的情况下（如果没有标尺，按 Ctrl+R 键显示标尺），从标尺位置按下鼠标向图像中拉动就产生了一条参考线，重复操作可产生多条所需的参考线。哪条参考线不要了，就用工具箱中的移动工具，在这条参考线上按下鼠标将它送回标尺中或者拉到图像的外面去，如图 2-10 所示。

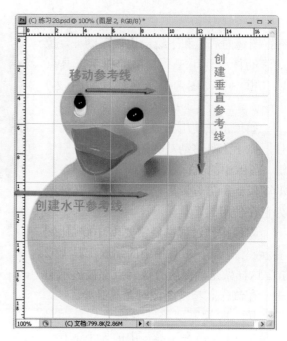

图 2-10

选择"视图"|"显示"下面的各项命令，可用分别显示参考线、网格、裁切线等设置，直接单击"全部"命令，同时会打开当前所有的参考设置项。再次选择"无"命令，将同时关闭所有参考选项显示。

在"视图"菜单中各选项的作用如下：

- "对齐"或"对齐到"命令使图像中的各项操作与参考线自动对齐；
- "锁定参考线"命令将已有的参考线锁定不能再移动；
- "清除参考线"命令则清除所有的参考线，如图 2-11 所示。

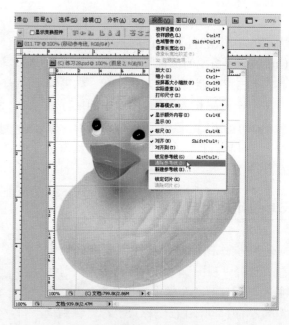

图 2-11

选择"视图"|"新建参考线"命令，在弹出的窗口中可以分别设置水平或垂直参考线的精确位置，在厘米单位下甚至可以精确到小数点后3位，如图2-12所示。

图　2-12

 要点与提示

打开图像文件，观察图像文件，这是在 Photoshop 中进行图像操作的第一步。不要小看这些基本操作，其中有很多快捷方法，灵活掌握，熟练运用这些快捷方法，既可以大大提高工作效率，也可以增加工作的乐趣。

练习 3　建立选区

目的与任务

选区操作是 Photoshop 最基本的操作技法，通过这个练习可以完全掌握建立各种选区的操作技法。

实例学习

1. 准备图像

打开随书赠送光盘中的图像文件"山丘.tif"。确认左边的工具箱和上边的选项栏已经打开。如果工具箱和选项栏没有打开，选择窗口菜单底下的工具和选项命令打勾，可以分别打开工具箱和选项栏，如图 3-1 所示。

图　3-1

初学者对工具箱中各项设置不熟悉，容易发生错误，将鼠标放在选项栏最前边的工具图标上右击，在弹出的菜单中选择"复位所有工具"命令，各项工具设置恢复初始状态，如图 3-2 所示。

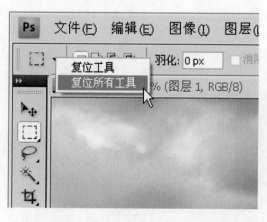

图　3-2

2．建立矩形选区

用鼠标按住工具箱中选区工具不放，看
到里面还有同类工具，选中第一个矩形选框
工具，如图 3-3 所示。

图　3-3

按住鼠标沿斜线方向拖动，就会产生一
个矩形的选区范围。可以看到一圈虚线在不
停地走动，这被形象地称为蚂蚁线。鼠标进
入选区范围之内就会变成箭头带一个方框，
鼠标移到选区范围之外就会变成十字坐
标线，以此区别选区范围的内外，如图 3-4
所示。

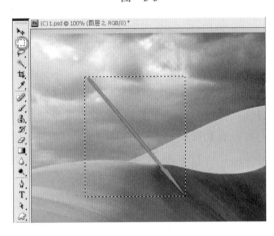

图　3-4

如果需要制定一个选区范围的宽高固
定比率，就打开这个工具的选项栏上的样式
下拉框，选定其中的固定长宽比命令，然后
在下面宽度和高度中填入所需要的宽高比
率，假如填入的是相同的两个 1 或 2，随后
拉出的选区范围一定是正方形的了，如
图 3-5 所示。

图　3-5

如果需要选取一个精确的范围，可以在上边的选项栏中打开样式下拉框，选定其中的固定大小，在后面的参数区中填入所需的宽高像素值，然后用鼠标在图像中单击即可建立所设定的选区，如图3-6所示。

接着将设置恢复为正常。

图　3-6

3. 增加与减少选区范围

在图像上已经有了选区的情况下，还可以继续增加或减少一部分选区。要增加选区，就在上边选项栏中选中增加选区图标，将鼠标放到图像中可以看到鼠标标志旁边有一个"+"号，继续拉出新的选区框。新增加的选区可以和原来的选区相交，也可以不相邻，如图3-7所示。

增加选区的快捷键，是按住Shift键，然后用鼠标在图像中增加新的选区。

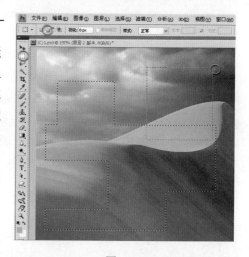

图　3-7

要减少选区就在上边选项栏中选中减少选区图标，将鼠标放到图像中可以看到鼠标标志旁边有一个"–"号，继续拉出新的选区框，但必须与原有的选区范围相交。松开鼠标后可以看到原有的选区被剪掉了一部分。

减少选区的快捷键的方法是按住Alt键，然后用鼠标在图像中减少原有的选区。

要取消选区就选择菜单"选择"|"取消选择"命令，也可按Ctrl＋D键操作。不提倡在选区线外单击鼠标来取消选区，如图3-8所示。

图　3-8

4. 建立圆形选区

圆形选框工具的使用方法与矩形选框工具完全相同。

如果需要一个正方或正圆形选区，就先在工具箱中选好矩形或圆形选框工具，按住Shift键，再用鼠标拉出的选区范围则保证是正方或正圆形。如果需要以某一点为中心向四周拉出一个选区，就先按住 Alt 键，再用鼠标拉出选区，就是以鼠标为中心点的选区了。那么，同时按住Shift+Alt 键，再做选区操作当然就是以鼠标为中心的正方或正圆形选区了，如图3-9所示。

注意：做正方形、正圆形选区之前，必须确认图像中没有选区，否则按住 Shift 键就是增加选区的操作了。

拉出正方或正圆形选区后一定要先松鼠标，后松键盘。

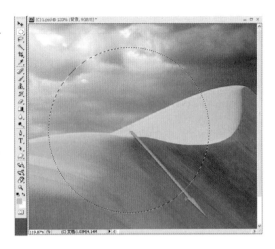

图 3-9

5. 选区交叉

在选区工具中还有一个交叉选项，可以使两个选区部分重合后剩下相互交叉的部分。

先用圆形选框工具建立一个选区，选中选项栏中的交叉图标后，拉出第二个选区，与前一个选区有部分重合，如图3-10所示。

图 3-10

可以看到两个圆形选区相交以后，剩下的是形状如橄榄球一样的重合部分，如图3-11所示。

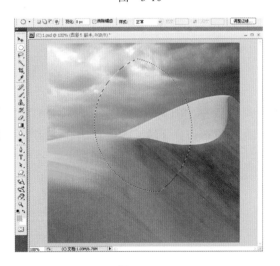

图 3-11

6. 套索选区工具

套索工具有 3 种，可用来做任意形状的选区操作。

第一种是软边套索，用它可以随意划出任何形状的选区范围，如图 3-12 所示。

图　3-12

按住鼠标走到任意一点松开鼠标，将在起点与终点之间自动连成一条直线，形成一个闭合的选区范围，如图 3-13 所示。

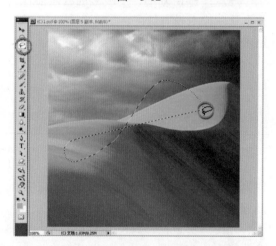

图　3-13

第二种是直线套索。

用这个工具在图像中边移动边单击鼠标，形成直边选区线，在即将闭合选区范围时将鼠标靠近起点，可看到鼠标标志旁有一个小小的"o"，表示起点与终点已经重合，单击鼠标就完成了建立选区工作，如图 3-14 所示。

图　3-14

用直线套索建立一个五星图形选区，只需要建立 5 个点，在最后一个点上双击鼠标，就可以在终点与起点之间自动连成一条直线，建立起一个闭合的选区，如图 3-15 所示。

图　3-15

第三种是磁性套索。

它可以按照设定的参数值进行识别，自动围绕图像进行选取。在选项栏上可以看到几项指标："宽度"用于设定磁性套索的检测范围；"边对比度"用于设定发现边缘的灵敏度；"频率"用于设定创建节点的速率。在使用磁性套索时，要根据图像边缘是否清晰、创建边缘是否精确来相应调整各项设置。用磁性套索在色彩边界鲜明的地方单击一下，然后让鼠标沿着要选区的边缘移动，就会自动产生选区线，如图 3-16 所示。

图　3-16

遇到边缘不太清晰的地方，就按住 Alt 键临时切换成硬套索工具，用鼠标点着走，渡过这一地段之后，松开 Alt 键，再单击一次鼠标，又恢复成磁性套索工具继续走。回到起点，看到鼠标旁边出现那个小小的 o，表示起点与终点已经重合，单击鼠标就完成了选区工作，如图 3-17 所示。

图　3-17

建立选区

磁性套索尤其适合选区边界清晰的图像。

打开文件"小鸭.tif"图像。

使用磁性套索工具，轻松地沿着玩具鸭子的边缘建立选区，回到起点看到那个 o 标志再单击鼠标，这个选区范围就自动产生了，如图 3-18 所示。

图　3-18

7．选区工具的套用

各种选区工具可以套用。

先用圆形选区工具建立一个椭圆形选区，然后用矩形选区工具增加一个矩形选区，又在中间剪掉一个矩形窗口，再用软边套索在中间建立一个图形选区，就形成了现在的选区，如图 3-19 所示。

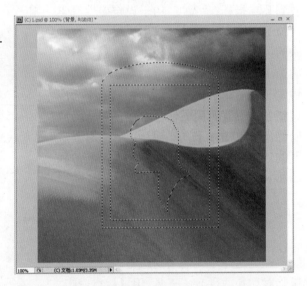

图　3-19

 要点与提示

选区操作是 Photoshop 中最基本的操作，一定要熟之又熟。真正做到将各种选区工具综合运用，达到无所不能圈的程度，才能说是过关了。

练习4 编辑选区

目的与任务

如果已经建立的选区与要选取的目标形状不相符，可以改变选区的形状。通过设定羽化值，可以改变选区图像的边界效果。这些都属于编辑选区的操作。

实例学习

1. 准备图像

打开图像文件"山丘.tif"。在工具箱中选矩形选框工具，在图像中建立一个矩形选区，如图 4-1 所示。

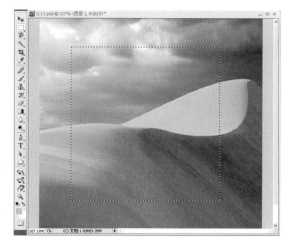

图 4-1

2. 变换选区

选择"选择"|"变换选区"命令。在原有的选区上会出现一个带有 8 个控制点的变形框，如图 4-2 所示。

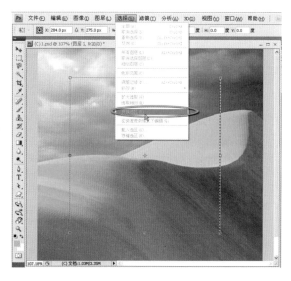

图 4-2

拉动框上的控制点可以方便地改变原有的选区长宽，如图 4-3 所示。

图 4-3

在上边的选项栏中，可以准确地设置变换选区的起点、比例，以及旋转、倾斜等，如图 4-4 所示。

按 Esc 键，取消当前的变换操作。重新选择"选择"|"变换选区"命令。

图 4-4

3. 用快捷键变换选区

可以加上控制键直接用鼠标进行各种变换选区的操作。

按住 Shift 键，拉动变形框的角点，可在变形的同时保持现有选区的长宽比例，如图 4-5 所示。

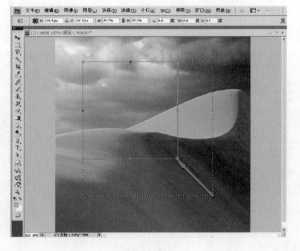

图 4-5

按住 Ctrl 键，拉动变形框的边点或者角点，就可以产生倾斜变化，如图4-6所示。

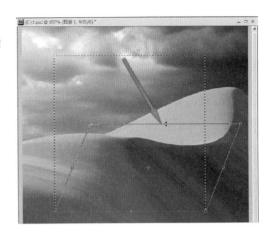

图　4-6

按住 Alt 键，拉动变形框的边点或者角点，就会以中心点为基准，做四周对称变化，如图4-7所示。

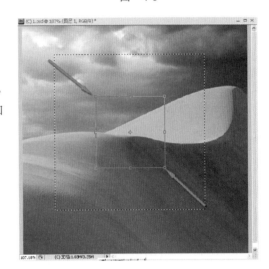

图　4-7

按住 Shift 键，拉动变形框的边点或者角点，就会以对面的边或者角为基准，做等比例变化，如图4-8所示。

按 Esc 键取消变换选区操作，按 Ctrl+D 键取消选区。

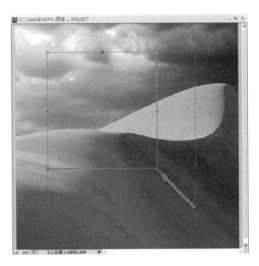

图　4-8

4. 设定羽化值

羽化可以使图像产生虚化的边缘，这样做在很多时候是必要的。可以在选区操作开始之前设定一个羽化值，在它的选项栏上将羽化值设定为 20 像素，然后划定选区，再按 F3 键拷贝，如图 4-9 所示。

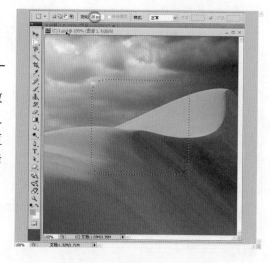

图 4-9

选择"文件"|"新建"命令新建一个文件，再按 F4 键做粘贴，可以看到图像的边缘是羽化的。

也可以先建立选区后设羽化值。先将选项栏中羽化值设定为 0，划定一个选区，然后再选择"选择"|"羽化"命令，在弹出的窗口中设羽化值为 20 像素，单击"确定"按钮退出。再进行拷贝粘贴操作，效果与先设定羽化值是相同的，如图 4-10 所示。

图 4-10

羽化的计算是以蚂蚁线为中心线，向两边做所设定数值的羽化。因此，在图像中实际被羽化的宽度是所设定数值的 2 倍。

如果所做选区的宽度小于所设羽化值的 2 倍，就会弹出警告窗口。看到这个窗口，首先要意识到：羽化值设高了，如图 4-11 所示。

图 4-11

5. 组合使用选区工具

将各种选区工具巧妙地组合使用,可以做出多种多样的选区效果。

首先选用圆形选框工具,设羽化值为20 像素,圈出一个正圆形。然后换用矩形选框工具,设羽化值为 0。按住 Alt 键,看到鼠标十字图标旁边有一个 "—" 号,在圆形的中间减掉一个方形选区。按 F3键拷贝,如图 4-12 所示。

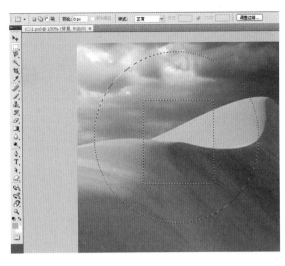

图　4-12

选择 "文件" | "新建" 命令,直接单击 "确定" 按钮,建立一个新文件。

按 F4 键将刚刚拷贝的图像粘贴进来,可以看到天圆地方、外虚内实的选区效果,如图 4-13 所示。

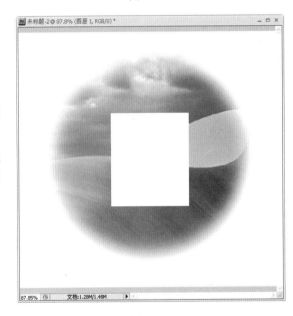

图　4-13

 要点与提示

编辑选区是为了更好地建立所需的选区。尤其在需要建立不规则的选区时,应该能够熟练地编辑选区,达到准确建立所需选区的目的。

练习 5　　　　　编辑选区图像

 目的与任务

创建了所需的选区后，就要开始编辑选区内的图像，不外乎移动、拷贝。这些都属于编辑选区图像的操作。

 实例学习

1. 准备图像

打开随书赠送光盘中的图像文件"小鸭.tif"，如图 5-1 所示。

图　5-1

2. 选区图像的移动和拷贝

用磁性套索为鸭子建立选区。

一个选区建立后，当前工具可以是任一选择工具，想简单地移动选区线就在蚂蚁线范围之内按住鼠标拖动到新的位置。想移动被选取的图像就按住 Ctrl 键，将鼠标放到蚂蚁线之内，看到鼠标成为黑色三角带一支剪刀的标志，按住鼠标拖动就将选取的图像移动了，移动后的地方由工具箱中的背景色所填充。在取消选区之前，只需在选区内按住鼠标就可以将这部分图像反复移动，如图 5-2 所示。

图　5-2

按住 Ctrl 键或在工具箱中选用移动工具，可直接将选区的图像拖动到另外一个图像文件中去，看到目标图像文件中出现带"+"号的方框后再松鼠标，如图 5-3 所示。

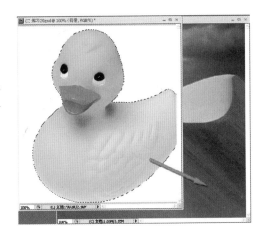

图 5-3

可以看到新图像中的鸭子图像。这样相当于快捷的拷贝和粘贴操作，但不适合移动较大的文件，如图 5-4 所示。

图 5-4

想拷贝选区的图像就按 Ctrl+Alt 键，看到选区内的鼠标变成了黑白双色三角标志，再用鼠标拖动被选区的图像就拷贝了一个完全相同的新图像，多次拖动就会拷贝多个，如图 5-5 所示。

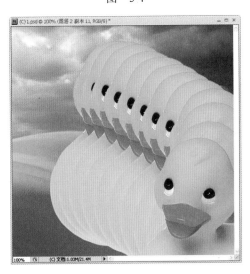

图 5-5

编辑选区图像

3．选区图像的拷贝和粘贴

指定"小鸭.tif"为当前文件。

选区蚂蚁线还在，有了一个选区之后，可以将选区之内的图像拷贝，拷贝的方法有 3 种：一是选择"编辑"|"拷贝"命令；二是按 Ctrl＋C 键；三是直接按 F3 键。图像被拷贝到剪贴板上备用，如图 5-6 所示。

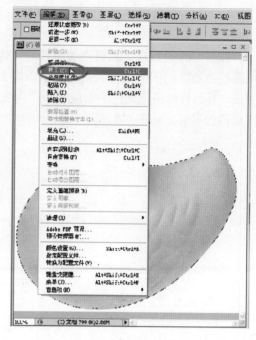

图 5-6

建立一个新文件，选择"文件"|"新建"命令，也可以按 Ctrl+N 键建立一个新文件。

在弹出的建立新文件窗口中的所有设置都不必改变，因为这些设置都是依照拷贝在剪贴板上的数据自动设置的，单击"确定"按钮就产生了一个新文件，如图 5-7 所示。

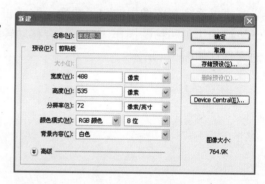

图 5-7

可以进行粘贴操作了。粘贴的办法也有 3 种：一是选"编辑"|"粘贴"命令；二是按 Ctrl＋V 键；三是直接按 F4 键。

也可以打开另一幅图像，再按 F4 键粘贴，粘贴上来的图像自动放在图像文件的正中间，如图 5-8 所示。

图 5-8

要点与提示

　　对选区内图像的拷贝和粘贴操作，是实际操作中经常要做的，每一种操作都不止一种方法，仅仅一个拷贝就有五六种不同的方法，应该在掌握菜单操作的基础上，根据实际需要和习惯，熟知快捷操作方法。

练习 6　　　　妙 用 魔 棒

目的与任务

魔棒工具可以依照颜色来确定选区范围，这一功能尤其适用于色彩相对简单而形状比较复杂图像的选区。这个练习的目的是掌握使用魔棒建立复杂选区的技法。

实例学习

1. 用魔棒建立选区

打开图像文件"小鸭.tif"。

选中工具箱中的魔棒工具，在鸭子的黄色身体上单击鼠标，魔棒会按照相似的颜色建立选区，看到鸭子的身体上很大一部分与鼠标点击处相似的颜色区域被选中了，如图6-1所示。

图　6-1

在魔棒工具的选项栏上可以调整取色的容差值。其默认选取颜色的容差值为32，最低为0，最高为255。当容差值设定为0的时候，用魔棒单击鸭子，看到只选中了个别像素，如图6-2所示。

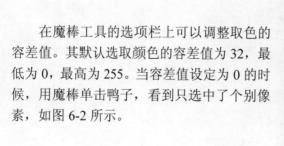

图　6-2

当容差值设定为最高值 255 时，用魔棒单击鸭子，看到图像几乎全部被选中了，如图 6-3 所示。

容差值设置的高低直接影响到选取范围的大小，因此在实际操作中要根据具体情况来调整容差值的高低。

2. 增减选区范围

将魔棒容差值重新恢复为默认值 32。

在鸭子身上单击鼠标，与这一点相似的颜色区域被选中了。按住 Shift 键，看到鼠标下方有一个"+"号，用鼠标继续单击鸭子的其他没有选中的地方，就可以将更多的地方加入到选区中来，如图 6-4 所示。

如果图像上有某些本来不该选取的地方被选进来了，就应该减少选区。方法是按住 Alt 键，可以看到魔棒图标下有一个"—"号，表示减少选区，再用魔棒去点选想要减去的图像部分。

3. 反选的作用

但是，为了选中这个鸭子，采用不断增加选区的方法就太麻烦了。

当需要选取某个复杂外形图像的时候，可以先将它相对简单的背景选下来，然后再做一个反选。

按 Ctrl+D 键取消现有的选区。

用魔棒工具在鸭子图像的白色背景上单击鼠标，所有的白色背景都被选中了。选择"选择"|"反向"命令将选区反转过来。这样就正好选中了鸭子图像，如图 6-5 所示。

图　6-3

图　6-4

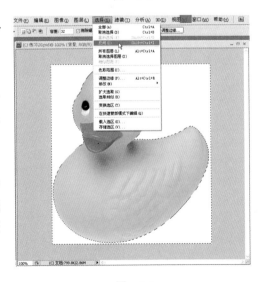

图　6-5

妙用魔棒

图 6-6

　　然后就可以对鸭子图像进行移动、拷贝操作了，如图 6-6 所示。

　　灵活地运用魔棒建立选区，方便准确地选取各种外形复杂的图像，这是实际操作中经常需要解决的问题。

4．替换选区内的图像

　　打开图像文件"向日葵.psd"和"山丘.tif"，如图 6-7 所示。

图 6-7

用魔棒在向日葵图像背后的蓝天上单击一下，会看到出现了选区范围。这个范围的大小是由选项栏上所设定的容差值所决定的。一部分蓝天被选中了，如图6-8所示。

图　6-8

还有很多蓝天背景没有被选中。按住 Shift 键，用鼠标逐一点击其他蓝天背景，直到所有蓝天背景都被选中，如图6-9所示。

图　6-9

妙用魔棒

指定图像文件"山丘.tif"为当前文件。选择"选择"|"全部"命令将图像全选，快捷键是 Ctrl＋A键。按 F3 键将选区内的图像拷贝到剪贴板备用。

回到图像文件"向日葵.psd"。刚才建立的选区蚂蚁线还在，选择"编辑"|"贴入"命令，如图 6-10所示。

图　6-10

向日葵后面的蓝天背景被山丘所替换，原本单调的背景变得生动活泼了。

选用工具箱中的移动工具，按住背景的山丘可以继续移动到满意的位置，但是应该小心：上下左右移动的太多就要露馅儿了，如图 6-11 所示。

要点与提示

图　6-11

魔棒的主要功能是按照颜色来选取范围，正确理解和运用选取方法，适时反转选取范围，就能把原本复杂的选取工作简单化。

练习 7　　　　　　　修补图像局部瑕疵

目的与任务

　　修整残损、有瑕疵的图像，这是 Photoshop 的重要工作内容之一。在 Photoshop 中提供了修补图像的专用工具，正确使用这些工具，使得图像修整变得更加准确、方便。做好这个练习，修照片的工作应该基本能够胜任了。

实例学习

1. 准备图像

　　打开图像文件"老画像.jpg"。看到这幅老照片由于年代久远，有很多残损、划痕，这些疵点都需要认真进行修复，如图 7-1 所示。

图　7-1

2. 污点修复画笔工具

　　在工具箱中选缩放工具，将图像要修补的地方放大。

　　在工具箱中选污点修复画笔工具，这是 Photoshop 中专门用来修复照片上比较小的污点的工具，如图 7-2 所示。

图　7-2

在上边的选项栏中设置一个合适的笔刷直径，这个直径要比需要修补的疵点稍大一点，如图 7-3 所示。

图　7-3

将污点修复笔刷工具放在图像中需要修复的疵点上，按下鼠标看到这里局部图像呈暗色，如图 7-4 所示。

图　7-4

抬起鼠标可以看到，这里的污点瑕疵被修复好了。这个新工具用来修复照片上的污点十分方便。继续用这个工具放在头发上的污点上，再次按下鼠标，看到笔刷处的图像局部变暗，如图 7-5 所示。

图　7-5

看到头发上的污点瑕疵也修复好了。

对于一些比较散的污点，可以按住鼠标用这个笔刷在散乱的污点范围来回涂抹，将需要修复的地方都涂暗，如图 7-6 所示。

图　7-6

使用污点修复画笔工具可以非常方便地修复图像中那些细小杂乱的污点，如图 7-7 所示。

图　7-7

污点修复画笔工具适合修复那些背景纹理一致，形状比较小的污点。而对于一些有外形边界的污点就不行了。这个肩膀的边缘上有个污点，将污点修复画笔工具放在上面，调整好笔刷直径，如图 7-8 所示。

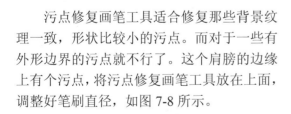

图　7-8

单击鼠标后可以发现，不但污点没有修好，肩膀的外形也被破坏了，如图 7-9 所示。

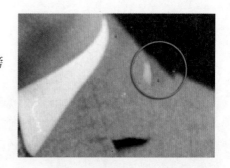

图   7-9

按 Ctrl+Z 键返回处理前的图片。

对图像中有外形要求的、较大的污点瑕疵，要使用修复工具中的第二种——修复画笔工具，如图 7-10 所示。

图   7-10

选定修复画笔工具后，先在选项栏中选定合适的笔刷直径，可以按[键或者]键来缩小、放大画笔的大小。

首先要作取样。将笔刷放在要修复的瑕疵旁边一个图像完好的位置上。按住 Alt 键可以看到笔刷直径的圆圈变成一个十字靶心图标，这时单击鼠标，完成了取样，移动鼠标到需要修复的地方，就可以预览到修复后的效果，如图 7-11 所示。

放开 Alt 键，放开鼠标。

图   7-11

将鼠标移动到需要修复的瑕疵位置上，按住鼠标可以看到刚才的取样点上有一个十字图标，同时看到当前鼠标位置的瑕疵被修复了。实际上就是从取样点拷贝局部图像覆盖到当然位置，将有瑕疵的局部图像覆盖掉了，如图 7-12 所示。

图   7-12

3. 修补残损

对于较大面积的残损，可以用修补工具来进行修补。

在工具箱中选修补工具，上边选项栏中是默认的"源"。用修补工具在图像右下角大衣的残损处画出一个圈选区域，如图 7-13 所示。

图　7-13

用鼠标按住补丁选区，移动到旁边完好的底纹上，可以看到在移动后选区内的图像填补到原有选区内的状况，如果满意再松开鼠标，如图 7-14 所示。

图　7-14

看到补丁选区又立即回到原来的位置上，并且将完好的区域纹理拷贝到当前残损的地方。两者经过很好的融合，不留任何痕迹，如图 7-15 所示。

图　7-15

经过反复、认真、细致的修补工作，原本破损严重的照片，重又完好如初，如图 7-16 所示。

图　7-16

要点与提示

在工具箱中还有一个仿制图章工具（即橡皮图章工具），其操作方法与修复画笔工具完全一样。使用仿制图章工具也是要先取样，然后将取样点的像素覆盖到需要修复的位置上去。使用仿制图章工具做拷贝属于硬拷贝，所拷贝的像素完全覆盖被修补点，不做任何融合。这种操作往往用来拷贝图像中的某些物体，或者修掉某些不需要的物体。

修补图像的 4 个工具是 Photoshop 7.0 开始陆续增加的，这组工具不同于过去的橡皮图章工具。新工具在修补图像时将取样点的像素与修补点的像素作了很好的融合，避免了过去橡皮图章的强行覆盖产生的生硬痕迹，对于修补图像的质量是一个很大的提高。

练习 8

克 隆 图 章

目 的 与 任 务

克隆图章（即仿制图章）是通过拷贝指定区域的像素来修饰图像。在这个练习中要弄清楚这一工具的两种操作方法：对齐拷贝和非对齐拷贝。认识两种图章的区别：克隆图章和图案图章。

实 例 学 习

1. 准备图像

打开图像文件"小鸭.tif"和"山丘.tif"。

在工具箱中选中仿制图章工具，准备拷贝图像。在上边的选项栏中各项参数为默认值，如图 8-1 所示。

图 8-1

2. 对齐拷贝

现在要拷贝鸭子的一只眼睛，将鼠标放在要拷贝的地方，设定笔刷的直径略小于要拷贝的眼睛。

先来指定拷贝对象，按住 Alt 键，看到画笔直径的圆圈中出现十字精确坐标点，单击鼠标就确定了需要拷贝的像素点，如图 8-2所示。

图 8-2

现在开始拷贝这个眼睛，将鼠标移到鸭子的脑门中央，按住鼠标并移动，可以看到刚才定义的鸭子眼睛逐渐显露出来了。这时会发现在原来的眼睛上有一个"+"标志在与鼠标同步移动。应该注意这个"+"标志在"老眼睛"上的移动不要出"圈"，先沿着要拷贝的图像轮廓走一圈，而不必看克隆图章下那个正在逐渐显现出来的"新眼睛"，如图 8-3 所示。

图　8-3

然后看着拷贝的"新眼睛"，让鼠标在"新眼睛"轮廓中间继续移动，中间部分拷贝完成，这时不必去看原来的"老眼睛"。

一个完全相同的眼睛被准确地"克隆"出来了。当然，天下没有三只眼睛的鸭子，但是在克隆图章下什么都能拷贝出来，如图 8-4 所示。

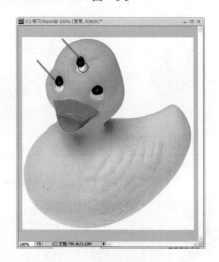

图　8-4

当将鼠标移动到另外的地方继续拷贝的时候，会发现拷贝的不是眼睛，而是新的地方。因为在对齐拷贝中，当按住 Alt 键单击鼠标确定要拷贝的像素点之后，一旦在另外的地方按下鼠标，则两点之间的相对位置即被锁定，不论在什么地方再次单击鼠标，其拷贝点与被拷贝点之间的坐标位置是固定不变的，所以可以多次单击鼠标拷贝一个图像。如果对刚才拷贝的眼睛不满意，可以将鼠标放在拷贝的位置重复操作，如图 8-5 所示。

图　8-5

3．非对齐拷贝

要将某一个图案反复拷贝到许多不同的地方去，就要用非对齐拷贝。将克隆图章选项栏上的"对齐"的选项对勾去掉不选。按下 Alt 键，把鼠标放在鸭子的眼睛上单击，指定拷贝像素点。然后在旁边按住鼠标开始拷贝这个眼睛。注意：非对齐拷贝必须一次完成一个图案的拷贝，如图8-6所示。

图 8-6

松开鼠标，再换一个地方按住鼠标，又开始拷贝一个新的眼睛。反复拷贝多个眼睛，而不用一次次回去指定拷贝像素点，这就是非对齐拷贝的优越性。

在非对齐拷贝中，不论在什么位置上再次单击鼠标，都将回到原指定目标进行新的拷贝，它可以在不同位置反复拷贝同一个图像，但必须按下鼠标后一次完成这个图像的拷贝，如图8-7所示。

按F12键将鸭子图像恢复初始状态。

图 8-7

4．两个图像文件之间的拷贝

将两幅图像错开排列，可以把鸭子拷贝到沙丘上去。指定拷贝方式为对齐拷贝，在画笔库中换一个大一些的笔刷。按下 Alt 键，在黄色鸭子中间选定拷贝点单击鼠标，如图 8-8 所示。

图 8-8

克隆图章

然后指定"山丘.tif"文件图像为当前图像，甚至可以把鸭子的图像文件放到沙丘图像文件的后边去。在沙丘图像中间按住鼠标开始移动，于是鸭子图像就被拷贝到当前图像文件上来了，如图 8-9 所示。

图　8-9

5. 图案拷贝

在工具箱中选魔棒，单击鸭子图像的白色背景，所有背景都被选中。

选择工具箱中图章工具的第二种图案图章工具。在最上边的选项栏上各项拷贝的模式、不透明度和对齐方式都默认，如图 8-10 所示。

图　8-10

在画笔库中选择 100 像素直径的软画笔。

打开选项栏上的图案库，选定一个所需的图案，如图 8-11 所示。

图　8-11

在图像中按住鼠标划动，所选择的图案纹理就被拷贝到图像中的背景区域之内了。因为有圈选区域限制，因此尽管放心，肯定不会涂坏鸭子图像，如图 8-12 所示。

图　8-12

如果能够使用各种图案，设置不同的参数，用图案图章反复涂抹，这样组合出来的背景或许更精彩，如图 8-13 所示。

图　8-13

 要 点 与 提 示

选定克隆图章开始拷贝之前，在指定需要拷贝的目标之外，选定一个大小软硬合适的刷子也非常重要，在对齐拷贝过程中可根据需要，多次改变笔刷直径的大小。

在两个不同图像之间的拷贝，这两个图像的色彩模式必须是相同的。

克隆图章

练习 9　设置颜色

目的与任务

颜色是图像的基本元素之一，正确设置颜色参数除了了解和掌握操作方法之外，更重要的是深入理解各种颜色模式的原理。

实例学习

1. 准备图像

打开图像文件"小鸭.tif"。

打开色板。如果桌面上没有这个色板，可以在"窗口"菜单找到它并且打勾，如图 9-1 所示。

图　9-1

2. 设置颜色

用鼠标直接单击工具箱上的前景色图标，在弹出的拾色器窗口中可以任意选择所需的颜色。先移动色谱滑标到大致位置，然后在所需颜色位置单击鼠标，这个颜色即被选中。最好在相应的色彩模式中输入数值，以使所选颜色更加准确。

选好的颜色与以前的颜色有一个清楚的对比。旁边如果出现警告标志，则表示这个颜色超出了 CMYK 或者索引色的色域范围。警告标志下面的色标是提供的最接近的颜色，如图 9-2 所示。

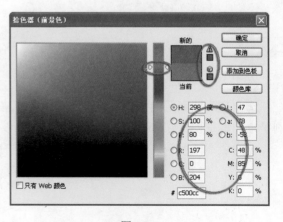

图　9-2

单击拾色器窗口左下角的"只有 Web 颜色"选项，颜色拾取区域成为网络安全色，即标准的 256 色，没有中间过渡色，确保选中的色彩在各种彩色显示器上都能正常显示。

颜色数值区左下角是十六进制转换色彩值。单击"确定"按钮退出，如图 9-3 所示。

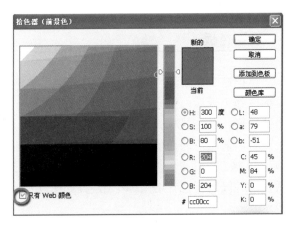

图　9-3

在工具箱中选择吸管工具，然后在图像上任意地方单击，这个地方的颜色就被选定为前景色。按住 Alt 键再用吸管单击图像，选定的就是背景色，如图 9-4 所示。

鼠标进入色板成为吸管，在某个颜色图标上单击，这个颜色就被选定为工具箱中的前景色。按住 Ctrl 键再单击鼠标，所选定的就是工具箱中的背景色。

图　9-4

在许多时候，需要经常使用某一种特定的颜色。这时应该把这种颜色存储到色板中去。

用鼠标单击工具箱中的前景色，拾色器窗口打开，将印刷色彩模式中的 C、M、Y 都设定为 0%，将 K 设定为 100%，单击"确定"按钮退出，如图 9-5 所示。

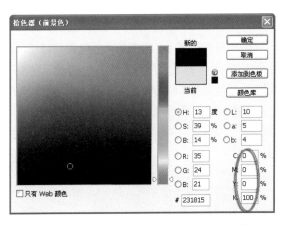

图　9-5

3. 设置色板

要把这个印刷纯黑色添加到色板中，将
鼠标放到色板后面空余的地方，鼠标变成一
个油漆桶，单击鼠标弹出色标名称窗口，通
常是将当前颜色的数值作为名称输入，单击
"确定"按钮，这个纯黑色就添加上来了。以
后什么时候需要它就用鼠标单击它，如图9-6
所示。

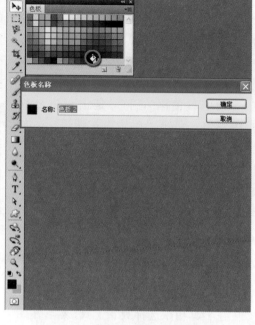

图 9-6

对于不再需要的色彩样本可以把它从色
板中清除掉，按住 Alt 键，将鼠标移动到色
板中，可以看到鼠标变成了一把剪刀，在
哪个颜色图标上单击鼠标，这个颜色就被清
除了。后面的颜色图标依次递进，如图 9-7
所示。

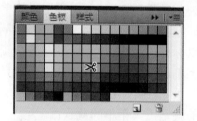

图 9-7

如果色板被剪乱了，就单击色板右上角
的黑三角，在弹出的下拉菜单中选"复位
色板"命令，然后在弹出的窗口中单击"确
定"按钮退出，色板恢复初始设置，如图9-8
所示。

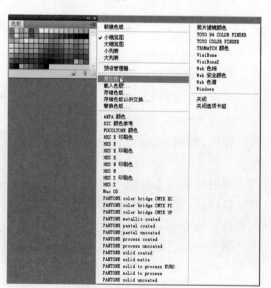

图 9-8

4．设置颜色

打开颜色面板，在这里可以设置所需的颜色。面板上部默认的是 RGB 色彩模式，下部的彩条默认为 CMYK 模式，如图 9-9 所示。

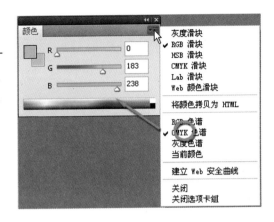

图 9-9

分别拉动 RGB 滑标，可以设置出所需的各种颜色，每一种颜色参数值为 0～255。要按照 RGB 色彩模式来思考问题，设置 R 为 255，G 为 0，B 为 0，这就是纯红色。而红绿相加为黄色，参数值为 R 为 255，G 为 255，B 为 0。

在设置某些颜色参数值时，色板的左侧会出现一个三角形警告标志，表示这个颜色超出了打印颜色范围，单击警告标志旁的色标，可以看到最接近这个 RGB 颜色的 CMYK 参数值，如图 9-10 所示。

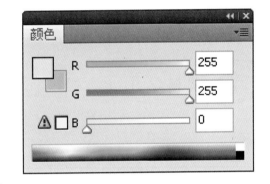

图 9-10

单击颜色面板右上角的黑三角，在弹出的菜单中可以选择所需的颜色模式，如图 9-11 所示。

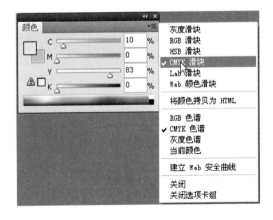

图 9-11

 要点与提示

设置颜色必须规范，不应该在拾色器上随意选取某种颜色，而应该在真正理解色彩模式原理的基础上准确地设置各项颜色参数。

练习 10 设 置 画 笔

目的与任务

使用画笔可以绘制所需的图案,用好画笔的关键,不仅是如何画,更重要的是如何设置画笔的各项参数。Photoshop 中的画笔种类很丰富,同时画笔的参数设置选项也非常丰富,掌握这些设置是用好画笔的前提。

实例学习

1. 选择画笔

在工具箱中第二组中选择任意工具,都可以在上面的选项栏中选定所需的画笔。

在工具箱中选定画笔工具,在最上边的选项栏中打开画笔库,默认的显示为"小缩览图",这样可以节省空间,如图 10-1 所示。

有时也选择"描边缩览图",画笔以笔触效果方式显示。这样可以更清楚地看到选用某种画笔后将画出什么样的效果来。

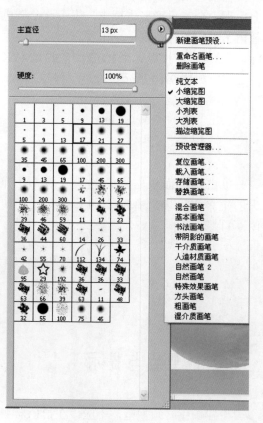

图 10-1

在小缩览图显示的画笔库中，前边 6 个是硬边的画笔，后边是软边和异型的画笔，画笔中的数字是画笔的直径，单位是像素，表示了画笔的大小。在画笔库的上边可以直接调节"主直径"参数，改变所选画笔的直径。调整"硬度"参数则改变画笔边缘的硬度，如图 10-2 所示。

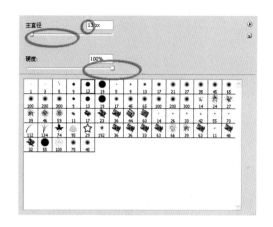

图　10-2

单击画笔库右上角的黑三角，在弹出的菜单中看到最下边有 12 套画笔可以添加。如果都一一添加进来，画笔库中可以有 331 种画笔可供选择，如图 10-3 所示。

单击画笔库右上角菜单中的"复位画笔"命令，画笔库恢复初始状态。

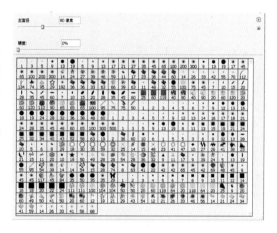

图　10-3

2．设置画笔

在画笔选项栏的右上角，可以打开画笔设置板。在设置板中直接选择所需的画笔，画笔库下边的"主直径"可以改变画笔的直径，下边的预视窗口中可以看到将来用这种画笔画出来的效果。左边的选项命令栏中有多项可选的参数命令，如图 10-4 所示。

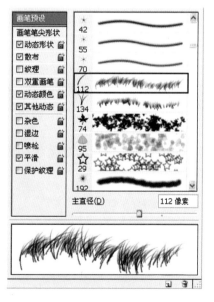

图　10-4

设置画笔

在左边选项栏中选择"画笔笔尖形状"命令，右边的参数区中可以设置画笔的直径、角度、圆度、硬度和间隔等数值，如图 10-5 所示。

对改变了的各项参数不满意，可以在"画笔预设"的画笔库中再次单击这个画笔图标，所有参数恢复默认。

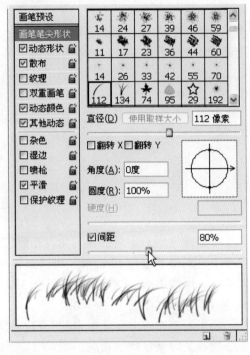

图　10-5

在左边选项栏中有更多的命令，可以分别设置更复杂的参数，产生更丰富的变化。在画笔的形状、间隔、纹理、颜色、叠加、不透明度等方面的数十项选择，再加上杂点、湿边、平滑、艺术笔等外形的设置，这里的变化令人眼花缭乱，如图 10-6 所示。

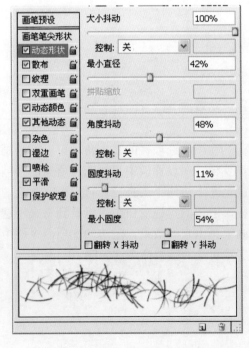

图　10-6

在选项命令栏中选择"动态颜色"命令，右边的参数区中可以分别设置从前景色到背景色、色相、饱和度、亮度等参数。这些参数都会对将来画出来的笔触颜色产生明显的作用。

例如选中沙丘草画笔后，前景色背景色的设置会影响到这两种颜色的比例关系，提高色相的参数值，可以画出五颜六色的沙丘草来，提高饱和度和亮度的值，能画出明暗不同的笔触来，如图10-7所示。

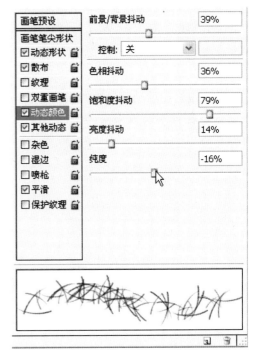

图　10-7

在许多选项中都有一个"控制"下拉框，其中的渐隐设置是比较有用的一项。

选中一个圆形画笔，在选项栏中选中"其他动态"命令，打开"不透明度抖动"下边的控制下拉框，选中渐隐选项，看到下边的预示窗口中画笔产生了渐隐效果。渐隐选项后边的数值是渐隐的步长，数值越大，渐隐所拉动的笔触就越长，如图10-8所示。

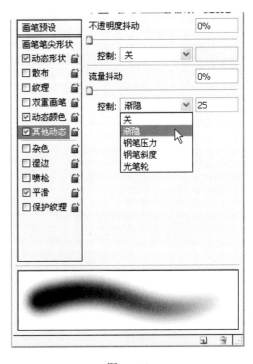

图　10-8

精心做好各项画笔参数的设置，就
可以画出各种不同效果来，如图 10-9
所示。

图　10-9

 要点与提示

"工欲善其事，必先利其器。"选择画笔工具后，应该在落笔之前先做好各项设置。

新版的 Photoshop 与过去的版本相比较，画笔选项板的设置有极大的改进。这里介绍的只是最基本的用法，而里面还有更多、更深的参数设置，真正摸熟摸透这些选项的禀性，还需要一定的时间。

练习 11 使 用 画 笔

目 的 与 任 务

设置好画笔的各项参数以后，就可以用画笔来随心所欲地描画所需的图像了。但是在使用画笔时应该采取更加方便的步骤，更加准确的控制，才能做到"运笔自如"。

实 例 学 习

1．准备图像

打开图像文件"小鸭.tif"。

在上边的选项栏中最左边的当前工具图标上右击鼠标，在弹出的菜单中选"复位所有工具"命令，将所有工具恢复默认设置。这对初学者来说是很有必要的，如图 11-1 所示。

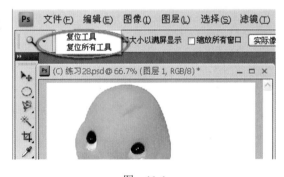

图　11-1

2．设定前景色

画笔是用前景色来进行描画的，可以单击工具箱的前景色打开拾色器，在参数区中设置所需的颜色值。也可以在颜色面板上拉动滑标设置颜色，还可以在色板上用鼠标直接单击所需的颜色色标，这样做既方便又准确，如图 11-2 所示。

图　11-2

3．选定画笔

在工具箱中选中画笔工具，在上边这个工具相应的选项栏中单击画笔库图标，在打开的画笔库中选定所需的画笔。如果画笔笔形合适而直径不合适，可以直接在画笔库上拉动"主直径"滑标，更改画笔直径，如图 11-3 所示。

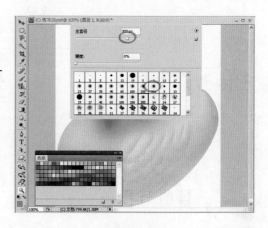

图 11-3

4．绘制图画

设好了前景色和画笔以后，可以用画笔在图像中描画任意图像了，如图 11-4 所示。

过去的 Photoshop 工具中有一个喷枪工具，因为它与毛笔的功能基本一致，因此现在被合并了，在选项栏中可以找到它，按 F12 键让图像恢复初始状态。以后均如此操作。

图 11-4

按住 Shift 键，然后点着鼠标走，也就是用鼠标在图像不同的地方不断地单击，就会在两点之间形成直线，如图 11-5 所示。

图 11-5

按住 Shift 键，拖着鼠标走，也就是按住鼠标不松开，横向或者纵向移动鼠标，就可以画出水平或者垂直的线。画出水平或垂直线后，要想拐弯，就要在需要转折的地方先单击鼠标，再转向拖动鼠标，如图 11-6 所示。

图　11-6

5. 设定模式参数

在画笔库中选择一个直径稍大一点的软画笔。打开模式下拉框，这里有 27 种混合模式可以选择，选用不同的模式将画出不同的笔触效果，这里选定溶解模式。将不透明度的值设定为 50%，如图 11-7 所示。

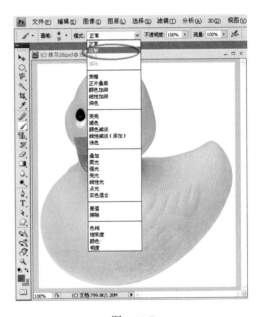

图　11-7

设好参数后，在图像中画出了这种细点状的笔触。

流量值的设置也会对画出的笔触产生影响。不同的参数组合能够产生不同的效果，如图 11-8 所示。

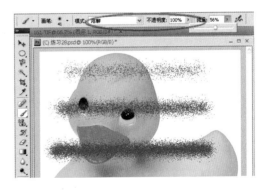

图　11-8

使用画笔

在画笔库中选择不同的画笔，设定不同的参数，可以画出各种各样所需的图像来，如图 11-9 所示。

画笔的直径是以像素为单位的，要想快速改变画笔的直径，可以在使用画笔的时候直接按 [和] 键。当然，这种简便快捷的方法设置的画笔直径在 10 像素以上是整建制跳跃的。

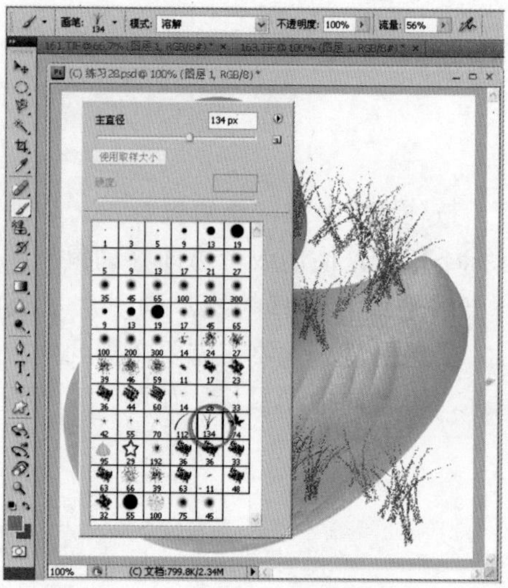

图　11-9

6. 自定义画笔

按 Ctrl+N 键，弹出"新建"窗口。

建立一个新文件：50 像素×50 像素，分辨率 72 像素/英寸，RGB 模式，背景内容为透明。单击确定按钮退出，如图 11-10 所示。

图　11-10

在工具箱中设定前景色为黑色，用画笔工具，设定合适直径的画笔，在新文件中画出所需的图案作为新画笔。选择"编辑"|"定义画笔预设"命令，如图 11-11 所示。

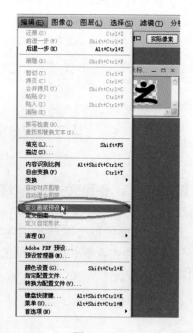

图　11-11

在弹出的定义画笔窗口中可以填入新画笔的名称，单击"确定"按钮退出，如图 11-12 所示。

图　11-12

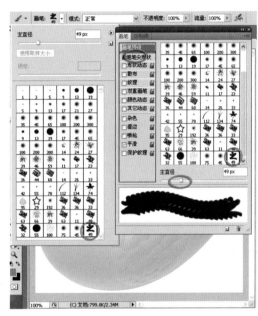

将定义画笔的临时文件关闭不存盘。

回到鸭子图像文件中。在工具箱中选择画笔工具，在选项栏中打开画笔库，看到最后一个就是新增加进来的画笔。在画笔设置板上做好所需的各项设置，尤其重要的是设置好合适的画笔间隔参数，如图 11-13 所示。

图　11-13

选择所需的颜色，可以在图像中用自制的画笔绘制图案了。这个画笔的直径也是可以任意更改的，如图 11-14 所示。

图　11-14

使用画笔

7．保存工具

设定了画笔各项参数以后，如果将来还需反复使用，可以将这个画笔工具保存下来。在选项栏上单击当前画笔工具图标，在弹出的相应工具栏中单击生成新工具图标，在弹出的窗口中可以给新工具命名，单击"确定"按钮退出，如图 11-15 所示。

图 11-15

这个新设置的工具被保存在了常用工具栏中。以后再使用时，可以在当前工具选项栏的工具图标上单击鼠标，在弹出的相应工具栏中找到它。也可以在"工具预设"面板中找到它，这样使用就比较方便了，如图 11-16 所示。

注意：不仅仅是画笔工具可以这样保存，其他常用工具也可以用这样的方法保存。

图 11-16

 要点与提示

从 Photoshop 7.0 开始，画笔的功能有了很大的增强，其中有些功能是综合了矢量软件的绘图和绘画软件的图画功能，这就使得过去很少使用的画笔现在有了用武之地。

练习 12　填充渐变色彩

目的与任务

渐变色彩的填充是实际工作中经常遇到的，熟练掌握各种渐变颜色和渐变方式的填充，可以制作出许多漂亮的图像来。

实例学习

1．准备图像

打开图像文件"山丘.tif"。

在工具箱中选定矩形选区工具，检查选项栏中的羽化值为 0，工具箱中前景色与背景色为不同的颜色。

用鼠标在图像中拉出一个选区范围，如图 12-1 所示。

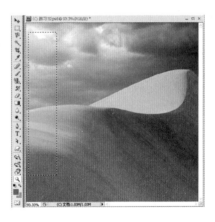

图　12-1

在工具箱中选择渐变工具，选项栏中各项参数为默认初始设置，如图 12-2 所示。

图　12-2

2．线性渐变

用鼠标在图像中从上至下拉出渐变方向线，在选区内出现渐变色。用选框工具继续创建选区，然后用渐变工具拉出不同长短的渐变线。渐变线起点之外由前景色填充，终点之外由背景色填充，渐变范围的大小由渐变方向线的长短决定，渐变范围的起点和终点可以在选区范围之内，也可以延伸到选区范围之外，如图 12-3 所示。

图 12-3

3．放射渐变

用椭圆选框工具在图像中圈出一个正圆形选区。

选用渐变工具。在其选项栏中指定径向渐变。这一工具是以渐变起点为圆心，向外做圆形浅变。看到的效果是一个同心圆，如图 12-4 所示。

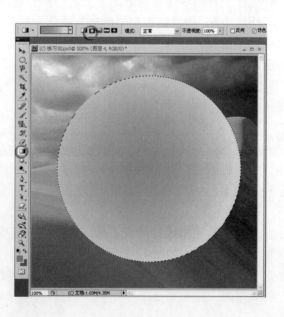

图 12-4

用径向渐变工具可以制作圆球图像。设定前景色为白色，背景色为深蓝色，在渐变颜色库中选定第一个（从前景色到背景色）渐变色，在圆形选区中从左上方到右下方拉出渐变方向，一个有高光效果的圆球就出现了，如图 12-5 所示。

图　12-5

4．角度渐变

使用角度渐变工具拉出的渐变线不是渐变的方向，而是渐变的起点边，以这条线作边沿扇面顺时针方向做 360°渐变，如图 12-6 所示。

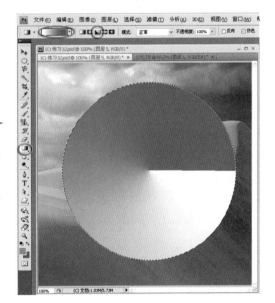

图　12-6

可以用这种渐变方式画出一个精美的光盘图像来。

在渐变颜色库中选定光谱渐变色，如图 12-7 所示。

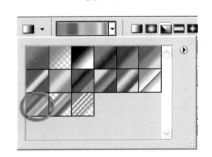

图　12-7

填充渐变色彩

从圆形选区的中心拉出渐变线到边上结束，看到的是一个七彩的圆形，如图 12-8 所示。

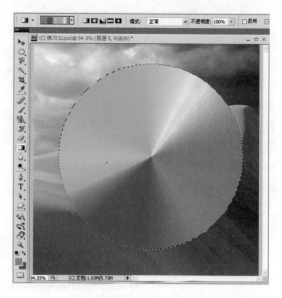

图　12-8

按 Ctrl+D 键取消原有的选区。在工具箱中选择圆形选区工具，以图像中的圆形中心为圆心，拉出一个小圆形选区。

在工具箱中选历史记录画笔工具，然后在小圆形选区中滑动鼠标，将中心的图像恢复到初始状态，取消选区，可以看到这就是一个精美的光盘了，如图 12-9 所示。

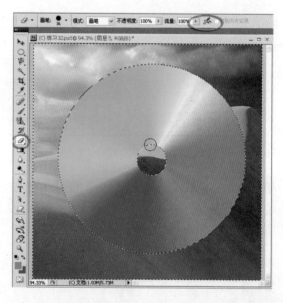

图　12-9

 要 点 与 提 示

渐变填充是 Photoshop 中常用的操作技法。填充什么颜色，要根据对色彩的理解和创意的要求。怎么填充颜色，要看灵活运用不同的渐变方式、混合模式、不透明度等诸选项的组合。

将渐变填充与选区巧妙结合，就能制作一些漂亮的图形，满足各种实际需要。

练习 13　图像局部修整

目的与任务

　　工具箱中有好几件工具专门用来对图像进行局部修整，使用起来十分方便。这个练习的目的是掌握这些工具的使用技巧，今后用这些工具对于图像局部进行必要的处理。

实例学习

1. 准备图像

　　打开图像文件"山丘.tif"。

　　在工具箱中选用模糊工具，在选项栏中设定使用 100 像素直径的画笔，强度 100%，如图 13-1 所示。

图　13-1

2. 图像修整

　　模糊与锐化工具往往用来处理某些局部效果。选用这些工具时都要在上边的选项栏中打开画笔库选择大小软硬合适的画笔，并且在选项栏中设定合适的强度和模式。

　　用鼠标在图像中沙丘的边缘涂抹，可以看到局部图像越来越模糊，如图 13-2 所示。

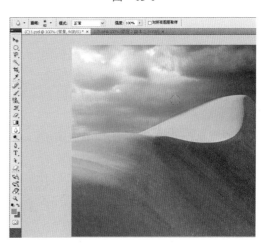

图　13-2

在工具箱中用鼠标按住模糊工
具，在弹出的工具中选择第二项就是
锐化工具。同样要在上边的选项栏中
选定所需的画笔和压力等参数设定，
如图 13-3 所示。

图　13-3

使用锐化工具在刚才被模糊的地
方涂抹，可以看到局部图像的边界稍
稍清晰。

但这种清晰是有条件的，原本就
十分模糊的图像也不可能变得很清
晰。清晰是有限度的，用锐化工具继
续在这个地方涂抹就会发现图像反
而变得麻麻点点更粗糙了，如图 13-4
所示。

图　13-4

涂抹工具可以将起点的颜色按照
鼠标拖动的方向抹向终点，类似绘画
中用手或其他物品直接涂抹颜料的
效果。

使用这个工具也需要先在选项栏
中打开画笔库，选择大小软硬合适的
画笔，设置合适的强度和模式。不
同的强度涂抹的效果不同，如图 13-5
所示。

图　13-5

如果将强度提高到 100%，按
住鼠标拖动，则涂抹的效果就始终
不会停止，如图 13-6 所示。

按 F12 键将图像恢复初始
状态。

图 13-6

减淡工具用于图像的局部减
淡，加深工具用于图像的局部加
深。这些工具类似摄影暗室中的处
理效果，在处理图像中某些暗部层
次的时候是很有用的，但操作要慎
重，以免弄巧成拙。

在工具箱中选中减淡工具在
乌云上涂抹，可以使天空逐渐亮起
来，如图 13-7 所示。

图 13-7

在工具箱中选择加深工具，在
选项栏中做好相应的设置，在图像
中的乌云上反复涂抹，天空被加
深，感觉天空更加沉重了，如图 13-8
所示。

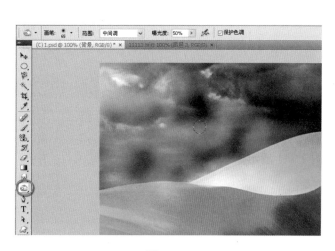

图 13-8

图像局部修整

海绵工具用来提高或降低图像局部的色彩饱和度。在其选项栏上设定模式为降低饱和度，将流量设为 100%，在沙丘上反复涂抹，可以看到这些地方颜色的饱和度越来越低，最后成了灰色，如图 13-9 所示。

图 13-9

再从选项栏上打开模式下拉框选择"饱和"命令增加饱和度，反复涂抹沙丘和乌云，可以看到天越来越蓝，沙丘则越来越红。当然，前提是这些地方原来是有颜色的，如果原来就是灰色的，那怎么抹也没有用，如图 13-10 所示。

图 13-10

选定工具箱中的橡皮工具，在选项栏中选定相应的画笔。在图像中涂抹，可以看到被橡皮擦上去的是工具箱中的背景色，而这样的操作实际用途不大，如图 13-11 所示。

图 13-11

将图像铺满白色。

在选项栏中将抹到历史记录选中打钩，在图像中再次涂抹，就看到这种常见的局部透底的广告效果了，如图13-12所示。

图　13-12

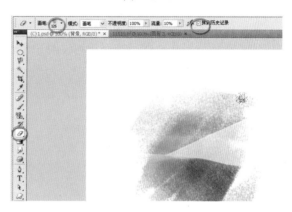

再次将图像铺满白色，在选项栏上把画笔直径设置到125，设定流量的值为10%，再次擦拭图像产生一种飘渺流动的效果，这与不透明度参数值的效果是不同的，如图13-13所示。

图　13-13

 要点与提示

局部修整工具与菜单中图像调整命令的功能是相同的，但局部修整工具往往用于图像中小面积的、局部的影调或色调的调整。

把局部修整工具与圈选工具结合起来使用，会使图像的局部修整更加精确、细致。

图像局部修整

练习 14　文字输入与编辑

目的与任务

文字的输入与编辑是 Photoshop 操作中一项必不可少的内容，而 Photoshop 的文字操作有它的特殊性，因此，做好这个练习，对于了解和掌握 Photoshop 中的文字输入与编辑非常重要。

实例学习

1. 准备图像

建立一个新文件：640 像素×480 像素，分辨率 72 像素/英寸，RGB 模式，如图 14-1 所示。

在工具箱中设定前景色为红色。

打开图层调板。

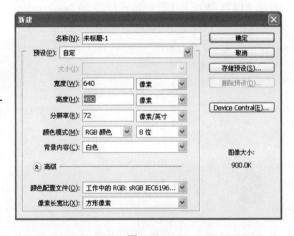

图　14-1

2. 输入文字

在工具箱中按住文字输入工具 T，选其中第一个横排文字工具。在上边的选项栏中可以分别选择文字的字体、字号、排列、颜色等各项参数。

也可以单击调板按钮打开文字面板进行同样的参数设置，其效果与在选项栏中操作是一样的，但可以设置的项目更多，更具体，如图 14-2 所示。

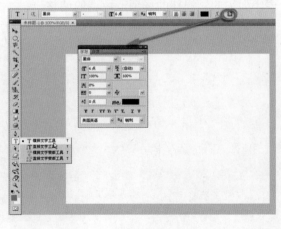

图　14-2

选择字号时有 3 种单位：像素、点和毫米。可以根据实际需要进行设定，选择"编辑"|"首选项"|"单位与标尺"命令，在弹出的窗口中打开文字设置项，选定相应的字号单位。毫米和点是绝对尺寸单位，1 点=1/72 英寸。而像素是相对尺寸单位，输入字号的大小与图像的分辨率精度设置有直接关系，如图 14-3 所示。

在文字选项栏上设定字体为 Arial，字号为 72 点。

在图像中需要输入文字的地方单击鼠标，用键盘直接输入所需的文字。现在可以输入"战胜 photoshop 入门必做练习"这样一行文字。

在图层面板上可以看到自动产生了一个新的文字层。用鼠标单击选项栏上最右边的对勾，确认文字输入完毕，文字层的名称由"图层"变为刚刚输入的文字。也可以单击这个文字层，同样表示文字输入完毕，如图 14-4 所示。

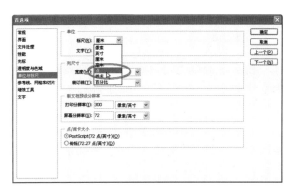

图　14-3

图　14-4

3．编辑文字

用鼠标在需要编辑的文字上单击，然后就可以像所有文字编辑软件一样进行添加、删改。

按住 Ctrl 键，鼠标变成移动工具，用鼠标直接拖动文字到所需的位置，如图 14-5 所示。

图　14-5

可以用鼠标划动，以直接选定所需编辑的多个或多行文字；在某一行上双击鼠标就选中了这一行的全部文字；在某一段文字的任何位置连续点击鼠标就全选了这一段文字。然后可以轻松地改变所选文字的各项设置，如图 14-6 所示。

图　14-6

文字输入与编辑

在文字调板上可以方便地调整被选中文字的行距、字距、字形比例和基线位置的各种设置参数，如图 14-7 所示。

改变文字字距和行距的快捷方法：选中多个文字后，按住 Alt 键，连续单击小键盘方向键中的左右键，就可以缩小或者加大字间距。

选中多行文字后，按住 Alt 键，连续单击小键盘方向键中的上下键，就可以缩小或者加大行间距。

图 14-7

改变文字颜色：用鼠标选中需要改变颜色的文字，单击文字选项栏中的颜色图标，可以在弹出的颜色拾取器中填写所需的颜色数值。但更便捷的方法，是先打开色板，选中相关的文字后，用鼠标直接在色板上单击所需的颜色，这样做更快捷，更方便，如图 14-8 所示。

图 14-8

文字面板上的一排图标，分别用来设置文字的加粗、斜体、大小写转换、上下角标、下划线等。只要选中需要设置的文字，然后单击某项图标，即可完成设置，如图 14-9 所示。

图 14-9

在选项栏左上角单击文字排列转换图标，横排文字转换为竖排。如果文字偏出画面，就按住 Ctrl 键，再用鼠标把文字移动到合适位置，如图 14-10 所示。

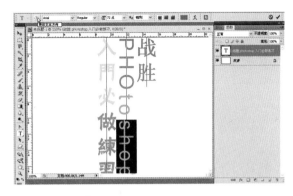

图　14-10

用鼠标选中 Photoshop 文字，在文字设置板右上角单击黑三角，在弹出的菜单中选择"标准垂直罗马对齐方式"命令，被选中的英文旋转为站立字母方式，如图 14-11 所示。

只有西文中的竖排有这样两种方式，中文竖排只有站立一种方式。

图　14-11

要 点 与 提 示

文字输入与编辑看似简单，实际上要想做到运用自如还是要花一些功夫的。

在选用汉字字体时应该注意，Photoshop 不认汉鼎字体，还有一些字体经过 Photoshop 的光栅化之后，会产生发虚的现象，这种情况在一部分微软字体和文鼎字体中存在，在操作中千万要小心。

Photoshop 的文字输入与编辑功能已经比过去有了很大的提高，操作方法接近其他软件通行的方法。

练习 15　　　　　文字再编辑

目的与任务

如果对文字的排列有特殊的要求，Photoshop 提供了多种变形文字排列的样式。如果要编辑较长的文字，Photoshop 专门提供了段落文字的编辑模式。这些都为活跃版面设计创造了方便条件。

实例学习

1. 准备图像

建立一个新文件：640 像素×480 像素，分辨率 72 像素/英寸，RGB 模式。

在工具箱中设定前景色为红色。

输入文字 photoshop cs 4。在选项栏上打勾确认文字输入完毕，如图 15-1 所示。

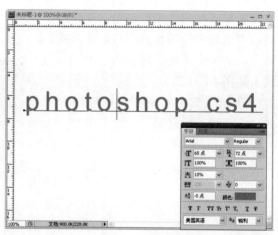

图　15-1

2. 编辑变形文字

单击选项栏中的创建变形文本图标，就会弹出相应的变形文字窗口。在弹出的"变形文字"窗口中打开样式下拉框，这里有 4 组 15 种变形文字排列方式可供选择，如图 15-2 所示。

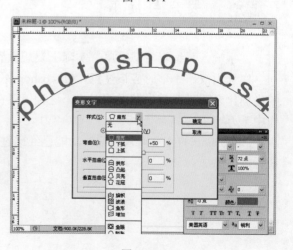

图　15-2

调整变形参数,可以产生各种不同的变形效果。

每个样式都有 3 个滑标参数可以设置,拉动"弯曲"的值,可以设置上圆弧或者下圆弧;拉动"水平扭曲"的值,可以设置从左到右或者从右到左的扭曲,这样产生左右透视变化;拉动"垂直扭曲"的值,可以设置从上到下或者从下到上的扭曲,这样产生前后透视变化,如图 15-3 所示。

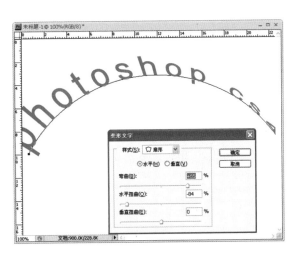

图　15-3

选定所需的变形选项。可以看到文字被变成了所指定的形状,而且仍然保留着文字性质,随时可以进行文字编辑,如图 15-4 所示。

对已经做过变形处理的文字如果不满意,可以随时重新打开变形文字调板进行再次编辑。也可以选择新的变形样式,或者选择"无"取消文字扭曲,恢复正常状态。

在历史调板上将图像退回到新文件状态。

图　15-4

3. 编辑段落文字

在工具箱中选中文字输入工具,在选项栏中先选定所需的文字字体和字号。用鼠标在图像中拉出一个范围,现在进入段落文字编辑状态。

段落文字既解决了文字输入的麻烦,也避免了用硬回车来设定行宽的麻烦,如图 15-5 所示。

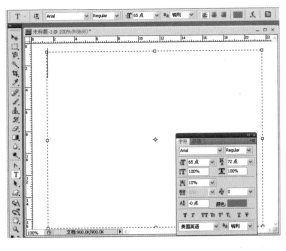

图　15-5

可以在任意文字中选中所需的文字直接拷贝，比如在某个文档上选中一段文字，然后右击，选择拷贝命令，将这段文字拷贝，如图15-6所示。

图　15-6

回到 Photoshop 中，先设定好所需的中文字体、字号参数，然后在图像中的段落文字框中右击，选择"粘贴"命令粘贴，刚才拷贝的文字就按照当前设定的字体、字号粘贴进来了，图 15-7 所示。

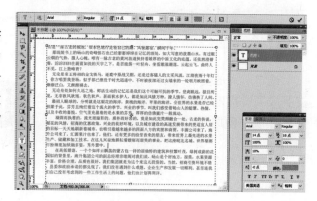

图　15-7

将鼠标放在段落文字框的边上，看到鼠标变成了双向箭头后，任意拉动段落文字框，可以随意改变段落文字框的大小和行宽。如果段落文字框的右下角出现带十字的控制点，则表示段落文本没有显示完整，如图15-8所示。

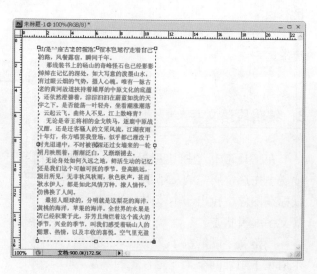

图　15-8

段落文字中的文字编辑与普通文字是一样的。用鼠标将需要编辑的文字划过选中，然后就可以更改设置文字的各项参数，例如改变字体、字号、比例、颜色等，如图15-9所示。

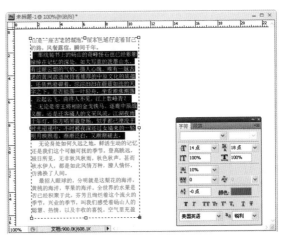

图 15-9

4．文字的替换

对于文字中的字词可以进行查找替换。

选择"编辑"|"查找和替换文字"命令，在弹出的窗口中分别填写查找的内容和替换的结果，做好相应的设置，单击查找或者替换按钮，如图 15-10所示。

这里设定的是将段落中的"的"字都替换成"和"字。

可以看到文字中指定的内容都做了准确的替换。

在文字调板中打开段落调板，可以按照需要设定相应的段落选项，包括文字的对齐方式、缩进方式、空格方式、避头尾方式和连字方式等。

可以看到做了避头尾设置后，所有的行首都不会再出现标点了，如图15-11所示。

图 15-10

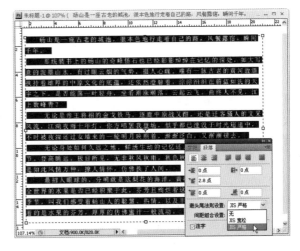

图 15-11

文字再编辑

将鼠标放在段落文字框外边，拖动鼠标可以旋转文字。

按住 Ctrl 键拖动段落文字框的边点，可以倾斜段落文字，如图 15-12 所示。

5. 文字与图像的转换

在文字编辑状态下，可以随时对文字进行编辑，也可以做样式设定，但不能将文字作为图像来进行处理。当需要使用滤镜等工具对文字进行艺术处理时，将出现警告窗口，提示文字将被自动转换为图像，如图 15-13 所示。

在需要对文字进行图像处理时，可以选"图层"|"栅格化"|"文字"命令，将文字层转换为图像层。

转换以后可以看到文字层上的 T 标志没有了，文字变成了文字形状的图像，可以对这些文字图像进行特殊的艺术处理，但是不能再对这些文字进行删改、设置等文字操作了，如图 15-14 所示。

图　15-12

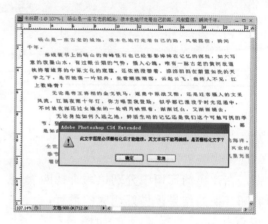

图　15-13

要点与提示

变形文字大大丰富了文字的表现，但是这些变形的方式并非万能。

段落文字对于一般的展板、彩页的制作，真是不可缺少的工作方式。

如果需要输入较多的文字，不要直接在 Photoshop 中输入，应该在其他办公软件中输入编辑后，用拷贝粘贴的办法拷贝到 Photoshop 中来。

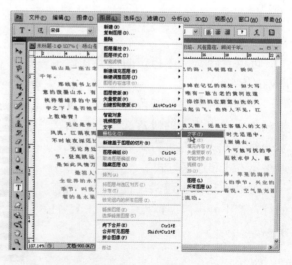

图　15-14

Photoshop 中具有按照路径排列文字的功能，将在后面讲解路径功能的时候安排相应的讲解和练习。

练习 16

绘制矢量图形

目的与任务

Photoshop 从 7.0 版本开始提供了 249 个可以直接绘制的矢量图形，这就使得图形的绘制过程大大简化了，工作效率大大提高了。

实例学习

1．准备图像

打开图像文件"山丘.tif"。

在工具箱中选矢量图形工具。在上边的选项栏中有 3 种图形创建方式，第一种是创建矢量图形层，第二种是创建工作路径，第三种是创建填充像素区域。选中第三种填充像素方式，前边两种建立图形层和建立路径方式会在以后的练习中讲到，如图 16-1 所示。

图　16-1

2．绘制矢量图形

选项栏中有可供选择的绘制图形类型，包括：矩形、圆角矩形、椭圆形、多边形、直线和自定义图形。选定某一种图形类型，在工具箱中设定所需的前景色，然后就可以在图像中拉出所需的图形，如图 16-2 所示。

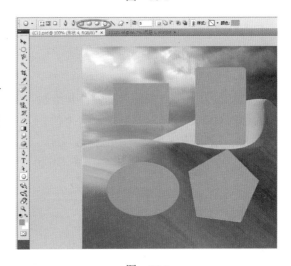

图　16-2

用鼠标单击图形类型后边的黑三角，打开图形设置选项对话框。

每一种矢量图形工具都有其相应的选项对话框，通常都包括：不受限制、正方或圆、固定大小、比例和从中心等。

如果选中"方形"和"从中心"选项，就会以鼠标起点为中心，向外画出一个正方形，如图 16-3 所示。

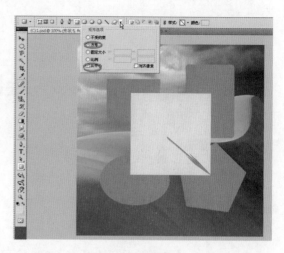

图　16-3

在选项栏中选择第二种圆角矩形，圆角的半径可以在选项栏的"半径"中设置，然后在图像中拉出所设定的圆角矩形，如图 16-4 所示。

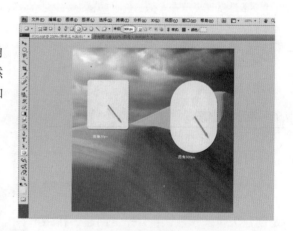

图　16-4

在选项设置栏中选择第四种多边形，拖动鼠标可以发现这种图形默认的绘制方式是以鼠标起点为中心向外伸展的。打开绘制类型的选项对话框，可以分别设置：半径、平滑拐角、缩进边依据、平滑缩进。不同的设置可以画出不同的效果来，如图 16-5 所示。

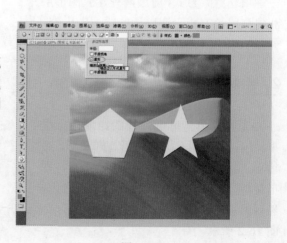

图　16-5

需要绘制多少个边可以在选项"边"中设置,范围是3～100,如图16-6所示。

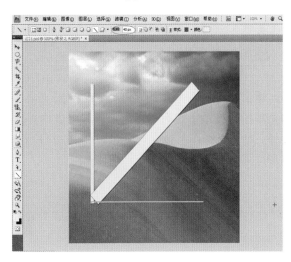

图　16-6

在选项设置栏中选择第五种直线。画线的粗细要在选项"粗细"中设置。按住 Shift 键可以保证画出的直线为水平、垂直或45°,如图16-7所示。

图　16-7

打开直线工具的选项对话框可以设置画箭头的方式,包括箭头出现在直线的起始或结束位置,以及改变箭头的形状,如图16-8所示。

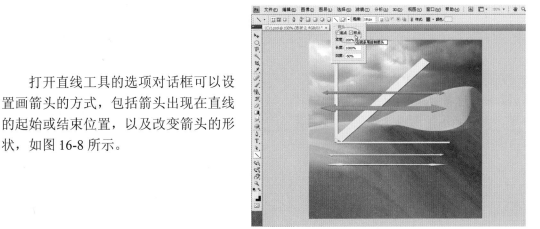

图　16-8

绘制矢量图形

在选项设置栏中选择第六种自定形状工具，打开图形库可以有多种图形供选择，如图 16-9 所示。

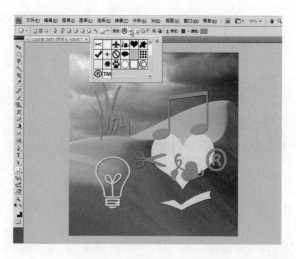

图　16-9

3．添加矢量图形库

单击图形库右上角的黑三角，在弹出的菜单中选择最下边有 13 套图形库可供选择，单击某个图形库名称，可以将新的图形库添加进来，如图 16-10 所示。

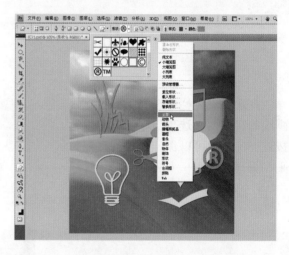

图　16-10

在弹出的面板上单击"确定"按钮，将用新图形库替换原图形库，选择"追加"命令，就把新图形库添加在原图形库后边，如图 16-11 所示。

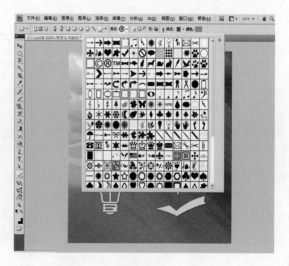

图　16-11

如果想把所有的图形都添加进来，可以在图形库右上角单击黑三角，然后选"全部"命令。一共有 249 个图形可供选择，很不错了，如图 16-12 所示。

以后还可将自己创作的图形添加到图形库中。

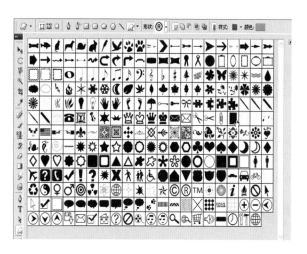

图　16-12

 要 点 与 提 示

绘制矢量图形功能的增强是 Photoshop 的一大进步，随意缩放图形而不会影响图像质量是矢量图形的突出优势。

用好矢量图形功能，就可以把它与位图完美地结合起来，使图像处理操作提高一个档次。

绘制矢量图形

练习 17　　绘制太极图

目的与任务

绘制太极图靠的是选区的综合运用，这个练习既有趣味，也开阔思路，而且还要求非常精细，是一个很有意义的练习。

实例学习

1．准备图像

随便打开一个图像像文件，如"山丘.tif"。

按 Ctrl+R 键打开标尺。从上标尺和左标尺中各拉出一条参考线，十字交汇于图像正中间。用鼠标从图像左上角标尺 0,0 的位置拉出 0 坐标点放在十字参考线中心点上，如图 17-1 所示。

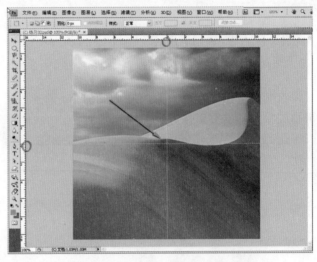

图　17-1

2．设置参考线

首先要设置精确的参考线。

从上标尺拉出水平参考线，分别设置在正负 4 厘米、正负 8 厘米的位置上，如图 17-2 所示。

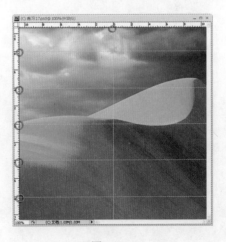

图　17-2

3. 精确画好 3 个圆

在工具箱中选椭圆选框工具。鼠标放在正中心的
0 坐标点上，按 Shift+Alt 键，从中心向外到 8 厘米
参考线拉出一个正圆形选区。填充与背景完全不同的
任意一种颜色，第一个圆形画好了，如图 17-3 所示。

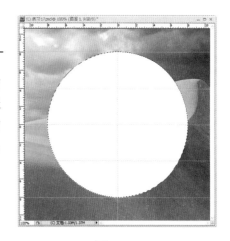

图　17-3

鼠标放在 4 厘米参考线中心，再次按 Shift+Alt
键，从中心向外到 8 厘米参考线拉出一个正圆形选
区，这个小圆形是大圆形直径的一半。填充另外一种
与背景完全不同的任意颜色，第二个圆形画好了，如
图 17-4 所示。

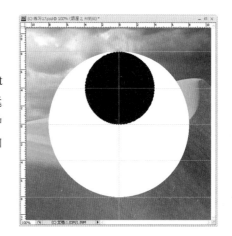

图　17-4

将鼠标放在小圆形中，蚂蚁线还在，按住鼠标向
下移动选区，开始移动后按住 Shift 键，以保证向下
移动的选区在同一中心线上。将这个选区移动到大圆
形直径的下半部分，填充第三种颜色。两个小圆的直
径相加正好等于大圆的直径，如图 17-5 所示。

注意：小圆的直径与大圆的半径相比，宁大勿小。

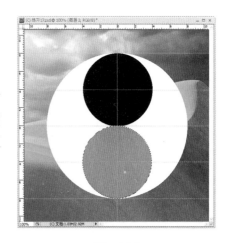

图　17-5

绘制太极图

4．制作鱼形图案

在工具箱中选魔棒工具，在上面的小圆中单击，小圆被选中。按住 Shift 键单击大圆的右半边，这部分选区被增加进来，一个鱼的选区有了，如图 17-6 所示。

如果选区串到了左侧，说明两个小圆相加小于大圆的直径。碰到这种情况，要么重新画小圆，要么在用画笔在小圆与大圆相交的边缘小心画一笔，将大圆的两边分隔开。

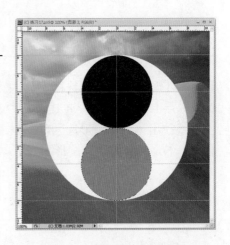

图　17-6

在这个鱼的选区中填充一种颜色，鱼的外形出来了，如图 17-7 所示。

如果小圆的边缘还有痕迹，可以用画笔进行细心的修饰涂抹。

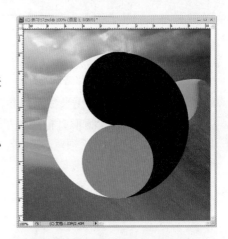

图　17-7

按 Ctrl+;（分号）键重新打开参考线，用圆形选框工具，以垂直 4 厘米十字线为中心创建一个小圆形选区，填充与大圆相同的颜色，上边的鱼完成了，如图 17-8 所示。

图　17-8

按照前面所做的步骤，继续将下边的鱼完成。一个完整的太极图绘制出来了，如图17-9所示。

图　17-9

要点与提示

太极图是中国古人在几千年前绘制出来的，"太极图"——阴阳鱼合抱、互含，两条鱼的内边天衣无缝，两条鱼的外边是为正圆，其中包含了很深奥的哲学理念。

绘制太极图的方法很多，这个练习中使用了增加选区的办法。通过这个练习，一方面可以复习掌握 Photoshop 中的基本操作，一方面也对开拓思路大有好处。

练习 18　　认识图层

目的与任务

图层操作是 Photoshop 中最基本的操作手段，非常重要。在 Photoshop 的操作中离开图层几乎寸步难行。认识图层，做好这个练习，才称得上是真正进入 Photoshop 的开始。

实例学习

1．准备图像

打开图像文件"小鸭.tif"、"山丘.tif"和"向日葵.psd"，单击上边的"排列文档"图标，在弹出的下拉菜单中选"使所有内容在窗口中浮动"命令，三个图像分别摆放，如图 18-1 所示。

图　18-1

在工具箱中选移动工具，先将向日葵图像拖曳拷贝到山丘图像里，再将鸭子也拖曳拷贝到山丘中去。

关闭向日葵和鸭子图像文件，如图 18-2 所示。

图　18-2

2. 图层调板和当前层

打开图层调板。

在图层调板上，每一横栏是一个图层。图层前面的眼睛图标表示这一层是可见的。每个图层栏中包括这一层图像的缩览图和名称，以及这一图层的锁定状态。其中有一个图层的颜色与其他图层不一致，它表示当前层，对图像的各项操作都是基于当前层的。用鼠标依次单击各层可改变当前层。图层的数量不限，如图 18-3 所示。

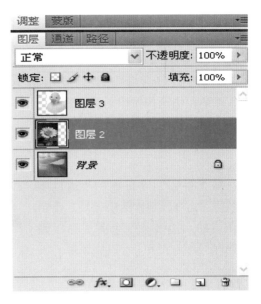

图　18-3

3. 显示与关闭图层

图层的显示原则是先看到最上面图层的图像，后看到下面图层的图像。在图层调板上用鼠标反复单击最上边鸭子图层前面的眼睛图标，可关闭或显示这一层的图像。从上到下逐一关闭图层，可以观察图像显现的状态。

关闭某些图层之后，图像中有些地方布满了灰色和白色相间的小方格，这就表示透明，如图 18-4 所示。

再逐一打开所有图层。

图　18-4

4. 移动图层图像

在工具箱中选移动工具，在图层调板上指定鸭子图层为当前层。按住鸭子图像拖动，将鸭子摆放到图像正中间。可以看到只有当前层的图像被移动，而其他图层的图像是不动的。

再指定向日葵图像的图层为当前层，用移动工具将向日葵也摆放到正中间，如图 18-5 所示。

图　18-5

认识图层

5. 观察图层图像

在工具箱中选择魔棒工具，指定最上边的鸭子图层为当前层，在鸭子图像的背景白色上单击鼠标，所有白色背景都被选中。

选择"图层"|"新建"|"通过剪切的图层"命令，观察图层调板，看到鸭子图层的上边多了一个图层 3，如图 18-6 所示。

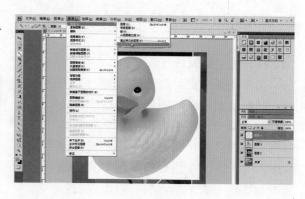

图　18-6

关闭最上边的白色背景色层图层 3，看到鸭子图像干干净净地站在向日葵的前边，如图 18-7 所示。

也就是说，"图层"|"新建"|"通过剪切的图层"命令的作用是将圈选范围内的图像分离出来，另外生成一个新的图层。

再重新打开图层 3 这一层。

图　18-7

关闭第二层的鸭子图层，可以看到向日葵在鸭子留下的窟窿里边露出来了，如图 18-8 所示。

图　18-8

重新打开所有图层。在工具箱中选定移动工具，在最上边的选项栏中的"自动选择"选项前打勾，并在后面的下拉框中选择图层。这样，鼠标在图像中按住哪个图像，就会在图层调板上自动选择这个图像所在的图层为当前层。

用移动工具按住鸭子图像，这一层马上成为当前层，拖动鸭子图像，只有鸭子图层的图像被移动，结果鸭子与白色背景分离了，如图 18-9 所示。

按 Ctrl＋Z 键将鸭子图像移回原位，与背景重合。

图 18-9

要想同时移动多个图层的图像，就按住 Ctrl 键，用鼠标单击需要选择的图层，看到这些图层也变成了当前层的颜色。这时候用移动工具来移动鸭子，可以看到，鸭子层与白色背景层图像同时移动了，如图 18-10 所示。

选择多图层后，大多数工具和操作命令都不能使用。

在图层面板上单击任何图层，即可取消多图层选择状态。

图 18-10

选择多个图层后，在图层调板最下面单击链接图层图标，可以看到这些图层栏中出现了链接标志。这样的链接是固定链接，哪怕只选中一个图层作移动、变形等操作，也会同时作用到其他被链接层，如图 18-11 所示。

什么时候不需要链接了，就在图层调板最下面再次单击链接图标取消链接。

图 18-11

认识图层

如果临时需要取消某个图层的链接，按住 Shift 键，单击需要取消链接图层的链接图标，看到链接图标上出现了一个红叉子，这个图层的链接被临时取消。这时移动某个图层的图像，可以看到临时取消链接图层的图像没有动，其他链接图层的图像同时移动了，如图 18-12 所示。

图　18-12

6. 改变图层顺序

在图层调板上用鼠标按住向日葵图层，将它移动到最上层来，向日葵就跑到鸭子前边来了。

用鼠标按住向日葵图层，将它移动到鸭子和白色背景层之间，向日葵就跑到鸭子中间去了，如图 18-13 所示。

图　18-13

7. 建立新图层

用鼠标直接单击图层调板最下边的"建立新图层"图标，就可在当前层的上面产生一个新的层，陆续在各层之间产生的新层依次被命名为图层 1、图层 2、图层 3 等。

用描绘工具在新建立的图层上画个图案，再用移动工具拖动这个图案，可以看到画在新图层中的这个图案与其他图层没有关系，如图 18-14 所示。

图　18-14

输入文字将自动建立一个新的文字层。

用矢量图形工具的默认方式绘图，将自动建立一个矢量图形层，如图 18-15 所示。

图　18-15

8．删除图层

哪个图层不要了，就用鼠标按住那个图层，直接拖拽到图层调板最下边的垃圾桶上，松开鼠标可以看到，这个图层被删除了，如图 18-16 所示。

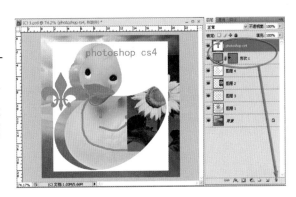

图　18-16

如果需要同时删除多个图层，就按住 Ctrl 键，用鼠标单击选中多个图层，这些图层可以不相邻。然后用鼠标将选中的图层拖到图层调板最下面的垃圾桶中，这些被选中的图层就同时被删除了，如图 18-17 所示。

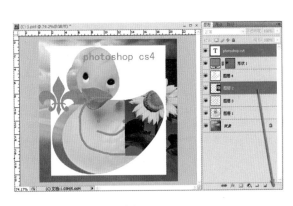

图　18-17

认识图层

9. 图层的种类

从 Photoshop 6.0 以来，图层类型包括：

* 文字层，以字母 T 表示，文字是可编辑的；
* 样式效果层，以一个圆圈中带有一个字母 f 表示，效果层不能独立，是跟在某个图层里面的；
* 矢量图形层；
* 普通层，并且带有一个图层蒙版，用于在图层中遮挡局部图像；
* 调整层，用于非破坏性图像调整；
* 填充层，用于在图层中填充颜色、渐变和图案；
* 剪切蒙版层；
* 背景层。

各种图层的详细使用方法可以在以后的练习中逐步掌握，如图 18-18 所示。

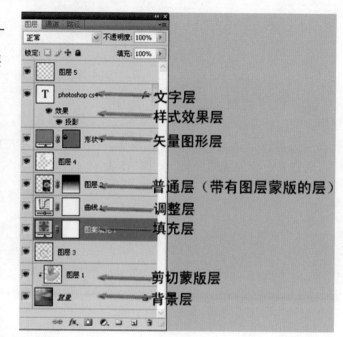

图 18-18

 要点与提示

图层是 Photoshop 中的基本操作形式。

图层从 Photoshop 3.0 版开始出现，在 6.0 版中，图层从观念到种类都有了相当大的改观。功能更加强大，分工更加细致。在 7.0 版中又做了少量调整。在 Photoshop CS 中图层的种类和使用方法没有改变，只是增加了图层组的多级嵌套。到了 Photoshop CS4 中，取消了图层状态栏，增加了多图层选择方式，与其他软件中的"成组"概念类似，大大方便了多图层操作。

做好图层，一是理解，二是熟练，所以一定要多做练习。

练习 19 | # 编 辑 图 层

目的与任务

已经认识了图层的功能，明白了图层之间的关系，现在就通过这个练习，进一步掌握图层中的各种编辑方法和操作技巧。

实例学习

1. 准备图像

打开图像文件"山丘.tif"，打开图层面板，在最下边用鼠标单击创建新图层图标，生成了图层 1，如图 19-1 所示。

在色板上选择第一排第一个红色为前景色。

图　19-1

在色板上选择第一排第一个红色为前景色。

在工具箱中选择矢量图形工具，在最上边的选项栏中先选定图形方式为填充像素，选定自定义图形工具，打开图形库，单击右上角的黑三角，在弹出的菜单中选择"形状"命令将新的矢量图形库添加进来。选中其中的"心形框"图案，如图 19-2 所示。

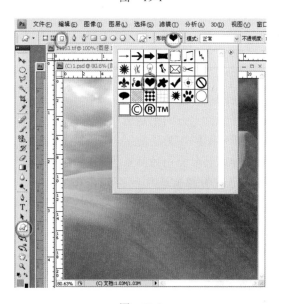

图　19-2

工具箱中前景色设置为红色。

用鼠标在图像中拉出一个"心形"图案来，如图 19-3 所示。

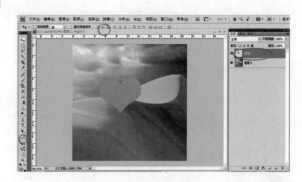

图 19-3

2．拷贝图层

根据前面所学的知识，制作一个"心形框"。

用鼠标将"心形框"图案的图层 1 拖到面板下面的创建新图层图标上再松开鼠标，这个层就被完全拷贝了，新拷贝的层被命名为"图层 1 副本"，在图像中用移动工具拖动就看出来了。

再拷贝一个层，称为图层 1 副本 2 层。用移动工具将三个"心形框"图案横向摆放舒服，如图 19-4 所示。

图 19-4

3．保留透明区域填充

在图层上进行颜色填充时一定要适时选择面板上方的锁定透明像素选项。

指定图层 1 为当前层，在色板上选定第一排第五个蓝色为前景色。在图层面板上锁定透明像素选项前打勾，按 Alt ＋ Delete 键，这层上所有有像素的地方都被填充了新颜色，而没有像素的地方仍保持透明。

将另外一个心填充成为黄色，如图 19-5 所示。

图 19-5

4．改变图层名称

新图层建立的多了，按序号查找不便于识别。

指定红心图层为当前层，把鼠标放在当前层上双击图层名称，然后直接将原来的"图层 1"改为"红心"。把其他两个拷贝的心形图案层的名称也分别改为"蓝心"和"黄心"，如图 19-6 所示。

图　19-6

5．载入图层选区

用各种选择工具都可在某一层上创建选区，此后所有操作都将局限于选区范围之内。

如果需要将某一层上全部有图像的部分都选中，而不选择透明的部分，最简便的方法是按住 Ctrl 键，将鼠标放到需要选择的图层上图像的缩览图上，看到鼠标变成带方框小手图标后，单击鼠标，会看到图像中被点击的这一层上所有的图像部分都被准确地选中了，这就是载入选区操作，如图 19-7 所示。

图　19-7

要增加选区，就按住 Ctrl＋Shift 键，看到图层面板上鼠标小手旁边的方框里是+，再用鼠标单击其他需要载入选区的图层上的缩览图。可以看到所单击的图层的选区都加进来了，如图 19-8 所示。

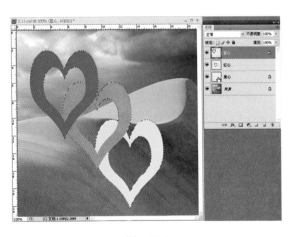

图　19-8

要减少选区，就按住 Ctrl＋Alt 键将鼠标放在图层的缩览图中，看到小手图标旁的方框里是一个"－"，再用鼠标单击中间那个心所在图层的缩览图。可以看到中间这个心的选区被减少的状况，如图 19-9 所示。

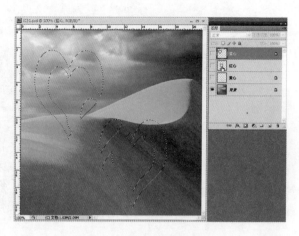

图　19-9

在图层面板最下边单击创建新图层图标，另开一个新层放在最顶上，关闭三个心的图案层。工具箱中前景色设为绿色，按 Alt＋Delete 键，这层上的图案被填充了绿颜色。可以看到因为带着选区，所以不用选锁定透明像素选项也不会将颜色填充出范围，如图 19-10 所示。

按 Ctrl＋D 键取消选区。

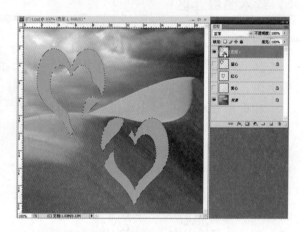

图　19-10

6．图层上的拷贝

进行拷贝操作时最容易错了层。在工具箱中选用选区工具在图像中创建一个不大的选区，蚂蚁线中可以包含当前层中的部分图像。按 F3 键进行拷贝，如图 19-11 所示。

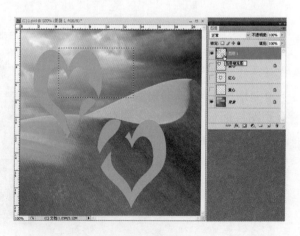

图　19-11

按 F4 键粘贴。当前层选区之内的图像被拷贝粘贴了,图层面板上就会自动增加一个新图层。每粘贴一次,都会产生一个新的图层,如图 19-12 所示。

看看粘贴上来的图像可以发现,拷贝的只是当前层上选取之内的图像,而其他层的图像并没有被拷贝。

图　19-12

打开所有图层。

在图像中建立一个比较大一点的选区。

如果需要将选区内所有的图像都拷贝,而选区内的图像分别属于不同的层,可以在建立选区后,选择"编辑"|"合并拷贝"命令,就实现了选区范围内不同层上所有可见图像的一次性拷贝,如图 19-13 所示。

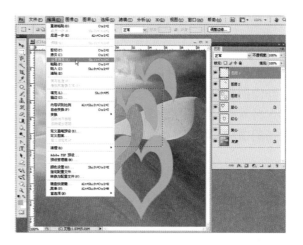

图　19-13

打开图像文件"小鸭.tif"。按 F4 键粘贴。

观察图层面板会发现,原来属于各个层的图像经过合并拷贝,被合并成为一个层拷贝粘贴了,这些层再也分不开了,如图 19-14 所示。

图　19-14

编辑图层

7. 多图层拷贝

要想让多个图层的图像一起拷贝粘贴到另外的图像中，并且仍然保持原来的图层关系，就要用成组拖动的办法来做。

另外打开"小鸭.tif"文件。把来源文件与目标文件错开位置摆放，指定刚才的山丘为当前文件。指定红心为当前层，将蓝心和黄心层做好成组。用移动工具将成组后的三个图层图像直接拖到旁边的小鸭图像上，如图 19-15 所示。

图　19-15

在鸭子图像中可以看到所有成组被移动的图层的图像都拷贝过来了，并且仍然保持着原有的图层关系，可以继续进行所需的图层编辑操作，如图 19-16 所示。

先不要关闭这个图像文件，继续下一个练习。

图　19-16

 要 点 与 提 示

Photoshop 的图层大大方便了图像处理的各项操作。每一步操作都要搞清楚当前是在哪一层上，一旦出现莫名其妙的错误，先检查一下是不是错了层了。

从现在开始，操作图像的一条重要原则是：一切建在图层上。

练习 20 多图层管理与编辑

目的与任务

图层越来越多，掌握多图层管理的操作技法，就能把图层管理得井井有条。

实例学习

1. 建立图层组

继续使用前一个练习中的图像文件。

图层越来越多，为了便于管理，可以将相邻的同类图层放入一个图层组。

单击图层面板最下边的"创建新组"图标，新的图层组出现在当前图层的上边。

用鼠标将相邻相关的图层依次拖入图层组，如图 20-1 所示。

图层组太长，可以单击前边的三角图标，让它转为横向，图层组就折起来了。什么时候需要编辑就再打开它。

图 20-1

如果需要放入图层组的图层很多，不必一个一个地往里拖。先在图层面板最下面单击创建新组图标，建立一个新的图层组，再将需要放在同一个组里的多个图层成组，然后按住已经成组的图层直接拖入所需的图层组即可，如图 20-2 所示。

图 20-2

可以给图层组改名字。

用鼠标双击需要更改的图层组名称，输入所需的名称文字即可，如图20-3所示。

图 20-3

2. 删除图层组

将刚才建立的序列1图层组扔进垃圾桶，这个图层组中所有的图层一次性被删除，这就比一个一个的删除图层快捷多了。对图层组的操作相当于对一个图层的操作，如图20-4所示。

图 20-4

3. 真正的"心连心"

现在图像中还是三个心，这三个心是前后关系，要想实现"心连心"可以利用图层将它们串联起来。

先将红心和蓝心串起来，要指定下边的红心层为当前层，用选区工具在两心相交的地方建立一个选区。按 F3 键拷贝。再按 F4 键原地粘贴，如图20-5所示。

图 20-5

可以看到图层面板上经过粘贴后产生了一个新层，将这个新层移动到最上层。怎么样？心心相连了。实际上是将下层心的局部图像拷贝到上边，所以千万不能移动这个层的图像，否则就露馅啦，如图 20-6 所示。

图　20-6

选最下边的心做当前层，在需要穿过来的地方建立选区。选择"图层"|"新建"|"通过拷贝的图层"命令，看到一个新的图层出现了。这个命令就相当于将选区范围内的图像拷贝并且原地粘贴成为一个新的图层，如图 20-7 所示。

图　20-7

将这个新层移动到上边，看到三个心真的做到了心连心，如图 20-8 所示。

将当前图像文件换名 AAA.PSD 另存一个副本，下一个练习还要使用它。

图　20-8

多图层管理与编辑

要点与提示

　　Photoshop 的图层大大方便了图像处理的各项操作。每一步操作都要搞清楚当前是在哪一层上，一旦出现莫名其妙的错误，先检查一下是不是错了层。

　　从现在开始，操作图像的一条重要原则是：一切建在图层上。

　　对于相关并且相连的图层应该使用图层组。从 Photoshop CS 开始，新增加了图层组多级嵌套功能，也就是说像建立目录树一样，在图层组下面还可以再建立下一级的图层组。比如制作一个介绍计算机学校的展板，可以建立"图形图像处理"等图层组，再下面又分成 Photoshop、3ds Max 图层组等，每个图层组下面再继续分文字、图片等图层组。一级一级分下去，只要思路清晰，管理这样的图层是很方便的。

练习 21　　　　合 并 图 层

目 的 与 任 务

建立了很多图层之后，还要根据操作需要，对图层进行必要的清理合并，这项工作不仅是必要的操作步骤，而且是影响最终输出结果的关键。

实 例 学 习

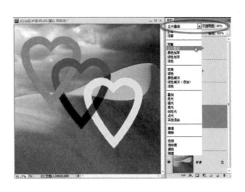

图　21-1

1. 准备图像

打开前一个练习所存储的图像。

打开图层组。取消所有的链接。将中间的红心图层的混合模式设定为正片叠底，不透明度为 60%。将下边相邻的黄心层的混合模式设定为强光模式，不透明度为 40%。

指定红心图层为当前层，如图 21-1 所示。

图　21-2

2. 向下合并

单击图层面板右上方的黑三角，在弹出的菜单中单击"向下合并"命令，如图 21-2 所示。

可以看到当前层与下面的层合并了。图层名称和混合模式以下面层为准，不透明度为各层原来的效果但数值重设为 100%，如图 21-3 所示。

按 Ctrl＋Z 键，撤销刚才的操作。

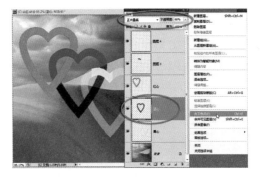

图　21-3

3. 合并多图层

如果想要合并多图层，可以将需要合并的层选中，然后合并。

按住 Ctrl 键，然后用鼠标单击多个图层选中。单击图层面板右上方的黑三角，在弹出的菜单中，原来的"向下合并"命令变成了"合并图层"命令，单击这个命令，如图 21-4 所示。

图 21-4

所有被选中的层被合并到最上面的图层，名称以当前层为准，混合模式变为"正常"，但保留了原来各层的效果，不透明度为各层原来的效果但数值重设为 100%。

由于下面的图层被合并到了上面，因此可以看到蓝心、黄心跑到了红心上面，心连心的效果不存在了，因此，合并多图层必须考虑多图层的顺序，如图 21-5 所示。

按 Ctrl+Z 键，撤销刚才的操作。

图 21-5

4. 合并可见层

如果需要合并大部分图层，只有个别层不合并，可以把不需要合并的层暂时关闭。比如单击背景层前边的眼睛图标，将沙丘层暂时关闭。单击图层面板右上方的黑三角，在弹出的菜单中单击"合并可见图层"命令，如图 21-6 所示。

图 21-6

所有的可见层不论处于当前层的上面还是下面都被合并为一层。

这时层的位置处于当前层，名称以当前层为准，混合模式变为正常，但仍保留了原来各层的显示效果，不透明度数值重设为 100%。

被临时关闭的图层可以重新打开进行编辑，如图 21-7 所示。

按 Ctrl＋Z 键，撤销刚才的操作。

图　21-7

5．拍平所有图层

完成一个作品之后，应该先将带有图层的图像存储成为一个 Photoshop 自身格式文件（*.psd），然后将所有图层合并，再另外存储成所需格式的文件用于输出。

单击图层面板右上方的黑三角，在弹出的菜单中单击"拼合图像"命令，所有图层都会被合并成一个层，通常形象地将这一操作称之为"拍平"，如图 21-8 所示。

图　21-8

拍平之后就只有一个图像背景层了。那些暂时关闭的图层被删除，图像中如果有透明的地方则被填充为白色，混合模式为正常，保留了原来各层的显示效果，不透明度数值重设为 100%。而背景层的混合模式和不透明度是不能修改的。

这时就可以另存为其他所需的输出图像文件格式了，如图 21-9 所示。

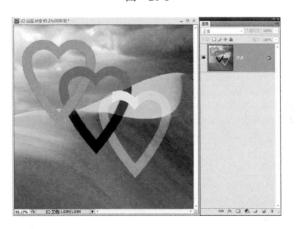

图　21-9

合并图层

要点与提示

图层合并是一项很重要的操作，各种合并命令的作用各不相同，要弄清差别正确使用。

完成一个作品后，先要将带有图层的图像文件存储为一个 *.psd 格式的文件，然后再将所有图层合并，换名存储为所需的输出格式。千万不可在拍平图层后直接选择存储命令，那就会用当前拍平的图像充掉原来的多图层文件，前面所做的一切都将不复存在。

练习 22 揭开色彩关系之谜

目的与任务

平时操作中最常用的色彩模式是 RGB 和 CMYK 色彩模式，这些色彩是如何构成的？它们之间是什么关系？做过这个练习就明白了。

实例学习

1. 准备图像

建立一个新文件：500 像素×500 像素，72 像素/英寸，RGB 模式。

在工具箱中设定前景色为黑，按 Alt+Delete 键铺好底色，如图 22-1 所示。

图　22-1

2. 制作 RGB 色彩关系

用鼠标在图层面板最下边单击创建新图层图标，建立一个新的图层 1 为当前层。

在工具箱中选椭圆选框工具，在选项栏中确认其羽化值为 0。同时按住 Shift 键和 Alt 键，用鼠标拉出一个正圆形选区，先松鼠标，后松键盘。

在色板上选第一排第一个 RGB 红色为前景色，按 Alt+Delete 键将前景色填充到圆形选区中，如图 22-2 所示。

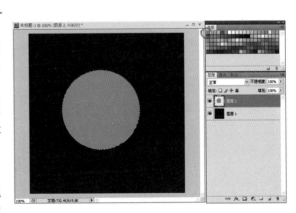

图　22-2

在图层面板最下边单击创建新图层图标，建立图层 2。

在色板上选第一排第三个 RGB 绿色为当前色。按 Alt+Delete 键将这个绿色填充到图层 2 的选区中，如图 22-3 所示。

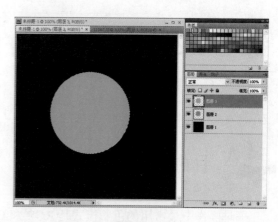

图 22-3

在图层面板最下边单击创建新图层图标，建立图层 3。

在色板上选第一排第 5 个 RGB 蓝色为当前色。按 Alt+Delete 键将这个蓝色填充到图层 3 的选区中，如图 22-4 所示。

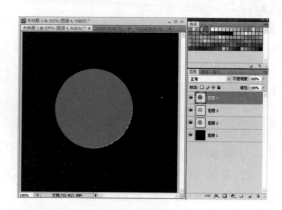

图 22-4

现在有了代表 RGB 色彩的红绿蓝 3 个圆形，用移动工具将三个图层中的这三个圆形分别拖动，摆成一个品字形，如图 22-5 所示。

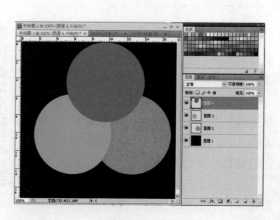

图 22-5

在图层面板上，指定最上边的蓝色圆形所在的图层为当前层。打开图层混合模式下拉框，选定符合 RGB 模式的"滤色"模式。看到色彩有变化了。

再指定下边的绿色圆形所在的图层为当前层，打开图层混合模式下拉框，将混合模式也设定为"滤色"模式，如图 22-6 所示。

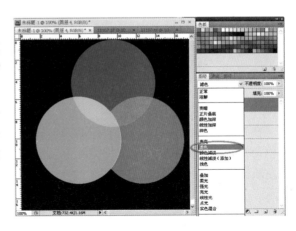

图　22-6

在这里可以清楚地看到：在 RGB 模式中，红加绿为黄，红加蓝为品，绿加蓝为青，红绿蓝相加为白。颜色越加越亮，因此称之为模拟色光的加色法，如图 22-7 所示。

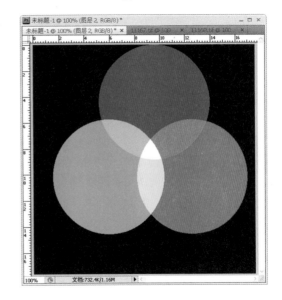

图　22-7

3. 制作 CMYK 色彩关系

在图层面板上，将红绿蓝 3 个图层拖进垃圾桶删除。

设定工具箱中前景色为白色，按 Alt+Delete 键将背景层填充为白色。

再次生成一个新图层图层 1，建立一个正圆形的选区。

在色板上选第二行第四个 CMYK 的青色为前景色，按 Alt+Delete 键，在选区中填充青色，如图 22-8 所示。

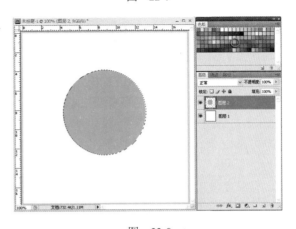

图　22-8

揭开色彩关系之谜

在图层面板最下边单击创建新图层图标，建立图层 2。

在色板上选第二行第六个 CMYK 品色为当前色。按 Alt+Delete 键将这个品色填充到图层 2 的选区中，如图 22-9 所示。

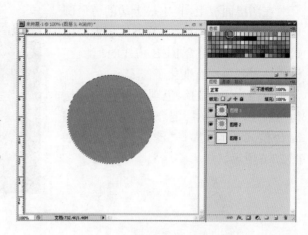

图 22-9

在图层面板最下边单击创建新图层图标，建立图层 3。

在色板上选第二行第二个 CMYK 黄色为当前色。按 Alt+Delete 键将这个黄色填充到图层 3 的选区中，如图 22-10 所示。

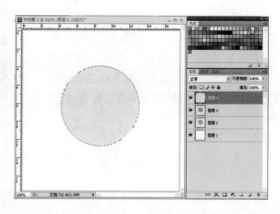

图 22-10

在图层面板上，指定最上边的黄色圆形所在的图层为当前层。打开图层混合模式下拉框，选定符合 CMYK 模式的"正片叠底"模式。看到色彩有变化了，如图 22-11 所示。

再指定下边的品色圆形所在的图层为当前层，打开图层混合模式下拉框，将混合模式也设定为"正片叠底"模式。看到图像中的圆形变成了黑色。

按 Ctrl+D 键取消选区。

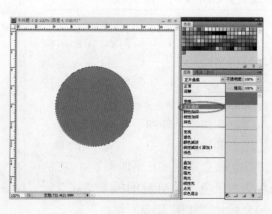

图 22-11

用移动工具将三个图层中的这三个圆形分别拖动，摆成一个品字形。

现在看到：在 CMYK 模式中，青加品为蓝，青加黄为绿，品加黄为红。青品黄相加为黑。颜色越少也就是印刷的油墨量越少越亮。这种模式称之为色料的减色法，如图 22-12 所示。

注意：这个三色合成的黑色并不是真正的黑色，因此，在印刷中另有纯黑色的 K 版。

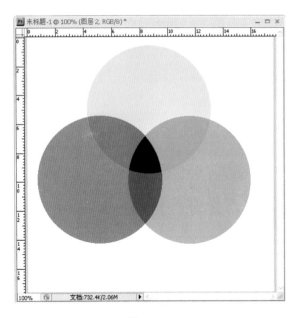

图 22-12

 ## 要点与提示

这个练习看似简单，实际非常重要。

这里的意义不仅在于练习图层操作，发现图层混合模式的作用，更重要的在于认识 RGB 和 CMYK 两大颜色模式中的色彩关系。在以后的实际工作中，按照这样的色彩关系来分析处理颜色，是思考颜色问题的基本出发点。

揭开色彩关系之谜

练习 23　观察认识通道

目的与任务

每一种色彩模式都由其相应的通道组成，认识通道的原理对于准确地调整图像有重要的意义。建立新的 Alpha 通道，是保存选区、制作特效的基本手段。这个练习通过观察通道，建立对通道的初步认识，为今后熟练运用通道打下基础。

实例学习

1. 准备图像

打开图像文件"山丘.tif"。

用矩形选框工具分别选取四个范围，打开色板，依次选中其中第一排第 1 个红色、第 3 个绿色、第 5 个深蓝色、第 2 个黄色，将它们分别填入 4 个选区之中。而红绿蓝正好是 RGB 色彩模式的三个基本色，如图 23-1 所示。

注意：实际操作时是建立一个选区，填充一种颜色。不能先建立四个选区，再分别填充四种颜色。

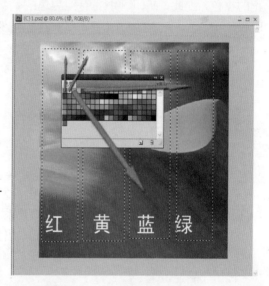

图　23-1

2. RGB 色彩模式

RGB 色彩模式用于显示器的彩色图像输出。打开通道面板。用鼠标依次单击红绿蓝三个通道进行观察。因为 RGB 色彩模式是加色法，因此可以看到，在红色通道中，图像中的红色部分是白的，如图 23-2 所示。

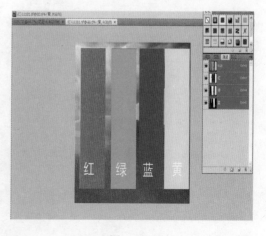

图　23-2

在绿色通道中，图像中的绿色部分是白的；而在蓝色通道中，则图像中的蓝色部分是白的，如图23-3所示。

某种颜色值越高，它在相应的通道中看起来就越亮；某种颜色值越低，它在相应的通道中就显得越暗。而黄色是由红R255和绿G255相加而成，所以它在Red、Green两个通道中看起来都是白色的。

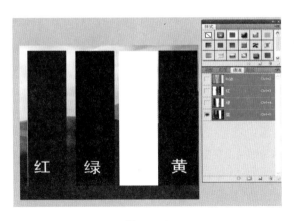

图　23-3

同时打开两个通道时，可以看到这两个通道混合而产生的颜色效果。

例如同时打开红色和绿色通道，则图像偏黄。图中的红色块、绿色块正常，由红绿相加而成的黄色块也正常，但蓝色块因为不包含红绿却成为黑色，如图23-4所示。

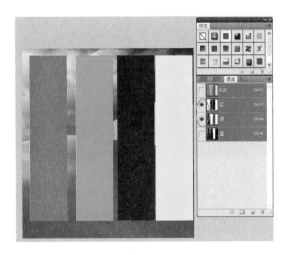

图　23-4

3. CMYK 色彩模式

CMYK色彩模式应用于印刷、喷绘、打印图像的输出。

选择"图像"|"模式"|"CMYK颜色"命令，将图像转换为CMYK色彩模式。可以看到，原本鲜亮的颜色突然变得黯淡了许多。这是CMYK色彩模式的色域比RGB色彩模式色域窄的缘故，如图23-5所示。

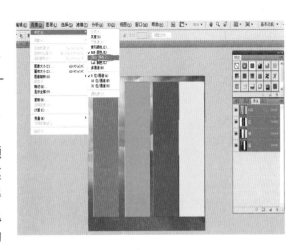

图　23-5

再打开通道面板，依次单击青色、洋红、黄色和黑色 4 个通道进行观察，会发现某种颜色比例越高，它在相应的通道中看起来越重。颜色在通道中的显示与刚才的 RGB 模式正好相反，这是因为 CMYK 色彩模式是减色法的缘故，如图 23-6 所示。

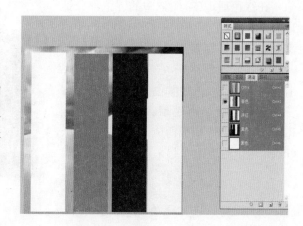

图　23-6

这时在通道面板上指定最上边的 CMYK 复合通道为当前通道，看到正常的彩色图像了。回到图层面板，建立一个新的图层。用鼠标单击工具箱的前景色框，在弹出的颜色拾色器中，将右下方的 CMYK 色彩模式值中分别填入 C0、M0、Y0、K100。

用矩形选区工具在图像中横跨原来的四个彩条建立一个新的选区，将 100％黑色填充，如图 23-7 所示。

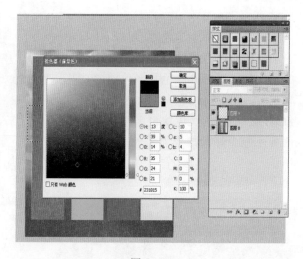

图　23-7

再次分别单击四色通道，可以看到刚填入的黑色在 C、M、Y 通道中都呈白色，只在 K 通道中呈黑色，如图 23-8 所示。

注意，这个 K100 的黑与 RGB 的黑在四色通道中的表现是完全不同的。

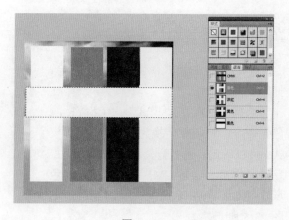

图　23-8

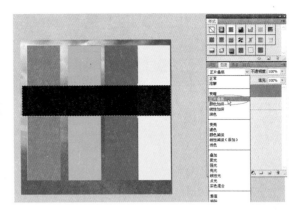

回到图层面板，将当前图层的混合模式改为正片叠底。看起来图像似乎没有明显的变化，如图 23-9 所示。

图　23-9

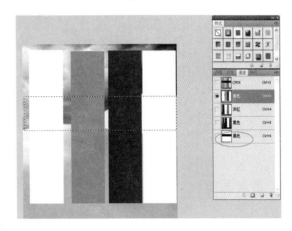

回到通道面板。依次打开各个通道，会发现前三个通道中留白的色框不见了，只有黑色通道中有颜色框。这样做在印刷中可以有效地避免走版，如图 23-10 所示。

图　23-10

要点与提示

通道是 Photoshop 学习中的难点之一，关键在于理解概念。

通道首先是存储记录颜色的。

在 RGB 模式中，通道中哪里有颜色哪里就呈现白色。而在 CMYK 模式中，通道中哪里有颜色哪里就呈现黑色，这是因为这两种模式一个是加色一个是减色。

观察通道，可以了解某种色彩的分布状况，这对于调整图像的影调和色调有着非常重要的意义和作用。

观察认识通道

练习 24　编 辑 通 道

目的与任务

通道记录了图像的颜色信息，可以通过改变通道信息来改变图像的整体颜色。还可以创建所需的新通道，用来保存或者创建所需的特殊选区，为图像操作提供了更方便准确的条件。

实例学习

1. 准备图像

打开图像文件"山丘.tif"。

打开通道面板。

现在已经知道通道中记录了颜色信息，那么，改变这些信息也就会改变图像的整体颜色，如图 24-1 所示。

图　24-1

2. 调整通道影调

直接调整某个通道的影调，将完全改变图像的色彩。

指定红色通道为当前通道，选择"图像"|"调整"|"曲线"命令，将曲线调整为高反差峰值，单击"确定"按钮退出，如图 24-2 所示。

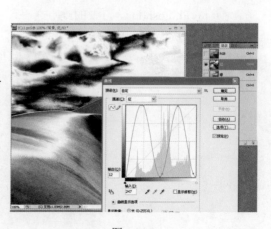

图　24-2

图 24-3

只有红色通道中的影调关系被改变了，回到 RGB 复合通道可以看到整个图像的色彩发生了神奇的变化，如图 24-3 所示。

按 F12 键将图像恢复初始状态。

3．在通道中保存和调用选区

还可以将选区保留到通道中，以备将来反复调用。

在工具箱中选磁性套索工具，选取图像局部，如图 24-4 所示。

图 24-4

选择"选择"|"保存选区"命令，在弹出的窗口中默认建立新通道选项，单击"确定"按钮退出，如图 24-5 所示。

按 Ctrl+D 键取消选区。

图 24-5

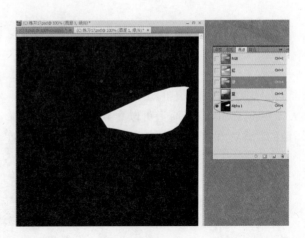

图 24-6

在通道面板中可以看到新建立的
Alpha 1 通道。白色部分表示被选中的区
域，如图 24-6 所示。

在以后的操作中，如果还需要刚才的
那个选区，不用重新建立选区，只需直接
载入 Alpha 1 通道即可。选择"选择"|
"载入选区"命令，如果已经建立了多个
Alpha 通道，就要在弹出的窗口中打开
"通道"下拉框，指定需要载入的通道，
然后单击"确定"按钮退出。可以看到相
应通道中的选区已经载入到图像中了，如
图 24-7 所示。

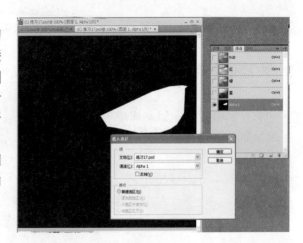

图 24-7

4．建立渐变通道

按 Ctrl+D 键取消选区。

打开通道面板，单击最下边的创建新
通道图标，建立一个新的通道，它被命名
为 Alpha 2，如图 24-8 所示。

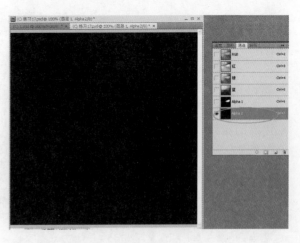

图 24-8

在工具箱中选择渐变工具，单击默认前景色与背景色为白色和黑色。在上边的选项栏中指定渐变颜色为前景色到背景色、线性渐变方式，在通道中从上到下拉出渐变，如图24-9所示。

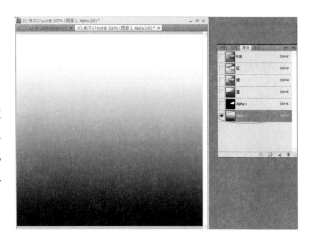

图　24-9

按住 Ctrl 键，用鼠标单击 Alpha 2 通道。可以看到蚂蚁线，表示当前通道的选区被载入。这样载入选区与选择"选择"|"载入选区"命令操作的效果是一样的，如图24-10所示。

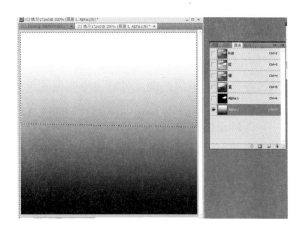

图　24-10

回到 RGB 复合通道，回到图层面板。直接按 Ctrl+J 键，将选区内的图像拷贝并且粘贴成一个新的图层，可以看到，图层面板上增加了一个新的图层（图层1）。关闭背景层，由于 Alpha 2 通道中是渐变的，所以载入的选区也是渐变的，于是拷贝的图像就产生了相应的渐变效果，如图24-11所示。

按 F12 键，将图像恢复初始状态。

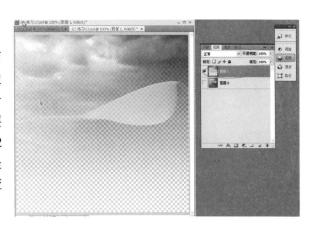

图　24-11

5. 其他色彩模式的通道

打开"图像"|"模式"菜单，可以将图像转换为其他色彩模式。在通道面板上可以看到各种不同的色彩模式都有其相应的通道，如图 24-12 所示。

图　24-12

 要点与提示

改变原有通道的影调，可以改变图像的色彩。

建立新的 Alpha 通道，可以保存和调用选区。

在印刷中，还可以在通道中建立剪切路径和专色通道来满足印刷工艺中的特殊要求。

通道功能非常强大，随着操作者对 Photoshop 学习的逐渐深入，对通道的认识和掌握也会逐渐提高。

练习 25　　通道就是这么回事

目的与任务

在通道中，每个颜色通道记录了某种颜色的分布状况。把这些通道的信息拆开，并且在图层中进行合并，可以还原图像。这个练习的意义在于，一方面深入理解通道的含义，另一方面也重温载入通道选区和图层混合模式的操作。

实例学习

1．准备图像

打开图像文件"湖.tif"。

打开图层面板，单击下边的创建新图层图标 4 次，生成 4 个新的图层，图层 1、图层 2、图层 3 与图层 4，如图 25-1 所示。

图　25-1

2．制作红绿蓝三个颜色图层

打开通道面板。选中红色通道为当前通道。按住 Ctrl 键，用鼠标单击当前红色通道。这样就载入了红色通道的选区，在图像中看到蚂蚁线了，如图 25-2 所示。

图　25-2

单击 RGB 复合通道，所有通道都被激活。

回到图层面板，指定最上面的图层 4 为当前层，打开色板，选择第一排第一个红色色标，设定工具箱中前景色为 RGB 红色，按 Alt+Delete 键，在图层 4 中填充红色。红色图层有了，如图 25-3 所示。

图　25-3

再来做绿色图层。

关闭图层 4。打开背景层。在通道面板中选中绿色通道，按住 Ctrl 键单击绿色通道，这样绿色通道的选区被载入，在图像中看到蚂蚁线了，如图 25-4 所示。

图　25-4

单击 RGB 复合通道，所有通道都被激活。

回到图层面板，指定图层 3 为当前层，打开色板，选择第一排第三个绿色色标，设定工具箱中前景色为 RGB 绿色，按 Alt+Delete 键，在图层 3 中填充绿色。绿色图层有了，如图 25-5 所示。

图　25-5

再来做蓝色图层。

关闭图层 3。确认背景层为打开状态。在通道面板中选中蓝色通道，按住 Ctrl 键单击蓝色通道，这样蓝色通道的选区被载入，在图像中看到蚂蚁线了，如图 25-6 所示。

图　25-6

单击 RGB 复合通道，所有通道都被激活。

回到图层面板，现在背景层已经没用了，可以关闭背景层。

指定图层 2 为当前层，打开色板，选择第一排第五个蓝色色标，设定工具箱中前景色为 RGB 蓝色，按 Alt+Delete 键，在图层 2 中填充蓝色。蓝色图层也有了，如图 25-7 所示。

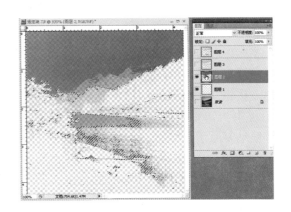

图　25-7

3．设置图层混合模式

三个颜色层有了，再来设置图层混合模式。

指定最上面的图层 4 红色层为当前层，在图层面板上打开图层混合模式下拉框，选定滤色模式，如图 25-8 所示。

图　25-8

通道就是这么回事

分别为图层 3 红色层和图层 2 蓝色层都设定图层混合模式为滤色，如图 25-9 所示。

图 25-9

4.复原图像

关闭背景层。一定要取消所有的选区。

指定图层 1 为当前层。

设置工具箱中前景色为默认的 RGB 黑色。按住 Alt+Delete 键，将前景色填入图层中。可以看到，原来的图像又奇迹般地复原了，如图 25-10 所示。

图 25-10

要点与提示

通过这个练习可以看到，通道就是某一种颜色的分布状况。RGB 模式的图像就是由红绿蓝三种颜色的图像，按照加色法的特定混合模式合成而来的。

做好这个练习，对于认识通道，打消对通道的畏惧感有很大的帮助，并且对于以后利用通道调整图像色彩很有好处。因为这个实例已经说明，图像是不同通道的合成，那么，改变某个通道的影调关系，当然就会改变整个图像的色调关系了。

现在可以有信心地说：通道就是这么回事！

练习 26　CMYK 通道正相反

目的与任务

前一个练习弄懂了 RGB 通道的原理，这个练习再来看 CMYK 通道，它与 RGB 通道正相反，因此操作方法上有一些不同，关键是弄懂减色法的原理和概念。

实例学习

1. 准备图像

打开"棕榈树（CMYK）.tif"文件。这是一个 CMYK 色彩模式的图像文件。

打开图层面板，单击下边的创建新图层图标 5 次，生成 5 个新的图层，图层 1、图层 2、图层 3、图层 4 与图层 5，如图 26-1 所示。

图　26-1

2. 制作青品黄黑四个颜色图层

打开通道面板。选中青色通道为当前通道。按住 Ctrl 键，用鼠标单击当前青色通道。这样就载入了青色通道的选区，在图像中看到蚂蚁线了。按 Ctrl+Shift+I 键将选区反选，如图 26-2 所示。

注意：这个图像是 CMYK 模式的，这是模拟色料的减色法，在其通道中有颜色的部分是黑色而不是白色，这与 RGB 模式的通道正相反。因此，载入通道选取后要做一个反选。

图　26-2

单击 CMYK 复合通道，所有通道都被激活。

回到图层面板，指定最上面的图层 5 为当前层，打开色板，选择第二排第四个青色色标，设定工具箱中前景色为 CMYK 青色，按 Alt+Delete 键，在图层 5 图层中填充青色。青色图层有了，如图 26-3 所示。

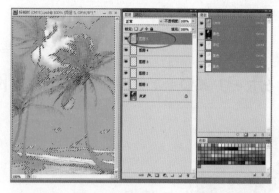

图　26-3

再来做品色图层。

关闭当前的图层 5。打开背景层。

在通道面板中选中洋红通道，按住 Ctrl 键单击品色通道，这样品色通道的选区被载入，在图像中看到蚂蚁线了，别忘了按 Ctrl+Shift+I 键反选已经载入的选区，如图 26-4 所示。

图　26-4

单击 CMYK 复合通道，所有通道都被激活。

回到图层面板，指定图层 4 为当前层，打开色板，选择第二排第六个品色色标，设定工具箱中前景色为 CMYK 品色，按 Alt+Delete 键，在图层 4 中填充品色。品色图层有了，如图 26-5 所示。

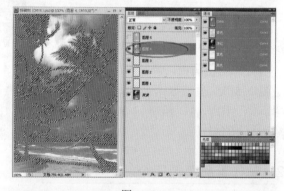

图　26-5

再来做黄色图层。

关闭图层 4。确认背景层为打开状态。

在通道面板中选中黄色通道，按住 Ctrl 键单击黄色通道，这样黄色通道的选区被载入，在图像中看到蚂蚁线了，反选选区，如图 26-6 所示。

图　26-6

单击 CMYK 复合通道，所有通道都
被激活。

回到图层面板。

指定图层 3 为当前层，打开色板，选
择第二排第二个黄色色标，设定工具箱
中前景色为 CMYK 黄色，按 Alt+Delete 键，
在图层 3 中填充黄色。黄色图层也有了，
如图 26-7 所示。

图　26-7

再来做黑色图层。

关闭图层 3。确认背景层为打开状态。

在通道面板中选中黑色通道，按住
Ctrl 键单击黑色通道，这样黑色通道的选
区被载入，在图像中看到蚂蚁线了，记住
反选选区，如图 26-8 所示。

图　26-8

单击 CMYK 复合通道，所有通道都
被激活。

回到图层面板。

色板中没有标准的 CMYK 黑色。在
工具箱中单击前景色色标打开拾色器。设
置右下角的 CMYK 参数，C 为 0，M 为 0，
Y 为 0，K 为 100。单击"确定"按钮退
出，如图 26-9 所示。

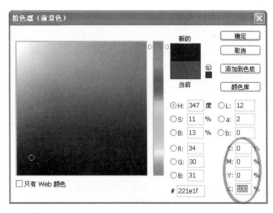

图　26-9

指定图层 2 为当前层，按 Alt+Delete
键，在图层 2 中填充 CMYK 黑色。黑色
图层也有了，如图 26-10 所示。

图　26-10

CMYK 通道正相反

3. 设置图层混合模式

4 个颜色层有了，再来设置图层混合模式。

指定最上面的图层 5 青色层为当前层，在图层面板上打开图层混合模式下拉框，选定正片叠底模式，如图 26-11 所示。

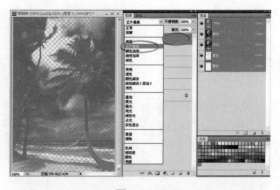

图 26-11

分别为图层 4 品色层、图层 3 黄色层和图层 2 黑色层都设定图层混合模式为正片叠底模式，如图 26-12 所示。

图 26-12

4. 复原图像

关闭背景层。一定要取消所有的选区。

指定图层 1 为当前层。

设置工具箱中前景色为默认的 RGB 白色。按 Alt+Delete 键，将前景色填入图层中。可以看到，原来的图像又奇迹般地复原了，如图 26-13 所示。

图 26-13

 ## 要 点 与 提 示

CMYK 模式是模拟色料的减色法色彩模式，这种色彩模式的图像通常是用于彩色印刷的。

在这种减色模式下，通道所记录的是印刷中所使用的油墨量，通道中黑色的部分表示有颜色的地方，白色表示没有颜色的地方，这一点与 RGB 的加色法通道的概念正相反。这也就是为什么在载入选区后要做反选的原因。

做好这个练习，一方面加深了对通道的认识，另一方面也加深了对 CMYK 模式的理解。

制作基本立体特效字

 目的与任务

运用通道技术可以制作出各式各样的立体特效字，尽管它们的操作步骤繁琐复杂，但其中的基本步骤是大致相同的。完成这个练习就是为了熟悉和掌握制作特效立体字的基本方法步骤。

 实例学习

1. 准备图像

建立一个新文件：640 像素×480 像素，分辨率 72 像素/英寸，RGB 模式，如图 27-1 所示。

图　27-1

选择直线渐变工具，前景色为蓝色，背景色为黑色，在图像中从下到上拉出渐变色，如图 27-2 所示。

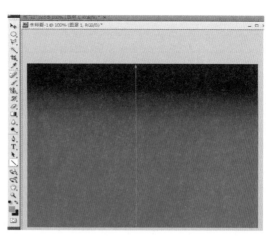

图　27-2

2．建立新通道

打开通道面板。

直接用鼠标单击通道面板下方的新建通道图标，生成新通道 Alpha 1，如图 27-3 所示。

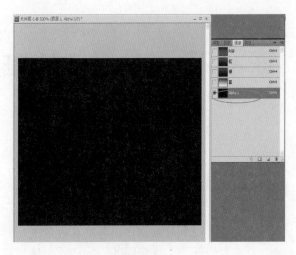

图　27-3

新通道应为黑色，如果是白色，就要在通道面板的当前通道上双击鼠标，弹出"通道选项"窗口，选中"被蒙版区域"选项，然后单击"确定"按钮退出，通道恢复常规方式，如图 27-4 所示。

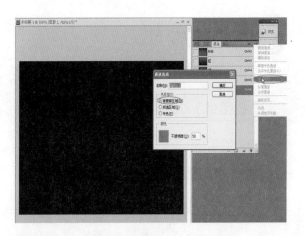

图　27-4

3．输入所需文字

设工具箱前景色为白色。在工具箱中选文本工具，设定：中文为笔划粗壮的字体，120 点；英文为 Arial Black 字体，96 点。

单击通道面板上 Alpha 1 通道，看到通道中呈现红色，输入文字。按住 Ctrl 键直接移动文字到适当位置。在选项栏上打勾确认文字输入完毕，如图 27-5 所示。

图　27-5

4．拷贝通道

用鼠标按住 Alpha 1 通道拖到下面建立新通道图标上再松开，这样就将 Alpha 1 通道拷贝为 Alpha 1 副本通道，如图 27-6 所示。

取消选区。

图　27-6

用鼠标单击 Alpha 1 副本通道的名称，将这个通道的名称改为 Alpha 2，如图 27-7 所示。

图　27-7

5．加工 Alpha 2 通道

首先将这一通道图像做模糊。选择"滤镜"|"模糊"|"高斯模糊"命令，在弹出的窗口中将数值调至 5 左右，单击"确定"按钮退出。模糊的具体数值要根据输入字体的大小、图像文件的精度、图像尺寸等情况酌情而定，如图 27-8 所示。

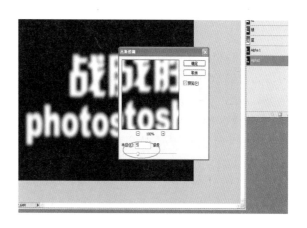

图　27-8

制作基本立体特效字

然后做浮雕。选择"滤镜"|"风格
化"|"浮雕效果"命令，在弹出的对话
窗口中调整各项数值，角度为–45°，高
度为 6 像素，数量为 110%左右，单击
"确定"按钮退出，如图 27-9 所示。

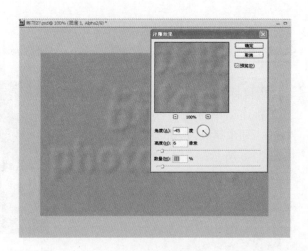

图　27-9

6．载入 Alpha 1 通道的选区

先按住 Ctrl 键，再用鼠标直接单击
Alpha 1 通道，可见到 Alpha 2 通道中已
有 Alpha 1 通道的选区蚂蚁线，如
图 27-10 所示。

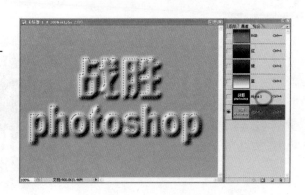

图　27-10

选择"选择"|"修改"|"扩展"命
令，输入适当数值，通常 2 像素就可以
了。然后单击"确定"按钮退出，可看
到原来的选区范围已经扩大了，应注意
尽量使选区范围与浮雕效果范围相符
合，如图 27-11 所示。

图　27-11

7. 拷贝和粘贴

直接按 F3 键，将选区范围拷贝到剪贴板上。回到通道面板最上面的 RGB 复合通道。回到图层面板。按 F4 键，将剪贴板中的图像贴回图像中，可见到灰色的立体字，如图 27-12 所示。

图　27-12

8. 着色

选择"图像"|"调整"|"色相/饱和度"命令，在弹出的窗口中选右下方的着色选项，然后分别移动色相、饱和度和明度滑标，将色彩调至满意，单击"确定"按钮退出，如图 27-13 所示。

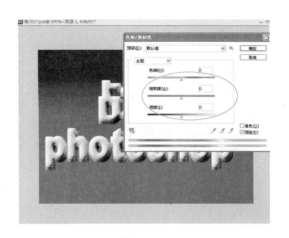

图　27-13

9. 修饰

按住 Ctrl 键，用鼠标单击当前层上的缩览图，做好的立体字都被选中，如图 27-14 所示。

图　27-14

制作基本立体特效字

拷贝移动被选区的图像，即同时按住 Ctrl 键和 Alt 键，然后轮流单击小键盘上的方向键，向左、向上各 8 次，松开 Ctrl 键和 Alt 键，可以看到选区的图像向左上方拷贝移动后，字体真的"站"起来了，如图 27-15 所示。

这是让文字图像产生厚度最简便有效的方法。

图 27-15

保持选区不要取消，选择"选择"|"反向"命令将选区范围反转过来。

选择"图像"|"调整"|"亮度/对比度"命令，在弹出的窗口中将亮度滑标向左移动到－60，根据情况适当调整对比度的值，单击"确定"按钮退出，可以看到字体的立面暗下去了，立体效果更加明显了，如图 27-16 所示。

图 27-16

 要 点 与 提 示

使用通道制作特效字是 Photoshop 中的重要技术，这已经成了值得专门探讨的学问，专项参考书也很多。而各种特效制作往往都离不开这个练习中所做的复制、模糊、浮雕、选区、拷贝、粘贴、着色、修饰这几个步骤。把这个练习做熟，再加以变化，就能做出各式各样的特效字来。

如果要制作一个立体的图案而不是文字，也是如此步骤。只不过是将图层中画好的图案建立选区蚂蚁线之后，再进入通道面板建立新通道，这时蚂蚁线还在，然后填充白色，后边的做法与制作特效字相同。

练习 28

通 道 减 法

目的与任务

通道减法是利用两个通道图像之间的位置差，形成一个新的选区，并且利用这种通道减法所形成的新的选区来制作浮起或凹陷的图像特效。

实例学习

1. 准备图像

打开图像文件"小鸭.tif"。

打开图层面板，单击下边的创建新图层图标两次，生成两个新的图层，图层 1 与图层 2，如图 28-1 所示。

图　28-1

打开通道面板。单击下边的建立新通道图标，生成一个新通道 Alpha 1。输入所需的文字。再次单击通道面板上的 Alpha 1 通道，或者在文本的选项栏右边打勾，确认文字输入完毕。Alpha 1 通道为黑底白字，如图 28-2 所示。

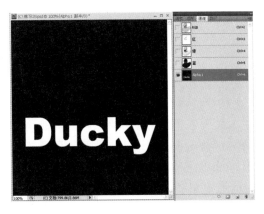

图　28-2

拷贝通道 Alpha 1 为通道 Alpha 1 副本。
用鼠标双击这个通道，在弹出的窗口中将通
道名称改为 Alpha 2。取消选区，如图 28-3
所示。

实际上，不改变通道名称也不会影响制
作效果。

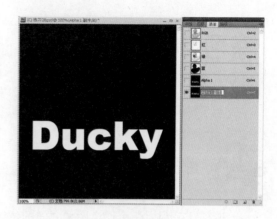

图　28-3

将通道 Alpha 2 模糊。选择"滤镜"|"模
糊"|"高斯模糊"命令，在弹出的窗口中将
数值设置为 5 左右，单击"确定"按钮退出，
如图 28-4 所示。

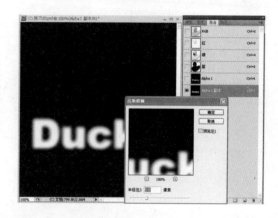

图　28-4

将通道 Alpha 2 做位移。选择"滤镜"|
"其他"|"位移"命令，在弹出的窗口中，
分别在水平与垂直选项中输入两个数值均为
6。单击"确定"按钮退出。这时用鼠标轮流
单击 Alpha 1 和 Alpha 2 通道，可以明显看到
两个通道中文字的位置是错开的，如图 28-5
所示。

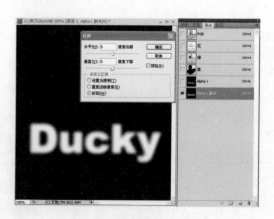

图　28-5

2. 通道 Alpha 2 减 Alpha 1

指定 Alpha 2 为当前通道，载入通道选区，即按住 Ctrl 键的同时，用鼠标单击 Alpha 2 通道，可以看到图像中有了蚂蚁线，如图 28-6 所示。

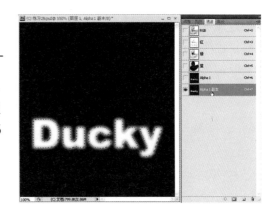

图　28-6

然后同时按住 Ctrl 键和 Alt 键，鼠标变成手的形状带一个方框，框中有一号标志。用鼠标单击 Alpha 1 通道，可以看到 Alpha 2 中的选区被减去了大部分，只剩下文字的右边和下边的少部分，如图 28-7 所示。

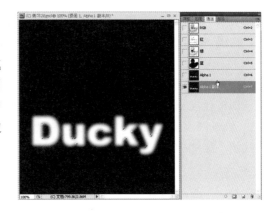

图　28-7

3. 制作浮起效果

回到图层面板，用鼠标单击图层 1 将其激活。蚂蚁线还在，如图 28-8 所示。

图　28-8

通道减法

设前景色为黑色。按住 Alt+退格键，将前景色填入选区中。

取消选区。可以看到字体仿佛浮起于画面之上，如图 28-9 所示。

图　28-9

4．通道 Alpha 1 减 Alpha 2

打开通道面板。载入 Alpha 1 通道选区，即按住 Ctrl 键的同时，用鼠标直接单击 Alpha 1 通道，可以看到图像中有了蚂蚁线，如图 28-10 所示。

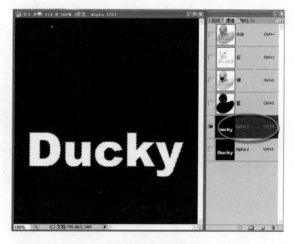

图　28-10

然后同时按住 Ctrl 键和 Alt 键，鼠标变成手的形状带一个方框，框中有一号标志。用鼠标单击 Alpha 2 通道，可以看到 Alpha 1 中的选区被减去了大部分，只剩下左边和上边的少部分，如图 28-11 所示。

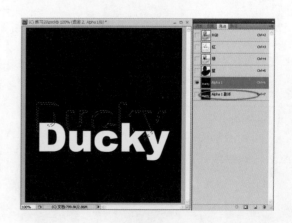

图　28-11

5. 制作凹陷效果

回到图层面板，用鼠标单击图层 2 将
其激活。关闭图层 1，如图 28-12 所示。

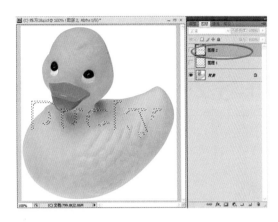

图　28-12

将前景色填入选区中。取消选区。可
以看到字体仿佛凹陷于画面之中，如
图 28-13 所示。

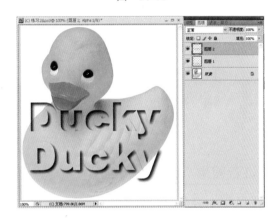

图　28-13

 要点与提示

应用通道的减法制作出浮起或者凹陷的特效，实际上是利用两个通道的差建立新的选
区，再填充黑色的阴影。因为投影的方向与虚实不同，由此产生出浮起或者凹陷的特效。
通道的减法也可以用"图像"|"计算"命令来做。

练习 29 | 流光溢彩的特效字

 目的与任务

在通道中制作立体特效字之后，再加上进一步的修饰，会使原本简单的立体字焕然一新。这个练习是基本特效字练习的复习和拓展。

 实例学习

1. 准备图像

建立一个新文件：640 像素×480 像素，分辨率 72 像素/英寸，RGB 模式，填充黑色背景。

打开通道面板，创建一个新的通道 Alpha 1。输入所需的文字，如图 29-1 所示。

图　29-1

将通道 Alpha 1 拷贝为 Alpha 1 副本，双击 Alpha 1 副本通道的名称，将其改为 Alpha 2，如图 29-2 所示。

图　29-2

2. 制作第一种特效字

按照前边练习中制作基本立体特效字的方法，在 Alpha 2 通道中做模糊、浮雕。按住 Ctrl 键单击 Alpha 1 通道，载入 Alpha 1 的选区，按 F3 键拷贝，如图 29-3 所示。

图 29-3

回到 RGB 复合通道，回图层面板。按 F4 键将做好的立体字粘贴进来，自动生成一个新的图层 1，如图 29-4 所示。

图 29-4

3. 调整曲线

选择"图像"|"调整"|"曲线"命令，在弹出的窗口中将曲线调整至高反差峰值，可见到立体字上出现高光效果，小心调整各个控制点，满意后单击"确定"按钮退出，如图 29-5 所示。

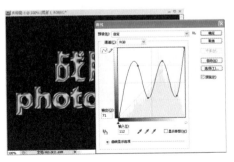

图 29-5

4. 着色

选择"图像"|"调整"|"色相/饱和度"命令，在弹出的窗口中选中右下方的着色选项，在弹出的新窗口中先将饱和度提高，再移动色相滑标，将色彩调至满意。如果需要金字效果，可以将色相的参数值设为 45。单击"确定"按钮退出，如图 29-6 所示。

图 29-6

流光溢彩的特效字

5. 制作第二种特效字

回到通道面板。拷贝通道 Alpha 1，将副本名称改为 Alpha 3。

将这一通道图像模糊，选择"滤镜" | "模糊" | "高斯模糊"命令，在弹出的窗口中将数值调至 5 左右，单击"确定"按钮退出，如图 29-7 所示。

图 29-7

拷贝 Alpha 3，并将副本名称改为 Alpha 4。然后做位移。选择"滤镜" | "其他" | "位移"命令，在弹出的窗口中分别输入两个数值均为 6，单击"确定"按钮退出，对 Alpha 4 通道做水平和垂直各 6 个像素的位移，如图 29-8 所示。

图 29-8

6. 用运算法生成新通道

选择"图像" | "计算"命令，在弹出的窗口中如图做相应的设置。首先将两个来源通道源 1 和源 2 分别指定为 Alpha 3 和 Alpha 4，再将混合下拉框打开，设定混合模式为差值。不透明度仍为 100%。单击"确定"按钮退出。通道中自动生成新的通道 Alpha 5，如图 29-9 所示。

图 29-9

7. 在通道中做曲线

选择"图像"|"自动色调"命令，Alpha 5
中的图像明暗被强化。还需要做曲线调整，可
以按 Ctrl+M 键打开曲线窗口，将曲线调整为高
反差峰值。单击"确定"按钮退出，如图 29-10
所示。

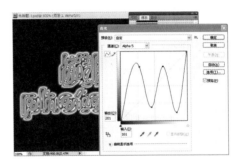

图 29-10

按住 Ctrl 键，同时用鼠标单击通道 Alpha 1，
载入 Alpha 1 的选区。选择"选择"|"修改"|
"扩展"命令，在弹出的窗口中设定数值大约为
2，使选区扩大，尽量接近图像中的字体范围，
单击"确定"按钮退出，如图 29-11 所示。
按 F3 键将选区内的立体字图像
拷贝。

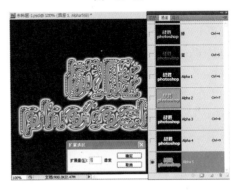

图 29-11

先回到图层面板。单击图像层将其激活。
按 F4 键将特效字粘贴进来，自动生成一个新的
图层 2。选择"图像"|"调整"|"色相/饱和度"
命令，在弹出的窗口中选右下角的着色选项。
将饱和度调至 100，将色相调至满意颜色，如果
想要金色效果，可将此项调至 45 左右，单击"确
定"按钮退出，如图 29-12 所示。

图 29-12

8. 制作第三种特效字

回到通道面板。
再次选择"图像"|"计算"命令，在弹出
的窗口中将两个来源通道源 1 和源 2 分别指定
为 Alpha 2 和 Alpha 5，混合方式为差值。不透
明度仍为 100%。单击"确定"按钮退出。自动
生成新的通道 Alpha 6，如图 29-13 所示。

图 29-13

流光溢彩的特效字

按住 Ctrl 键，用鼠标单击通道 Alpha 1，载入 Alpha 1 的选区，选择"选择"|"修改"|"扩展"命令，设定数值约为 2，将选区扩展，单击"确定"键退出。按 F3 键将选区内的图像拷贝，如图 29-14 所示。

图　29-14

回到图层面板，单击顶层图像层将其激活，按 F4 键将新的特效字粘贴上来。继续做着色修饰，打开"色相/饱和度"面板的快捷键是 Ctrl+U。经过通道运算，这种效果与以前相比又有不同，如图 29-15 所示。

如果仍想要上一次在"色相/饱和度"面板中设置的参数，可以按 Ctrl+Alt+U 键，还是前一次使用这个面板时所设置的参数不变。

图　29-15

9. 制作第四种特效字

仍回通道面板，再次选"图像\计算"命令，在弹出的窗口中将两个来源通道源 1 和源 2 分别指定为 Alpha 5 和 Alpha 6，其他设置不变。单击"确定"按钮退出，又生成了 Alpha 7。继续载入 Alpha 1，再次扩展选区，按 F3 键拷贝，回图层面板，激活最顶层图像层，按 F4 键粘贴，如图 29-16 所示。

图　29-16

需要再次做曲线调整。如果仍需要上一次使用曲线时设定的调整参数，可以按 Ctrl+Alt+M 键，打开的曲线窗口中就是上次调整的参数，直接按回车键退出，如图 29-17 所示。

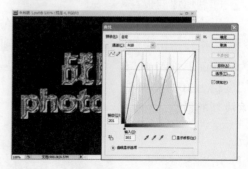

图　29-17

在工具箱中选渐变工具，在其选项
栏中指定渐变方式为第三个角度渐变
方式，设定渐变颜色为光谱渐变，渐变
模式为叠加模式。在图层面板上将锁定
透明的图标单击选中。在图像中拉出渐
变线，看到如同七彩玻璃般晶莹的效
果，如图 29-18 所示。

图　29-18

将制作好的四种特效字分开摆放，
仔细观察，可以发现它们各有特点，差
异明显。由此看到，许多精美的特效都
需要在通道中制作完成，而做好通道
的确需要花费相当的功夫，如图 29-19
所示。

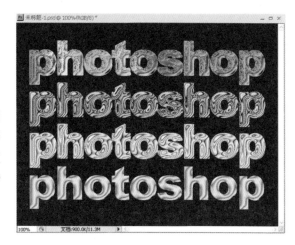

图　29-19

 要 点 与 提 示

制作流光溢彩的特效字主要靠调整曲线，曲线形状的细微变化对特效影响十分明显，
要小心调整。

曲线调整操作也可以在 Alpha 2 通道中完成浮雕后直接在通道中使用，效果相同。

在一个特效字上通常只使用一次曲线操作，如果多次使用反而效果不好。

使用通道计算命令，是将两个通道按照所选择的方式合成后生成一个新的通道。初学
不易理解，可以先按照书中的练习逐步做下来，做得多了、熟了，再继续探求其中的理论
问题。

流光溢彩的特效字

练习 30　初 试 路 径

目的与任务

路径是以矢量方式来精确绘制图形的重要工具。初学路径往往感到手忙脚乱，应该耐心练习，认真掌握。

实例学习

1. 准备图像

建立一个新文件：640 像素×480 像素，分辨率 72 像素/英寸，RGB 模式。设定前景色为黑，背景色为蓝，在图像中从上到下做直线渐变。

打开路径面板备用，如图 30-1 所示。

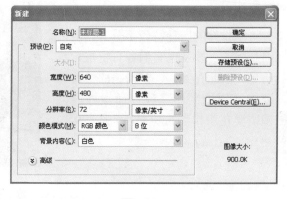

图　30-1

2. 制作一颗心的图形

这个练习是许多教科书中都有的，它简单明了，使用了路径操作的大多数工具，有一定的代表性。

选择工具箱中的钢笔工具建立基本路径。选项栏中各项参数为默认值，用钢笔在图像中分别单击三个点，当回到起始点时可以看到钢笔旁有一个小 o 标记，单击鼠标就产生了一个被前景色填充的闭合路径，如图 30-2 所示。

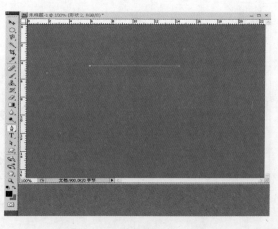

图　30-2

在工具箱中打开路径编辑工具，选择直接选择工具，也就是白箭头。单击路径上的某一个编辑点，使其变为黑色的实点，然后可以移动它，将三角形找正调整好，如图 30-3 所示。

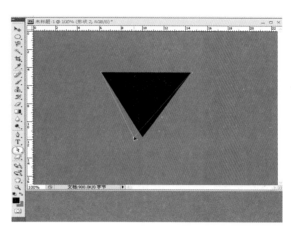

图 30-3

打开图层面板，可以看到在底层上边已经自动产生了一个带有矢量蒙版的填充层。

用鼠标双击填充层标志就弹出拾色器，设定颜色 R 为 255，G 为 0，B 为 0，图像中的三角图形也相应地变为红色了，如图 30-4 所示。

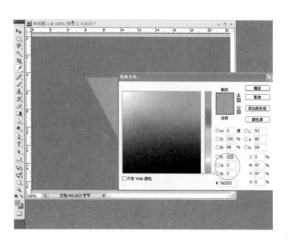

图 30-4

在工具箱中的路径工具组中选增加节点工具。在已经建立的三角形基本路径的顶边中间单击，这样就增加了一个新的节点。然后用鼠标按住这个点向下拖动，产生一条内弧线，如图 30-5 所示。

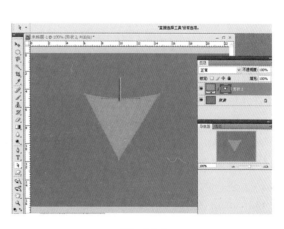

图 30-5

在路径工具组中选择转换点工具。在内弧线中间的节点上单击鼠标，这个原来平滑的点变为拐点，如图 30-6 所示。

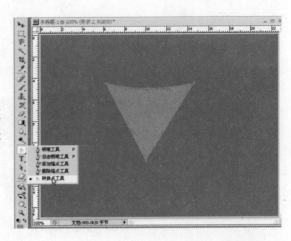

图 30-6

用转换点工具按住右上角的拐点向右下方拉动，这个拐点变成了平滑点，心图案的一半出现了，如图 30-7 所示。

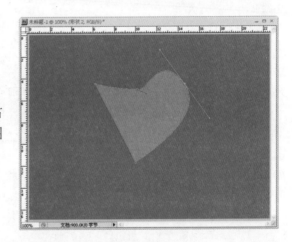

图 30-7

再用转换点工具按住左上角的拐点向右上方拉动，这个拐点也变成了平滑点，让图案的两边尽量对称。

在路径工具组中选择节点直接选择工具，即白箭头。按住任意的一个点都可以移动这个点的位置，让图案更准确。用箭头单击平滑点可以出现这个点的控制句柄，拉动句柄可以控制并改变当前这个圆弧的形状，如图 30-8 所示。

图 30-8

3. 保存路径

　　路径制作完成后，用鼠标在路径面板的当前工作路径栏上双击，在弹出的窗口中可输入给这个路径起的名字，如图 30-9 所示。

　　单击"确定"按钮退出，可以看到，这个路径在路径面板上被确定保存了。

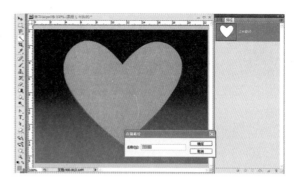

图　30-9

　　先回到图层面板，将画着红心的填充层扔进垃圾桶。单击图层面板最下边的创建新图层图标，生成一个新的图层1，如图 30-10 所示。

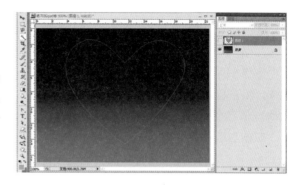

图　30-10

4. 填充路径

　　在工具箱中设定前景色为红色。再次打开路径面板，用鼠标单击路径面板最下边左边第一个填充路径图标，图案被填充为工具箱中的前景色红色，如图 30-11 所示。

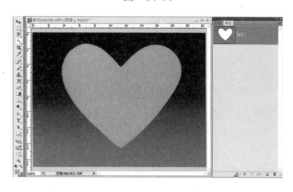

图　30-11

5. 描边路径

　　将前景色设定为黄色。再创建一个新的图层 2。选定工具箱中的毛笔工具，在上边的选项栏上打开画笔库，选定一支 35 像素软画笔。将模式设定为溶解，不透明度为 50%，如图 30-12 所示。

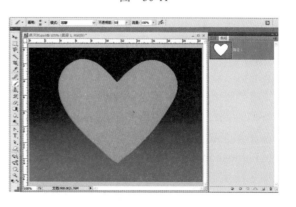

图　30-12

初试路径

回到路径面板，确认当前路径已经激活，单击最下边的描边路径图标，就会用指定的工具和方式沿路径进行描边。

红色的心周围镶嵌了黄色的边穗，如图 30-13 所示。

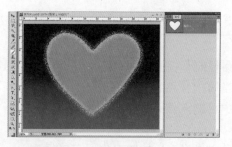

图　30-13

6. 修饰

选择"图层"|"图层样式"|"投影"命令，将鼠标放在图像中略微向右下方拖动，适当调整阴影的位置与模糊程度，如图 30-14 所示。

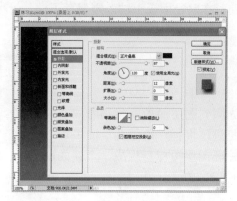

图　30-14

回到路径面板，用鼠标单击路径面板中的空余地带，关闭路径。

一个带着立体金穗的红心形状图案完成了，很有一种喜庆的动感，看起来效果不错吧？如图 30-15 所示。

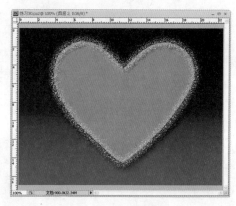

图　30-15

 要点与提示

在这个练习中，首先要掌握路径的建立、修改等操作，然后掌握在路径中填充、描边等操作。路径是绘制图形的重要工具，各种路径工具要想运用自如就需多加练习。找一些标志图案来试着做一做，熟能生巧。

Photoshop 的路径功能在各种绘图软件中不是最强的，但只要用得熟，用得巧，基本可以满足图案制作的需要。

这个练习中首先建立的是矢量图形层，然后存储路径，又将矢量图形层删除，这只是为了做练习。真正操作中只要在选定路径工具后，在其选项栏中直接选择生成路径选项即可。

练习 31 描 绘 路 径

目的与任务

在图像上制作一个路径，沿着路径还可以做许多描画。现在这个练习讲解在熟悉路径操作的同时，按照路径描绘出更漂亮的图案的方法。

实例学习

1. 准备图像

建立一个新文件：640 像素×480 像素，分辨率 72 像素/英寸，RGB 模式。

前景色为黑，背景色为蓝，在图像中从上到下做直线渐变，铺好背景。

生成一个新的图层 1 为当前层。

打开路径面板，如图 31-1 所示。

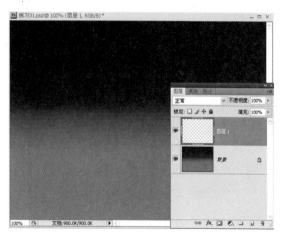

图 31-1

2. 生成路径

在工具箱中打开钢笔工具，选定自由路径工具。

用自由钢笔工具在图像中仔细地画出所需的路径 2009，如图 31-2 所示。

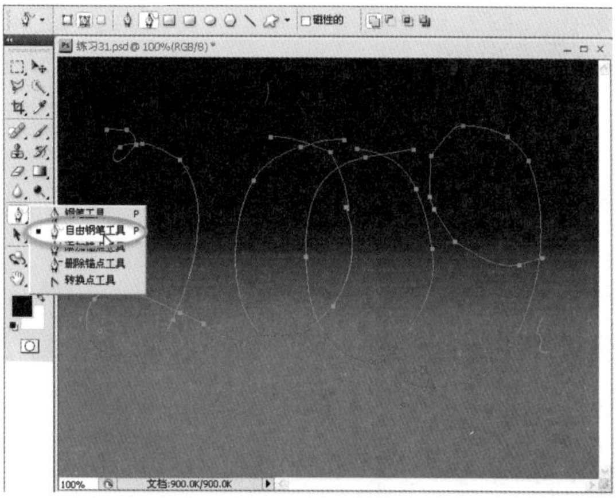

图 31-2

用直接选择工具精心调整各个节点
的位置、曲线的弧度等，直到满意。各
个路径的长度尽可能大致相等，如
图 31-3 所示。

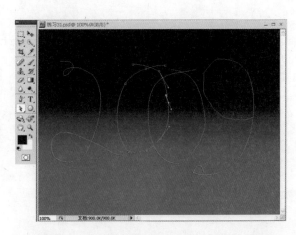

图　31-3

在路径面板上用鼠标双击记录刚刚
生成的"工作路径"栏，然后在弹出的
窗口中可以给新路径输入一个名字，也
可以使用默认的路径名，单击"确定"
按钮退出，如图 31-4 所示。

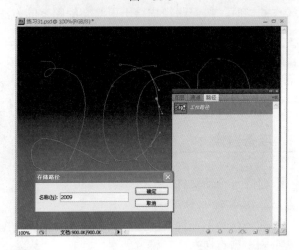

图　31-4

3．描边路径

用画笔工具沿着路径描绘这个
2009。在工具箱中选中画笔工具，在最
上边选项栏的画笔库中选择 27 像素直
径软画笔。

在选项栏最右边打开画笔设置面
板，选定"形状动态"选项，将"大小
抖动"下的控制打开，选定"渐隐"命
令，设定数值为 300，如图 31-5 所示。

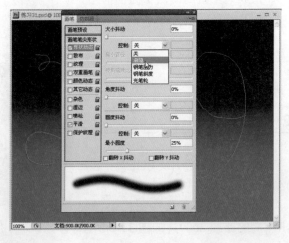

图　31-5

再将设置板中的"其他动态"选中，将"不透明度抖动"下的控制下拉框打开，选中"渐隐"选项，参数值设定为200。

工具箱前景色设定为蓝色，如图31-6所示。

提示：各项参数值的设定不是固定的，而是根据描绘的效果不断调整设定的。

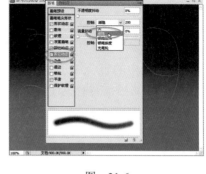

图　31-6

让画笔工具沿着路径描绘，最简单的方法是用鼠标单击路径面板最下边左起第二个白色圆圈描边路径图标，它会使用选好的工具和前景色沿着指定的路径进行描绘。单击描边路径图标后可以看到喷绘的颜色沿着路径由深到浅描绘出这个2009。

颜色到结尾的地方刚好消失，如果不是，就取消这次描绘，然后在画笔设置板上重新调整各项参数，再重新描绘，如图31-7所示。

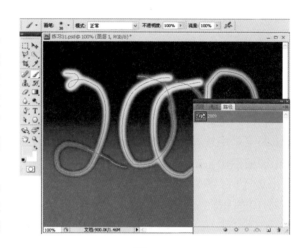

图　31-7

再来描绘第二遍。先将前景色改为白色。

在画笔库中选直径17像素直径的软画笔。不透明度（Opacity）设置为60%。

像前一次描绘一样在画笔设置板上设置好画笔参数。

再次单击路径面板下边的描边路径图标，一道白光出现在蓝色的数字中。如果不满意就取消这次操作，重新调整笔刷各项参数值之后再描，如图31-8所示。

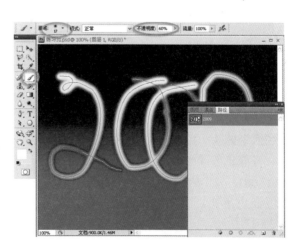

图　31-8

4. 修饰

单击路径面板中的空余部分，使路径记录栏变成灰色，路径被暂时关闭，描绘数字的效果看得非常清楚了。

将画笔不透明度降低到 30%。定义70 像素直径软画笔，前景色为黄色，在字体路径的头上单击，使之开始发光，如图 31-9 所示。

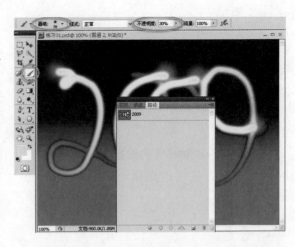

图 31-9

打开画笔库单击右上角的黑三角，在弹出的菜单中选择"混合画笔"文件，在弹出的窗口中单击追加按钮。可以在画笔库中看到许多新的画笔出现了，如图 31-10 所示。

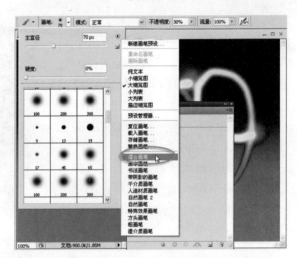

图 31-10

选择画笔库中的"×"型星光画笔，在字笔划的头上单击，出现黄色星光。

将前景色改为白色。将画笔不透明度调为 60%。在黄色星光上稍错位单击，出现白色星光。交相辉映更显辉煌，如图 31-11 所示。

图 31-11

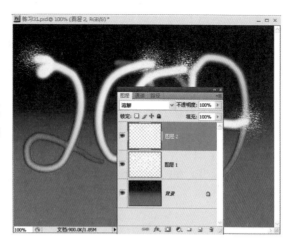

在图层面板上将当前层改变混合模式，还会发现许多不同的效果，如图31-12所示。

图　31-12

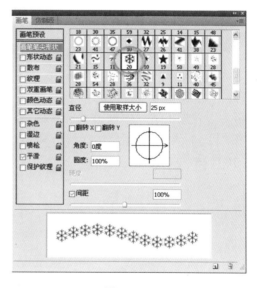

5. 用各种画笔描绘路径

在画笔库中选中那只雪花，打开画笔选项板，在左边选中"画笔笔尖形状"选项栏，在右侧参数区中将直径改为 25，间距改为 100%，如图 31-13 所示。

图　31-13

打开图层面板，另生成一个新的层为当前层，关闭刚才的层。在路径面板上单击当前路径将它打开。在工具箱中指定一个所喜欢的前景色。在画笔的选项栏中将不透明度值提高到 100。

然后在路径面板上激活当前路径，单击最下面的描边路径图标，可以看到一只只雪花沿着路径组成了 2009 的字样，如图 31-14 所示。

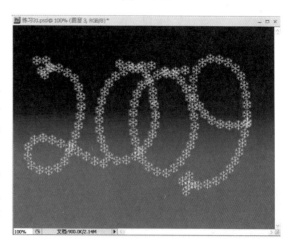

图　31-14

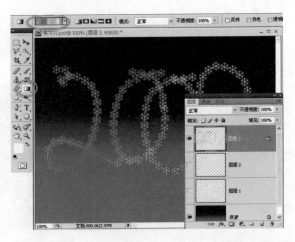

在图层面板上将当前层的保留透明按钮单击选中。在工具箱中选渐变工具，在其选项栏上指定角度渐变方式，光谱渐变颜色，在图像中拉出渐变线为雪花做出七彩的渐变，如图 31-15 所示。

图　31-15

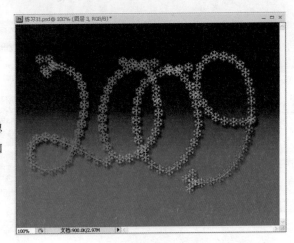

再为雪花做出适当的投影。显示隐藏的图层。喜庆的气氛十分浓烈，如图 31-16 所示。

图　31-16

 要点与提示

用描绘路径的方法制作字或图形，要选择适合这种方法表现的内容，要熟练地掌握路径的制作方法。这种方法更适用于一笔完成的字或图，对于多笔划的字或图，最好每一条路径分别做成不同的路径记录栏，然后再分别描绘。如果将不同的路径做在一个路径记录栏中，则应尽量让各个路径的长短差异不要太大，以避免描绘效果不一致。

练习 32   路径转换为选区

目的与任务

　　路径与选区是可以相互转换的，熟练地掌握它们之间的转换操作，可以使图像的操作更加准确、灵活、方便。

实例学习

1. 准备图像

　　打开图像文件"山丘.tif"，如图 32-1所示。

图　32-1

2. 建立图形路径

　　在工具箱中选矢量图形工具中的多边形工具，在选项栏中选定建立纯路径方式，多边形的边数为默认的五边形。单击图形选项设置栏中的黑三角，在弹出的下拉框中选中星形，将"缩进边依据"的百分比设定为 80%。在图像中拉出一个五星图案的路径，如图 32-2 所示。

图　32-2

3. 路径转换为选区

打开路径面板，单击下边的"将路径作为选区载入"图标，路径变成了选区的蚂蚁线，如图 32-3 所示。

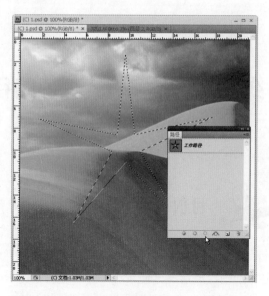

图　32-3

有了选区就可以随意地拷贝了。

在工具箱中选移动工具，同时按住 Ctrl+Alt 键，用鼠标拖动选区范围内的图像，连续拷贝。看到的是路径转换为选区的作用，如图 32-4 所示。

按 F12 键将图像恢复初始状态。

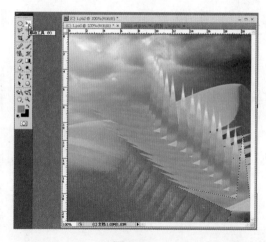

图　32-4

4. 使用矢量图形路径

在工具箱中选矢量图形工具中的自定形状工具，在选项栏中打开矢量图形库，单击图形库右上角的黑三角，在弹出的菜单中选"自然"项，在弹出的窗口中单击"确定"按钮退出，各种自然类的图形出现在图形库中。选定其中的枫叶图形，如图 32-5 所示。

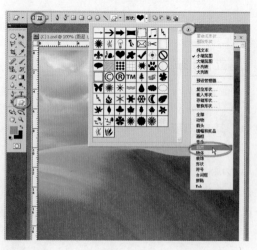

图　32-5

图 32-6

建立纯路径方式，用鼠标在图像中拉出一个硕大的枫叶图形路径，如图 32-6 所示。

图 32-7

打开路径面板，看到这里已经有了一个工作路径。在面板的下边单击将路径作为选区载入图标，看到了枫叶形状的蚂蚁线，如图 32-7 所示。

按 Ctrl+J 键，将选区范围内的图像拷贝生成一个新的图层，在图层面板上可以看到，新的图层中是一个枫叶。而图像中由于上下两层图像完全重合，因此暂时还看不出眉目来，如图 32-8 所示。

图 32-8

路径转换为选区

5．修饰

选择"图层"|"图层样式"|"外发光"命令，在弹出的窗口中将外发光的边缘数值适当加大，单击"确定"按钮退出，如图 32-9 所示。

注意：图层样式的具体操作将在后边的练习中具体讲解，这里暂时用一下。

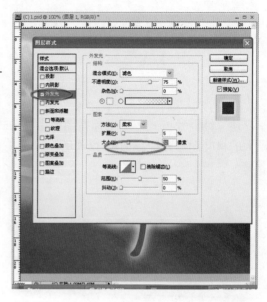

图 32-9

现在看到图像中一个发光的枫叶图像，而沙丘的完整图像没有破坏，如图 32-10 所示。

此文件暂时不要关闭，下一个练习会用到。

图 32-10

要点与提示

路径与选区的转换在位图与矢量图之间架起了一座沟通的桥梁，熟练掌握这种转换方法，可以使各项操作更加方便灵活。

练习 33　　　　转 换 路 径

目 的 与 任 务

　　路径与选区是可以相互转换的，文字也可以建立路径，熟练地掌握它们之间的转换操作，可以使图像的操作更加准确、灵活、方便。

实 例 学 习

1．准备图像

　　打开图像文件"棕榈树（CMYK）.tif"。
　　在工具箱中选文字工具，在选项栏中设定相应的字体 Arial Black、字号 120 点，在棕榈树图中单击鼠标，输入大写字母 I 和 U，中间空格，如图 33-1 所示。

2．使用文字转换路径

　　选择"图层" | "文字" | "创建工作路径"命令，这个命令的作用是按照文字的边缘建立路径，如图 33-2 所示。

图　33-1

图　33-2

指定底层为当前层，关闭文字层。

在工具箱中选矢量图形工具中的自定形状工具，在选项栏中选定建立纯路径方式，打开图形库，单击图形库右上角的黑三角，在弹出的菜单中选"形状"项，在弹出的窗口中单击"确定"按钮退出，相关的图形出现在图形库中。

选中其中的"心"图形，在图像中字母 I 和 U 路径的中间拉出一个心形状的路径，如图 33-3 所示。

图　33-3

打开路径面板，看到这里有刚刚建立的工作路径。在面板的下边单击将路径作为选区载入图标，看到图像中出现了相应的蚂蚁线。按 F3 键拷贝，如图 33-4 所示。

图　33-4

回到图像文件"山丘.tif"中，按 F4 键粘贴，新的图像粘贴了进来。如果再像枫叶一样做出外发光效果，看起来还是不错的，如图 33-5 所示。

图　33-5

3．选区转换为路径

打开随书赠送光盘中图像文件"剪纸.jpg"。

如果有这样一幅剪纸图像需要制作成矢量图形，在工具箱中选魔棒，单击剪纸上的单色图案，因为是剪纸，各部分相连，所以图案全部被选中了。如果是其他图案，还会有没有选中的地方，用学过的办法将需要的图案全部选中，如图33-6所示。

图 33-6

打开路径面板，单击下边的从选区生成工作路径图标，看到产生了一个新的工作路径，如图33-7所示。

图 33-7

在图层面板上建立一个新图层，填充白色便于观察。在工具箱中选相应的路径工具，对当前的工作路径中不满意的地方进行细心的调整，如图33-8所示。

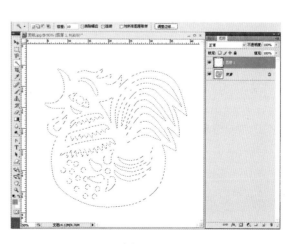

图 33-8

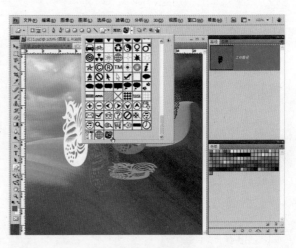

有了这个路径后，可以选择"编辑"|"定义自定形状"命令，将路径转换为矢量图形，并且添加到矢量图形库中了。

然后，在任何图像中都可以使用这个矢量图形绘制所需的图案了，如图33-9所示。

图 33-9

 要点与提示

文本转换路径的功能对于制作有个性的文字非常有用，通常用在广告的标题上。路径与选区之间的灵活转换，最大的好处是为精确修正选区提供了很大的便利。

练习 34 自制矢量图形

目的与任务

尽管从 Photoshop 7.0 以来提供了丰富的矢量图形，但是对于图形库中没有的图形，还是要自己动手制作。

这个练习就是要学会用编辑路径的方法，自制所需的矢量图形，然后通过"定义自定形状"命令，把自制的图形添加到矢量图形库中，以备将来随时调用。

实例学习

图 34-1

1. 准备图像

建立一个新文件：500 像素×500 像素，分辨率72 像素/英寸，色彩模式为RGB 颜色。

在工具箱中选渐变工具，分别设定深色的前景色和浅色的背景色，由深到浅在图像中做好渐变背景。

在工具箱中选文字工具，设定字体为 Arial Black，字号为 120 点，输入文字：love，如图 34-1 所示。

2. 建立工作路径

选择"图层"|"文字"|"创建工作路径"命令。文字的边缘被转换成为路径，如图 34-2 所示。

图 34-2

图　34-3

在工具箱中选缩放工具，在图像中字母 o 上拉出一个放大框，如图 34-3 所示。

3. 编辑路径

字母 o 被放大到充满桌面。这样做是为了便于编辑路径的操作。

在工具箱中选路径工具中的删除节点工具，也就是带"–"号的钢笔，在字母 o 里边的圆形路径上单击，路径被激活，如图 34-4 所示。

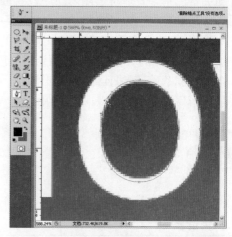

图　34-4

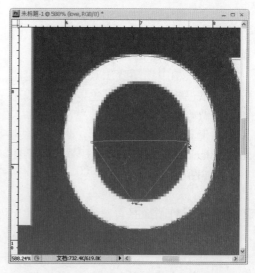

现在要将字母 o 中间的圆圈变成一个心的形状，就像前边"初试路径"练习中做过的那样。一开始需要一个倒三角的路径，因此，用删除节点工具将激活路径中多余的节点一一删除，只留三个节点，如图 34-5 所示。

图　34-5

在工具箱的钢笔工具中选转换点工具，依次点击三个节点，将留下的这三个平滑点转换为拐点。这已经是一个倒三角路径了，如图 34-6 所示。

临时使用编辑路径的白箭头工具，可以按住 Ctrl 键，就是白箭头工具。编辑完节点后，松开 Ctrl 键，又恢复到原来使用的路径工具。

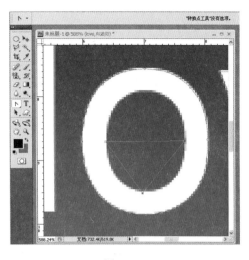

图　34-6

按照前边"初试路径"练习中的方法，分别用增加节点、转换节点、编辑节点的方法制作出"心"的路径，如图 34-7 所示。

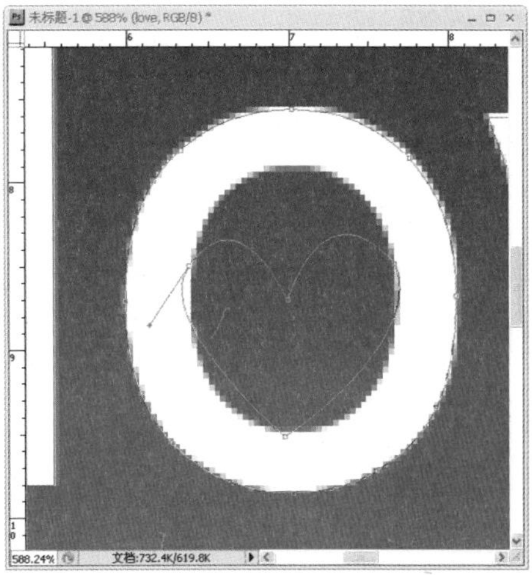

图　34-7

在工具箱中双击放大工具，图像恢复百分之百显示比例。

也可以在工具箱中选择路径工具中的转换点工具，将 l、v、e 三个字母中路径的内侧拐点都转换成为平滑点。现在看起来，这个 love 字体的形状已经很有自己的特点了，如图 34-8 所示。

图　34-8

自制矢量图形

4．定义矢量图形

选择"编辑"｜"定义自定形状"命令，在弹出的窗口中可以给这个图形起个名字，然后单击"确定"按钮退出。这个图形已经被记录到了矢量图形库中，如图34-9所示。

图 34-9

5．使用自定义图形

随便打开一个图像文件，比如"山丘.tif"。在工具箱中选自定形状工具。在选项栏中打开矢量图形库，可以看到刚刚制作的图形已经出现在图形库的最后边，单击选中它，如图34-10所示。

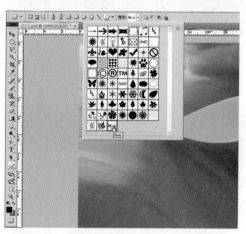

图 34-10

在工具箱中设定所需的前景色。在图像中可以任意画出刚刚自制的图形。因为图形是矢量的，因此不管怎么画，图形的质量都是可以满意的，如图34-11所示。

图 34-11

要点与提示

　　掌握自制矢量图形的方法，将大大丰富矢量图形库的内容，使得矢量图形的绘制更加方便、灵活。

　　只要有路径，就可以用"定义自定形状"命令来定义自制的图形。因此，做好自定义图形的前提是熟练操作路径。

练习 35　按照路径排列文字

目的与任务

在 Photoshop 中可以实现按照路径方向排列文字。把路径与文字结合在一起，这就使得文字的排列更加活跃，更加方便。

实例学习

1．准备图像

打开随书赠送光盘中的 abc.tif 图像文件，这是一幅夕阳下湖水边一对恋人促膝交谈的照片，如图 35-1 所示。

图　35-1

2．添加文字

在工具箱中选择文字工具，在选项栏中设定所需的字体和字号，用文字工具在图像中拉出一个段落文字框。

输入一段诗歌文字，例如："轻轻的我走了，正如我轻轻的来；我轻轻的招手，作别西天的云彩。那河畔的金柳，是夕阳中的新娘；波光里的艳影，在我的心头荡漾。"在选项栏上打勾确认文字输入完毕。

现在这样的文字排列有些呆板了，如图 35-2 所示。

图　35-2

3. 创建路径

在工具箱中选择路径工具，在选项栏中选定纯路径方式，在图像中建立一条曲线的路径，如图 35-3 所示。

为了便于观察，可以把图像层暂时关闭。

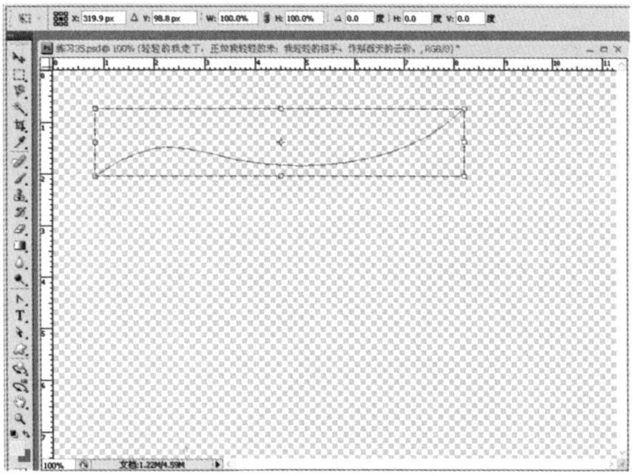

图　35-3

4. 制作路径文字

在工具箱中选中文字工具，打开刚才输入的文字层，选中第一行诗句，按 **Ctrl+C** 键拷贝，在最上边的选项栏右边打勾，确认文字编辑完毕，如图 35-4 所示。

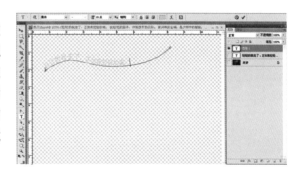

图　35-4

在工具箱中选文本工具，把鼠标放在路径的起始端上，看到路径文字标识后单击鼠标，一条与路径垂直的单线在曲线路径上闪烁。按 **Ctrl+V** 键将刚才拷贝的文字粘贴上来。别忘了，在上边的选项栏中右上角打勾，退出文字编辑状态，如图 35-5 所示。

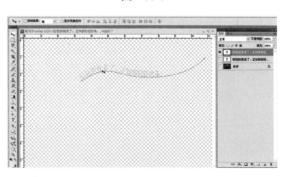

图　35-5

在工具箱中选移动工具，按住带路径的文本将其移动到合适的位置。在文本面板上可以看到，现在已经产生了一个新的文本层，如图 35-6 所示。

图　35-6

按照路径排列文字

第一个句子制作完毕，再来制作第二个句子。

回到图层面板，关闭刚刚制作的第一个句子的文本层，打开原始文本层。在工具箱中重新选择文本工具，将第二句文本选中，按 Ctrl+C 键拷贝，如图 35-7 所示。

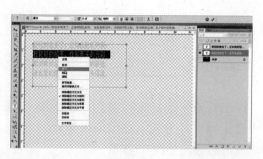

图　35-7

首先在路径面板上单击路径 1 将其激活。然后重复刚才的操作步骤，用文本工具选中第二句文本拷贝。关闭原始文本层，在路径 1 上单击鼠标，将第二句文本粘贴上来，如图 35-8 所示。

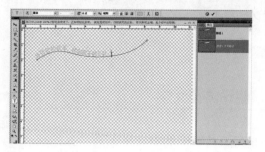

图　35-8

重复前面的操作步骤，用同样的方法将四句诗分别拷贝粘贴成为四个带路径的文本层。

在图层面板上将四个文本层都打开，指定哪个文本层为当前层，就可以用移动工具对其作移动。这样就可以分别将四个文本句子移动到合适的位置，如图 35-9 所示。

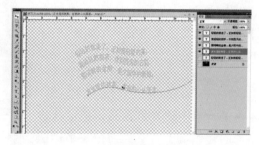

图　35-9

在图层面板上选择了哪个带路径的文本层，路径面板上这个被选中的路径就成为工作路径。这样既不需要制作繁多的路径，也不会编辑一条路径的时候影响到其它路径，如图 35-10 所示。

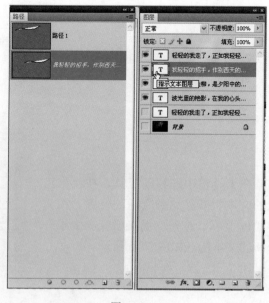

图　35-10

 **要点与提示**

　　路径文字是 Photoshop CS 增加的新功能，这个功能的实现，使得平面设计制作中文字的制作效果更加方便，效果更加精彩，留给设计制作者的创作空间更加广阔。

　　在路径文字的制作中，必须按照先建立所需路径，后输入所需文字的步骤来操作。如果反过来，是无法将所输入的文字附加在后建立的路径上的，这一点是秉承了 Adobe 的一贯做法的。尽管很不方便，但就目前来讲也是没办法的事情。

练习 36　　　编辑路径文本

 目的与任务

按照路径排列的文本也是可以反复重新编辑的，但是需要按照编辑路径与编辑文本两种方式分别进行操作。

 实例学习

1. 准备图像

继续前一个练习，四个带路径的文本层已经建立，如图 36-1 所示。

图　36-1

2. 编辑文本

在工具箱中选择文本工具，在图层面板上选定需要编辑的文本层为当前层，然后可以对这个层上的文本作各项常规编辑。

用鼠标选中需要重新编辑的文本，可以修改文字，也可以重新设置文本的字体、字号、颜色等参数，如图 36-2 所示。

图　36-2

在工具箱中选择编辑路径的黑箭头。将鼠标放在路径文本上，看到文本输入带黑箭头标志时，可以拖动路径上的文本，移动到所需的位置，如图 36-3 所示。

注意：如果文本向后面移动距离较大，长于路径尾部节点的文字将被隐藏。

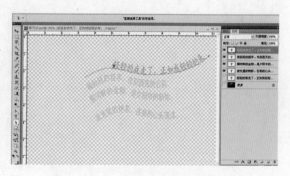

图　36-3

在路径上边按住鼠标，直接拖到路径的下边，可以将文本反向放置到路径的另一侧，而文本的起点是路径的另一端，如图36-4所示。

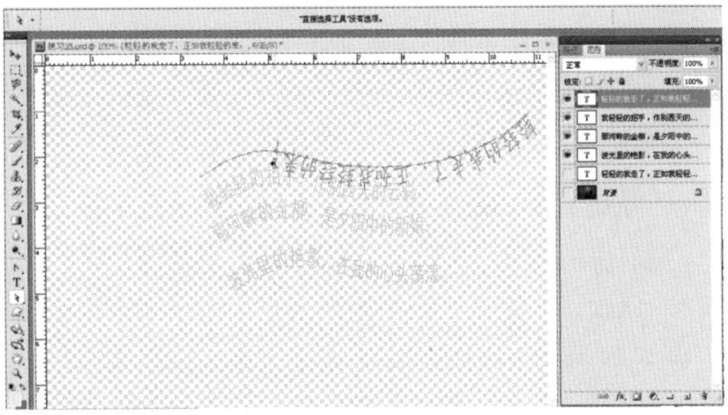

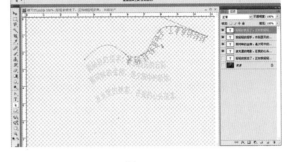

图 36-4

3．编辑路径

在工具箱中选择编辑路径的白箭头，单击当前文本层上的路径将其激活，直接拉动路径上的节点和控制节点的句柄，调整路径的曲线走势，路径上的文字会随着路径的改变而自动做出紧随路径的变动，如图36-5所示。

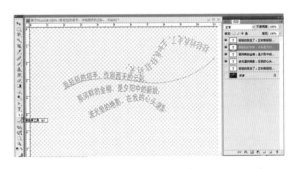

图 36-5

将每一条路径按照自己的想法进行编辑，并且移动到合适的位置，如图36-6所示。

图 36-6

也可以将文本放置在一个闭合路径上，形成环绕效果。需要注意的是文本的首尾相接要靠调整文本的字号、间隔来控制，如图36-7所示。

图 36-7

编辑路径文本

174

移动闭合路径上环绕文本的起始位置，需要将起始位置和结束点分两次移动，移动后要认真检查，避免文字丢失，如图 36-8 所示。

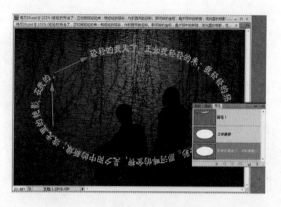

图 36-8

至于最终要将这张图像制作成什么样，那就看操作者的爱好和想象力了，如图 36-9 所示。

图 36-9

 要点与提示

编辑路径文本并不难，就是麻烦。实际上就是分别操作编辑文本与编辑路径。

认 识 色 阶

目 的 与 任 务

图像的影调是指图像中的明暗、层次和反差。几乎所有扫描输入的图像和大多数数码照片都需要进行影调调整操作。要根据图像的内容、客户的要求、自己的理解等具体情况，选用相应的命令进行图像影调调整。

做这个练习时，每次在弹出的面板中调整图像的参数后，如果单击"取消"按钮，则图像恢复原状。如果单击"确定"按钮，则可以观察调整影调后的效果，然后按 Ctrl＋Z 键后退一步，让图像恢复原状，再继续下一步操作。

实 例 学 习

1．准备图像

打开图像文件"颐和园.jpg"。

在"图像"菜单下的"调整"命令组中共有 5 组操作命令，分别用来做图像影调调整、颜色调整、色调调整、整体调整和特殊调整，如图 37-1 所示。

选择"图像"|"调整"|"色阶"命令，打开色阶面板。

图　37-1

2．用色阶命令调整图像影调

在打开的面板中可看到输入色阶直方图，这个直方图表明了图像中影调明暗分布的状况。下面三个滑标，左边的黑色滑标表示图像最暗的部分；右边的白色滑标表示图像最亮的部分；中间的灰色滑标表示图像中间亮度的部分，如图 37-2 所示。

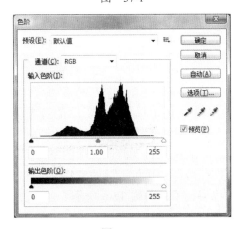

图　37-2

将左侧黑色滑标用鼠标向右移动，则图像越来越暗。黑色滑标所对应的直方图上的像素被确定为最暗的黑色像素，从黑色滑标向左的所有像素都被忽略为最暗的部分。图像中暗调的空间大大扩展了，所以图像就暗下去了，如图 37-3 所示。

将黑色滑标复位。

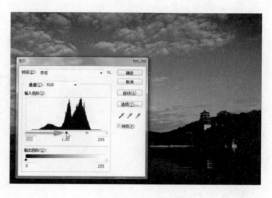

图　37-3

反过来将右侧的白色滑标向左移动，则图像会越来越亮，道理也是一样。白色滑标所对应的直方图上的像素被确定为最亮的白色像素，从白色滑标向右的所有像素都被忽略为最亮的部分。图像中亮调的空间大大扩展了，所以图像就亮起来了，如图 37-4 所示。

将白色滑标复位。

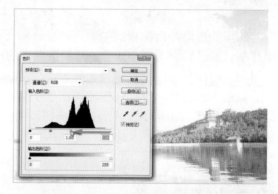

图　37-4

3．调整灰色滑标

黑白两个滑标不动，将中间灰色滑标向右侧移动，图像变暗了。因为灰色滑标现在所对应的直方图位置是原来很亮的像素，现在被确定为中间亮度。从灰色滑标到白色滑标的空间压缩了，从灰色滑标到黑色滑标的空间扩展了，所以图像变暗了，如图 37-5 所示。

图　37-5

将中间灰色滑标向左侧移动，图像变亮了。因为灰色滑标现在所对应的直方图位置是原来很暗的像素，现在被确定为中间亮度。从灰色滑标到白色滑标的空间扩展了，从灰色滑标到黑色滑标的空间压缩了，所以图像变亮了，如图 37-6 所示。

图　37-6

4．复位面板参数

当尚未单击"好"按钮关闭当前面板，而对已经调整的图像效果不满意的时候，就按下 Alt 键，可以看到面板上原来的"取消"按钮变成了"复位"按钮。单击"复位"按钮，图像恢复到选用色阶命令时的初始状态，可以重新进行调整，如图 37-7 所示。

就现在这张图的影调来说，左侧的黑色滑标处和右侧的白色滑标处都没有像素，由此判断这个图像中缺少最暗和最亮的像素，反差比较弱。可以将黑白两个滑标向中间适当移动，应该放在直方图左右两边开始有像素的地方稍向里一点的位置上。这样做，图像中既有了最暗的像素，也有了最亮的像素。黑白两个滑标所在的点被称为图像的黑场和白场，正确确定图像的黑场和白场，就能够得到较好的影调关系，如图 37-8 所示。

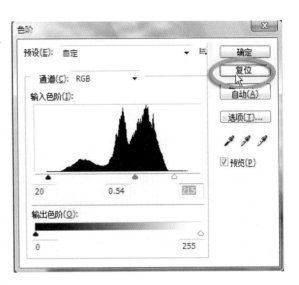

图　37-7

5．用吸管确定黑白场

可以用吸管来选取确定图像的黑场和白场。

左边的黑色吸管叫做"设置黑场"工具，用来确定图像最暗的地方，中间的灰色吸管叫做"设置灰点"工具，用来确定图像的中性灰像素点，右边的白色吸叫做"设置白场"工具，用来确定图像最亮的地方。

选择黑色吸管在图像上最暗的地方单击的时候，图像整体影调比原来暗了一些，在色阶直方图上可以看到，峰值向左侧拉开，黑色滑标所在的地方有了很多像素。另外，从信息面板上还可以看到，黑色吸管点击的像素，其 RGB 值被确定：R 为 0，G 为 0，B 为 0。也就是说，这里被确定为 RGB 的纯黑色，如图 37-9 所示。

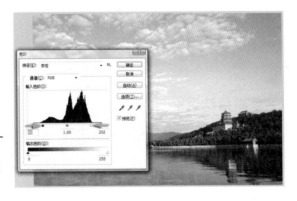

图　37-8

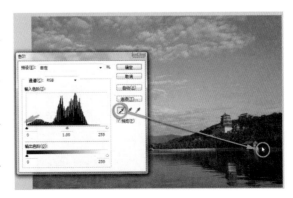

图　37-9

认识色阶

如果用黑色吸管单击图像中最亮的地方，图像立即变得黑成一片。因为将这一点确定为图像中最暗的点，而图像中没有比这一点再亮的地方了。直方图上像素都集中到了黑色滑标处，如图 37-10 所示。

按住 Alt 键单击"复位"按钮，将面板参数恢复为初始状态。

图　37-10

用白色吸管单击图像中最亮的地方，图像影调看起来变化不大，因为那里原本就是图像中最亮的地方。

用白色吸管单击图像中最暗的地方，图像立即白成一片。因为图像中没有比这一点再暗的地方了。直方图上像素都向白色滑标处集中，如图 37-11 所示。

白色吸管单击的像素，其 R、G、B 值均被确定为 255。

将面板参数恢复初始状态。

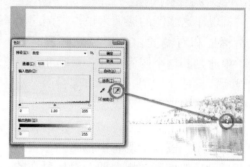

图　37-11

6．使用自动调整

在色阶面板上，直接单击"自动"按钮，可以看到直方图中峰值向两边拉开，在黑场与白场滑标位置上，都有了相应的像素，图像的反差加强了，如图 37-12 所示。

图　37-12

7．调整输出色阶

在色阶窗口的下边是输出色阶调整杆。移动黑色或白色滑标，图像将以指定的色阶影调进行输出。左边是低调，右边是高调。两个滑标距离越近，图像的反差也就越小。

这种调整适合将图像作为背景输出时使用，如图 37-13 所示。

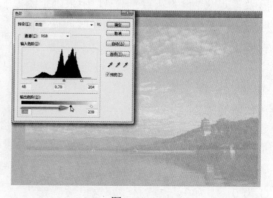

图　37-13

要点与提示

　　色阶是认识和分析图像状况的重要参数,现在大多数的数码照相机上,都可以直接显示被摄景物的色阶直方图,供拍摄者从中判断被摄景物的曝光参数,足见色阶在图像处理中的重要位置。

　　色阶操作是图像调整操作最重要的两个命令之一。熟练掌握图像的黑白场设置方法,是主动的、正确的处理图像的第一步。

　　用色阶调整图像影调直接影响到图像的艺术效果,不同的人对图像有不同的理解,调整的影调也会不同,色阶可以使图像影调的控制更加准确,更加科学,更加方便。

练习 38　按照直方图调整图像

目的与任务

了解了色阶，认识了直方图，就能够按照直方图来调整图像。这才是最科学、最准确的调整图像的方法。直方图有不同的类型，按照不同类型直方图来正确设置黑白场滑标，这是图像调整要做的第一步。

实例学习

1. 准备图像

打开本书配套光盘中的图像文件"秋林.jpg"。

这张照片的影调是灰蒙蒙的。给人以沉闷的感觉，应该进行必要的调整，如图 38-1 所示。

图　38-1

2. "凸"型色阶直方图

选择"图像"|"调整"|"色阶"命令，打开色阶面板。

可以看到这幅图像的色阶直方图，像素主要分布在中间段，两边低中间高。这种典型的直方图，可以称之为"凸"型直方图，如图 38-2 所示。

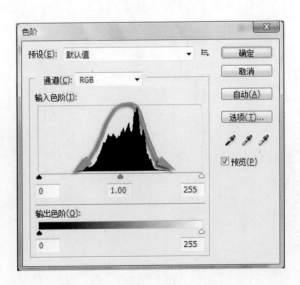

图　38-2

3. 重新设定黑白场

"凸"型色阶的两端距离黑白场滑标都有较大的距离，缺黑少白，像素主要处于灰度区域。因此，"凸"型色阶的图像往往调子发灰。处理"凸"型色阶主要是合理地设置黑白场滑标，让图像中产生应有的最暗点和最亮点。通常是将黑白场滑标移动到直方图两端起点稍稍向里的位置上，如图38-3所示。

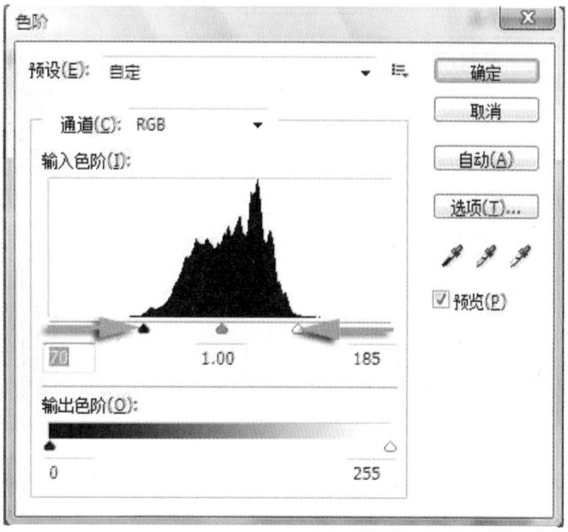

图　38-3

设置了合适的黑白场之后，图像中有了最暗的点和最亮的点，图像的反差舒服了。还可以继续移动灰色滑标，尝试调整图像的整体明暗调子。在这幅图像中，将灰色滑标适当向右侧移动，整体影调压暗的同时，可以看到图像局部的色彩比原来更鲜明了，如图38-4所示。

图　38-4

通过对比可以清楚地看到，经过色阶调整之后，原本灰蒙蒙的图像，在影调和色调上都有了根本的改变，不仅反差提高了，而且色彩也鲜艳了，片子看起来很通透，如图38-5所示。

图　38-5

按照直方图调整图像

4. 暗调坡型直方图

打开本书配套光盘中的图像文件"颐和园之晨.jpg"。

这张照片是清晨在颐和园水边拍摄的,由于曝光欠缺,画面较暗,如图 38-6 所示。

图　38-6

选择"图像"|"调整"|"色阶"命令,打开色阶面板。

可以看到这直方图是坡型的,左高右低,像素大部分集中在暗调区域。这就是这张照片影调很暗的原因了,如图 38-7 所示。

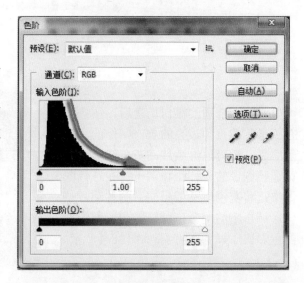

图　38-7

按照直方图的位置,将白场滑标向左移动到直方图右侧起点。将黑场滑标也略向内移动一点,再根据画面所表现的情绪,将中间灰滑标稍稍向右侧移动一点点,影调完全舒服了,单击"确定"按钮退出,如图 38-8 所示。

图　38-8

5. 亮调坡型直方图

图 38-9

打开本书配套光盘中的图像文件"慕田峪长城.jpg"。

这张照片是在晨雾中拍摄的，由于曝光过度，画面较亮，如图 38-9 所示。

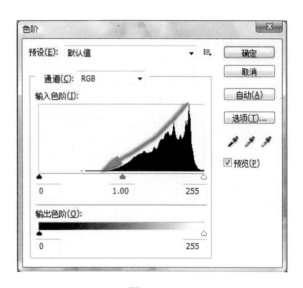

图 38-10

选择"图像"|"调整"|"色阶"命令，打开色阶面板。

可以看到这直方图也是坡型的，但与前一个正相反，是右高左低，像素大部分集中在亮调区域。这就是这张照片影调比较亮的原因了，如图 38-10 所示。

按照直方图的位置，将黑场滑标向右移动到直方图左侧起点。将白场滑标也略向内移动一点，再根据画面所表现的情绪，将中间灰滑标稍稍向右侧移动一点点，影调完全舒服了，单击"确定"按钮退出，如图 38-11 所示。

图 38-11

按照直方图调整图像

最后，在工具箱中选加深工具，在上面的选项栏中设置较大的画笔直径参数。用这个大画笔在图像的左上角和右上角适当涂抹，将两个角上适当压暗。现在这个片子的影调完全漂亮了，如图 38-12 所示。

图　38-12

6. 凹型直方图

打开本书配套光盘中的图像文件"凹型直方图.jpg"。

这样的场景很常见，天空很亮，地面很暗，天空与地面有很大的反差，如图 38-13 所示。

图　38-13

选择"图像" | "调整" | "色阶"命令，打开色阶面板。

可以看到这个直方图是凹型的。直方图左侧是图像中地面的暗调部分，直方图右侧是图像中天空的亮调部分，如图 38-14 所示。

图　38-14

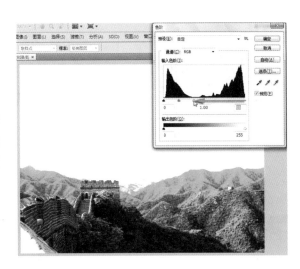

如果按照常规的方法，将白场滑标向左侧移动，可以看到地面暗调的层次显现出来了，但天空白成一片了，如图 38-15 所示。

图　38-15

反过来，如果将黑场滑标向右侧移动，可以看到天空亮调的层次显现出来了，但地面黑成一片了，如图 38-16 所示。

那么对凹型直方图，如果简单地靠移动黑白场滑标来调整图像的影调，会出现顾左不顾右的尴尬情况。也就是说，对于凹型直方图不能用一个色阶命令来解决问题，如图 38-16 所示。

图　38-16

 要 点 与 提 示

直方图对于正确判断和调整图像有着至关重要的重要作用。

"凸"型直方图是最常见的，在"凸"型直方图上准确设置黑白场，是调整好图像影调的关键步骤。坡型直方图是比较好办的，而凹型直方图的调整方法则要在以后的练习中讲到。

输入色阶的黑白两个滑标之间的相互距离越近，图像反差越大。

185

练习

38

按照直方图调整图像

练习 39

认 识 曲 线

目的与任务

曲线是调整图像影调，进而调整色调最重要的命令之一。曲线可以实现多控制点对图像进行非常精细的调整，这使得调整图像更加方便、直观、细致。

实例学习

1. 准备图像

打开图像文件"雾锁神农溪.jpg"。

选择"图像"|"调整"|"曲线"命令，打开曲线面板，如图 39-1 所示。

在曲线面板中可以看到，初始的曲线是一条 45°的直线，表示图像中的像素从最低参数值到最高参数值的分布。曲线的中间还有直方图显现，便于操作者按照直方图来调整曲线。

图 39-1

2. 单点控制明暗

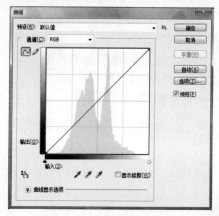

用鼠标在曲线上单击，即可建立一个控制点。

用鼠标将这个点逐渐向上拉动，可以看到图像变亮了。单点上移，使得曲线在梯度条的亮调部分得到加强，暗调部分被减弱，所以图像变亮了，如图 39-2 所示。

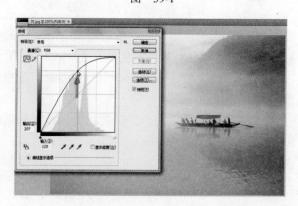

图 39-2

反过来用鼠标将这个点向下移动，可以看到图像变暗了。同样道理，单点下移，使得曲线在梯度条的暗调部分得到加强，亮调部分被减弱，所以图像变暗了，如图 39-3 所示。

拉动曲线，可以整体改变图像的影调关系。

用鼠标将这个点拉到曲线框的外边，这个控制点即被删除。

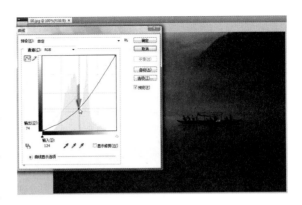

图 39-3

3．两点控制反差

在曲线的右上方和左下方分别单击鼠标，建立两个控制点，如图 39-4 所示。

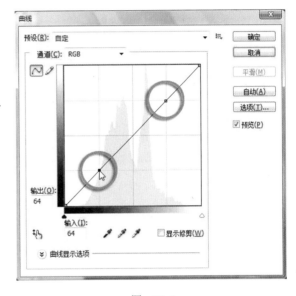

图 39-4

用鼠标将上边的控制点适当向上移动，再将下边的控制点略微向下移动，让曲线呈现 S 型。这样做就分别强化了图像的亮调部分和暗调部分，相对弱化了中间调部分，可以看到图像影调比原来感觉强烈了。这样做的结果是提高了图像的反差，如图 39-5 所示。

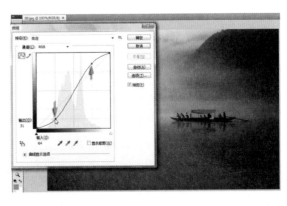

图 39-5

认识曲线

将曲线上的两个控制点反向移动，让曲线呈反 S 型，这样做就扩大了中间灰的空间范围，图像的影调反差降低了，如图 39-6 所示。

删除曲线上现有的两个控制点。

也可以按 Alt 键再用鼠标单击"复位"按钮，将面板恢复初始状态。

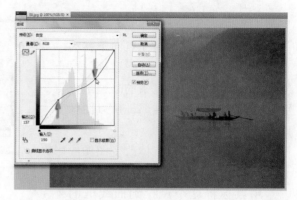

图　39-6

4．三点增加层次

在曲线的右上方、中间和左下方分别单击鼠标，距离均匀地建立三个控制点，如图 39-7 所示。

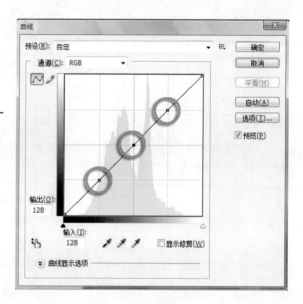

图　39-7

用鼠标分别将上下两个控制点稍稍向上移动，中间的控制点不动，整个曲线呈 M 型。

这样做的效果是在暗部和亮部中适当提高了那里像素的亮度，丰富了那里图像的层次。这种做法对于暗部缺少层次的图像有明显效果，如图 39-8 所示。

对于这种 M 型曲线，所移动的两个点只是很少的移动一点位置。如果移动稍大，将使暗部和亮部的图像影调发灰，反而破坏了图像正常的影调关系。

按 Alt 键，用鼠标单击"复位"按钮，面板恢复初始状态。

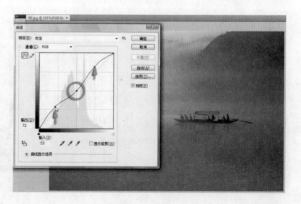

图　39-8

5. 四点产生特效

在曲线上四个点分别单击鼠标，距离均匀地建立四个控制点，如图 39-9 所示。

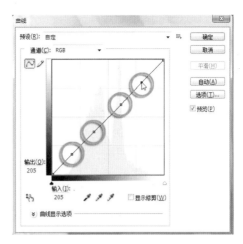

图 39-9

用鼠标将四个控制点分别拉动，形成相互交错两高两低的位置。可以看到，图像中的色彩发生了奇异的变化，出现了流光溢彩的特殊效果。只要稍稍移动任何一个控制点的位置，图像中相应的色彩都会发生剧烈的变化，如图 39-10 所示。

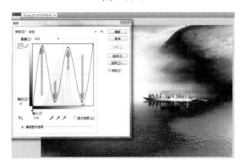

图 39-10

这种特效类似于彩色摄影中的色调分离效果，如果运用得恰到好处，可以使一幅原本平淡的图像产生令人惊讶的色彩效果，如图 39-11 所示。

图 39-11

要点与提示

曲线命令与色阶命令一起，成为调整图像操作最重要的命令。曲线在调整图像明暗、反差、层次和特效调整中十分方便、直观，变化丰富。

- 一个点改变影调明暗；
- 两个点控制图像反差；
- 三个点提高暗部层次；
- 四个点产生色调分离。

熟悉在曲线上从一个控制点到多个控制点的操作方法，熟记 S 和 M 形曲线的作用，这将为以后熟练调整图像打下良好基础。

练习 40 精细调整曲线

目的与任务

曲线调整图像的一大优势，是可以建立多个控制点，按照图像中不同灰阶的不同情况，分别调整图像，掌握这种多控制点调整图像的操作方法，可以使得图像调整更加精确，更加细致。

实例学习

1. 准备图像

打开图像文件"雾锁神农溪.jpg"。

选择"图像"|"调整"|"曲线"命令，打开曲线面板，如图 40-1 所示。

在曲线调整中，可以针对图像中的某一部分进行精确的调整。可以在图像中选定多个控制点，分别进行精确的调整。这些都是曲线的长处。

图 40-1

2. 设置黑白场

在 Photoshop CS4 的曲线中已经有了同时显示直方图的功能，可以在曲线面板中按照直方图直接设置黑白场滑标。在曲线调整框的下面有黑白场滑标，按照直方图的形状，将黑白场滑标分别移动到直方图的两端。这与在色阶中设置黑白场的效果是一样的，如图 40-2 所示。

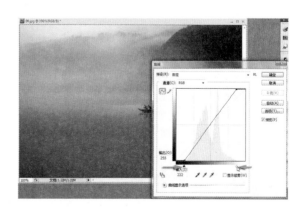

图 40-2

3. 精确设置调整控制点

如果想精确调整图像中某个地方的影调，就需要知道这个地方的影调位于曲线的什么位置。把鼠标放在图像中，可以看到吸管的图标，将吸管放在需要调整的地方，按住 Ctrl 键用鼠标单击，可以看到曲线上出现了一个点。这个点就是图像中鼠标所在位置的影调对应在曲线上的精确点，如图 40-3 所示。

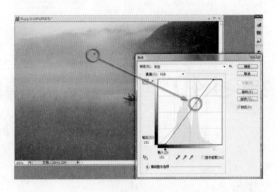

图 40-3

用鼠标直接移动曲线上的这个点，图像中所选定的位置的图像就被调整了。同时，图像中与这个选中的点相同亮度的像素也都一起被调整了。这样在图像中用鼠标选中对应在曲线上的精确点，所做的调整就相当精确，如图 40-4 所示。

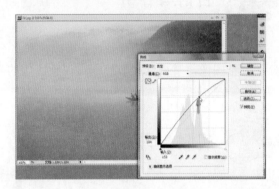

图 40-4

4. 多点控制调整图像曲线

既然能够在曲线上准确地记录控制点，那么就可以同时设置多个控制点，以便于分别调整图像中不同位置的影调关系。

按住 Ctrl 键，在图像中需要分别调整的云雾最亮的位置、云雾中间亮度的位置、水面中间亮度的位置、水面较暗的位置和山上最暗的位置上分别建立控制点，如图 40-5 所示。

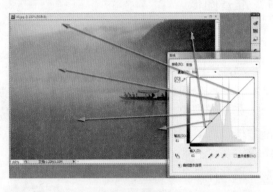

图 40-5

用鼠标将这些设定的控制点适当向上或向下移动，将云雾整体亮度适当提亮，并提高云雾的反差；将水面整体适当压暗，同时也提高水面的反差；把远山最暗的部分再压暗。这样做的结果是云雾和水面的反差分别加强了，用多控制点调整曲线比单点或者两点调整要精确细腻，如图 40-6 所示。

图 40-6

5. 直接调整工具直接精确调整图像

Photoshop CS4 在曲线中新增加了一个直接调整工具，非常方便在图像中直接精确调整图像。

在曲线面板中选中直接调整工具图标。将鼠标放到图像中，在需要调整影调的地方按下鼠标，可以看到直接调整工具的手指图标，曲线上出现对应的控制点。按住鼠标垂直移动，可以看到曲线上对应的控制点也随之移动，如图 40-7 所示。

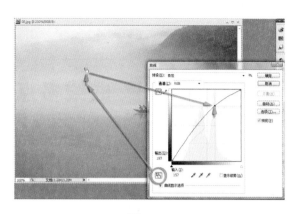

图　40-7

用直接调整工具在图像中分别按住各个需要调整的位置，并且垂直移动，与图像中这个位置对应的曲线点就随之被移动了。这样直接调整图像既精确又方便，如图 40-8 所示。

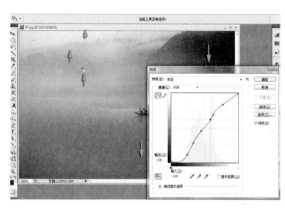

图　40-8

 ## 要点与提示

多控制点调整曲线是建立在对曲线操作完全掌握的基础上的，基本上是需要调整图像的哪部分，就在曲线的相应位置建立控制点。

建立多控制点的方法可以根据图像的具体情况而定，既可一边调整一边建立新的控制点，也可先将所需的控制点建立好，然后再逐一进行相应的调整。

曲线调整中也和色阶调整一样，打开面板上方的通道下拉框，选择某一通道后，可以进行某一通道的单独调整。改变某一通道的曲线，会对整个图像的调子变化产生特殊的影响，这对于尚未学习通道知识的初学者来讲，尚有一定的难度。

精细调整曲线

练习 41 曲线多点控制调整图像实例

目的与任务

曲线调整图像的一大优势，是可以建立多个控制点，按照图像中不同灰阶的不同情况，分别调整图像，掌握这种多控制点调整图像的操作方法，可以使得图像调整更加精确，更加细致。

实例学习

1. 准备图像

打开本书随赠光盘中"逆光人像.jpg"文件。这张照片是在夕阳下逆光拍摄的，人物脸部较暗而且反差很弱。但是这张图的直方图上黑白场并不缺，用色阶调整黑白场不能解决问题，如图 41-1 所示。

图 41-1

2. 调整主体影调关系

　　首先在人物脸部的高光部位选定控制点，按住 Ctrl 键用鼠标在脸部高光处单击，这个位置对应在曲线上的点就被记录在曲线上了，如图 41-2 所示。

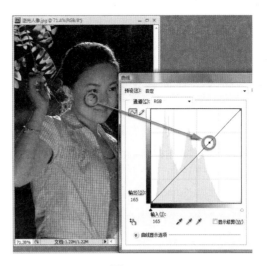

图　41-2

　　用鼠标将曲线上这个点适当向上移动，原本较暗的图像变亮了。但是，脸部亮度提高后，背景的亮度又感觉过高了，而且人物脸部的高光部分也感觉曝光过度了。因此还需要做多控制点调整，如图 41-3 所示。

图　41-3

　　可以用 Photoshop CS4 中新提供直接调整工具来做。

　　在曲线面板左下方选中直接调整工具，在图像中人物的脸部主调位置选择好控制点，按住鼠标向下移动。可以看到脸部中间调压下来了，脸部大的影调关系好多了，如图 41-4 所示。

图　41-4

曲线多点控制调整图像实例

3. 多点控制调整丰富层次

现在感觉人物脸部影调正常了，但是背景过亮。鼠标放在需要调整的背景处，按下鼠标设置曲线控制点，将这个点向下压，看到图像中背景的影调暗下来了，如图 41-5 所示。

图 41-5

感觉人物脸部影调稍有点硬。在曲线的人物脸部两个控制点的外侧再设置一个控制点，并将这个点稍稍向上移动一点点，看到人物脸部的皮肤反差稍软了一点点，感觉皮肤细腻了，如图 41-6 所示。

图 41-6

在人物头发中创建两个控制点，稍作移动，加大了头发中的反差，使得头发的层次显现出来了，如图 41-7 所示。

图 41-7

经过这样认真的多点控制调整，片子中各部分的层次细腻了，影调和反差都舒服多了，如图 41-8 所示。

图　41-8

要 点 与 提 示

在曲线中建立多点控制调整图像，不但可以精细控制图像的影调，而且可以丰富图像的层次，这样调整出来的图像更细腻。

曲线的多点控制调整图像是色阶调整所做不到的，但是曲线调整绝不能简单地代替色阶调整。曲线调整应该是在色阶调整直方图，正确设定黑白场之后再来做的，是在图像整体影调基本正常的情况下，对图像作精细调整用的。

曲线多点控制调整图像实例

练习 42　调整图像色彩平衡关系

 目的与任务

对于彩色图像来说，颜色正不正非常重要，色调的调整直接影响到图像质量。在这个练习中，要了解什么是色彩平衡关系，如何通过调整色彩平衡来调整图像的颜色。

 实例学习

1. 准备图像

打开随书赠送光盘中图像文件"瀑布(16 位).tif"。

这是一幅 16 位色彩的图像，它比通常使用的 8 位色彩的图像更加细腻。但是打开菜单会发现，有很多的操作命令都不能执行，网络图像、视频图像等也不支持 16 位色彩。

新版的 Photoshop CS4 比过去增强了对 16 位图像的支持。这里做练习还是转为 8 位色彩更方便。

选择"图像"|"模式"|"8 位/通道"命令，将图像色彩模式转换为 8 位，模式命令是专门用来转换各种不同色彩模式的，如图 42-1 所示。

调整图像的色调应该知道颜色的排列方式，懂得色彩之间的平衡关系。

一定要记住这个非常重要的色轮，色

图　42-1

彩就是这样排列的，红绿蓝对应着青品黄。如果增加青色就会减少红色，增加绿色也就减少品色（洋红），增加黄色就会减少蓝色。

青与黄合成为绿，而绿与红合成为黄，依此类推，如图42-2所示。

2. 调整色彩平衡关系

选择"图像"|"调整"|"色彩平衡"命令。在弹出的面板中可看到三个滑标，左边是青、品、黄，右边是红、绿、蓝，它们是两两相对的。

现在做一个极端的实验：将第一个滑标拉到最右边的红色，第二个滑标拉到最左边的品色，第三个滑标拉到最左边的黄色。按照色轮来看，现在是将所有颜色调整为色轮的右半部分，也就是黄色、红色和品色。

图像中的颜色开始偏红，如图42-3所示。

在下面的色调平衡中有暗调、中间调和高光三个选项。刚才调整的是中间调部分。选定暗调，分别把三个滑标按照刚才的方法调整为红、品、黄；再选定高光，也把它们分别调整为红、品、黄。现在看到图像几乎完全成为一片红色。仍能够看出图像中黑白的影调，这是因为黑白是影调明暗关系，而不是色彩关系。

这个极端的例子说明，只要是在色轮中的颜色，都可以在色彩平衡中调整出来，如图42-4所示。

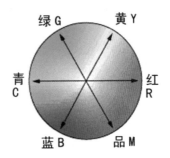

图　42-2

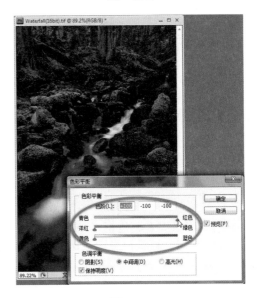

图　42-3

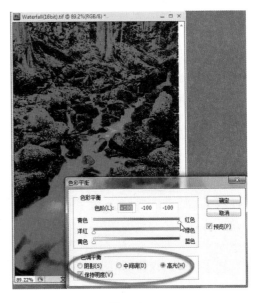

图　42-4

调整图像色彩平衡关系

3. 用色彩平衡来校正图像偏色

按照色彩平衡关系来进行操作，可以为图像附加上所需的色调，也可以用来进行有效的颜色校正。

打开本书附赠光盘中的"老年大学.jpg"文件。这张照片明显偏色。打开信息面板，将鼠标放在图像中原本应该为黑白灰色的物体上，比如白色墙面上，可以看到 B 值明显偏低。在黑色的头发和灰色的书页上检测到了 RGB 数据都显示蓝色值偏低。在 RGB 色彩模式中，黑白灰的物体应该 RGB 等值，B 值低说明图像中蓝色少，红绿多所以偏黄，如图 42-5 所示。

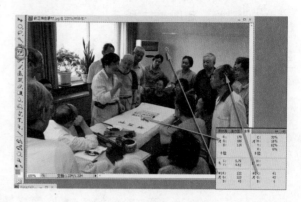

图 42-5

选择"图像"|"调整"|"色彩平衡"命令。将蓝色值提高，也就是在图像中减少黄色。观察信息面板上记录的取样点的 RGB 值逐步接近，再根据情况适当降低一点红和绿，直到信息面板上 RGB 的参数值基本上相等了为止，单击"确定"按钮退出，如图 42-6 所示。

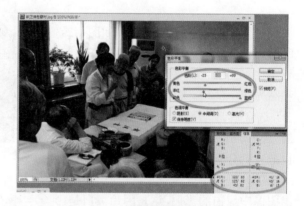

图 42-6

最后根据片子的具体情况适当调整亮度，直到满意。

造成偏色的原因很多。在拍摄这张照片的时候就知道当时的墙面是纯白色的，这种白色在 RGB 图像中，R、G、B 应该相同，刚才在信息面板上看到 B 值普遍偏低，说明蓝色过多，色彩平衡关系被打破了，因此图像偏色。

经过认真的色彩平衡调整，RGB 的色彩关系重新恢复了平衡，图像的偏色问题得到了较好的校正，如图 42-7 所示。

图 42-7

要点与提示

色彩平衡关系是色彩理论的重要内容，掌握好色彩平衡关系的操作方法，就能随心所欲地调整出所需的色彩，就能主动正确地校正图像的偏色。这里面涉及更广泛、更深入的色彩理论知识，这对于初学者来讲有相当的难度。

在实际工作中，理论知识的运用与实际操作的能力都需要一定时间的经验的积累。初学者在这个练习中，只要初步了解色彩平衡关系的原理和基本操作方法就行了，这将为以后校正图像偏色打下基础。

练习 43　改变图像色彩

目的与任务

对于彩色图像来说，色彩非常重要，色彩的调整直接影响到图像质量。在这个练习中，要掌握的关键是处理好色相、饱和度和明度三者的关系。

实例学习

1. 准备图像

打开随书赠送光盘中的图像文件"瀑布.tif"。

选择"图像"|"调整"|"色相/饱和度"命令，打开"色相/饱和度"面板，如图 43-1 所示。

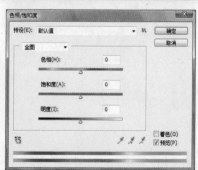

图　43-1

2．调整色相与饱和度

将饱和度的滑标逐渐向左移动，可以看到图像中的颜色越来越黯淡，直到–100，没有颜色成了灰度图像了，这就相当于去色操作，如图43-2所示。

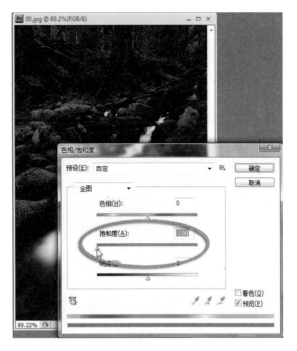

图　43-2

将饱和度滑标逐渐向右移动，看到图像中的颜色越来越鲜艳，直到+100，各种色彩的饱和度明显提高了，整个图像的颜色变得鲜艳耀眼，如图43-3所示。

图　43-3

改变图像色彩

204

现在再拉动色相滑标移动到任意某一点，可以看到图像的色彩发生了令人惊奇的变化，各种颜色都被替换了，随着色相滑标的拉动，图像中的景色似乎经历了一年四季、一日四时的变化，显得更有经过特殊处理的艺术效果。

面板下边两个色彩条用来确定原来的色彩与调整后的色彩的对照。上边彩条表示原有的色彩，下边的彩条是调整后的色彩，上下对比，就可以知道上边原来的什么颜色被替换成了下边现在的什么颜色，如图43-4所示。

按住 Alt 键，单击"复位"按钮，图像恢复初始状态。

完全改变所有的颜色，往往会使图像失真，因此，在许多时候需要只改变图像中的某些颜色。

图　43-4

在"色相/饱和度"面板上打开"编辑"下拉框，选择"绿色"选项，将"饱和度"滑标向右拉到+100，看到图像中所有的绿色的饱和度提高了，其他的颜色并没有变。这样的图像给人的感觉是比较真实的，如图43-5所示。

图　43-5

现在将"色相"的滑标逐渐向左拉动，图像中所有的绿色被逐渐替换。越来越多的绿色开始变黄、变红，但是图像中其他颜色并没有发生变化。

观察面板下边的两个彩条，上边彩条表示图像原有的色彩，下边彩条表示被改变的色彩，可以看到上边彩条中的绿色被改变为下边彩条中的红色。整个图像中的绿色都被改变为红色了，如图 43-6 所示。

图　43-6

可以拖动变色区域标志，中间的两个标杆之间表示颜色被绝对替换的区域，标杆到外边三角滑标之间是逐渐替换颜色的区域。改变这些标志的位置，可以精确定位图像中原有的哪些色彩被替换为新的色彩，如图 43-7 所示。

图　43-7

改变图像色彩

3.直接调整所选颜色的饱和度和色相

在 Photoshop CS4 的"色相/饱和度"命令中新增加了直接调整功能。

在"色相/饱和度"面板左下方单击选中直接调整图标。将鼠标放在图像中要调整的绿色植物上，按住鼠标横向移动，可以看到面板中饱和度滑标随之对应移动。向左是降低饱和度，向右是提高饱和度，如图 43-8 所示。

图 43-8

要想改变色相，就按住 Ctrl 键，将鼠标放在图像中要替换颜色的位置上，然后横向拖动鼠标，可以看到面板中色相的滑标随之对应移动。刚才按下鼠标选中的颜色被替换了，如图 43-9 所示。

图 43-9

在 Photoshop CS4 的"色相/饱和度"命令中新增了"预设"选项。

在面板中单击预设下拉框，可以看到这里已经准备好了 8 种不同参数的色彩效果，可以根据自己的需要选择，如图 43-10 所示。

单击"取消"按钮退出。

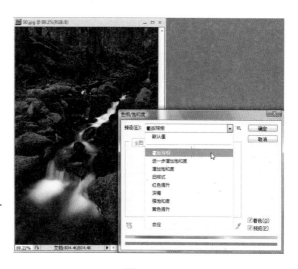

图　43-10

4. 综合调整色相、亮度和饱和度

选择"图像"|"调整"|"变化"命令。它可以综合调整图像的色度、饱和度和明暗亮度。这个命令不支持 16 位图像，如果是 16 位图像请转换为 8 位色彩模式。

在弹出的面板中，唯一的滑标决定了调整的幅度，左低右高。先将调整幅度的滑标向右移动到最高，看到主面板中围绕中间"当前挑选"图像，依次是可以增加的绿、黄、红、品、蓝和青 6 种颜色的图标，色彩效果一目了然，如图 43-11 所示。

需要为图像增加哪一种颜色，就直接用鼠标单击该颜色的图标。需要在图像上减少哪一种颜色，就用鼠标单击该颜色相对的颜色图标，例如想减少黄色，就单击对面的蓝色图标，增加了蓝色就是减少了黄色。中间"当前挑选"图像是增加或减少了某种颜色后的效果，注意它与周围 6 种颜色图像的对比。在面板的左上角有原始的图像与改变色调后的图像，可以方便地进行比较。如果想恢复调整前的初始状态，只需用鼠标单击最左上角的原稿即可。

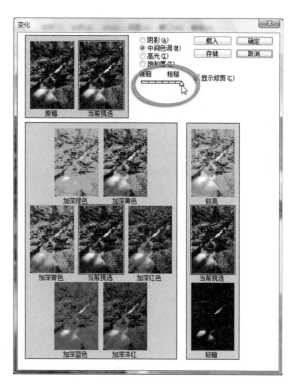

图　43-11

练
习
43

改变图像色彩

208

在面板的右边3个图标是给图像加亮或压暗，各项操作简洁明了，如图 43-12 所示。

图　43-12

单击面板中的饱和度选项，弹出色彩饱和度面板。左边是降低饱和度，右边是提高饱和度。单击左边或者右边的图像，就可以降低或者提高色彩饱和度。当颜色出现反相时，是饱和度色彩溢出的警告，意思是色彩饱和度已经到了最高值。相对前边的"色相/饱和度"命令，这里的操作要简单多了，当然功能也简单多了，如图 43-13 所示。

 **要点与提示**

改变图像颜色有如神来之笔，是加强图像艺术表现力的重要手段。将图像颜色改变成为什么样，主要是对图像的理解和创意的需要。一幅原本平淡无奇的图像，完全可以经过改变图像颜色而变成一幅令人惊奇的杰作。

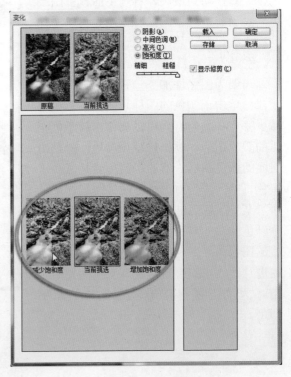

图　43-13

练习 44

匹 配 颜 色

目的与任务

在新版的 Photoshop CS 中，匹配颜色是新增加的命令。这个新命令使得调整照片的颜色更加方便快捷，尤其适合摄影工作者在后期处理照片的操作中广泛使用。

实例学习

1. 准备图像

打开图像随书赠送的光盘中的"44-a.jpg"文件。

这是在一次歌咏活动的演出舞台上拍摄的，由于灯光色温较低，片子色调发黄。这样的调子尽管符合舞台实际情况，但是人物浓重的黄色与其高昂的精神面貌不相符。校正这样的颜色，需要有一定的 Photoshop 操作水平，这对于普通操作者来讲是有一定难度的，如图 44-1 所示。

图 44-1

"匹配颜色"命令就为普通操作者调整这样的片子色调提供了很大的方便。要调整好这样的片子色调，先要寻找一幅色调正常的片子作为来源依据。

打开"44-b.jpg"文件。这是在正常日光下拍摄的人像照片，如图 44-2 所示。

图 44-2

2．匹配颜色

桌面上同时打开两个图像文件，一个是需要调整颜色的目标文件，一个是用来做匹配颜色的来源文件。

指定需要调整颜色的目标文件"44-a"为当前文件，选择"图像"|"调整"|"匹配颜色"命令。面板中分为目标图像和图像统计两部分。第一部分中"目标"已经指明是当前文件。"图像选项"栏中，亮度用来调节图像整体亮度，颜色强度用来设定颜色的饱和度，渐隐用来确定保留原图像的程度。在"图像统计"栏中，来源用来指定匹配颜色的来源文件，如图44-3所示。

图 44-3

打开来源下拉框，可以看到当前桌面上所有打开图像的文件名。选择要作为匹配来源的文件，可以在旁边的预览面板中看到作为匹配的来源文件的缩略图。

选择来源文件后，可以看到，目标文件的颜色已经被来源文件的颜色所匹配，原本浓烈的黄颜色得到了明显的校正，如图44-4所示。

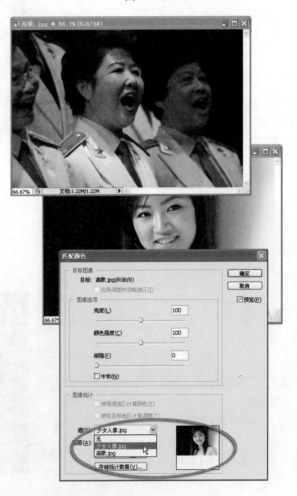

图 44-4

根据片子的实际情况，还可以继续调节相关的参数。适当地提高片子的亮度和色彩饱和度，这样就使得片子看起来既保留了舞台的灯光效果，又去除了颜色偏色的沉闷和压抑感觉，如图44-5所示。

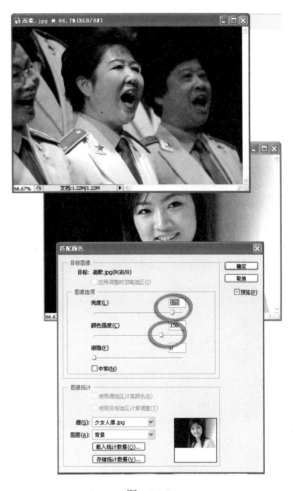

图　44-5

 **要 点 与 提 示**

匹配颜色命令是为普通摄影工作者调整照片色调而新增的命令，这个命令的操作比使用色彩平衡或者通道混合器要直观、简单得多。这样的调整色调操作更多地依赖与操作者的感官直觉，而不是参数值的细微变化。

选择合适的匹配图像文件是获得较好匹配色调的重要条件，而调整合适的匹配参数也是不可忽视的操作环节。

匹配颜色分层处理，将一个文件中的两个图层分别作为来源和目标，把一个图层的颜色匹配给另一个图层。

练习 45 — 替换图像局部颜色

目的与任务

如果对图像中某一局部图像的颜色不满意，将颜色替换命令与圈选操作结合起来，可以巧妙地替换这部分颜色。做好这个练习，今后对于那些外形边界十分复杂的图像，替换它们的颜色并不难。

实例学习

1. 准备图像

打开图像文件"瀑布.tif"。

现在为图中溪水边的那些绿色植物换一种另外的颜色，如果用"色相/饱和度"命令也可以达到替换颜色的作用，但是不易于控制替换颜色的范围。

现在用"替换颜色"命令来做，如图 45-1 所示。

图　45-1

2. 替换图像局部颜色

选择"图像"|"调整"|"替换颜色"命令。在弹出的面板中先选择吸管，在长满绿色植物的山石上单击。可以看到预览框中出现了黑白影像，白色表示被选中的颜色区域，黑色表示没有被选中的颜色区域。用吸管点击图像的不同位置，会形成不同的预览黑白影像，表示不同的选中范围，如图45-2所示。

图　45-2

移动"颜色容差"滑标，可以改变黑白影像的比例关系，也就是改变选中范围的大小，白色越多选中的范围也就越大。细心移动颜色容差值滑标，使预览窗口中只有植物的图像是白色的，其他地方为黑色，如图45-3所示。

图　45-3

如果对所选择的颜色不满意，可以在面板右上方单击选择颜色色标，在弹出的拾色器上直接选择所需要替换的颜色，单击"确定"按钮关闭拾色器，再次调整颜色容差滑标，确定准确的替换颜色的范围，如图45-4所示。

也可以在面板上边选择带加号的吸管，然后在图像中选择所需的其他颜色，把这些颜色也增加进来，准备作替换。

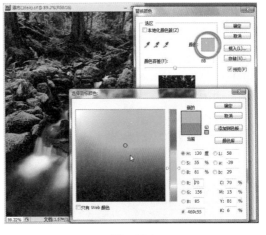

图　45-4

　　在面板下边"替换"选项中将饱和度
适当提高，再适当提高明度。用鼠标将色
相的滑标向左侧移动，颜色逐渐发生了变
化，绿色的植物颜色逐渐变黄，秋天来了，
如图 45-5 所示。

　　单击"确定"按钮退出。

　　按 F12 键将图像恢复初始状态。

　　也可以用选区来控制替换局部颜色。

图　45-5

　　在工具箱中选中圆形框选工具，在上
面的选项栏中设置羽化值为 10，这样做是
为了软化选区的边缘，如图 45-6 所示。

图　45-6

　　在图像中右下方凸起的山石上创建一
个大致的选区，如图 45-7 所示。

图　45-7

选择"图像"|"调整"|"替换颜色"命令。在弹出的面板中先选择吸管，在图像的选区内长满绿色植物的山石上单击。可以看到预览框中出现了黑白影像，继续调整好容差值，让预览图中的黑白影像符合所需，如图45-8所示。

图　45-8

精心调整好替换框中的色相、饱和度、明度三项参数。可以将色相滑标向左侧移动，颜色逐渐变黄变红，大幅度提高饱和度，适当提高一点明度，选区内的绿色被替换成了黄色和少许红色。经过局部替换颜色操作，这张图颇有了一点一叶知秋的味道，如图45-9所示。

图　45-9

要点与提示

在进行颜色替换的具体操作中要注意设置适当的颜色容差值，设置适当的选区范围和羽化值。

替换局部图像色彩在实际操作中会经常碰到，做好这个练习就能将图像中不满意的颜色按照自己的意愿和客户的要求调整好。现在对于操作者来说，面对需要进行调整的图像，最重要的不是原图像中已经有的颜色，因为什么颜色都可以替换。

替换图像局部颜色

练习 46 调整高反差照片

目的与任务

新版的 Photoshop CS 中对于数码照片的调整给予更多的关注，提供了一批新的操作命令，"阴影/高光"命令就是这批命令中最有代表性的一个，这是专门用来调整高反差照片的命令。

实例学习

1. 准备图像

打开图像文件"岛上的女孩.jpg"。

这张照片在拍摄时人物背光，天空与人物亮度反差很大，以至于天空曝光正常，而人物曝光欠缺，如图 46-1 所示。

图 46-1

选择"文件"|"文件简介"命令，打开文件简介面板，在相机数据一栏中可以看到这个照片的 EXIF 信息：这是一幅用索尼数码相机 2002 年 12 月 16 日 14:20:56 拍摄的照片，拍摄参数为光圈 7.1，速度 1/400s。拍摄的时候，主体人物处于阴影中，人物太暗，如图 46-2 所示。

图 46-2

2. 调整高反差

选择"图像"|"调整"|"阴影/高光"命令，打开"阴影/高光"面板。初始面板很简单，阴影用来调整照片的暗部。高光用来调整照片的亮调部分，如图46-3所示。

图　46-3

这个片子中主要是提高主体人物的亮度，将阴影的数量滑标向右移动，看到主体人物的亮度提高了，看到满意为止，如图46-4所示。

图　46-4

如果感到背景过亮，可以将高光选项的数量滑标适当向右移动，看到照片中亮调的背景部分稍稍压暗了，感觉与主体人物的明暗关系比较舒服了为止，如图46-5所示。

图　46-5

练习

46

调整高反差照片

3. 更精细的调整参数

选中面板左下角的"显示更多选项"可以完全打开面板所有选项。

- 色调宽度用来控制明暗各部分参与调整的颜色范围；
- 半径用来调整明暗各部分调整的幅度；
- 下边增加了调整，其中颜色校正用来解决调整后图像颜色饱和度过高或者过低的问题；
- 中间调对比度用来控制图像整个明暗调子的反差大小，如图 46-6 所示。

图　46-6

在这个图像中，适当提高暗部与亮调的色调宽度值，提高一点色彩饱和度和中间调的对比度，这样都对改善原图像高反差的现象起到了很好的作用。

在改善了图像的暗部亮度后，往往会降低反差，这时提高中间调对比度就显得很有必要了。

经过这样的调整，这张照片挽救回来了，如图 46-7 所示。

4. 调整高反差图像实例

打开随书赠送光盘中的图像文件"羊群.jpg"。这张照片中地面的羊群主体影调偏暗，天空影调偏亮，是一张风光照片中典型的高反差照片，如图 46-8 所示。

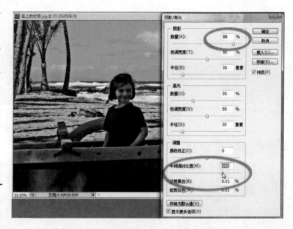

图　46-7

图　46-8

选择"图像"|"调整"|"阴影/高光"
命令，在弹出的面板中精心设置各项参
数。按照这张片子的实际情况提高暗部亮
度，压低天空亮调部分的影调，如图 46-9
所示。

图　46-9

然后打开下面的更多选项栏，提高中
间调对比度参数值，适当调整暗调和亮调
的其他参数，看到图像的整体影调舒服了，
单击"确定"按钮退出，如图 46-10 所示。

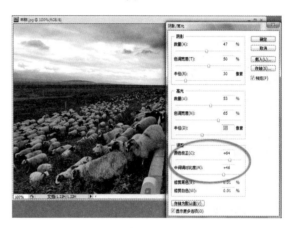

图　46-10

经过"阴影/高光"命令的简单调整，
这张原本高反差的风光照片基本上调整过
来了。天低云暗，羊群回家的气氛表现出
来了，如图 46-11 所示。

要点与提示

图　46-11

"阴影/高光"命令对于调整高反差图像
很方便，在挽救这类主体较暗，背景较亮
的数码照片时尤其有效。

必须注意的是，这个命令不是万能的。在大幅度提高暗调亮度的时候，会不可避免地
形成严重的噪点。因此使用这个命令是有限度的，要根本解决高反差的问题，还是要在拍
摄照片的时候进行前期补光。

调整高反差照片

练习 47 填充色彩与图案

 目的与任务

填充操作原本是一个很普通的功能，但是，真正用好填充命令并不容易，在这里通过精心操作，可以制作出各种漂亮的底纹。

 实例学习

1. 准备图像

建立一个新文件：640 像素×480 像素，分辨率 72 像素/英寸，RGB 模式。

在图层面板上单击下边的创建新图层图标，建立一个新的层。

在工具箱中选定文字工具中虚字工具，设定所需的字体、字号，输入文字后，单击图层面板上的当前层确认，图像中出现虚线的文字，如图 47-1 所示。

2. 填充颜色

在色板上选择一个漂亮的前景色，比如第一排第一个红色。

选择"编辑"|"填充"命令。在弹出的窗口中将填充混合模式下拉框打开，选定"溶解"为填充模式，不透明度为 50%。单击"确定"按钮退出，如图 47-2 所示。

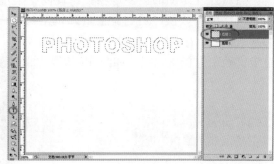

图 47-1

图 47-2

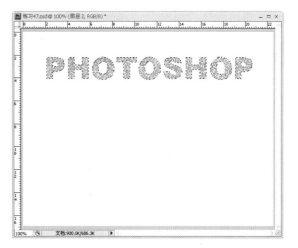

现在可以看到用前景色，并且以溶解模式填充后的文字效果，如图47-3所示。

3．填充图案

图　47-3

按 Alt+退格键将虚线文字中填满前景色备用。按 Ctrl+D 键取消选区。在图层面板上指定底层为当前层，关闭上边的文字层。

选择"编辑"|"填充"命令。在弹出的窗口中将"使用"下拉框打开，选定"图案"为填充内容，将填充混合模式恢复为"正常"模式，不透明度为100%，单击"确定"按钮退出，如图47-4所示。

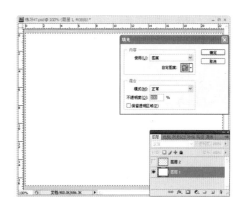

图　47-4

现在看到整个图像被图案库中第一个泡沫图案以四方连续的方式铺满了，如图47-5所示。

图　47-5

再次选择"编辑"|"填充"命令，在弹出的窗口中将定制图案库打开，可以指定其他所喜爱的图案为填充图案，然后直接单击"确定"按钮退出。各种不同的图案会大大丰富制作的底纹，如图 47-6 所示。

小窍门：填充命令的快捷键是 Shift+退格键。

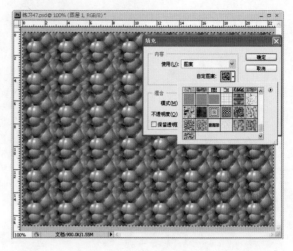

图 47-6

4. 添加新图案库

如果对现有的图案不满足，可以单击图案库右上角的黑三角，在弹出的菜单最下边有 9 套图案库。分别选择其中的"自然图案"和"图案"两套图案库添加进来，如图 47-7 所示。

图 47-7

5. 多重叠加填充

现在图案库中可选的素材更加丰富了。可以选择不同的图案进行叠加填充，由此产生更加丰富的变化。

首先指定"编织"为填充图案，直接单击"确定"按钮退出，如图 47-8 所示。

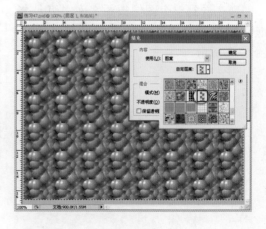

图 47-8

再次选择"编辑"|"填充"命令，在定制图案库中选定"斑马"为填充图案，将混合模式下拉框打开，指定混合模式为"叠加"模式，不透明度60%。单击"确定"按钮退出。

两种图案的叠加填充使底纹更加生动，如图47-9所示。

再次选择"编辑"|"填充"命令，在自定图案库中选定"叶子"为填充图案，指定混合模式为"正片叠底"，不透明度60%。单击"确定"按钮退出。

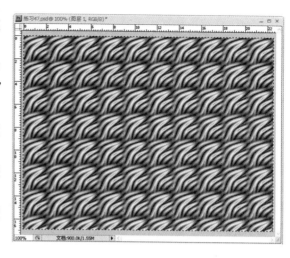

图　47-9

三种图案的叠加填充给人以惊奇的感觉，如图47-10所示。

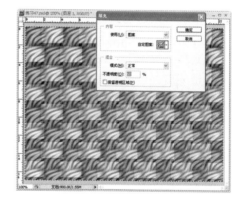

6．为图案着色

图　47-10

在色板上选择一个桔黄色为前景色。打开"编辑"|"填充"命令窗口，这次要将"使用"下拉框打开，选定"前景色"为填充内容，混合模式为"强光"，不透明度60%。单击"确定"按钮退出。可以看到着色后的底纹很漂亮，如图47-11所示。

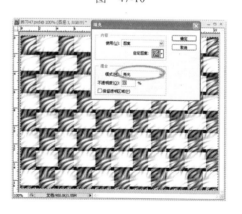

图　47-11

填充色彩与图案

224

在工具箱中选渐变工具，在上边的选项栏中打开颜色库，指定渐变颜色为光谱色，渐变方式为线性渐变，混合模式为"柔光"。用鼠标在图像中从左上角到右下角拉出渐变线，图案呈现七彩的渐变效果，如图 47-12 所示。

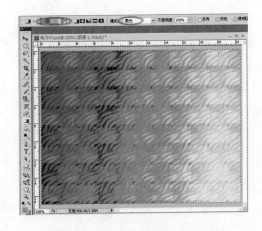

图　47-12

7．填充图案文字

在图层面板中用鼠标单击文字层，指定其为当前层。关闭底层。

选择"编辑"|"填充"命令，在打开的窗口选定所需的图案，设定相应的混合模式和不透明度。然后要将"保留透明"选中打勾。单击"确定"按钮退出。图像中的文字被填充了漂亮的图案，如图 47-13 所示。

注意：Fill 填充命令只能作用于图像层，如果需要在文本层上做这样的填充要使用另外的命令。

图　47-13

 要点与提示

使用不同的图案进行叠加填充，应该注意设定不同的混合模式和不同的不透明度，具体选项应该经过试验，反复比较，视最终效果而定。

用填充命令进行填充来制作底纹，适用于网页图像。如果要用它制作高分辨率的印刷图像的底纹，必须注意软件提供的图案比较小，填充之后能否满足高分辨率印刷的要求，要视具体情况而定。

练习 48　制作四方连续图案

目的与任务

四方连续图案制作是平面设计中的基本技法之一。通过这个练习，初步接触四方连续图案的制作，掌握制作样本图案的方法，了解填充图案的作用。

实例学习

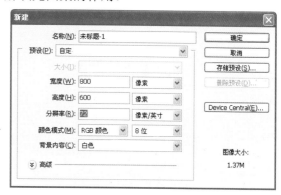

图　48-1

1. 准备图像文件

选择"文件"|"新建"命令，创建一个新图像文件，800 像素×600 像素，分辨率 72 像素/英寸，RGB 颜色模式，如图 48-1 所示。

2. 制作图案样本

选用矩形选框工具，设定其羽化值为 0。在图像中建立一个选区，填入红色。靠紧下面再建立一个选区，填入黑色。

然后用矩形选框工具在黑色与红色相交的地方圈选出红黑等宽的一个选框，如图 48-2 所示。

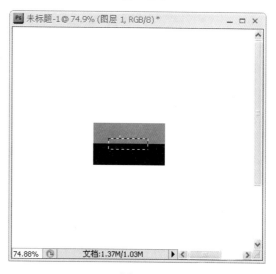

图　48-2

选择"编辑"|"定义图案"命令单击，
如图 48-3 所示。

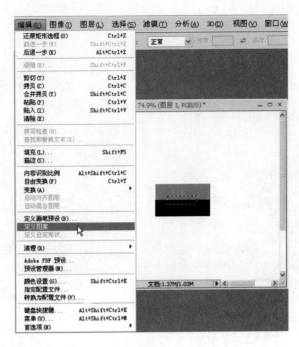

图　48-3

在弹出的图案名称面板中可以给这个
图案命名，也可以承认它的默认名称，单
击"确定"按钮退出，如图 48-4 所示。

按 Ctrl +D 键取消选区。

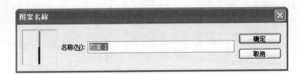

图　48-4

3. 用图案作四方连续填充

选择"编辑"|"填充"命令，在弹出
的面板中打开使用下拉框，选中"图案"
选项，打开自定图案库，刚刚定义的图案
就在图案库的最后面，指定这个图案为填
充图案，设不透明度为 100％，混合模式为
"正常"。单击"确定"按钮退出，如图 48-5
所示。

图像被黑红相间的横条铺满。

这种横条的图案过于呆板，可以换成
斜条纹。还是利用四方连续方法来制作。

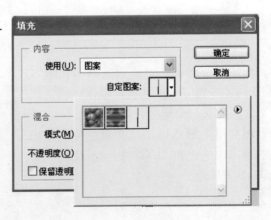

图　48-5

选择"图像"|"旋转画布"|"任意角度"命令，在弹出的面板中选择顺时针，在角度中填入 45 度，单击"确定"按钮退出，如图 48-6 所示。

图　48-6

图像被旋转了 45°。

在导航面板上将图像放大到 200% 显示比例，如图 48-7 所示。

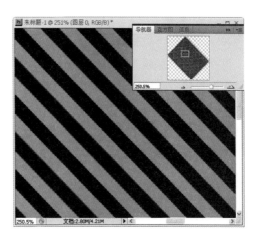

图　48-7

4. 制作第二个图案样本

用矩形选区工具从右上方黑红相间的地方开始，向左下方到黑红相间的地方结束建立选区，同时按住 Shift 键以确保选区范围是正方形，选中的黑红条必须是 4 的倍数。然后选择"编辑"|"定义图案"命令，如图 48-8 所示。

图　48-8

制作四方连续图案

第二次定义的图案，可以直接单击"确定"按钮退出，如图 48-9 所示。

按 F3 键拷贝选区范围的图像，然后再按 Ctrl+D 键取消选区。

图 48-9

5. 填充斜条纹

再次选择"编辑"|"填充"命令，在弹出的面板中各项设置不变，打开自定图案库，选择第二个自定义图案为填充图案，直接单击"确定"按钮退出，如图 48-10 所示。

图 48-10

恢复正常显示比例，可以看到斜线的黑红彩条铺满图像。在工具箱中双击放大镜，图像以百分之百的比例显示。仔细检查斜线有没有问题，如图 48-11 所示。

图 48-11

6. 另存一个图案文件

如果检查平铺效果完全正常，就选择"文件"|"新建"命令创建一个新文件。因为刚刚做过拷贝，所以这里一切参数默认，直接单击"确定"按钮退出，如图48-12所示

按F4键将刚刚拷贝的图像粘贴进来。

选择"文件"|"存储"命令把这个文件按着所需的文件格式存储到磁盘中，如图48-13所示。

将来在制作大幅面图像的时候，只需选定这个小图案文件，使用相应的填充命令，就可以得到大幅面的斜条图案。

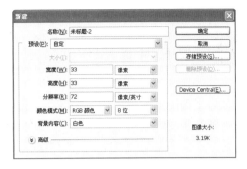

图　48-12

图　48-13

7. 可能出现的问题

如果出现红黑相错位的现象，是因为所选区的样本彩条不是 4 的倍数，如图48-14所示。

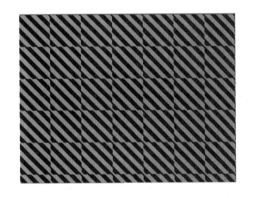

图　48-14

如果平铺以后有对不齐的现象，是因为建立矩形选区的起点和落点不十分准确，如图48-15所示。

图　48-15

制作四方连续图案

要点与提示

最后平铺图案质量如何，关键在于样本图案的选区质量，必须非常准确地从红黑交界处开始到红黑交界处结束，稍有误差就会使平铺的图像产生断续的接缝。

四方连续图案制作是平面设计中最常用的手法之一，要熟练掌握这种四方连续制作的步骤方法，将来在实际工作中才能得心应手制作各种背景底纹。

练习49 制作无缝四方连续图案

目的与任务

四方连续图案是平面设计中常用的手法，而无接缝四方连续的制作可以使图案更加活跃，更加真实。这个练习是四方连续制作的进阶练习。

实例学习

1．准备图像

打开图像"小鸭.tif"和"山丘.tif"文件。

指定鸭子为当前文件，在工具箱中选择魔术橡皮擦工具，单击鸭子图像的白色背景，所有白色被擦除，背景成为透明色，如图49-1所示。

图 49-1

2．制作图案样本

选择"图像"|"图像大小"命令。在弹出的面板中将文件尺寸缩小为50像素×55像素，单击"确定"按钮退出，如图49-2所示。

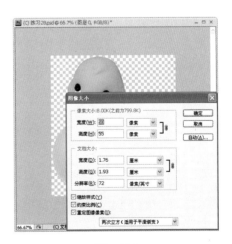

图 49-2

选择"编辑"|"定义图案"命令，弹出定义图案面板，可以给这个图案起个新名字，如果不改就使用默认名字，单击"确定"按钮退出。这个图案已经记录在图案库中了，如图 49-3 所示。

图　49-3

指定"山丘.tif"为当前文件，在图层面板上单击创建新图层图标，开一个新的图层 1 为当前层。

选择"编辑"|"填充"命令，在弹出的面板中先打开"使用"下拉框，指定填充的方式是"图案"，如图 49-4 所示。

图　49-4

再打开填充图案库，可以看到刚才定义的图案就在最后边，指定鸭子图案为填充图案，其他设置选项为默认，单击"确定"按钮退出，如图 49-5 所示。

图　49-5

整个图像上整齐地铺满了鸭子图案，这是典型的四方连续图案效果，如图 49-6 所示。

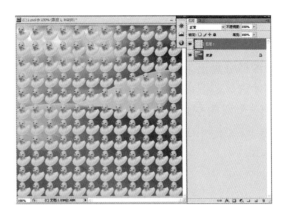

图　49-6

3．制作无接缝四方连续图案

横成行竖成列的排列过于呆板，可以制作成错位排列。

指定鸭子图像为当前操作文件，按 F12 键将图像恢复初始状态，用魔术橡皮擦去背景色，背景层变为图层 0。

将图层 0 拷贝一个成为图层 0 副本，如图 49-7 所示。

图　49-7

选择"滤镜"|"其他"|"位移"命令，在弹出的面板中将水平和垂直位移都设定为 250 像素，单击"确定"按钮退出。经过水平和垂直位移，上面图层的鸭子被分别放在四个角上，并且与图层 0 中间的鸭子重叠在一起，如图 49-8 所示。

图　49-8

在工具箱中选矩形选框工具，将当前层中图像的上半部分选中，实际上是这个图层中4块鸭子中的上边的两块，如图 49-9 所示。

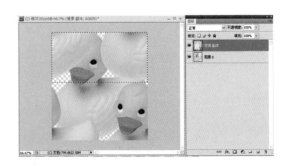

图　49-9

制作无缝四方连续图案

234

选择"图层"|"新建"|"通过剪切的图层"命令,也就是将当前层中选区之内的图像分离出来成为一个新的图层,看到刚才选区范围内的图像在图层面板中产生了一个新图层。将这个新图层拖到最下边,眼见中间的鸭子露出来了,如图 49-10 所示。

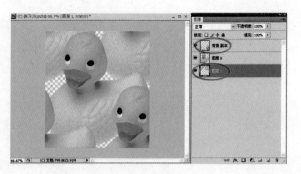

图 49-10

选择"图像"|"图像大小"命令,在弹出的面板中将图像的宽设定为 80 像素,高为自动默认值。单击"确定"按钮退出,如图 49-11 所示。

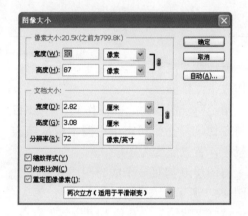

图 49-11

选择"编辑"|"定义图案"命令,在弹出的面板中可以直接单击"确定"按钮退出,这个图案也被存入图案库中,如图 49-12 所示。

图 49-12

回到沙丘图像中，在图层面板上单击创建新图层图标，又生成了一个新的图层。

按 Shift+F5 键弹出填充面板，打开图案库，选定最后那个图案，直接单击"确定"按钮退出，如图 49-13 所示。

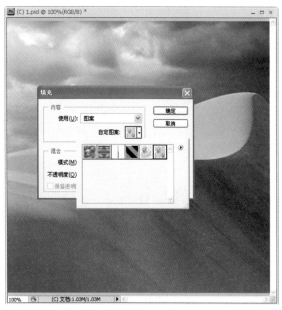

图　49-13

这次填充的鸭子图案是重叠紧凑的，看不出图案与图案之间明显的界限接缝，这种排列看起来很有气势，如图 49-14 所示。

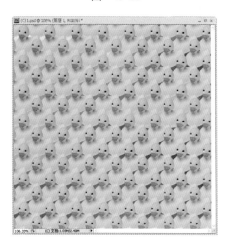

图　49-14

要点与提示

定义图案是制作四方连续的关键步骤。定义图案时要注意：第一，图案必须是矩形的；第二，选区不能带羽化值；第三，图案支持透明和多层。

制作无缝四方连续的方法很多，这个练习中使用的只是诸多方法中的一种，这种方法尤其适合带透明底的图案。

制作无缝四方连续图案

练习 50　　基本变换操作

目的与任务

变形操作包括缩放、旋转、倾斜、透视和翻转等形式。为图形或文字制作相应的变形，可以使画面更有空间感，表现力更加生动。

实例学习

1. 准备图像

建立一个新文件：640 像素×480 像素，分辨率 72 像素/英寸，RGB 颜色模式。用直线渐变工具在图像中填充从黑色到蓝色的渐变作背景。

首先输入文字，然后选择"图层"|"栅格化"|"文字"命令，将文字层转换为图像层，如图 50-1 所示。

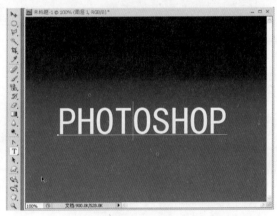

图　50-1

2. 制作变形

选择"编辑"|"变换"|"缩放"命令，看到文字图像上产生了变形框。拉动变形框上的任意一个控制点，可以改变图像的宽和高。要想保持现有的宽高比例不变，在拉动角点的同时要按住 Shift 键，如图 50-2 所示。

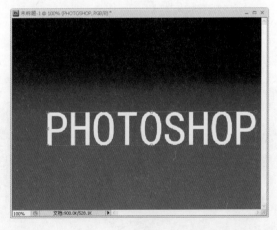

图　50-2

再继续选择"编辑"|"变换"|"旋转"命令可以任意旋转图像，将鼠标放在变形控制框的外边，鼠标变成双向旋转标志，拖动鼠标图像就随之旋转了角度，如图 50-3 所示。

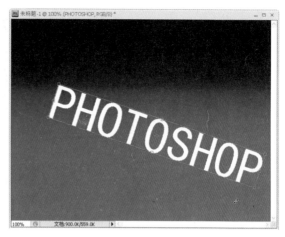

图　50-3

旋转的中心点可以移动，甚至可以移动到控制框之外，再进行旋转，图像就以这一点为圆心进行旋转，如图 50-4 所示。

按 Esc 键取消变形操作。

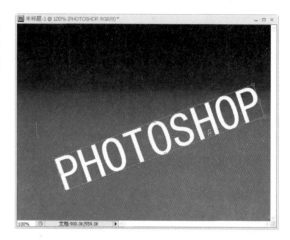

图　50-4

再继续选择"编辑"|"变换"|"斜切"命令。按住变形控制框的上边点向右侧拖动，整个图像开始倾斜了，如图 50-5 所示。

图　50-5

基本变换操作

238

再将右上角的点向上拖动，右下角的点向下拖动。图像产生了一种近大远小的透视效果，有了一种三维空间的感觉，如图 50-6 所示。

发现右侧放大的图像很粗糙，在变形框里双击鼠标或直接按回车键确认变形操作。右侧放大的图像边缘似乎好了一点，没有锯齿了，但仍然发虚，这是图像插值方法所造成的。这个问题需要另外讨论。

图　50-6

再选择"编辑"|"变换"|"扭曲"命令。按住变形控制框上的角点任意拖动，这个被拖动的角点与其他点没有关系，甚至可以把这个点拖到对面的边之外，如图 50-7 所示。

按 Esc 键取消变形操作。

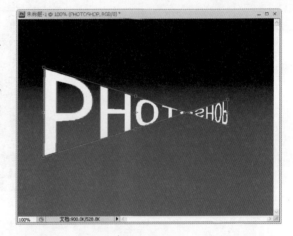

图　50-7

继续选择"编辑"|"变换"|"透视"命令。拉动上角点向外移动，对面的点也向外移动；拉动上角点向里移动，对面的点也向里移动。这样变形使图像产生剧烈的透视变化，如图 50-8 所示。

按 Esc 键取消变形操作。

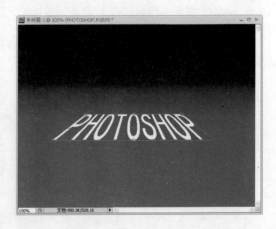

图　50-8

继续选择"编辑"|"变换"|"变形"命令。可以看到在变形框中出现网格，如图 50-9 所示。

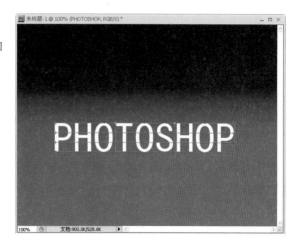

图　50-9

用鼠标拉动网格上的节点，可以对图像作随意的扭曲变形，满意后敲回车键确认，如图 50-10 所示。

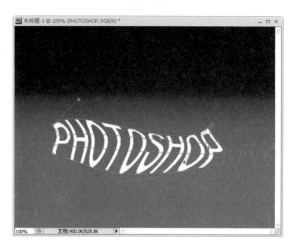

图　50-10

 要点与提示

要做好变形应该懂得基本的绘画透视知识。

如果能够熟练运用组合键来控制变形操作，会比逐一选择各项变形操作命令方便得多。变形组合键的使用与裁切工具和变换选区工具的组合键是一样的。

练习 51　变形制作透视投影

目的与任务

在 Photoshop 中为物体制作投影是很常见的操作，利用变形操作制作特殊的透视投影是很方便的。

实例学习

1. 准备图像

建立一个新文件：640 像素×480 像素，分辨率 72 像素/英寸，RGB 颜色模式。用直线渐变工具在图像中填充从黑色到蓝色的渐变作背景。

首先输入文字，然后选择"图层"|"栅格化"|"文字"命令，将文字层转换为图像层，如图 51-1 所示。

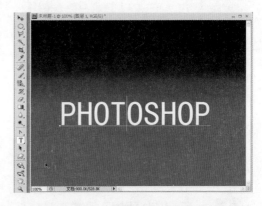

图　51-1

2. 制作向前投影

在图层面板上，将当前层拉到最下边的建立新图层图标上，复制产生一个新层。

选择"编辑"|"变换"|"垂直翻转"命令将复制层图像做垂直镜像。用移动工具将文字向下移动，上下图像对齐，就像水中的倒影，如图 51-2 所示。

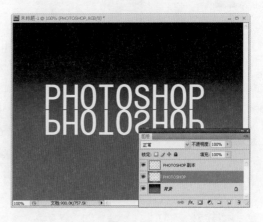

图　51-2

在工具箱中设前景色为黑色,将图层面板上保留透明选项划勾选中,按 Alt+Delete 键填充前景色,倒影文字成为黑色,如图 51-3 所示。

别忘了把保留透明的勾去掉。

应该记住填充前景色并且保留透明的快捷键:Alt+Shift+Delete 键。

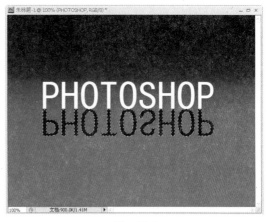

图 51-3

选择"编辑"|"自由变换"命令,这时结合使用各种组合控制键,其功能相当于前面所做的各项操作。同时按住 Ctrl、Alt 和 Shift 键,相当于透视命令做透视变形,在出现的变形控制框上用鼠标将右下角点向外侧拉动,使黑色字呈梯形,按回车键确认变形操作,如图 51-4 所示。

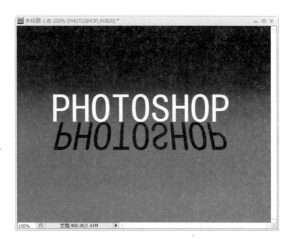

图 51-4

选择"滤镜"|"模糊"|"高斯模糊"工具将黑字做模糊,在弹出的窗口中适当调整模糊值,满意后单击"确定"按钮退出,如图 51-5 所示。

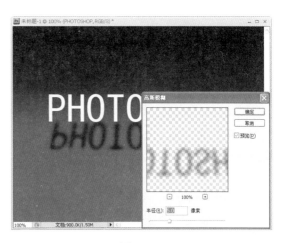

图 51-5

变形制作透视投影

在图层面板上打开模式下拉框，设模式为正片叠底，再根据背景色的情况将旁边的"不透明度"调整为适当值，将两个层链接。

这是一种光线从后边来，在前边出现投影的效果，如图 51-6 所示。

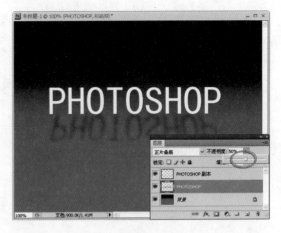

图 51-6

3. 制作向后投影

暂时关闭刚才做好的向前投影层。将文字层再复制一个新层，投影应该出现在文字的后面，所以必须指定两个文字层中下面的层为当前层来做投影。设工具箱的前景色为黑色，按 Alt+Shift+退格键在当前层的非透明区域填充前景色，其作用相当于勾选保留透明区域选项。文字成为黑色，由于彩色字在上面遮挡，暂时看不见。不放心就关掉彩色字层看看，如图 51-7 所示。

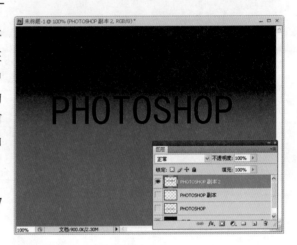

图 51-7

选择"编辑"|"自由变换"命令出现变形控制框，按住 Ctrl 键，同时用鼠标按住控制框上方的边点向右下方移动到所需位置，可以看到倾斜的黑色字体，满意了就按回车键完成变形操作。文字图像出现了一种前面光线照射，后面出现投影的效果，如图 51-8 所示。

图 51-8

选择"滤镜"|"模糊"|"高斯模糊"命令，将黑色投影做模糊，在图层面板上设混合模式为正片叠底，根据背景色适当调整不透明度的值。最后将两个相关的层链接，以便于将来整体移动，如图51-9所示。

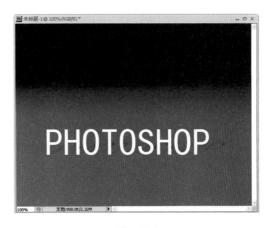

图　51-9

 **要点与提示**

在 Photoshop 中制作透视投影要理解清楚的是：图像与它的影子是上下两个层，最后将它们链接起来。需要提醒注意的是：黑色投影的混合模式必须是正片叠底。设置投影的关键值是高斯模糊值和不透明度值。

变形制作透视投影

练习 52　变换制作一朵花

目的与任务

在 Photoshop 中能制作出花朵图案来吗？按说这也是矢量软件的强项，但是在 Photoshop 中巧妙利用变换操作，也能制作出精美的花朵图案来。

实例学习

1. 准备图像

建立一个新文件：640 像素×480 像素，分辨率 72 像素/英寸，RGB 颜色模式。用直线渐变工具在图像中填充从黑色到蓝色的渐变作背景。

在图层面板上单击创建新图层图标，产生一个新的图层 1，如图 52-1 所示。

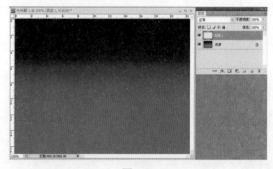

图　52-1

2. 画一朵花

在工具箱中选用圆形选框工具，羽化值为 0。在图像顶部建立一个花瓣形状的选区。

在工具箱中选用渐变工具，设定前景色为红色，背景色为黄色。渐变颜色为前景色到背景色，渐变方式为放射渐变。在选区范围中从上到下拉出渐变，可以看到一个美丽的花瓣，如图 52-2 所示。

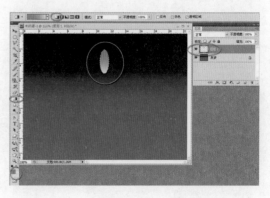

图　52-2

按 Ctrl+T 键打开自由变换框，首先将变形框中的旋转中心点移动到花瓣正下方，这里是将来的花心。

在上边的选项栏中的旋转角度中填入数值：30。花瓣按照设定的角度和中心点旋转了，然后按回车键。

再按回车键，确认变换操作，如图 52-3 所示。

图　52-3

这时图像中只剩下一个被旋转了的花瓣。不要取消选区。

同时按住 Ctrl、Alt 和 Shift 三个控制键，在键盘上连续单击 T 键。

这朵花感觉怎么样？如图 52-4 所示。

3. 制作一种螺旋的图案

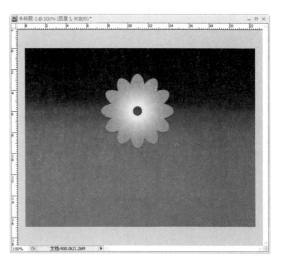

图　52-4

按住 Ctrl 键，在图层面板上用鼠标单击当前层，将刚刚制作的花完全被选区套中。

先将花移动到图像的左侧，再按 Ctrl+T 键打开自由变换框，如图 52-5 所示。

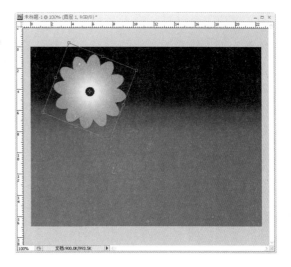

图　52-5

变换制作一朵花

246

在上边的选项栏中依次设定各项数值：旋转中心点为右下角点；缩放比例宽高均为 90%；旋转角度为 15°，按回车键确认各项变形设置，如图 52-6 所示。

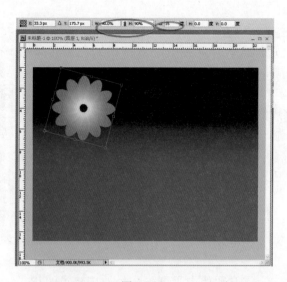

图　52-6

同时按住 Ctrl、Alt 和 Shift 三个控制键，在键盘上连续单击 T 键。

图像在不断的移动、缩小和旋转中拷贝，最终出现了一个螺旋体的图案，如图 52-7 所示。

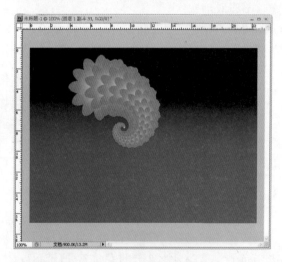

图　52-7

这个图案也是用类似的变换方法制作出来的。

是不是有点立体构成的味道？如图 52-8 所示。

 要点与提示

熟练运用高级的变换操作，可以制作出许多有用的图案，如仪表盘上的刻度、有规律旋转的图形等。关键是设置好每次拷贝时的各项变换数值。

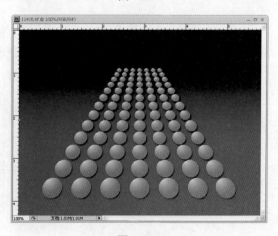

图　52-8

随意变形操作

 目的与任务

随意变形是 Photoshop CS2 新增加的功能，Photoshop CS4 继承了该功能。运用这个功能可以对图像做各种随意的变形，这就为操作者提供了更方便的操作技法，更广阔的操作空间，原本一些无法实现的三维画面，可以在这个命令中做出来了。

 实例学习

1．准备图像

打开两个图像文件"牧场小屋.jpg"和"鱼.psd"。

指定"鱼.psd"为当前文件，按 Ctrl+A 键全选，按 Ctrl+Shift+C 键合并拷贝全图，如图 53-1 所示。

图　53-1

指定"牧场小屋.jpg"为当前操作文件，选择"图像"|"模式"|"RGB 颜色"命令，将这个灰度图像转换为 RGB 颜色模式。

按 F4 键将拷贝的鱼的图像粘贴进来，如图 53-2 所示。

图　53-2

2. 预制的自由变换形状

选择"编辑"|"变换"|"变形"命令，看到当前层的图像上出现带网格的变形框。在上面的选项栏中打开变形下拉框，看到 4 组 15 种预制的变形选项可供选择。选中"扇形"可以看到图像已经变成了一个扇面形状，如图 53-3 所示。

图　53-3

图　53-4

每一种变形框上都只有一个控制点，找到这个控制点，用鼠标拉动，可以控制变形的幅度，如图 53-4 所示。

这个变形控制点可以移动到对面去，这就使得图像产生了反向的变形，如图 53-5 所示。

按 Esc 键取消变形操作。

图　53-5

练
习
53

随意变形操作

再次打开变形选项下拉框，选定"自定"变形选项，这时变形框中的网格可以任意拉动，四角的句柄可以控制边线变形的弧度，变形框里的任何位置都可以用鼠标直接拉动，以改变图像的形状，如图 53-6 所示。

按 Esc 键恢复到没有变形之前。

图　53-6

3．制作一个飘动的门帘

按 Ctrl+T 键打开自由变换框，将鼠标放在变形框外转动鱼的图像成为竖幅。按住鱼的图像移动到门框上沿对齐，这就成了一个门帘。

要让门帘飘动起来，在上面选项栏中右边单击自由变换转换图标，变形框中出现网格，现在变为变形操作状态，如图 53-7 所示。

图　53-7

用鼠标将变形框的左下角向里面移动，眼看着门帘的一角已经掀起来了，如图 53-8 所示。

图　53-8

按照门帘飘动的姿态，小心地移动变形框中的各个控制点，边思考，边操作，让门帘飘动起来，如图 53-9 所示。

图　53-9

随意变形操作

看到变形满意了，按回车键确认变形操作完成。

如果能将后面的门打开，外面的微风吹动门帘飘动的感觉就更加形象逼真了，如图 53-10 所示。

开门的效果制作在后面的练习中另外安排。

图　53-10

 要 点 与 提 示

随意的自由变形是 Photoshop CS2 新增加的功能。Photoshop CS4 继承了该功能。

预制变形部分与过去版本中的文本变形是一致的。用网格控制的随意变形是一个全新的功能，这个新功能使得一些简单的三维变形成为可能，不仅为制作起伏飘动的物体提供了方便，而且为以后在一些物体表面做随形纹理渲染提供了可能。

制作邮票图案

目的与任务

制作一枚邮票图案的练习，需要运用画笔设置、擦除、选区、拷贝、变形及样式修饰，这些操作都不难，因此，这个练习更多的在于本身的趣味性。

实例学习

1. 准备图像

打开两个图像文件"山丘.tif"和"向日葵.psd"。

指定"向日葵.psd"为当前图像文件。在图层栏中可以看到，这个文件唯一的一个图层是图层 1，因此不用再做背景层转换了，如图 54-1 所示。

图 54-1

2．设定笔刷

在工具箱中选橡皮工具，在最上边的选项栏中打开画笔设置板，先在设置板的左侧选中"画笔笔尖形状"选项，然后在右侧的笔刷库中选定第一排最后一个 19 像素直径的硬笔刷，在下边参数区中将间距设定为 150%，如图 54-2 所示。

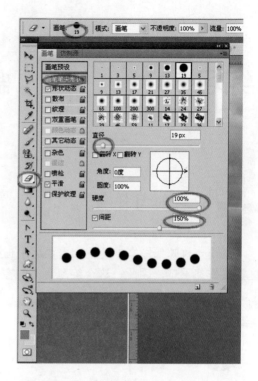

图　54-2

3．制作齿孔

将画笔放在图像的左上角，按住鼠标，可以看到这里的图像被擦出了一个圆孔。不要松开鼠标，同时按住 Shift 键，如图 54-3 所示。

图　54-3

按住鼠标的同时按住 Shift 键，然后横向拖动鼠标，看到擦出了一排整齐的圆孔。这就是按照刚才在画笔设置板上所设定的参数做出来的，直径 19 像素，硬笔刷，150% 的间距，如图 54-4 所示。

图　54-4

在擦好一排齿孔以后，松开鼠标和键盘。将鼠标放在这一排的最后一个齿孔上仔细对齐位置，再按住鼠标和 Shift 键，作横向或者纵向拖动鼠标，又打好一排齿孔。每一排新齿孔的第一个孔一定要与前一排齿孔的最后一个孔严格对位，真正的邮票齿孔位置就是这样的，如图 54-5 所示。

图　54-5

制作邮票图案

　　只要齿孔画得准确，最后一排齿孔的两端肯定与相交的两排齿孔对位无误，如图 54-6 所示。

图　54-6

4．建立选区

　　齿孔完全打好后，在工具箱中选矩形选区工具，确定选项栏中的羽化值为 0。从左上角的第一个齿孔的正中间开始，按住鼠标拉出选区，到右下角的最后一个齿孔的正中间结束。仔细检查，矩形选区的四个边线应该正好穿过四条齿孔的中心线。按 F3 键拷贝，如图 54-7 所示。

图　54-7

5. 拷贝图像

指定"山丘.tif"为当前文件。按 F4 键粘贴。向日葵的邮票图像被贴到了沙丘中。仔细观察邮票的四个边和角，看到与真的邮票完全一样，如图 54-8 所示。

图　54-8

6. 调整与修饰图像

邮票的尺寸太大了，需要适当缩小。

按 Ctrl+T 键打开变形框，按住 Shift 键，用鼠标拉动变形框的角点，保持现有宽高比例不变，将邮票缩小到适当尺寸。直接按回车键完成变形，如图 54-9 所示。

图　54-9

制作邮票图案

在工具箱中选矩形选区工具，在邮票齿孔的里边建立选区，然后选择"选择"|"反选"命令，除了邮票的中心部分以外，其他地方都被选中。在图层面板上将锁定透明的图标单击选中，设定工具箱中前景色为白色，按 Alt+Delete 键将白色填充。因为锁定了透明，所以当前层上只有邮票的齿孔部分被填充了白色，如图 54-10所示。

按 Ctrl+D 键取消选区。

图　54-10

再用矩形选区工具在邮票白边之内建立一个稍小一点的相似矩形选区。

选择"编辑"|"描边"命令，设定描边的宽度为 2 像素，标准模式，100%不透明度，单击"确定"按钮退出。邮票上被描出一道很细的边线，既有强调画面的作用，又使邮票显得精致，如图 54-11 所示。

按 Ctrl+D 键取消选区。

图　54-11

在工具箱中选文本工具，在邮票中适当位置输入相应的文字，并且在文本设置面板上逐一做好各项文本设置。

指定邮票图像层为当前层，还要选择"图层"|"图层样式"|"投影"命令为邮票加上适当的阴影，如图54-12所示。

图　54-12

制作完成的邮票图案效果还是比较满意的。正是由于采用的设置笔刷、橡皮擦除、齿孔对位等多项措施，才使得这枚邮票的四边和四角与真正的邮票完全相同。有些人习惯用创建路径，描边路径的办法来做这种邮票图案，那样是无法保证四角对位的，如图54-13所示。

图　54-13

 要 点 与 提 示

制作这样一枚邮票图案，主要是要有一个好的构思，采用一种正确的操作方法，关键是打好齿孔。

练习 55　　镜 像 制 作

目的与任务

一幅原本很平常的图像，经过镜像拷贝后变得场面宽阔，气魄宏大。这个练习的操作并不难，关键看创意。

实例学习

1. 准备图像

打开图像文件"山丘.tif"。

选择"图像"|"复制"命令，在弹出的窗口中不改文件名，直接单击"确定"按钮退出，建立一个副本图像文件，如图 55-1 所示。

图　55-1

选择"图像"|"画布大小"命令，将原图像的宽和高各扩大一倍，指定原图像放在左上角，扩大的部分向右向下。单击"确定"按钮退出，如图 55-2 所示。

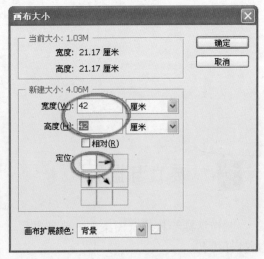

图　55-2

用鼠标双击工具箱的抓手图标，使放大后的图像成为最佳显示比例。

可以看到画布被扩大了，原图像被放在了新画布的左上角，如图 55-3 所示。

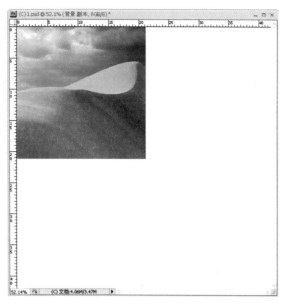

图　55-3

2．镜像翻转图像

指定原图像文件为当前文件。

选择"图像"|"旋转画布"|"水平翻转"命令，将图像作水平镜像翻转。可以看到，经过水平镜像翻转后，图像的左右方向对调了，如图 55-4 所示。

图　55-4

练
习
55

镜像制作

用移动工具将原图像拖拽到扩展了画布的图像中来，看到鼠标的箭头旁边变成了加号以后再松开，刚才翻转的图像被拷贝到了大图中，如图 55-5 所示。

图　55-5

将移动进来的新图像移动到右上角与原来的图像左右并排对齐。可以使用键盘上的方向键做微调，使得两幅图像准确对齐。可以看到这时图像左右对称，视野感觉宽阔多了，如图 55-6 所示。

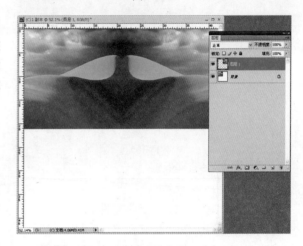

图　55-6

在图层面板上将当前层拖到面板最下边的创建新图层图标上，将当前层拷贝一个，然后用移动工具将这个图像移到下边，如图 55-7 所示。

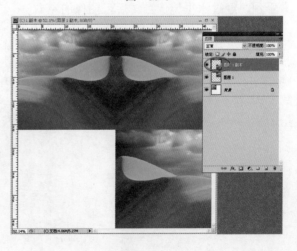

图　55-7

选择"编辑"|"变换"|"垂直翻转"命令单击，当前层的图像被垂直镜像。将做好的图像与上边的图像上下对齐。

编辑菜单下的旋转、翻转命令与图像菜单下的旋转、翻转命令不同，前者只对当前层和链接层起作用；而后者对整个画布，也就是所有图层起作用，如图55-8所示。

再次将当前层拷贝一个，将新图层的图像移动到画布左下角，再做一次"编辑"|"变换"|"水平翻转"水平镜像操作。

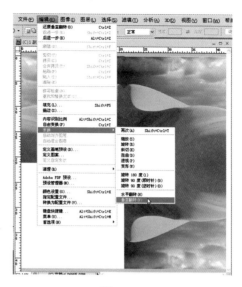

图　55-8

可以看到4幅图像相互对称，视觉效果不错，如图55-9所示。

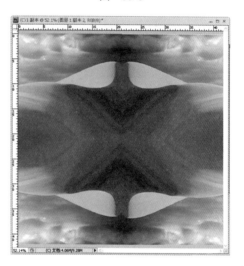

图　55-9

3．制作水中倒影

为了将头向下的两幅图像制作成倒影，就要将图层1副本与图层1副本2合并。先将这两个图层建立链接，选择"图层"|"合并图层"命令将下面的两幅图像合并成为一个图层。

按住Ctrl键，再单击图层面板中的当前层上的缩览图，将下半部分图像全部选中，如图55-10所示。

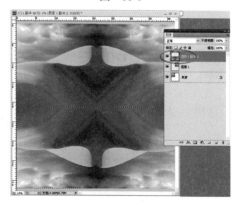

图　55-10

选择"滤镜"|"扭曲"|"水波"命令，在弹出的窗口中将"数量"值定为最高值，"起伏"值也定到最高，在下面的样式下拉框中选择"水池波纹"，在窗口上面的预览视窗中可以看到效果，满意就单击"确定"按钮退出，如图 55-11 所示。

看看整体效果与原来大不一样了。

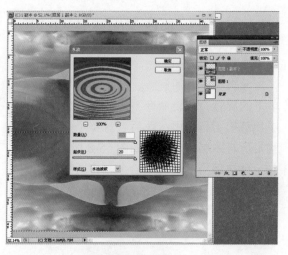

图 55-11

可以看到出现了水面波纹的效果。

选择"图像"|"调整"|"色阶"命令，将色阶稍稍压暗一点，水面的效果更好了，如图 55-12 所示。

图 55-12

要点与提示

这里只是简单地制作了水中倒影的效果，并不十分逼真，真正制作水中倒影并非如此简单。

这个练习的目的是将建立图像副本、扩展画布尺寸、旋转图像等一系列操作命令合在一起来练习。

通过这个练习，不仅学会了镜像操作，而且知道了两套镜像操作命令的区别。

使用翻转命令作镜像操作，使那些看似普通的场面顿时显得宏大起来，很有一点宽银幕电影的感觉。运用得当，镜像操作可以方便地营造一种大场面的气氛。

练习 56　　理解图层蒙版

目的与任务

Photoshop 中的蒙版是一个非常精彩的功能，蒙版的概念实质是遮挡，利用蒙版的遮挡将不需要的部分图像去掉，而保留所需的图像部分。

实例学习

1. 准备图像

打开图像文件"山丘.tif"和"小鸭.tif"，用移动工具将玩具鸭子拖到沙丘图像中，于是在沙丘图像中自动产生了一个新的图层，如图 56-1 所示。

图　56-1

2. 建立随形蒙版

按照一个物体的形状建立蒙版，可以有效地将不需要显现的部分遮去。

现在用魔棒工具选中鸭子旁边的白色背景，看到这一层图像中除了鸭子以外的所有部分都被选中了，如图 56-2 所示。

图　56-2

选择"图层"|"图层蒙版"|"隐藏选区"命令，可以看到鸭子这一层的白色背景都被遮挡掉了。观察图层面板，看到这一层中在鸭子缩览图的后边建立了蒙版。这个蒙版实际上是确立了一个遮挡范围，蒙版中白色部分是当前层上可以显现的部分图像，而蒙版中黑色的地方是当前层上被遮挡掉的部分图像，如图 56-3 所示。

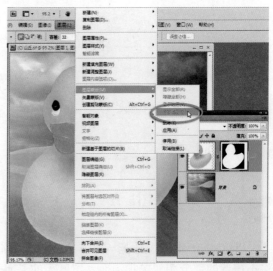

图　56-3

3. 关闭蒙版

按住 Shift 键，用鼠标单击图层上面的蒙版图标，可以看到蒙版图标上出现了一个红色的"×"，表示蒙版被临时关闭，同时这一层的图像完整地显示出来了。按住 Shift 键，用鼠标反复单击某一个蒙版图标，可以观察这个蒙版关闭和打开时的不同效果，如图 56-4 所示。

图　56-4

4. 移动蒙版

在缩览图与蒙版之间有一个锁链图标，表示蒙版与当前层的图像位置是锁定的。移动图像时蒙版是同时移动的，如图 56-5 所示。

图　56-5

用鼠标单击这个锁链图标使其消失，图像与蒙版的链接就被摘除了，用移动工具移动图像，就发现图像与蒙版错位了。所以多数情况下图像与蒙版是要链接锁定的，如图56-6所示。

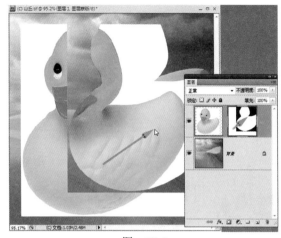

图　56-6

理解蒙版对于初学者来说有一定难度，希望这个示意图有助于初学者理解蒙版的概念，如图56-7所示。

图　56-7

 要点与提示

图层蒙版的主要作用，是通过精细的遮挡，有选择地保留或去除部分图像，以达到多图像之间的无痕迹过渡。

图层蒙版的道理与摄影暗室中的遮挡相似，而不是绘画中的着色概念。

尽管不用蒙版往往也可以做出与蒙版相同的效果来，但既麻烦又不便于控制和修改。用好图层蒙版是深入Photoshop操作的重要一环，关键在于真正理解它，用巧用活。

练习 57 图层蒙版的魅力

目的与任务

在图像处理中往往需要组合多幅图像，巧妙地运用蒙版，可以使图像组合产生神奇的效果，这正是 Photoshop 蒙版的魅力所在。利用渐变工具进行蒙版操作，可以使两个图像自然和谐地融为一体。

实例学习

1. 准备图像

打开图像文件"山丘.tif"，还要打开随书赠送光盘中的另外一个图像文件"船.tif"。用移动工具将船拖到沙丘中，如图 57-1 所示。

现在可以看到，沙丘和船是两个图层，船的图像比沙丘图像稍窄，两边露出下面的沙丘图像,很明显这是两张叠放在一起的图像，如图 57-2 所示。

图 57-1

图 57-2

2．建立渐变蒙版

在图层面板最下边用鼠标单击蒙版图标，可以看到当前层上产生了新的蒙版。这时图像处于蒙版操作状态下，缩览图前边是蒙版标志，而不是画笔标志。工具箱中的前景背景色变成了黑白，如图57-3所示。

图　57-3

在工具箱中选渐变工具，在它的选项栏上将渐变颜色设置为从前景色到背景色，渐变方式为线性渐变，正常方式，不透明度100%。前景色为白，背景色为黑。

从船的下边到船的上边做出渐变，看到船的图像从中间开始到上边逐渐与沙丘图像融合了。在蒙版上看到这个区间是从白色到黑色的渐变，如图57-4所示。

也可以横向拉出渐变，从船的右侧到左侧图像的边缘。看到两个图像是左右逐渐融合的。

图　57-4

这里所做的是遮挡，而不是填充从黑到白的颜色，这个概念要清楚。渐变时蒙版中白色部分的图像将显现出来，而黑色部分的图像会被遮去，灰色部分由轻到重逐渐被遮去，如图57-5所示。

图　57-5

269

练习

57

图层蒙版的魅力

3. 修改蒙版

蒙版建立以后，对遮挡的效果不满意，随时可以在蒙版中进行修改。

在工具箱中选画笔工具，在选项栏中打开画笔库，选一个硬画笔，按] 键加大笔刷直径。设工具箱前景色为黑色。先在船的上边水面上涂抹，将大部分水面遮挡掉，如图 57-6 所示。

图 57-6

用放大镜将图像局部放大。用直径较小的硬画笔，前景色为黑色，将船的边缘精心修饰清楚，如图 57-7 所示。

图 57-7

在工具箱中设前景色为白色，适当设置笔刷直径，在船的里边精心涂抹，刚才被遮住的一部分船体完全显露出来了，如图 57-8 所示。

图 57-8

这一部分蒙版要遮挡得有一定的虚幻效果。因此应该打开颜色面板，不断地根据具体情况调整画笔直径，选择合适的黑白颜色，设定所需的画笔不透明度，小心仔细地修改船体周围的图像蒙版，如图 57-9 所示。

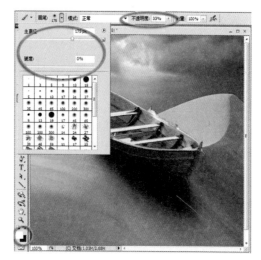

图　57-9

完全靠的是蒙版的遮挡修饰，船的图像与沙丘的图像天衣无缝地融合在一起，最终看到了这样一幅颇有些苍凉的"沙漠孤舟"，给人留下更多的遐想，如图 57-10 所示。

图　57-10

4．摘除蒙版

蒙版的建立会加大文件，占用更多的硬盘空间。对于确定不再修改的蒙版应该及时摘除。

在蒙版上右击鼠标，在弹出的菜单中如果选择"删除图层蒙版"命令，则蒙版被摘除，恢复到没有建立蒙版之前的状态，如图 57-11 所示。

图　57-11

图层蒙版的魅力

272

在弹出的菜单中选"应用图层蒙版"命令，则蒙版被摘除，但是蒙版的效果保留了。这时在状态栏中可以看到，文件的容量比有蒙版的时候小了许多，但是如果还想再修饰遮挡效果，已经不能恢复到原来的初始状态了，如图 57-12 所示。

图 57-12

 要点与提示

深入理解蒙版，灵活运用蒙版，就能充分发挥 Photoshsop 图像处理软件的强大功能，在修饰图像、合成图像等各种操作中都离不开蒙版。

练习 58 用蒙版替换局部图像

目的与任务

在图像处理操作中，经常遇到需要替换局部图像的问题，用蒙版来作替换局部图像，更准确，更漂亮，更便于修改。

实例学习

1. 准备图像

打开图像文件"牧场小屋.jpg"和"棕榈树（CMYK）.tif"。指定牧场小屋为当前操作图像，选择"图像"|"模式"|"RGB颜色"命令，将当前文件从灰度模式转换为RGB彩色模式，如图58-1所示。

图 58-1

2．打开小屋的门

在工具箱中选直线套索工具，沿着小屋的门内侧建立准确的选区，如图 58-2 所示。

图　58-2

设定工具箱中背景色为白色。

按 Ctrl+T 键打开自由变换框，将门把手一侧的边点向里面移动到合适位置，门打开了，如图 58-3 所示。

图　58-3

打开的门要符合透视效果，远端要小于近端。同时按住 Ctrl+Alt+Shift 键，这是透视变形操作的快捷键，用鼠标将变形框的右侧角点向里推，调整满意后按回车键确认，门真的打开了，如图 58-4 所示。

图 58-4

3. 替换门外的局部图像

用魔棒工具在打开的门外单击，看到门外部分被选中了。

指定棕榈树为当前图像，按 Ctrl+A 键将图像全选，按 F3 键拷贝，如图 58-5 所示。

指定牧场小屋为当前操作文件。

选择"编辑"|"贴入"命令，可以看到海边的棕榈树被粘贴到了打开的门外选区中，牧场小屋打开门后，竟然是一片碧海云天的美景。

图 58-5

观察图层面板可以看到，粘贴进来的棕榈树图像成为一个新的图层，刚才在小屋打开的门外创建的选区成为当前层上的图层蒙版，选区之外的图像被蒙版遮挡掉了，如图 58-6 所示。

图 58-6

用蒙版替换局部图像

如果对门外的景色位置不满意，可以用移动工具直接移动门外的景物，但是注意别移动过头了，小心穿帮哦，如图 58-7 所示。

图　58-7

要点与提示

用蒙版来替换局部图像，虽然稍嫌繁琐，但是这样操作最大的优点在于可以反复修改，而且制作效果更精准，这些都是采用局部直接粘贴图像所达不到的。

关键在于真正理解蒙版的概念，懂得所谓打开的门，实际上是用蒙版将门外区域内的图像保护起来，而将其他图像遮挡掉。

练习 59　矢量蒙版的活力

目的与任务

矢量蒙版是以图形的方式对图像做出所需的遮挡，相对于图层蒙版，矢量蒙版有小巧灵活、方便修改的特点，还能产生反向相切的特殊效果。把矢量蒙版与图层蒙版合在一起使用，可以使图像另有一番风趣。

实例学习

1．准备图像

任意打开两张图像来做练习。比如打开图像文件"山丘.tif"和"向日葵.jpg"。

用移动工具将向日葵拖到沙丘图像中，如图 59-1 所示。

图　59-1

2．建立矢量蒙版

矢量蒙版可以用路径工具生成，也可以直接用矢量图形来做。

在工具箱中选矢量图形工具，在上边选项栏中打开图形库，单击右上角菜单图标打开菜单，选中"形状"单击，弹出的对话框选"添加"，可以看到图形库中添加了新的图形。选择一个所需的图形，如黑桃，如图 59-2 所示。

图　59-2

　　在上面选项栏中选中路径方式，在图像中所需的位置拉出一个矢量图形路径，如图 59-3 所示。

图　59-3

　　选择"图层"|"矢量蒙版"|"当前路径"命令。可以看到图层面板上，在当前层上产生了一个矢量蒙版，灰色表示遮掉的部分，白色表示露出的部分。图像中的向日葵被限制在这个图形的范围之中了，如图 59-4 所示。

图　59-4

3．编辑矢量蒙版

　　对与矢量蒙版的编辑，与路径的编辑方法是完全相同的。
　　在工具箱中选相应的路径编辑工具，就可以在蒙版路径上增加、删除、移动、转换各个节点，如图 59-5 所示。

图　59-5

随着路径上各个节点的改变，矢量蒙版也被改变了，由此生成新的图形，如图 59-6 所示。

图　59-6

4．多图形反向相切

在矢量蒙版上，可以同时使用两个以上的矢量图形。

在工具箱中选矢量图形工具，上边的选项栏中仍然是路径方式，在图形库中另选一个所需的图形，在已有的矢量蒙版中间再拉出一个矢量图形来，如图 59-7 所示。

图　59-7

可以看到由于两个图形的叠加，产生了新的图形效果。图形与图形的叠加，是反向相切的，如图 59-8 所示。

图　59-8

矢量蒙版的活力

在工具箱中选编辑路径的黑箭头，单击中间的图形路径，将其激活。按 Ctrl+T 键打开变形框，如图 59-9 所示。

图　59-9

按住 Alt+Shift 键，拉动变形框的角点，将中间的路径适当变大，许多地方与前一个路径相交叉，可以看到图像中活跃的反向相切图形，如图 59-10 所示。

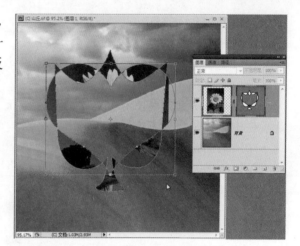

图　59-10

如果将更多不同的矢量图形增加进来，由于反向相切的作用，图形变化非常丰富，如图 59-11 所示。

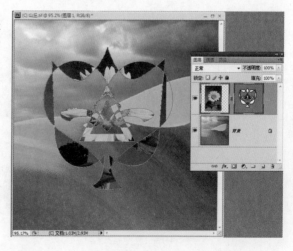

图　59-11

5．关闭蒙版与隐藏路径

按住 Shift 键，用鼠标单击矢量蒙版，看到矢量蒙版上出现一个红色的叉子，矢量蒙版被暂时关闭。什么时候需要打开它，就按住 Shift 键，再次用鼠标单击矢量蒙版即可，如图 59-12 所示。

图　59-12

矢量蒙版是由路径组成的，如果需要关闭路径，可以用鼠标在矢量蒙版中单击，看到矢量蒙版的框线成为单线，路径就被临时关闭了。什么时候需要激活它，就用鼠标再次单击矢量蒙版即可，如图 59-13 所示。

图　59-13

6．移动与摘除蒙版

在工具箱中选移动工具，按住图像做移动，由于图像与蒙版是链接的，因此，可以看到图像与蒙版的同步移动，如图 59-14 所示。

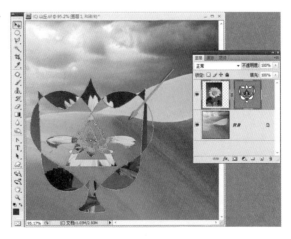

图　59-14

矢量蒙版的活力

在工具箱中选路径编辑工具黑箭头，在路径上划出选框，然后再移动的是所有被激活的路径。这时，改变的是蒙版的位置，而图像并没有被移动，如图 59-15 所示。

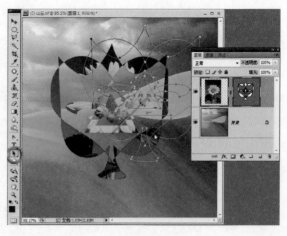

图　59-15

矢量蒙版不需要了可以删除，用鼠标将矢量蒙版拖到图层面板下边的垃圾桶里，然后在弹出的窗口中单击"确定"按钮，矢量蒙版被删除，恢复到没有蒙版时的状态，如图 59-16 所示。

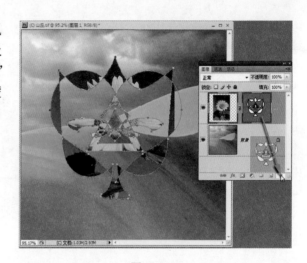

图　59-16

 要点与提示

矢量蒙版的好处不仅仅在于灵活准确，更在于运用多图形反向相切所产生的效果是图层蒙版难以达到的。

练习 60　　两种蒙版的套用

目的与任务

图层蒙版与矢量蒙版是两种不同的蒙版，图层蒙版可以是灰度的，编辑方式是位图的；而矢量蒙版是基于图形的，编辑方式是靠路径来实现的。这两种蒙版各有所长，在一个图层上可以同时套用图层蒙版和矢量蒙版，这样可以解决某些特殊需要。

实例学习

1．准备图像

打开图像文件"山丘.tif"和"向日葵.psd"。用移动工具将向日葵拖到沙丘图像中，如图 60-1 所示。

图　60-1

2．双蒙版的套用

在工具箱中选文本工具，设定笔划粗壮的字体，在图像中输入文本 FLOWER，生成了一个新的文本层，如图 60-2 所示。

图　60-2

按 Ctrl+T 键打开变形框，将文本拉大到覆盖住向日葵的图像，单击回车键完成变形操作，如图 60-3 所示。

图　60-3

选择"图层"|"文字"|"建立工作路径"命令，文本上出现新的工作路径，如图 60-4 所示。

图　60-4

关闭文本层，指定向日葵图像层为当前层。选择"图层"|"矢量蒙版"|"当前路径"命令。当前层上建立了按照文本路径产生的矢量蒙版。

在图层面板最下边单击增加蒙版图标，看到在当前层的缩览图与矢量蒙版之间又增加了一个图层蒙版，在工具箱中选渐变工具，设定渐变颜色为前景色到背景色，线性渐变方式。在矢量蒙版字露出的图像中拉出渐变，图层蒙版产生遮挡效果，如图 60-5 所示。

图　60-5

由于图层蒙版与矢量蒙版的共同作用，图像按照文本的样子，由上到下逐渐隐去。

如果再加上适当的样式修饰，效果就更精彩了，如图 60-6 所示。

两种蒙版的套用很好地增强了蒙版的表现能力。

图　60-6

 要点与提示

在这个练习中，用图层蒙版解决了文字图像从上向下渐隐的效果，同时用矢量蒙版解决文字变形的效果。这样就用两个蒙版的套用，在一个图层上实现了过去很难同时实现的特殊效果。

两种蒙版的套用

练习 61　　快速蒙版方便快捷

目的与任务

对于外形复杂的图像，不能用路径来创建所需的选区；对于背景颜色丰富的图像，不能用魔棒工具或者色彩范围命令来创建所需的选区。要替换这类图像的背景，可以用快速蒙版来解决难题。

实例学习

1. 准备图像

打开随书赠送光盘中的图像文件"写生者.jpg"，这张照片拍摄了一位绘画爱好者在大自然中写生的镜头。绘画者的背景显得杂乱，想替换一个漂亮的背景。但是这张照片的主体人物和草地的外形比较复杂，不适宜使用路径来创建选区，背景的颜色也不是单一的，无法用魔棒或者色彩范围命令创建选区。这就可以用快速蒙版来处理，如图 61-1 所示。

2. 快速蒙版操作

在工具箱中快速蒙版图标上双击鼠标，弹出快速蒙版选项面板，将色彩指示设置为"所选区域"，其他参数默认，单击"确定"按钮退出，如图 61-2 所示。

图　61-1

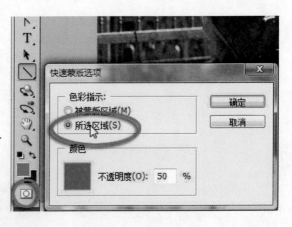

图　61-2

在工具箱中选画笔工具，在上面的选项栏中打开画笔选项面板，设置合适的画笔直径和硬度参数，对于边缘比较清晰的物体，可以设置高一些的硬度参数，如图 61-3 所示。

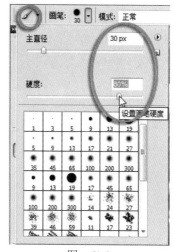

图　61-3

用放大镜连续点击图像，将图像放大到适当比例。

在工具箱中选定画笔工具，前景色为黑色。用笔刷在图像中需要保留的人物上细心涂抹，这些需要保留的部分被半透明的红色所覆盖。要根据需要涂抹位置不断改变画笔的直径，以保证半透明的红色能够沿着人物的边缘准确覆盖图像，如图 61-4 所示。

图　61-4

稍有不慎，鼠标一滑，画笔半透明的红色就可能涂抹到了人物的外面，如图 61-5 所示。

图　61-5

快速蒙版方便快捷

在工具箱中设置前景色为白色，将出界的半透明红色细心地涂抹掉就是了，如图 61-6 所示。

图　61-6

按 X 键，转换工具箱中前景色与背景色，前景色仍为黑色。继续细心涂抹，将所需的人物精准涂抹出来。需要移动画面的位置，按住空格键，鼠标临时变成了抓手工具，按住鼠标移动画面到所需位置，松开空格键，仍恢复为当前使用的工具。

在工具箱中双击抓手工具，图像恢复为在桌面上完整显示图像的最佳比例。用较大直径的画笔将地面大体涂抹出来，如图 61-7 所示。

注意：如果对快速蒙版的半透明红色不满意，可以双击快速蒙版图标，在弹出的窗口中改变颜色和不透明度的值。

图　61-7

再次将图像放大到适当比例，能够细致地看到地面边缘的小草。由于这些草十分细小，因此要设置很小的画笔直径，然后精细地将所需要的小草涂抹出来，如图 61-8 所示。

图　61-8

在工具箱中单击标准编辑模式图标，回到标准编辑状态，可以看到蚂蚁线了。仔细检查蚂蚁线与所需保留的人物、地面是否完全相符，如有不符可以再次单击工具箱最下面的快速蒙版编辑模式图标，重新进入快速蒙版编辑状态，继续做精细的修饰，如图61-9所示。

图　61-9

3. 保留与读取圈选范围

确认蚂蚁线选区与所需选取的人物、地面完全相符了，就可以将选区反选过来了。选择"选择"|"反向"命令，可以看到图像中的选区反过来了，所有的背景区域处于选中状态，如图61-10所示。

图　61-10

好不容易精心创建了这么一个选区，应该把它保留下来，以备不时之需。选择"选择"|"存储选区"命令，打开存储选区面板，可以在名称中填写熟悉的名称，其他参数默认，单击"确定"按钮退出。这个选区就被存储在通道中了，如果以后什么时候还需要调用这个复杂的选区，可以选择"选择"|"载入选区"命令，将这个选区重新调入，如图61-11所示。

图　61-11

快速蒙版方便快捷

4. 合成图像

打开随书赠送光盘中"写生者素材.jpg"文件，这是一个准备用来做替换背景的颐和园风光照片。按 Ctrl+A 键将图像全选，按 F3 键拷贝图像，如图 61-12 所示。

图 61-12

指定"写生者.jpg"为当前文件。选择"编辑"|"贴入"命令，可以看到刚才拷贝的颐和园风光图像贴入到当前图像的选区中了。如果对这个贴入图像的位置还不满意，可以用移动工具适当移动背景图像到满意位置，如图 61-13 所示。

图 61-13

经过这样的细心操作，人物的背景被很好地替换了，画面比原来漂亮多了，如图 61-14 所示。

图 61-14

 要点与提示

对于这类复杂边缘的图像，要创建准确的选区，最方便的操作方法莫过于快速蒙版了。有些人总想有一种一蹴而就的方法能解决替换背景，但那只是一厢情愿，对于外形复杂、颜色丰富的背景，作替换操作还是要有耐心和细心的。

练习 62

非破坏性调整层

目的与任务

在图层操作中，"新调整图层"命令可以在不改变原图的情况下，对图像进行影调和色调的各项调整。通过这个练习认识这个命令的重要性，灵活准确地用好这个命令，会使工作效率大大提高。

实例学习

1．准备图像

打开图像文件"山丘.tif"，输入黄色的文字产生一个新的文本层，如图 62-1 所示。

2．做三个色调调整层

用矩形选框工具在图像左侧创建三分之一的选区。

指定底层的沙丘为当前层。

选择"图层"|"新建调整图层"|"色相/饱和度"命令，可以看到各项调整命令都在这里，如图 62-2 所示。

图　62-1

图　62-2

最直接的方法是打开调整面板，单击"创建新的色相/饱和度调整图层"图标，这是 Photoshop CS4 新增的功能，可以方便地创建调整层，如图 62-3 所示。

图　62-3

在图层面板中可以看到新出现了一个层，这就是调整层。

在弹出的"色相/饱和度"面板中选择"着色"选项，将色相调到 0，被调整的局部图像变成红色，将饱和度调到 100，明度可以不动，单击"确定"按钮退出，如图 62-4 所示。

再来做第二个调整层。

在图像中间建立第二个矩形选区。

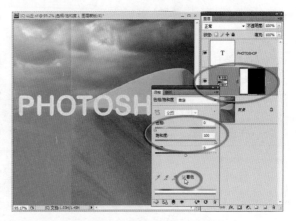

图　62-4

在调整面板最左下角单击"返回到调整列表"图标，仍选择"色相/饱和度"命令，如图 62-5 所示。

图　62-5

弹出"色相/饱和度"面板，用同样的方法做第二个调整层，"色相"调到120，"饱和度"为100，明度为0，图像呈绿色。在图层面板上看到第二个调整层有了，如图62-6所示。

再用同样的方法做第三个蓝色调整层。

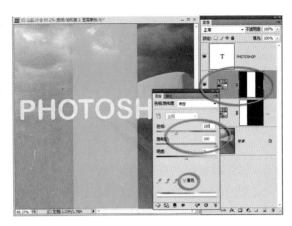

图　62-6

用矩形选框工具将图像右侧三分之一部分创建选区，在调整面板最下面单击返回按钮，重回调整列表再选"色相/饱和度"图标，打开面板，设置"色相"为240，"饱和度"为100，图像呈蓝色，如图62-7所示。

做好这三个调整后可以看到图层面板上增添了三个调整层，图像变成了由红绿蓝三部分组成的画面。

可以轮流打开和关闭三个调整层，方便地观察图像调整前后的各种效果，看到背景层原来的图像并没有受到任何破坏。

而黄色的文字层因为在最上面，所以不会受到调整层的影响，如图62-8所示。

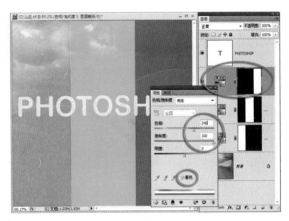

图　62-7

图　62-8

非破坏性调整层

3. 调整调整层

如果对调整层的设置不满意，可以随时进行新的调整，其中包括数据的设置和位置的移动。

要想把中间的绿色改为黄色，就用鼠标双击要调整的调整层的图标。

相应的"色相/饱和度"窗口重新打开了。将"色相"调整为 60，"明度"调整为 -40，颜色呈暗黄色。红绿蓝图像变成了红黄蓝，如图 62-9 所示。

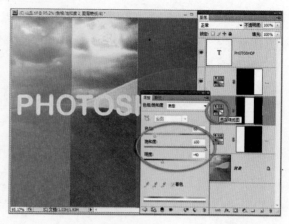

图　62-9

如果想将红黄两色位置对调，先在图层面板上指定要调整的调整层为当前层，然后用移动工具直接拖动这个调整区域到新的位置，如图 62-10 所示。

图　62-10

再指定另一个要移动位置的调整层为当前层，用移动工具把它拖拽过来就是了。在调整层上可以看到，调整颜色区域的改变，实际上是调整层上蒙版位置的改变，如图 62-11 所示。

图　62-11

4. 改变文字层的顺序位置

　　将文字层依次向下移动顺序位置，可以看到被哪个调整层覆盖，其相应的部分就变成了哪种颜色，而没有被覆盖的地方仍然是黄色的字。由此可知，调整层作用于下面所有的层，如图62-12所示。

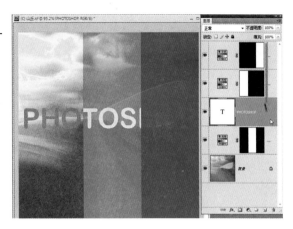

图　62-12

5. 调整层编组

　　将文字层放在三个调整层的下边，文字层完全被覆盖，所以文字看不清楚了。文字层和背景图像层都被调整了。

　　在调整面板下面单击"剪切到图层"图标，可以看到图层面板上当前调整层向后退一格，现在调整层只对与它相邻的下面一个图层起调整作用，而对下面的其他图层不再起作用，如图62-13所示。

图　62-13

　　依次选中上面两个调整层，分别点击"剪切到图层"图标，将上边两个调整层也做剪切调整层设置，看到三个调整层只作用于相邻的文字层，只有原来黄色的文字被调整为三色，而文字层下边的沙丘图像没有被调整，又恢复到原来的颜色，如图62-14所示。

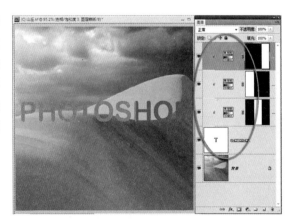

图　62-14

非破坏性调整层

要点与提示

对于那些需要调整的图像层，应该使用非破坏性的调整层。这样做不会破坏原图像，便于以后反复修改。

用好调整层，是将图像调整技术与图层高级操作结合起来。这时，对 Photoshop 的图层操作与图像调整应该有了更深的认识。以后的图像调整绝大多数是要由调整层来完成的。

练习 63

神奇的调整层

目的与任务

运用调整层，可以有选择地调整图像中的局部图像，用这样的方法把原本平淡无奇的片子变成精彩的佳作。

实例学习

1. 准备图像

打开随书赠送光盘中的图像文件"草地.jpg"，这张片子的影调比较灰，缺乏光线也就缺少了些许生动，可以分别作调整，如图 63-1 所示。

图　63-1

2. 分别调整暗调和亮调

要想让草地上出现光线，就应该有对比，光线照射的地方是亮的，光线没有照射的地方是暗的。

先来做暗调。

打开调整面板，选择色阶调整图标单击，如图 63-2 所示。

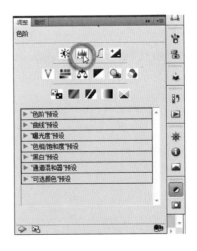

图　63-2

在弹出的色阶面板上将左侧的黑场滑标移动到直方图左侧起点，中间灰滑标向右侧移动，看到图像中草地完全暗下来了，如图 63-3 所示。

用同样的方法再来做亮调层。

图　63-3

回到调整列表面板，再次选择色阶图标单击，在图层面板上可以看到这已经是第二个色阶调整层了。在弹出的色阶面板中将右侧的白场滑标向左移动，大约在直方图右侧的起点位置，可以看到图像中的草地亮起来了。感觉是阳光照耀下的效果就行了，如图 63-4 所示。

3．制作局部阳光效果

要制作出阳光照射在草地上，局部草地被照亮的效果，实际就是局部的亮草地与大部分暗草地的关系。

工具箱中前景色为黑，按 Alt+Delete 键在蒙版中填充黑色，在图层面板上可以看到当前的亮草地层完全被遮挡掉了，如图 63-5 所示。

图　63-4

图　63-5

在工具箱中选画笔，前景色为白色。在上面的选项栏中设置所需的画笔直径。先用大笔刷在图像中按照想象的阳光照射的位置精心涂抹过去，一道阳光立刻出现了。阳光照射的区域可以用黑色和白色反复修饰。再在较远的草地上涂抹一条比较细的光线与近处的光线形成呼应，如图63-6所示。

图　63-6

再调整一下图像的色彩。

再次回到调整列表面板，选择自然饱和度调整图标单击，创建一个自然饱和度调整层，将"自然饱和度"和"饱和度"参数适当提高，看到草地的颜色满意了，如图63-7所示。

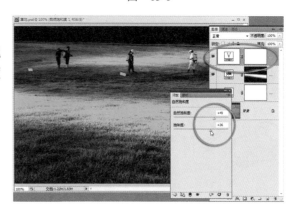

图　63-7

经过这样的调整，这张片子的影调非常生动，一缕阳光照射在草地上形成的一米阳光的效果很令人兴奋。如果对片子的影调还不满意，可以双击调整层中的图标，打开相应的调整命令重新作调整，如图63-8所示。

图　63-8

要点与提示

用调整层对图像中所需的部分作精细调整，用蒙版精确控制调整的范围，把这些很好地结合起来，就能创造出神奇精美的佳作来。

用好调整层实际上是将过去学过的图层、通道、蒙版、图像调整等多项技术综合起来运用，能够做好这一步，Photoshop 的操作就进阶了。

神奇的调整层

练习 64　　用调整层处理高反差

目的与任务

　　摄影作品中，受当时拍摄条件的限制会产生很多高反差的照片，最典型的就是风光照片中天空过亮，而地面过暗。对于高反差的照片，Photoshop 中提供了"阴影"|"高光"专用命令来做处理，但是这个命令处理的效果往往很难让人满意，因此，采用调整层来处理高反差就成了处理这类照片最有效的手段。

实例学习

1．准备图像

　　打开随书赠送光盘中的图像文件"长城.jpg"。从直方图上可以看到，这是一张典型的高反差照片，如果用"阴影"|"高光"命令直接处理，很难达到满意的效果。应该采用调整层来分别处理亮调部分和暗调部分，如图 64-1 所示。

图　64-1

2．调整天空影调

　　单击调整图标，打开调整列表，选择色阶调整层图标单击，如图 64-2 所示。

图　64-2

先来建立第一个调整层专门解决天空的影调问题。

图层面板上已经看到第一个调整层了。

在弹出的色阶调整面板中，按照直方图的形状，将左侧的黑场滑标向右移动到亮调直方图的左侧起点位置，右侧的白场滑标也适当向内移动一点到直方图右侧起点。看到天空的云彩影调正常了，如图64-3所示。

黑场滑标向右侧移动后，地面的影调黑成一片。

现在是蒙版操作状态。

在工具箱中选渐变工具。前景色背景色为黑白。在天空与地面远山交界的地方拉出渐变线，下为黑，上为白。在蒙版的遮挡下，这个调整层只管天空不管地面，如图64-4所示。

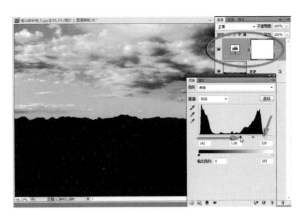

图　64-3

图　64-4

3．调整地面影调

天空的影调满意了，然后再来调整地面的影调。

在调整面板下面单击返回调整列表的箭头图标，回到调整列表，再次选中色阶图标单击，如图64-5所示。

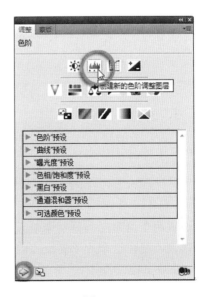

图　64-5

用调整层处理高反差

在图层面板上可以看到建立了第二个调整层。

在弹出的色阶面板中，将右侧的白场滑标向左移动到直方图暗调部分的适当位置，看到图像中地面的影调正常了。这时天空已经曝光过度了，暂时不理会，如图64-6所示。

图　64-6

现在仍在蒙版操作状态下。

工具箱中选渐变工具，前景色背景色为黑白。在图像中天地相交的地方拉出渐变线，白在下黑在上，在蒙版的遮挡下，被调整过度的天空恢复了刚才调整的正常影调，如图64-7所示。

图　64-7

片子最左下角有一小块城墙曝光过度，看起来不舒服。工具箱中选画笔，在上面的选项栏中设置好合适的画笔直径，不透明度为50%。用笔刷在左下角城墙处精心涂抹，这里的影调正常了，如图64-8所示。

图　64-8

经过设置两个调整层，分别调整天空和地面的影调，现在这个片子高反差的问题解决了，如图64-9所示。

图　64-9

要点与提示

　　运用调整层来处理高反差的图像是最科学的方法，调整层加蒙版可以实现对图像的局部分别处理，一个调整层解决一个局部的问题，而且可以反复修改。这就是应用调整层的基本思路。

练习 65 填充图层

目的与任务

"填充图层"是一种特殊的图层，它包括图案填充、渐变填充和纯色填充三种。建立填充层的主要原因是它比普通层更容易反复调整修改。

实例学习

1．准备图像

打开图像文件"山丘.tif"，打开图层面板，如图 65-1 所示。

图 65-1

2．建立图案填充层

选择"图层"|"新建填充层"|"图案"命令，弹出"新建图层"窗口，各项参数可以选默认值，单击"确定"按钮退出，如图 65-2 所示。

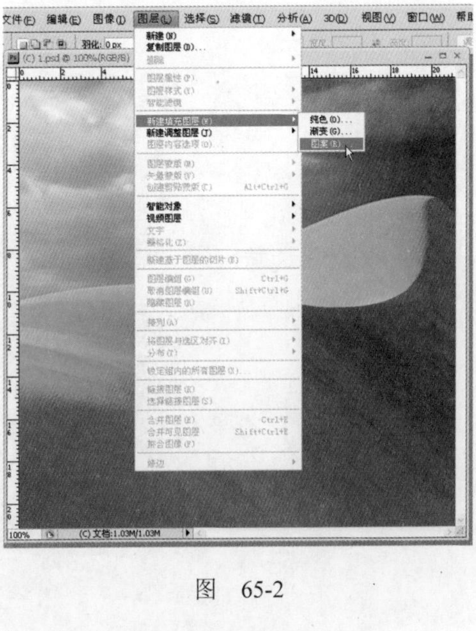

图 65-2

弹出"图案填充"窗口，打开填充图案库，选择一个所需的图案，比如木纹图案，单击"确定"按钮退出。

可以看到图层面板上产生了一个新的图案填充层，图像中铺满了所选的那种图案，如图 65-3 所示。

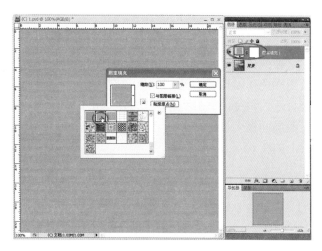

图　65-3

3．修改填充图案

如果对所填充的图案不满意，可以用鼠标双击填充层图标，重新打开图案填充窗口，选择新的图案，然后单击"确定"按钮退出，就完成了填充图案的修改，如图 65-4 所示。

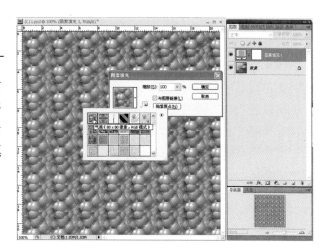

图　65-4

4．建立渐变填充层

选择"图层"|"新建填充层"|"渐变"命令，弹出"新建图层"窗口，各项参数可以选默认值，单击"确定"按钮退出，如图 65-5 所示。

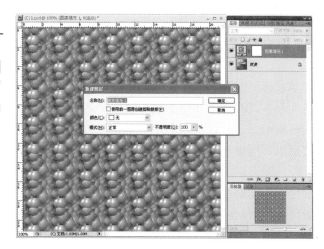

图　65-5

填充图层

在弹出的"渐变填充"窗口中打开渐变颜色库，选择合适的颜色，旋转一个合适的角度，单击"确定"按钮退出。在图层面板上已经看到了新的渐变填充层，如图 65-6 所示。

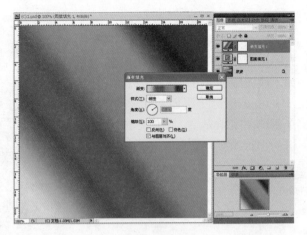

图　65-6

在图层面板上打开混合模式下拉框，选择合适的混合模式。

可以看到带有渐变效果的图案了，具体选择哪一种渐变方式、渐变颜色和图层混合模式，要依具体情况而定，没有一个固定的模式，如图 65-7 所示。

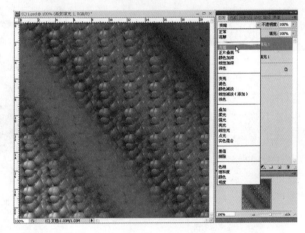

图　65-7

5. 建立纯色填充层

选择"图层"|"新建填充层"|"纯色"命令，弹出"新建图层"窗口，各项参数可以选默认值，单击"确定"按钮退出。可以看到图层面板上已经产生了纯色填充层。在弹出的拾色器窗口中设定所需的颜色值，单击"确定"按钮退出，如图 65-8 所示。

图　65-8

在图层面板上打开混合模式下拉框，选择合适的混合模式。可以看到带有纯色填充效果的图案了，如图 65-9 所示。

以后如果对渐变填充层和纯色填充层的效果不满意，可以随时用鼠标双击图层前的图标，然后在弹出的窗口中进行调整。

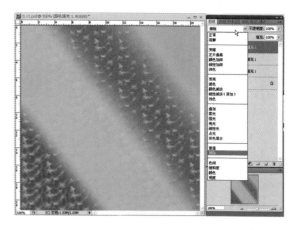

图　65-9

 要点与提示

三种填充层的最终效果与直接在普通层上制作填充的效果是一样的，但是填充层更适合反复修改调整，因此填充层在平面设计过程中更具灵活性。

练习 66 编辑填充图层

 目的与任务

填充层的作用不是简单的满画幅覆盖，而是要对图像中作局部填充覆盖。因此，使用填充层的关键是做好填充层的编辑，这个编辑主要是蒙版的编辑操作技术。

 实例学习

1. 准备图像

打开图像文件"山丘.tif"，打开图层面板，如图 66-1 所示。

2. 编辑填充层

填充层上带有蒙版，可以进行编辑。

指定图案填充层为当前层，关闭渐变填充层和纯色填充层。

在工具箱中设定前景色为黑。选中矢量图形工具，在选项栏上指定方式为填充像素，再选中自定义图形，打开图形库，选定一个所需的图形，例如如图 66-2 所示的脚丫。

图 66-1

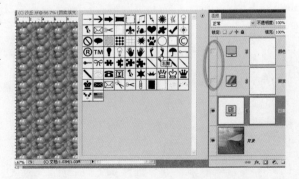

图 66-2

在图像中拉出脚丫图形。

因为当前是在蒙版状态下，因此可以看到，图像中出现了一只镂空的脚丫图形，这是因为当前层的蒙版上被填充了一只黑色的脚丫图形，这一部分填充层的图像被遮挡掉了，如图66-3所示。

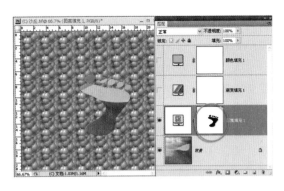

图　66-3

选择"图层"|"图层样式"|"斜面和浮雕"命令。在弹出的窗口中精心设置斜面和浮雕的各项参数，满意后按"确定"按钮退出，如图66-4所示。

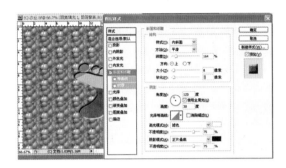

图　66-4

如果再进一步给这个镂空的图形加上投影，并且将图层的混合模式改成适当的方式，比如"叠加"模式，当前填充层与下边的沙丘图像层混合在一起，更有一番味道，如图66-5所示

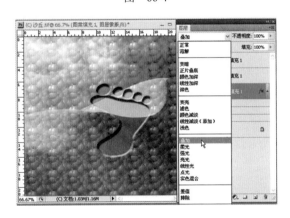

图　66-5

图案填充层中已经有了一个图层蒙版。再次单击图层面板最下边的创建蒙版图标，为当前层增加一个矢量蒙版。同时按住Shift键单击图层蒙版图标，将图层蒙版关闭。打开路径面板，看到这里已经自动建立了一个"图案填充层矢量蒙版"，如图66-6所示。

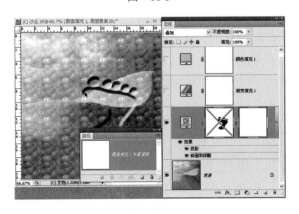

图　66-6

首先选中工具箱中的矢量图形工具，然后在上边的选项栏中选中路径方式，这时发现路径面板中的矢量蒙版路径变成了非选中状态，用鼠标单击矢量蒙版路径将其激活，看到选项栏上又回到了矢量图形层方式，不用管它。打开矢量图形库，选一个所需的图形，比如另外一只脚丫。在图像中拉出脚丫图形，看到图像中出现了一个凸起的脚丫，矢量蒙版上和路径中都有相应的图形，如图 66-7 所示。

图　66-7

矢量蒙版是由路径构成的，因而可以用编辑路径的方式，在矢量蒙版中进行各种编辑，以改变图形，如图 66-8 所示。

图　66-8

用鼠标单击这一层上的图层蒙版图标，将图层蒙版重新打开。由于图层蒙版与矢量蒙版相重合，所以图形成了奇形怪状、支离破碎的样子，将图层混合模式改为正常，如图 66-9 所示。

图　66-9

用鼠标单击图层上的蒙版链接图标，将两个蒙版的链接都摘掉。

用鼠标单击图层蒙版选中，在工具箱中选移动工具，按住图像中的图形向右移动，看到蒙版中的黑色脚丫移到了右侧。

用鼠标单击矢量蒙版选中，在工具箱中选编辑路径的黑箭头，按住脚丫路径向左移动，看到矢量蒙版中的脚丫移到了左侧，如图 66-10 所示。

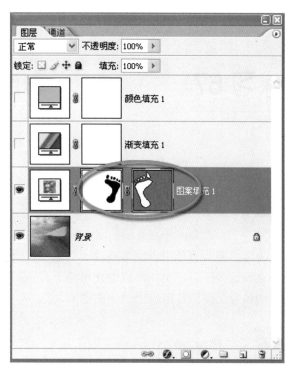

图　66-10

在工具箱中选矢量图形工具，在选项栏中分别选中形状图层、矩形工具、添加到形状区域这三个选项，在图层面板中激活矢量蒙版，用鼠标在图像右侧拉出矩形框，看到矢量蒙版中只保留了左侧，而右侧被完全显露了，留出了图层蒙版所作的这部分效果。图像成了左右对称的阴阳反转图，如图 66-11 所示。

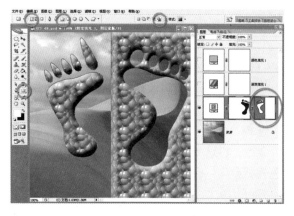

图　66-11

 要点与提示

填充层的编辑关键在于充分发挥蒙版的作用，正是把填充层与蒙版结合起来，才使得填充变得具有实际意义。

两种蒙版的套用，使得图像更富于变化。但是，真正理解两种蒙版的套用，对于初学者是有一定难度的，恐怕需要一个过程。

练习 67　　　　黑白照片着色

 目的与任务

为黑白照片着色可以使那些过去的老照片焕发青春，同时也是一次再创作的过程。

通过这个练习，更加熟练地使用通道、图层、图层混合模式和不透明度控制技术，准确生动地为黑白照片渲染上美丽的色彩。

 实例学习

1. 准备图像

打开图像文件"旧画像.jpg"。

运用前边学过的图像修补技术，先把图像中的瑕疵修补好。

选择"图像"｜"模式"｜"RGB 颜色"命令，将这幅黑白图像转换为 RGB 彩色模式。

打开历史面板，单击最下边的建立快照图标，为当前已经转换为 RGB 彩色模式的黑白图像建立一个快照以备万一，如图 67-1 所示。

图　67-1

2. 建立选区

在工具箱中选魔棒工具，在最上边的选项栏中设定魔棒的宽容度为10，单击人像的脸颊，在这里有了一个选区，如图67-2所示。

图　67-2

用放大镜将图像中脸部放大。

在工具箱中单击建立快速蒙版图标，进入快速蒙版显示方式。

在工具箱中选画笔，前景色为白色，在选项栏上画笔库中选定一个大小合适的画笔，先将脸部的红色擦除。

再选软一些的画笔，专门用来修饰发际线。因为头发与脸部的边界并不是十分清晰的，因此要用软笔刷来处理，如图67-3所示。

图　67-3

黑白照片着色

再用硬一些的笔刷来处理衣领与脖子的交界部分，这里界限比较清晰，因此需要用硬一些的笔刷。

对于不慎擦坏了的地方，用前景色为黑色的笔刷重新做。

脸部的边界看不清楚，经常需要回到正常显示方式来观察，再进入快速蒙版中做修饰，如图 67-4 所示。

图　67-4

3．保存选区

在快速蒙版中完成修饰后，回到正常显示方式，看到蚂蚁线准确地选取了脸部。选择"选择"|"存储选区"命令，在弹出的窗口中将新通道命名为"脸"。单击"确定"按钮退出，如图 67-5 所示。

图　67-5

4．修整通道

用同样的方法分别为衬衣领子、领带、头发、外衣、内衣建立选区，并且依次存储为相应的通道。

打开通道面板，检查每一个通道，对于通道中的缺陷继续做好修整，如图 67-6 所示。

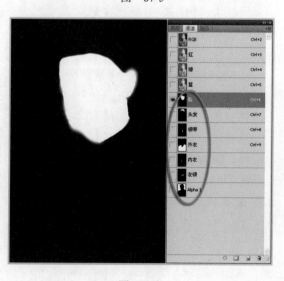

图　67-6

5. 载入选区

　　回到图层面板，单击底层激活。在图层面板最下边单击创建新图层图标，建立新的图层 1。

　　选择"选择"|"载入选区"命令，在弹出的窗口中，打开"通道"下拉框，选定要载入的通道，比如"脸"，单击"确定"按钮退出，如图 67-7 所示。

　　更简便的办法还是在通道面板中，按住 Ctrl 键直接单击相应的通道，载入选区。

图　67-7

6. 填充颜色

　　在色板上选择适合脸部皮肤的颜色，比如第五排第三个桔黄色为前景色。按 Alt+退格键将前景色填入选区区域中。一定注意，这是在图层 1 这一层中，如图 67-8 所示。

　　脸上什么也看不见，不必着急。

图　67-8

7. 调整图层混合模式

　　打开图层混合模式下拉框，选定 "柔光"模式。现在可以看到脸部的影像了。这就是图层混合模式的神奇作用，如图 67-9 所示。

图　67-9

黑白照片着色

8. 继续制作其他着色层

眼睛当然不应该与皮肤颜色相同。在工具箱中选橡皮，设定大小合适的直径，在眼睛里边小心擦除，将眼白和眼球上的皮肤色擦除，如图 67-10 所示。

图　67-10

在图层面板上再创建一个新的图层，准备做嘴唇。

在工具箱中选软套索，在上边的选项栏中设定套索的羽化值为 1 像素。用套索沿着嘴唇的边缘仔细地建立选区。如果有不准确的地方，可以按着 Shift 键增加选区，或者按着 Alt 键减少选区，如图 67-11 所示。

图　67-11

在色板上选择一个红色为前景色。按 Alt+退格键将红色前景色填充到嘴唇选区范围中。

在图层面板上将当前层的混合模式设定为"柔光"模式，看到嘴唇的颜色还是偏重，将当前层的"不透明度"降低到 70% 左右。现在看起来嘴唇的颜色比较舒服了，取消选区，如图 67-12 所示。

图　67-12

然后来做脸颊。

在工具箱中选软套索，在选项栏中设定羽化值为20像素。在脸颊相应位置画出选区范围。

在图层面板上再建立一个为脸颊着色的新图层，如图67-13所示。

图　67-13

在工具箱中选画笔，在选项栏中选择大一些的软画笔，设定不透明度为25%左右。

在色板上选择合适的红色为前景色。用毛笔在脸颊相应位置上涂上红色。这种红色还是偏重，在图层面板上将当前层的不透明度适当降低，看到脸颊上是微红色即可，如图67-14所示。

图　67-14

按照前边的做法，依次为眼球、头发、领带、外衣、内衣、衬衣领子和背景建立相应的图层，填充适当的颜色，选择合适的图层混合模式和图层不透明度。如果认为图像的影调不满意，就在底层的上边创建一个调整层，调整出满意的图像影调。一幅彩色照片完成了，感觉它与实际的彩色照片还有差异，这是因为在实际环境中，物体受到各方环境光的影响，会产生非常复杂、丰富的色彩变化，绝不是一种材质上只有一种颜色。要达到这种逼真的效果，就要靠扎实的绘画功底，在图像中继续添加相应的色彩了，如图67-15所示。

图　67-15

要点与提示

黑白照片着色的基本步骤：将灰度图像转为彩色模式，建立所需的选区范围，在新图层上填充相应的颜色，调整图层混合模式和不透明度参数。

黑白照片着色的基本原则：不动底层图像！每做一种颜色就开一个新图层。

有的朋友习惯在黑白图像上建立选区后，用"色彩平衡"的办法为黑白图像着色。但这样做一是破坏底层原图，二是不利于修改，三是不能做渐变色。

在 Photoshop CS 提供的练习图像中还有一个"牧场小屋.jpg"图像，不妨试着做一遍，将这间农舍做成自己喜爱的彩色图像，尤其是可以试验使用各种渐变色来处理墙面和地面的颜色，会有意想不到的效果产生。

综合运用各项操作技术，就能使黑白照片焕然一新。

练习 68   建造光与影

目的与任务

为一个物体建立光影效果，可以有效地创造出画面的空间感，使得画面更加真实、生动。这个练习的目的，就是学会正确建立光与影。

实例学习

1. 准备图像

打开图像"山丘.tif"和"向日葵.psd"。

在向日葵图像去除底色后拷贝，粘贴到"山丘.tif"中。

输入适当的文字，生成一个新的文本层。

在工具箱中选择矢量图形工具，各项设置取默认值，打开自定义图形库选择一个喜欢的图案，在图像中画出一个大小合适的矢量图形，又生成了一个矢量图形层。

一个图像层、一个文字层、一个矢量图形层。互相不遮挡，所以无所谓顺序，如图 68-1 所示。

图　68-1

2．制作发光效果

打开色板备用。

指定文本层为当前层。选择"图层"|"图层样式"|"外发光"命令。也可以在图层面板上单击最下边的效果图标，在弹出的菜单中选择"外发光"命令。更简单的方法是用鼠标直接双击需要制作特效的图层，在弹出的特效窗口中将左侧选项栏中的"外发光"命令选中，如图68-2所示。

图 68-2

先设定发光的颜色。单击发光色标，弹出拾色器，如果只需要那些标准的颜色，就直接用鼠标在色板上单击所需的颜色，如图68-3所示。

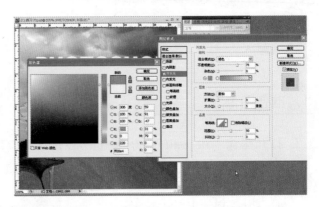

图 68-3

分别调整各项数值，主要是"图素"中的数值，在"方法"中选定发光的方式，在"扩展"中确定发光的区域，在"大小"中设定发光的柔软范围。满意后单击"确定"按钮退出，如图68-4所示。

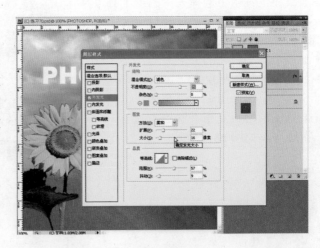

图 68-4

3. 拷贝图层样式

当前层有了发光的特效。要想将当前层的特效拷贝到其他图层，除了可以在图层菜单中选择相应的命令以外，最简便的办法是将鼠标放在已经建立特效的图层上右击，在弹出的菜单中选择"拷贝图层样式"命令，如图68-5所示。

图　68-5

到需要拷贝特效的图层上，直接单击鼠标右键，在弹出的菜单中选择"粘贴图层样式"命令。可以看到发光的特效被拷贝到了新的图层中。如果有多个图层都需要拷贝特效，可以将相关的图层链接，并选中所有的链接图层，再用同样的方法选择其中的"粘贴图层样式"命令，就可以一次性完成多图层的特效拷贝，如图68-6所示。

图　68-6

4. 修改图层样式

如果对原有的特效不满意，可以在图层面板上用鼠标双击当前特效层，即可弹出图层样式窗口，在左边的选项栏中选中要调整的选项，就可以在右侧的参数区中修改各项数值了。

例如，打开"品质"中的等高线库，从中选择所需的光泽等高线，设定相应的参数，可以看到图形周围的光线有了新的变化，如图68-7所示。

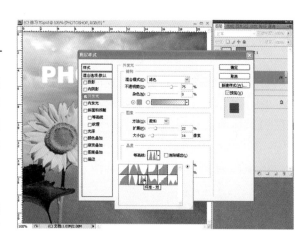

图　68-7

建造光与影

也可以将发光模式改为第二个
渐变发光选项,再打开渐变颜色库选
取喜爱的渐变颜色。满意后单击"确
定"按钮退出,如图 68-8 所示。

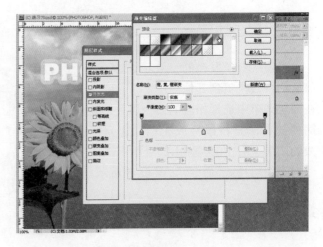

图　68-8

5. 关闭与删除图层样式

要临时关闭一种特效,最简单的
办法是在图层面板上找到要关闭的
特效层,用鼠标关闭这一层最前边的
眼睛图标就可以了,如图 68-9 所示。

图　68-9

要删除某个特效,可以在图层面
板上像删除图层一样,将要删除的特
效层用鼠标拖到面板右下角的垃圾
桶中,如图 68-10 所示。

删除所有特效,继续下面的
练习。

图　68-10

6. 制作投影效果

指定文字层作为当前层。在图层面板最下边单击图层样式图标，在弹出的菜单中选择"投影"命令。将弹出的投影选项窗口用鼠标移动到不遮挡建立投影对象的位置，看到文字上已经出现投影，如图 68-11 所示。

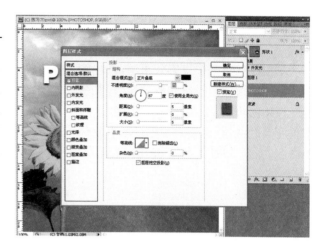

图　68-11

用鼠标按住投影直接拖动到所需的位置。也可以在窗口的参数区中精确设置投影位置的角度和距离，但是通常没必要如此繁琐。

再调整投影的模糊值"大小"，根据背景的深浅调整投影的"不透明度"值。制作阴影的默认混合模式正片叠底不要轻易改变，也可以在等高线中挑选所需的投影类型。调整满意后单击"确定"按钮退出，如图 68-12 所示。

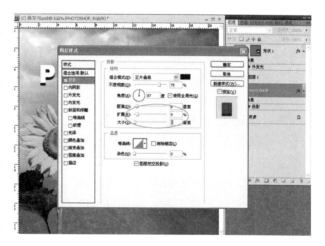

图　68-12

将其他两个图层链接，在当前层上单击鼠标右键，在弹出的菜单中选择"拷贝图层样式"命令，然后在被链接的图层上单击鼠标右键，在弹出的菜单中选择"粘贴图层样式"命令，所有链接层都被拷贝了当前层上所有的图层样式，如图 68-13 所示。

图　68-13

建造光与影

7. 修改投影

　　用鼠标双击某个投影效果层，弹出窗口后可以继续修改投影的各项参数。如果改变投影的角度，可以发现所有图层的投影角度同时移动，这是为了保证所有物体投影方向的一致性，如图 68-14 所示。

图　68-14

　　但是在某些特殊情况下就不对了，例如发光的光源位置在图像的中间，那么上边的物体投影应该在它的上方，而下边的物体投影应该在下方。

　　将投影角度后边"应用全局光"选项后面的对勾取消，再移动投影的角度，可以看到现在只有当前层的投影在移动，而其他层的投影不动。

　　分别调整各层的投影角度，使其符合发光光源照射的方向角度，如图 68-15 所示。

图　68-15

 要点与提示

　　做好光与影可以使物体更具立体感，画面更生动。但是光影的效果应该与现实相符合，包括光影的轻重、虚实、角度、方向、光影与周围物体的关系等。还要注意光影的模式，如果设置不当，输出后会严重损害光影的真实感觉。有些模式设置错误在屏幕上不易察觉，但是在印刷、喷绘等输出中一目了然。

练习 69　样式真风流

目的与任务

过去制作特效字要靠通道，这令许多初学者劳心费力，在相当一段时间里不得要领。现在 Photoshop 的"图层样式"中，以"斜面和浮雕"命令为主，再结合其他纹理工具，可以轻松制作精美的特效字。

实例学习

1．准备图像

打开图像文件"山丘.tif"。

在工具箱中选文本工具，设定颜色为黄色，输入适当的文字，生成了一个新的文本层，如图 69-1 所示。

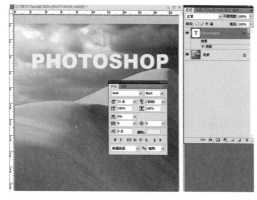

图　69-1

2．制作特效字

选择"图层"|"图层样式"|"斜面和浮雕"命令。也可以在图层面板最下边单击左边第二个特效图标，在弹出的菜单中选择"斜面和浮雕"命令。还可以用鼠标直接双击当前层，即可弹出"图层样式"窗口，在左边的选项栏中选中"斜面和浮雕"选项，如图 69-2 所示。

图　69-2

先看右边参数区的上半部分"结构"部分，专门用来为文字建立凸凹效果。打开"样式"下拉框，这里有 5 种不同样式的特效可供选择：外斜面、外内斜面、浮雕、枕状浮雕和描边浮雕。选中"浮雕"，文字开始凸起，如图 69-3 所示。

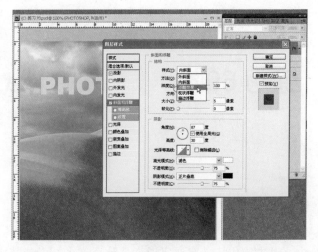

图　69-3

提高"深度"的值，特效字的反差加强了。适当提高"斜面宽度"的值，特效字的凸起效果更加明显了。这个值要根据具体情况来设定，如图 69-4 所示。它与字体大小有关，字号太大或者太小都不行。

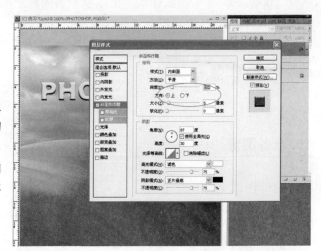

图　69-4

再来调整下边的"阴影"部分，为特效字映射光影。

"角度"和"高度"决定了光照的方向和位置。通常光源从左上方照进来比较舒服。而高度则对特效影响很大，高度值越低，凸起效果越弱。将高度提高到适当数值，并且再次提高上边"深度"的值。

可以直接用鼠标拖动圆盘上的照射点到满意的位置，如图 69-5 所示。

图　69-5

单击"确定"按钮退出。在图层调板上将文字层拷贝成 4 个，用移动工具将它们分别排列，如图 69-6 所示。

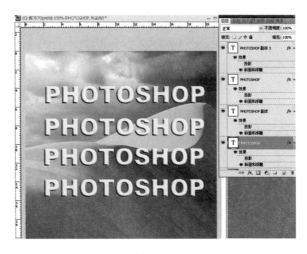

图　69-6

3．制作各种特效字

指定最上边的文字特效层为当前层。在图层调板上双击当前层下的"斜面和浮雕"栏，弹出这个面板。将"使用全局光"选项的对勾取消，这样再修改光影就只对当前层起作用。打开"光泽等高线库"，选择不同的光泽等高线会使特效字产生不同的高光效果，如图 69-7 所示。

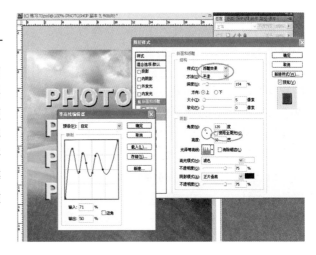

图　69-7

若对现有的光泽等高线不满意，可以用鼠标单击选定的光泽等高线图标，弹出光泽等高线的曲线窗口。按照前边做过的练习调整曲线的方法，直接拉动曲线到满意为止。单击"确定"按钮退出，如图 69-8 所示。

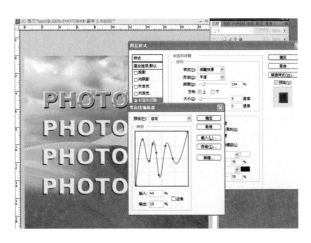

图　69-8

样式真风流

指定第二个文字特效层为当前层，双击这个层的特效栏，再次打开窗口。先将样式模式改为"内斜面"，相应调整深度、斜边宽度和软化的数值。将"使用全局光"选项的对勾取消，单击光泽等高线图标打开曲线窗口，将曲线调整为所需的位置。连续单击"确定"按钮退出，又是一种金字效果，如图 69-9 所示。

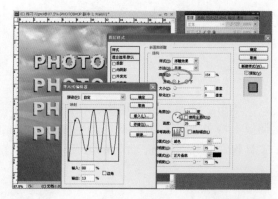

图　69-9

指定第三个文字特效层为当前层，双击这个层的特效栏，再次打开窗口，确认"斜面和浮雕"是当前选项。先将样式改为"枕状浮雕"，将"使用全局光"选项的对勾取消。

打开光泽等高线库。现有的光泽等高线不够丰富，单击右上角的黑三角，在弹出的菜单中选择最下边的"等高线"命令，将新的光泽等高线添加进来，如图 69-10 所示。这么多的光泽等高线可供选择，足以使特效字光彩夺目了。

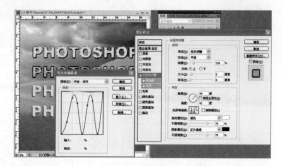

图　69-10

回到图层面板，指定第四个文字特效层为当前层，双击这个层的特效栏，再次打开窗口，确认"斜面和浮雕"是当前选项。先将样式改为"内斜面"，在窗口左边的选项栏中将"斜面和浮雕"下边的副项"等高线"勾选上。弹出"等高线"窗口，打开等高线库可以为特效字加上各种不同的等高线。有的等高线效果非常奇特，令人惊讶不止，如图 69-11 所示。

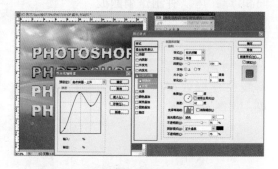

图　69-11

"斜面和浮雕"命令是制作特效立体字的主要工具，调整好其中的各项参数，尤其是光泽等高线参数，可以制作出各种不同样式的立体特效字来，如图 69-12 所示。

图　69-12

4．存储样式

如果对自己制作的特效非常满意，可
以把它存储起来下次再用。单击"图层样
式"面板右侧的"新建样式"按钮，在弹
出的窗口中可以给它起个新名字，单击"确
定"按钮退出。这个新的样式图标已经添
加到样式调板中了。下次再用，轻轻一点
即可，如图 69-13 所示。

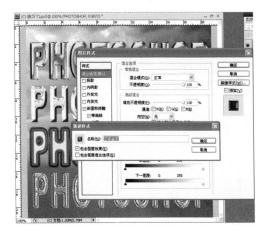

图　69-13

 要点与提示

用"图层样式"来制作特效文字效果不错，这使得原本要靠通道来制作特效文字的
难度大大降低了，而且还能够随时对文字进行文本性质的修改，用起来颇有春风得意的
感觉。

尽管可以将制作满意的特效样式存到样式调板上，但是每次使用它的时候，由于字
体、字号、图像分辨率等方面的差异，其效果都不相同，应该根据实际情况调整相应的
参数。

样式真风流

练习 70 一点即现的样式面板

 目的与任务

样式面板在 Photoshop CS4 中得到进一步扩展，它将许多复杂的制作各种按钮、特效字、纹理的过程模块化了，在样式面板中只需轻轻一点鼠标，人人都能够成为制作特效的高手。

 实例学习

1. 准备图像

建立一个新文件：500 像素×500 像素，分辨率 70 像素/英寸，RGB 模式。

前景色为黑，背景色为蓝，在图像中从上到下做直线渐变，铺好背景。

在工具箱中选矢量图形工具，选项栏中各参数默认，打开图形库选择一个喜爱的图形，在图像中画出图形，看到图层面板上产生了一个图形层，如图 70-1 所示。

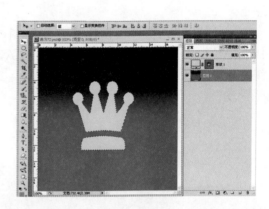

图 70-1

2. 应用样式

打开样式面板，看到样式库里有 20 个默认的样式图案。主要是各种样式的索引，其中第一排第一个是取消样式的图标。

在样式面板上选择任意图标，这个样式就被应用于当前图层，如图 70-2 所示。

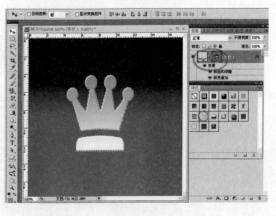

图 70-2

单击某个样式图标后可以看到当前层的下边出现了数量不等的效果层，单击当前层右侧效果图标旁的三角，使其成为向下的三角，就收起了效果记录层。

这样做并不影响样式效果的应用，只是为了让图层面板更加简洁，便于观察，如图70-3所示。

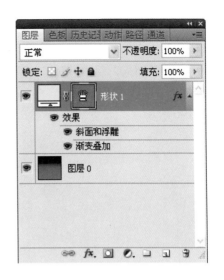

图　70-3

要想变换更多的样式效果，就要为样式库添加新的图案。用鼠标单击"样式"面板右上角的黑三角，在弹出的菜单最下边可以看到有13套样式可选，选择"文字效果"或者"文字效果 2"命令，在弹出的窗口中选择"追加"命令，将样式面板拉大，可以看到新的样式图案已经添加进来了，如图70-4所示。

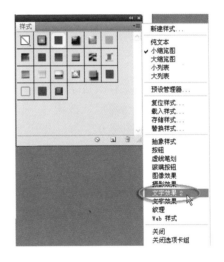

图　70-4

3. 制作文字特效

在工具箱中选择文本工具，在最上边的选项栏中设置所需的字体和字号，任意颜色，输入适当的文字，单击选项栏右侧的对勾确认文字输入完毕。看到图层面板上新生成了一个文本层，如图70-5所示。

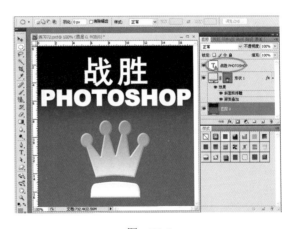

图　70-5

一点即现的样式面板

用鼠标在"样式"面板上依次单击各种文字特效图标，观察各种文字特效。两套文字样式有 58 种之多，如图 70-6 所示。

图　70-6

4．制作图像特效

在"图层"面板上双击背景，在弹出的窗口中单击"确定"按钮退出，背景层变成了图层 0。

单击"样式"面板右上角的黑三角，在弹出的菜单中选择"图像效果"命令，将图像特效样式图案添加进来。有 21 种特效图案可供选择，如图 70-7 所示。

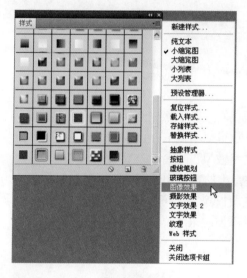

图　70-7

依次单击各项图像特效样式图标，可为图像加上光影、雨、雪、雾等特效，如图 70-8 所示。

图　70-8

5. 制作纹理特效

单击"样式"面板右上角的黑三角，选择"纹理"命令，在弹出的窗口中选择"追加"命令，有 16 种纹理可被添加。轮流单击各种纹理图案，可以看到图像中被设置为相应的纹理，如图 70-9 所示。

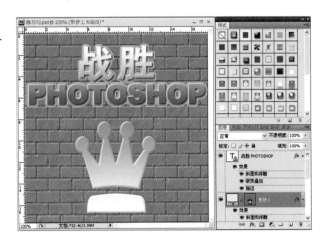

图　70-9

6. 修改样式

对于所选定的纹理，可以修改其中的参数。

例如选定的砖墙纹理，可以通过修改参数来改变砖的大小尺寸。在图层面板上双击效果层中的"图案叠加"命令，打开相应的窗口，在参数区中将"缩放"的数值设定为 200%，现在看起来，砖的尺寸并没有改变，如图 70-10 所示。

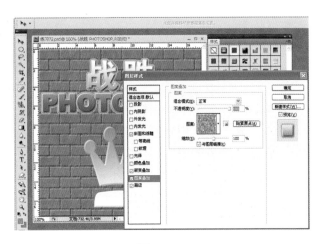

图　70-10

在窗口左侧的"样式"命令栏中单击"纹理"命令，进入斜面和浮雕的纹理设置状态，在右侧的参数区中，将"缩放"也设置为 200%，单击"确定"按钮退出，看到砖的尺寸比原来大了一倍，如图 70-11 所示。

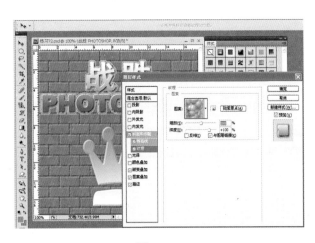

图　70-11

一点即现的样式面板

7. 制作凹陷效果

将底层设定为一个比较平稳的纹理。指定文字层为当前层，在样式面板上选"清晰浮雕——外斜面"文字效果。在"图层"面板文字层下边单击效果层，在打开的"样式"窗口中，将"斜面和浮雕"参数区中的"方向"设定为"下"。看到文字开始向里凹陷，但是效果仍不明显，如图 70-12 所示。

图　70-12

在窗口左侧的命令栏中选择"内发光"命令。在参数区中精心设定阴影的位置、深浅、软硬等参数，满意后单击"确定"按钮退出，如图 70-13 所示。

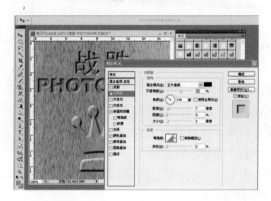

图　70-13

如果将下边的图形设定为清晰浮雕效果，与上边的文字的透明凹陷效果作对比，感觉还是满意的，如图 70-14 所示。

图　70-14

要点与提示

　　用图层样式面板来制作特效很方便，这种一点即现的操作，使得各种特效的制作过程变得轻松自如。但是，关键不在于如何选用某种样式，而在于如何根据实际需要，对所选的样式进行必要的修改。改变原有样式的各项参数，产生出面貌一新的新样式，这是做好样式的更高要求。

练习 71　　图 地 反 转

目 的 与 任 务

　　图地反转是通过反转图案与背景的色彩、质地等，使图案形成鲜明的对比效果，这种方法是平面设计中一种常见的技法。

实 例 学 习

1．准备图像

　　建立一个新文件：500 像素×500 像素，分辨率 72 像素/英寸，色彩模式为 RGB 颜色。

　　在工具箱中选定文字输入工具中的横排蒙版字，也就是虚字。输入文字"图地反转"，选择笔划粗壮的字体，字号为100 点，如图 71-1 所示。

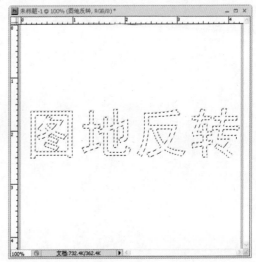

图　71-1

2．让图与地反转

　　在工具箱中设前景色为黑色，按 Alt+退格键将虚线字填充为黑色。

　　取消选区。选用矩形选框工具，羽化值为 0。将图像的上半部分完全选中，其选区蚂蚁线从文字中间穿过，如图 71-2 所示。

图　71-2

选择"图像"|"调整"|"反相"命令，将选区范围内的图像反转。

可以看到原来的白底黑字变成了黑底白字，图与地已经被反转了，上半部分与下半部分形成了鲜明的对比。取消选区，如图 71-3 所示。

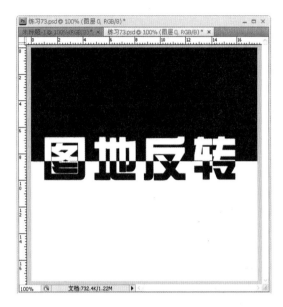

图　71-3

3．添加反转图形

设定工具箱前景色为白色。

在工具箱中选择矢量图形中的自定义图形工具，在选项栏中选定填充像素方式，打开图形库，选中太极图形，前景色为白色，在图像上部画出一个太极图，如图 71-4 所示。

图　71-4

在工具箱中选画笔，打开画笔库，选中"粉笔 60 像素"笔形，在上边将笔刷直径调整为 170 像素，模式设定为"差值"，不透明度 100%，如图 71-5 所示。

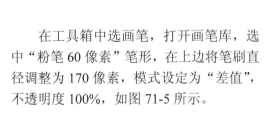

图　71-5

在图像中适当位置画出一条划过的痕迹。因为设定了"差值"模式，所以划过的地方也成了反转效果，如图 71-6 所示。

图　71-6

4．选取单色范围

在工具箱中选魔棒工具，在图像中任意黑色处单击，出现局部选区。

这时会有一些不相邻的黑色图像没有被选中，选择"选择"|"选取相似"命令，图像中所有相同颜色区域都被选中，如图 71-7 所示。

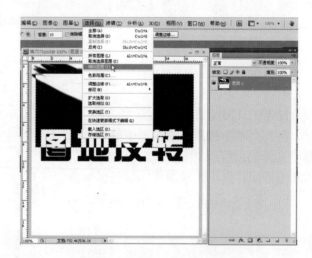

图　71-7

按 Ctrl+J 键将选区内的图像拷贝到新图层，在图层面板上看到，选区范围内的图像被拷贝成为一个新的图层 1，如图 71-8 所示。

图　71-8

5．强调反转效果

打开"样式"面板，选择不同的样式，图像会发生各种各样的变化，如图71-9所示。

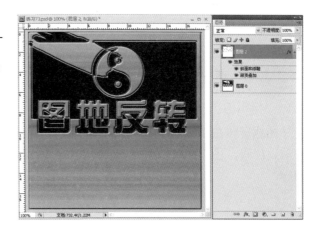

图　71-9

在"图层"面板上双击背景层，在弹出的窗口中直接单击"确定"按钮退出，背景层被改为图层0。在"样式"面板中挑选一种合适的底纹，图像中在图案下边出现了纹理，如图71-10所示。

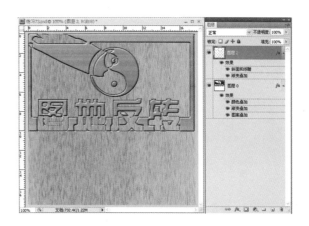

图　71-10

在很多情况下，换一个方向来思考问题往往会得到一个很有新意的结果。

指定上边的图层为当前层，为图地反转的图案选择一种透明样式，看起来也很精彩，如图71-11所示。

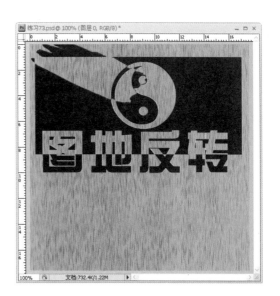

图　71-11

要 点 与 提 示

图地反转在制作上并不难，先在黑白稿上使用"差值"做出黑白反转效果，然后利用材质、空间、色彩、光影等强调反转关系。因此，关键在于有一个形式与内容结合得好的构思。

练习 72   制作一幅拼图

目的与任务

将一幅图像制作成拼图的效果，这是一件很有意思的事情。这个练习里包括了图像调整、图层样式操作、图层操作、变换操作以及选区、拷贝等诸多基本操作技术。认真做下来，对于提高综合运用各项技术的能力大有好处。

实例学习

1. 准备图像

打开图像文件"山丘.tif。"

在"图层"面板上将底层图像拖曳到最下边的创建新图层图标上拷贝出一个新图层，如图 72-1 所示。

图　72-1

选择"图像"|"画布大小"命令，在弹出的窗口中将图像宽度从原来的 21.17 厘米扩大为 25 厘米，高度也扩大为 25 厘米，图像原始位置居中不变，单击"确定"按钮退出，如图 72-2 所示。

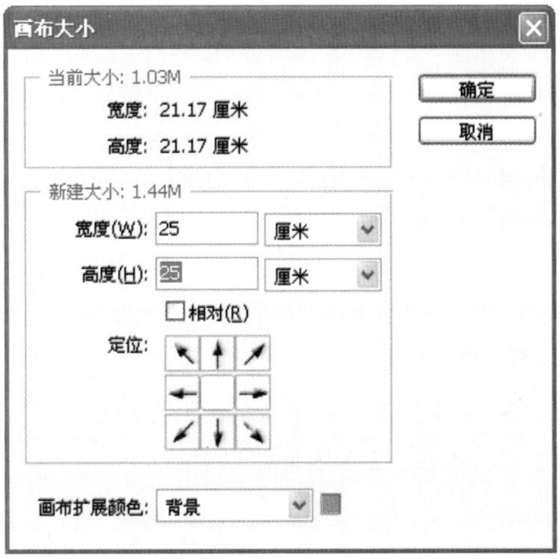

图　72-2

图像原始尺寸没有变，但画布尺寸扩大了。双击工具箱中的抓手工具使文件以最佳比例显示在桌面上。

指定背景层为当前层，用渐变或其他方式为底层填充满意的颜色，如图 72-3 所示。

图　72-3

2．制作拼图纹理

指定上边的图像层为当前层。在"样式"面板上单击默认样式中的"拼图"图标，可以看到图像中布满了拼图的网格线，如图 72-4 所示。

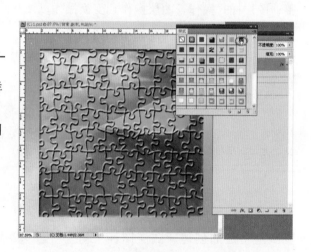

图　72-4

在"图层"面板上双击当前层的"斜面和浮雕"效果层，弹出"图层样式"面板。

先将"方向"选项中的"下"改为"上"，看到拼图块由凹陷转为凸起，而拼图线则凹陷下去，这样就与现实情况相符合了，如图 72-5 所示。

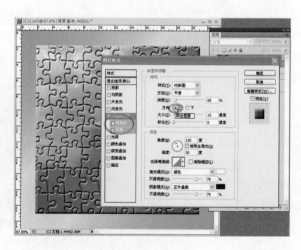

图　72-5

单击左边项目栏中"斜面和浮雕"效果项下的"纹理"，弹出纹理调整窗口。拉动"缩放"滑标可以改变拼图块的大小，由此影响到拼图块数量的多少，如图72-6所示。

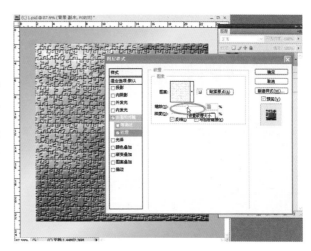

图 72-6

将拼图块调整为每行10块左右。

在图像中按住鼠标直接拖动，看到纹理被移动了。将图像左下角的纹理小心移动，调整为整块，便于下一步做切割。

拉动"深度"滑标可以改变拼图纹理的深浅。满意后单击"确定"按钮退出，如图72-7所示。

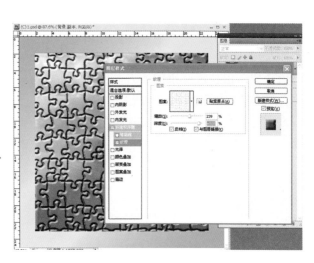

图 72-7

3．拼合拼图层

创建一个新的图层1。

将图层 1 与刚才制作的拼图层链接。用鼠标单击图层面板右上方的黑三角，打开图层操作菜单，选择"向下合并"命令，两个链接图层被合并。这样就使原来的图层样式被固定到了新图层里，如图72-8所示。

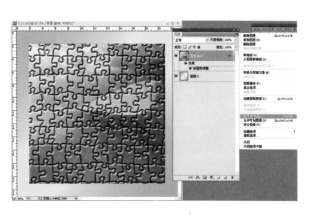

图 72-8

制作一幅拼图

指定拼图层为当前层。

用移动工具将这一层中的图像整体向右上方移动，把左下方留出较大余地。

用放大镜将图像左下角局部放大，如图 72-9 所示。

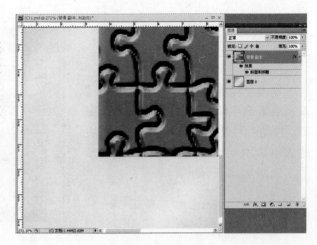

图　72-9

在工具箱中选仿制图章工具，将左下角这些拼图块上不该有的痕迹小心地修掉，以使这些拼图块看起来更符合现实情况，如图 72-10 所示。

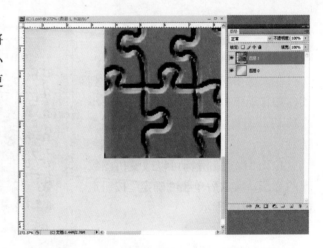

图　72-10

4．切割拼图块

在工具箱中选用套索或者磁性套索工具，选取图像最左下角的那个拼图块，如图 72-11 所示。

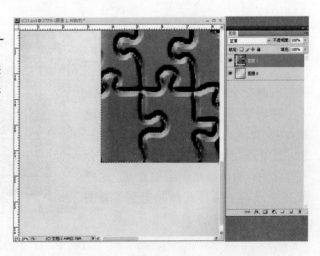

图　72-11

按 F2 键，选区范围内的图像被剪切。再按 F4 键，被剪切的图像又被粘贴到新的图层中。

将这个拼图块移动到图像左下角的合适位置，按 Ctrl+T 键出现变形框，将这个拼图块适当旋转角度，按回车键确定，如图 72-12 所示。

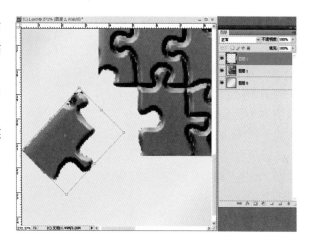

图　72-12

回到下边的拼图层为当前层，再用套索工具继续选取第二块拼图块。

可以用"通过剪切的图层"的办法做剪切、拷贝、粘贴，快捷键是 Shift+Ctrl+J。这样也可以将选区范围内的图像剪切后，另外粘贴到一个新的图层中。

将新的拼图块移动到合适的位置，并且旋转到满意的角度，如图 72-13 所示。

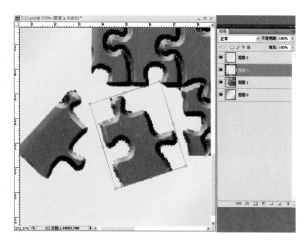

图　72-13

再根据创意和构图的需要，用同样的方法多切割几个拼图块分别排列摆放在适当位置，如图 72-14 所示。

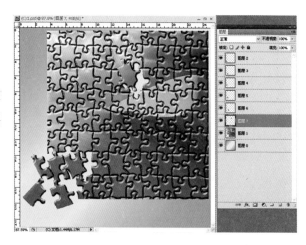

图　72-14

练习
72

制作一幅拼图

5. 制作投影

在图层面板上指定一个刚才粘贴上来的拼图块（例如图像最左下角的那个拼图块）为当前层。选择"图层"|"图层样式"|"投影"命令，在弹出的窗口中适当设置各项数值，当前层的拼图块出现投影。单击"确定"按钮退出，如图72-15所示。

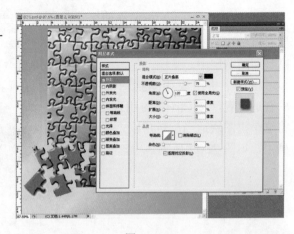

图 72-15

在"图层"面板上将除了底层以外的所有图层都链接上。选择"图层"|"图层样式"|"拷贝图层样式"命令，将当前图层的投影特效拷贝。直接在任意一个已经被链接的图层上单击鼠标右键，在弹出的命令中选择"选择链接图层"，所有链接图层都被选中。再次单击鼠标右键，在弹出的命令中选择"粘贴图层样式"命令，所有链接图层都出现同样的阴影特效，如图72-16所示。

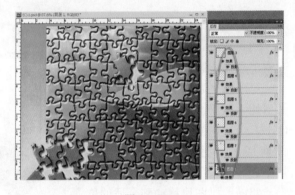

图 72-16

如果能够使用其他操作命令做进一步修饰，例如，变形、灯光照射、运动轨迹等，可以使一幅原本普通的图像产生神奇的艺术效果，如图72-17所示。

图 72-17

 **要点与提示**

制作拼图块的形状和方法都不是唯一的。使用样式面板提供的图案是最简便的。

把这个练习真正做熟，对 Photoshop 的理解和操作都开始上水平了。从今以后，Photoshop 中操作问题逐步退居第二位，放在首位的应该是能够拿出什么样的创意，如何实现这些创意。

走进滤镜库

目的与任务

Photoshop 中有上百个滤镜，在实际操作中，往往需要组合使用多个滤镜。新版的 Photoshop CS4 中，新增加了一个滤镜库的滤镜功能，初步解决了组合使用多个滤镜的问题。

实例学习

1. 准备图像

打开随书赠送光盘中的图像文件"宫墙.jpg"，如图 73-1 所示。

这是一幅故宫内拍摄的汉白玉栏杆建筑照片，把这样一幅照片原封不动直接用在图书装帧、广告招贴中未免过于直白，可以用滤镜作一些艺术处理。

图 73-1

在"滤镜"菜单下面，第三组命令中有 13 套 99 个滤镜，这么多滤镜组合起来使用变化无穷。究竟哪些滤镜组合使用可以产生所需的效果呢？如果操作者心里没数，一个一个地做试验，工作效率太低了，如图 73-2 所示。

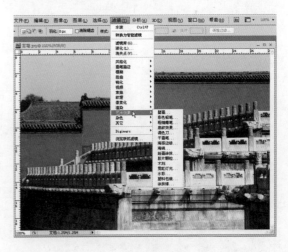

图 73-2

2. 打开"滤镜库"窗口

在工具箱中设定前景色为宫墙的暗红色，背景色为白色。

选择"滤镜库"命令，打开"滤镜库"窗口。窗口分为三栏，中间一栏中罗列了 6 套 47 个可以组合使用的滤镜，并且以缩略图的方式直接显示了这些滤镜使用的效果，如图 73-3 所示。

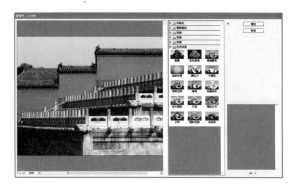

图 73-3

右侧的下拉窗口中有按照字母顺序排列的所有可用滤镜的名单。左侧是预览窗口，左下角有不同的显示比例可供选择，如图 73-4 所示。

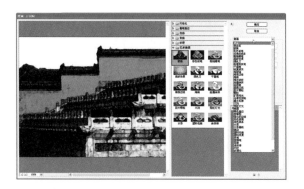

图 73-4

3. 选择所需的滤镜

在中间栏中寻找所需的滤镜，用鼠标直接单击滤镜效果缩略图，就可以在左侧的预览窗口中看到使用这个滤镜后的效果。选择"风格化"|"照亮边缘"滤镜，可以看到强调外形边线的特殊效果，如图 73-5 所示。

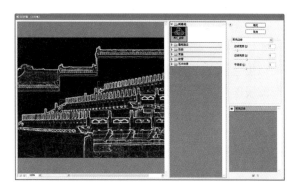

图 73-5

在右侧滤镜效果窗口下面单击"新建效果图层"图标，增加一个新的滤镜效果层，然后再到中间栏中选择一个新的滤镜，比如选择"素描"|"便条纸"。在左侧预览窗口中可以看到，新的滤镜效果是以工具箱中的前景色和背景色为依据，产生了一种简化线条的效果，如图 73-6 所示。

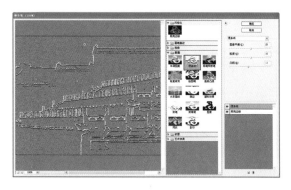

图 73-6

走进滤镜库

在右侧滤镜效果窗口下面单击"新建效果层"图标，增加一个新的滤镜效果层。然后选择"艺术效果"|"胶片颗粒"滤镜，并在上面的参数区中设置相应的参数选项，使得左侧预览窗口中的图像效果看起来更满意，如图73-7所示。

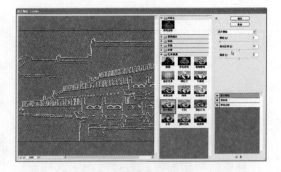

图 73-7

用鼠标将"胶片颗粒"滤镜层拖到"便条纸"滤镜层的下面，这两个层调换一下顺序，可以在左侧的预览窗口中看到效果有变化，这说明在这里滤镜是分层操作的，使用滤镜的顺序是可以调整的，而且不同的滤镜顺序可以产生不同的效果，如图73-8所示。

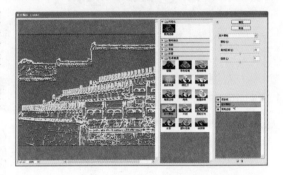

图 73-8

单击"确定"按钮退出后，看到经过三种滤镜处理之后，图像有了一种简洁的风格，类似工艺品的艺术效果。而这种效果的产生在滤镜库中是很直观的，如果不满意，还可以回去重新做，如图73-9所示。

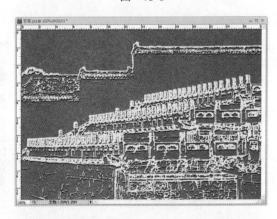

图 73-9

如果还想保留一些原图的痕迹，可以选择编辑菜单下面的渐隐滤镜库命令，将不透明度的值适当降低，保留一部分原图的效果。现在这样一幅图像有了一种景泰蓝工艺品的味道，运用到图书装帧、招贴广告中就有了更浓郁的艺术个性味道，如图73-10所示。

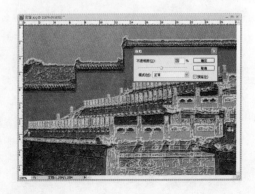

图 73-10

要点与提示

　　滤镜库的出现，为多重组合使用滤镜提供了方便。过去组合使用某些滤镜做出来的效果，往往因为不记得使用滤镜的顺序和参数，使得这些效果不易准确再现。现在，可以在滤镜库中反复试验各种组合，反复查阅各项参数，反拷贝作相同效果了。操作者再也不用一边手忙脚乱地试验各种滤镜效果，一边提心吊胆地做备份记录了。

　　当然，滤镜库中只包含了不到总数一半的滤镜，还不能把这些参数保留在图层中，或者记录在窗口中，将来这些应该会解决的。

练习 74 顽皮的液化

目的与任务

让图像的每一个局部都能产生随心所欲的变形，这是用"液化"才能做到的。不仅变形变得轻松，而且变得令人眼花缭乱。一句话，想怎么变，就怎么变。

实例学习

1. 准备图像

打开图像文件"小鸭.tif"。

选择"滤镜"|"液化"命令，打开这个操作窗口。

左边是工具栏，中间是作业区，右边是参数设置区，如图 74-1 所示。

图 74-1

选定工具栏中第一个"向前变形"工具。在右边的参数区中将画笔的直径设定为适当的值。这里要做眼睛部分的变形，因此将鼠标放在小鸭的眼睛上，让画笔的直径略大于眼睛。将"画笔密度"和"画笔压力"的值设为最高 100，如图 74-2 所示。

图 74-2

将鼠标放在鸭子眼睛上，按住鼠标向上拖动，局部的像素被推移，鸭子的两只眼睛马上就立起来了，如图 74-3 所示。

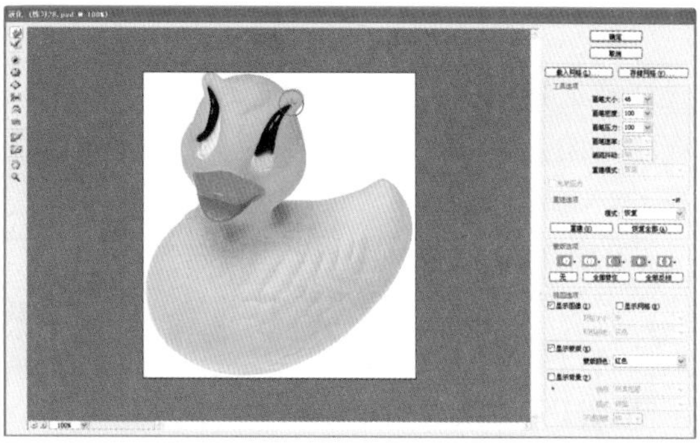

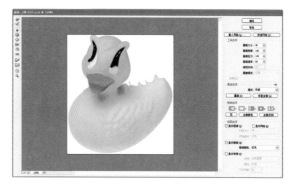

图　74-3

2．选择旋转扭曲工具

选中左边工具栏中第三项"旋转扭曲"工具，在鸭子的背上边界处按住鼠标不松手，一个旋涡就出现了。沿着边缘移动鼠标多做几个，如图 74-4 所示。

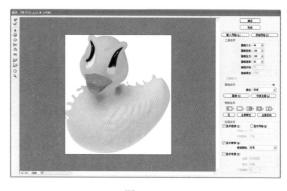

图　74-4

再将鼠标放到鸭子左边缘，按住 Alt 键，然后按鼠标，就可以以逆时针方向继续做旋涡。这个鸭子似乎要飞了，如图 74-5 所示。

图　74-5

在工具箱中选择第四个"褶皱"工具，把鼠标放在张开的鸭子嘴上，调整画笔的直径，大致与嘴的大小相当。在按住鼠标的同时，心里默念一句：闭嘴！眼看像素逐渐向中间收缩，鸭子乖乖的闭上了嘴，如图 74-6 所示。

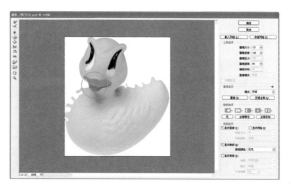

图　74-6

顽皮的液化

选择工具箱中第五个"膨胀"工具，放在刚刚闭上的鸭子嘴上，按住鼠标轻轻移动，局部像素向外扩张，鸭子的嘴又听话的张开了，如图74-7所示。

工具箱中还有推移像素、镜面反射工具。可以依次都试一试，感觉它们各自不同的操作方法和效果。

图 74-7

对于做过的变形不满意，可以做恢复操作。在左边工具栏中选第二个"重建"工具，在变形的鸭子背上涂抹，这部分变形的图像又恢复到了初始状态，如图74-8所示。

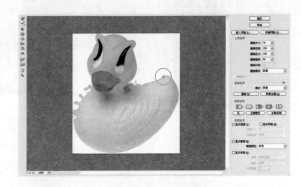

图 74-8

工具箱中的"冻结蒙版"工具和"解冻蒙版"工具，专门用来建立和修改需要保护的不流动区域，如图74-9所示。

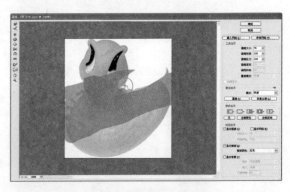

图 74-9

在右侧参数区中，勾选"视图选项"中的"显示网格"选项，窗口工作区中布满了网格，从变形的网格上可以清楚地看到图像各部分变形的情况。这样有利于准确控制流动变形。网格的大小和颜色都可以根据实际需要和自己的爱好做各种设置，如图74-10所示。

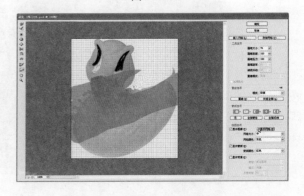

图 74-10

勾选"显示背景"选项，没有变形
的原始图像同时显示出来，以此可以对
变形部位作精细的对比，了解变形的位
置和程度，如图 74-11 所示。

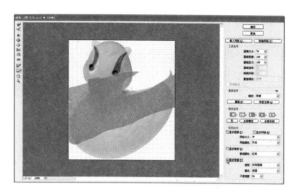

图　74-11

 要点与提示

经过液化流动处理的图像，既产生了有趣的变形，又与原来的图像一脉相承，给人以
顽皮的感觉。

在新版 Photoshop CS4 中，液化工具得到了进一步加强，画笔的液化方式和蒙版的结
合设置都是过去没有的。

适当应用液化流动可以起到活跃气氛的作用。

顽皮的液化

练习 75 自动的消失点

目的与任务

人们在自然界中观看同样大小的景物，会产生近大远小的透视变化。但是要在平面设计中自动产生这种近大远小的透视效果就相当麻烦了，Photoshop CS4 中的消失点功能很方便地解决了这个难题。

实例学习

1. 准备图像

打开图像文件"消失点.psd"。

这个图像中的地板条按照近大远小的透视规律，近处的较宽，远处的变窄。要想去掉地板上的刷子和水管，用橡皮图章拷贝地板条来覆盖，则不能产生符合透视变化的纹理效果。因此，对待这样的图像处理要使用消失点功能，如图 75-1 所示。

图 75-1

2. 选择平面

选择"滤镜"|"消失点"命令，打开"消失点"面板。在左边工具栏中选择"创建平面"工具，在图像中需要修补的地方——点击鼠标，创建一个四边形的平面区域，如图 75-2 所示。

图 75-2

按照网格线来检查所创建的平面区
域是否与地板平行。用鼠标分别拉动网
格的四个角点，使得网格平面与地板完
全平行，如图75-3所示。

图　75-3

3. 修补操作

用鼠标分别拉动网格的四个边，使
得网格平面完全覆盖所要修补的区域，
如图75-4所示。

图　75-4

在左边工具栏中选择选框工具，在
地板上选择一块合适的地方拉出需要拷
贝的地板选区。可以看到，这个选区的
形状也是符合刚才所创建的网格平面的
透视变化的，如图75-5所示。

图　75-5

然后就是做拷贝操作。按住Ctrl+Alt
键用鼠标移动选框区域中的地板图像到
上面的水管位置，可以看到当前区域中
的地板图像再向上移动的时候，继续产
生符合透视规律的变化，如图 75-6
所示。

图　75-6

自动的消失点

继续按住 Ctrl+Alt 键，用拷贝的地板
图像将左侧地板上的刷子也覆盖掉。地板
上还留有一些痕迹，不必担心，继续操作，
如图 75-7 所示。

图　75-7

在左侧工具栏中选图章工具，这是一
个很熟悉的工具了，用法与工具箱中的图
章工具的用法完全相同。在上面选项栏中
设置好所需的直径，在地板上选择一处完
好的地板，按住 Alt 键单击鼠标左键完成
源点设置，然后在需要修补的地方做适当
的涂抹，可以看到地板上的痕迹被修补好
了，而且修补的地方完全符合透视变化规
律，如图 75-8 所示。

图　75-8

单击"确定"按钮退出，可以看到带
有透视变化的地板经过消失点修补后，视
觉效果令人满意，如图 75-9 所示。

图　75-9

 要 点 与 提 示

消失点滤镜是 Photoshop CS2 新增加的滤镜。Photoshop CS4 继续保留了此滤镜。这个
滤镜专门用来解决有规律的带有透视变化的纹理拷贝修补，通常用于建筑物中的地面和墙
面的修补操作。有了这个滤镜，过去非常麻烦的有透视变化的纹理修补工作变得十分简单
而且有趣了，这也是软件本身不断人性化的表现。

练习 76　镜头校正变形

目的与任务

在拍摄方方正正的物体时，往往由于镜头焦段或者拍摄位置的限制，造成照片中物体的明显变形，使得原本方正的物体出现倾斜、扭曲。Photoshop CS4 中的镜头校正滤镜对于校正镜头产生的变形很方便。

实例学习

1. 准备图像

打开随书赠送光盘中的图像文件"图像镜头校正.jpg"。这里拍摄的是一座古建筑上精美的木雕，但是由于拍摄位置高度不够，向上仰拍造成原本方方正正的物体产生了扭曲变形，如图 76-1 所示。

图　76-1

2. 镜头校正的基本功能

选择"滤镜"|"扭曲"|"镜头校正"命令，打开镜头校正窗口。中间是预览区，上面的网格线是进行校正变形操作的重要依据，窗口左侧工具栏中第三个工具可以用来移动网格线，以方便对齐需要比照的变形物体，如图 76-2 所示。

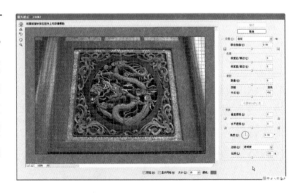

图　76-2

在使用广角镜头拍摄照片的时候，往往会产生桶形或者枕形变形失真，窗口左侧工具栏中的第一个工具，或者右侧参数区的"移去扭曲"选项就是做这种变形校正的。

参数区中的色差校正选项是针对数码相机经常出现的紫边现象做校正用的，如图 76-3 所示。

图　76-3

参数区中的晕影选项是为了解决某些广角镜头出现的暗角现象做校正用的。

左侧工具栏中的拉直工具专门用来划定水平或者垂直参考线，校正照片的水平或者垂直倾斜，如图 76-4 所示。

图　76-4

3. 校正镜头变形

在窗口右侧的变换选项栏中首先拉动"垂直透视"滑标向左则移动，看到原本"躺倒"的方框现在"站"起来了。注意观察画面中垂直的物体边缘线是否与网格线相符合，如图 76-5 所示。

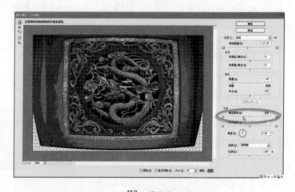

图　76-5

认真检查照片中物体的各条水平边缘线，发现右侧稍低一点点。移动水平透视选项滑标，使得物体的水平边缘与网格参考线相符合，如图 76-6 所示。

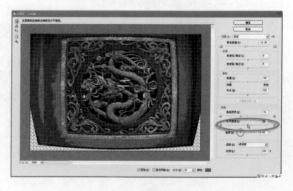

图　76-6

经过这样的透视校正后，可以看到照片的角上有一定的缺失。在边缘选项中按照实际需要作相应的设置，这里根据边上红漆柱子的情况选择了"边缘扩展"选项，以使边缘缺失的柱子得到填补。

边缘扩展后，像素的简单拷贝会使得物体没有原本的纹理质感，适当调整"比例"选项，以使图像达到比较满意的效果，按"确定"按钮退出，如图 76-7 所示。

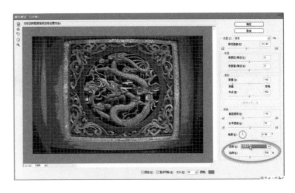

图 76-7

图 76-8

经过镜头校正滤镜的精心调整，这个古建筑上精美的木雕恢复了原本的方正，整个图像看起来稳重、大方，如图 76-8 所示。

 要点与提示

镜头校正滤镜是专门为校正摄影中因镜头或者拍摄位置限制产生画面变形而增加的滤镜。没有这个滤镜之前，对照片中的变形作校正可以用其他命令和方法来实现，但是比较繁琐。镜头校正滤镜把摄影中产生的各种变形现象都考虑到了，把这些变形现象放在一起作校正操作，大大方便了操作者。

这个新滤镜的功能并不是万能的，它对于非对称的变形校正还很不方便，对于数码照片的紫边现象校正效果还不明显，这些都有待进一步完善。

镜头校正变形

练习 77　　　　虚 化 背 景

目的与任务

在摄影作品中，为了突出主体需要虚化背景，通常要在拍摄时采用大光圈小景深来实现。Photoshop 中的镜头滤镜就是专门用来模拟这个效果的。

实例学习

1. 准备图像

打开随书赠送光盘中的图像文件"藏族歌舞.jpg"。这是在表演现场拍摄的照片，由于景深控制不当，照片中背景显得繁杂，主体人物的背后还伸出一只手来，这些都不利于主体人物的表现，如图 77-1 所示。

图　77-1

2. 设置虚化范围

首先要设置虚化范围，为除了主体人物之外的背景创建选区。

在工具箱中双击快速蒙版图标，打开"快速蒙版选项"面板，单击"颜色"图标打开拾色器，选择一个与图像中主体颜色差别较大的颜色，为的是涂抹时便于识别。单击"确定"按钮退出，如图 77-2 所示。

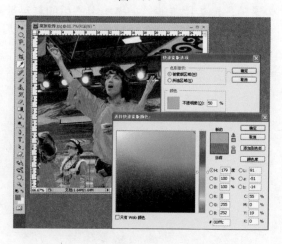

图　77-2

在工具箱中选画笔，精心细致地将主体人物涂抹出来。在涂抹过程中，一方面要根据边缘的曲折变换画笔直径的大小，另一方面要根据边缘的虚实变换画笔的硬度，如图77-3所示。

图　77-3

涂抹过程中需要经常单击工具箱中标准编辑模式图标，回到标准模式下检查选区的蚂蚁线是否符合要求。直到选区与主体人物完全相符，回到标准编辑模式可以看到除主体人物之外的背景区域完全被选中，如图77-4所示。

图　77-4

3. 模糊滤镜虚化背景

选择"滤镜"|"模糊"|"镜头模糊"命令，打开镜头模糊滤镜面板，可以看到图像中的背景已经开始模糊。在右侧的参数区映射深度中，可以用来设置需要模糊的区域。如果发现被模糊的区域与所需相反，可以点击"反相"，如图77-5所示。

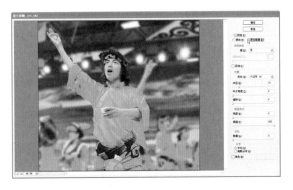

图　77-5

在光圈选项栏中移动"半径"滑标可以控制改变模糊的程度。在镜面高光选项栏中，分别设置"亮度"和"阈值"参数，可以在模糊的背景中产生漂亮的光斑，这是摄影中用长焦距镜头才能产生的特殊效果。满意了单击"确定"按钮退出，如图 77-6 所示。

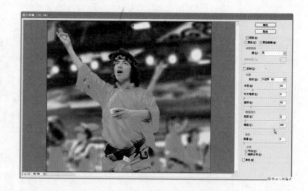

图　77-6

可以看到经过镜头模糊处理之后，背景得到了较好的虚化，主体人物更加突出。再将背景的影调作适当压暗调整，整个片子就好看多了，如图 77-7 所示。

图　77-7

 ## 要 点 与 提 示

镜头模糊滤镜是专门为解决模拟摄影中的虚化背景而新增加的滤镜，使用这个滤镜处理图像的效果比较接近摄影中使用长焦距镜头产生的实际效果。没有这个滤镜之前，为了虚化背景不得不采用高斯模糊滤镜来做，而处理效果与实际拍摄效果相差太远，而且会在选取边缘形成明显的光晕线。

镜头模糊滤镜中，对于控制纵向空间模糊程度的变化是用蒙版来实现的。

练习 78　锐化让照片更清晰

目的与任务

一般说来，人们都希望照片能尽量清晰。在 Photoshop CS4 中让图像提高清晰度的操作命令叫"锐化"，但是这一组锐化命令是要分对象的。

实例学习

1．准备图像

打开随书赠送光盘中的图像文件"人像特写.jpg"。这是一张人像照片在 100％显示比例下的局部截图，照片基本清晰，但是感觉锐度不够，如图 78-1 所示。

图　78-1

将背景层图像拷贝成为三个层。

指定第一个层为当前层。打开"滤镜"|"锐化"命令目录，看到这里有 5 个锐化命令，如图 78-2 所示。

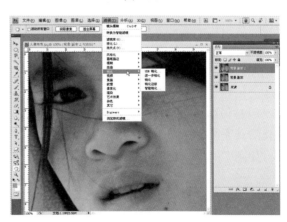

图　78-2

2. 一般锐化命令操作

锐化图像是用特定的方法强化某些像素，因此，使用锐化、进一步锐化、锐化边缘这三个命令都不适合照片类的图像，这三个命令没有对话框，反复使用这些命令后，在提高清晰度的同时也会产生大量的噪点，反而降低了片子的质量，如图 78-3 所示。

图 78-3

3. USM 锐化命令操作

关闭刚才的图层，指定第二个层为当前层。

选择"滤镜"|"锐化"|"USM 锐化"命令，打开"USM 锐化"对话框。这里有数量、半径、阈值 3 个选项可以进行调整，参数越高锐化越厉害，同样对图像的损害也就越大，如图 78-4 所示。

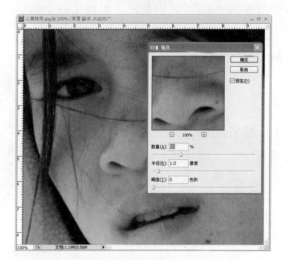

图 78-4

使用 USM 锐化一般应该设置小参数，然后按 Ctrl+F 键。多次重复操作使用这个滤镜的效果比一次性大参数的效果要好。

经过多次反复执行 USM 锐化后，可以看到图像的清晰度提高了，图像的质量比刚才使用锐化、进一步锐化、锐化边缘要好。但是仔细观察可以发现，细头发丝被锐化后几乎要断了，这还是不能令人满意的，如图 78-5 所示。

图 78-5

366

4．智能锐化命令操作

为提高照片锐化质量，Photoshop
专门增加了"智能锐化"命令。打开
"智能锐化"命令面板，提高"数量"
和"半径"参数值，锐化效果越来越
强烈。还可以根据照片模糊的实际情
况，在"移去"下拉框中选择对应的
选项，其中"镜头模糊"是针对跑焦
的，"动感模糊"是针对相机不稳造成
模糊的，如图78-6所示。

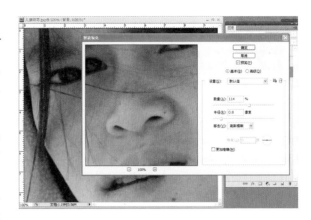

图　78-6

在选择了"高级"选项后，可以
分别对阴影和高光部分的像素作锐化
处理，这样可以有效避免直方图中首
尾难顾的情况，解决产生噪点的问题。
满意后按"确定"按钮退出，如图78-7
所示。

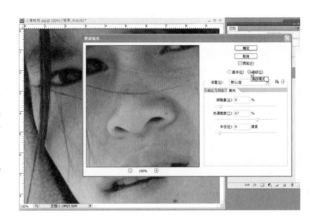

图　78-7

经过智能锐化的处理，图像的清
晰度有了明显提高，仔细对比观察可
以发现，智能锐化后皮肤的纹理质感
出来了，而头发丝还保持清晰连续，
这样的处理效果是能够令人满意的，
如图78-8所示。

图　78-8

锐化让照片更清晰

要点与提示

　　照片的清晰程度除了与拍摄时的参数设置有关之外，也与相机和镜头的质量有关。

　　智能锐化滤镜为提高照片清晰度提供了一个非常简便有效的操作工具。

　　然而锐化是有条件的，用来作锐化处理的照片应该基本是清晰的。锐化不可能将模糊得什么都看不清楚的照片处理成一清二楚。

练习 79

梦幻极坐标

目的与任务

滤镜中有一个极有个性的成员——极坐标。使用这个滤镜不是简单地把直线变成弯曲的，而是要利用它巧妙地制作多种梦幻效果。

在做这个练习之前，应该已经熟练掌握了制作四方连续的操作方法。

实例学习

1. 准备图像

建立一个新文件：500 像素×500 像素，分辨率 72 像素/英寸，色彩模式为 RGB 颜色。

按照练习 38 的方法制作四方连续，在图像中铺满双色横条。

将当前层拷贝出 6 层备用。

指定最上边的图层为当前层，如图 79-1 所示。

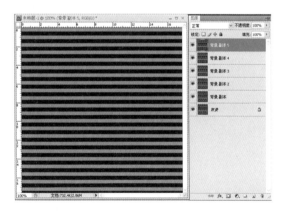

图 79-1

2. 同心圆

选择"滤镜"|"扭曲"|"极坐标"命令，弹出极坐标窗口。这里有两个选项：平面坐标到极坐标；极坐标到平面坐标。选择第一项，然后单击"确定"按钮退出，如图 79-2 所示。

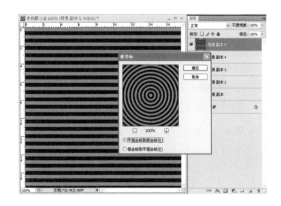

图 79-2

可以看到当平面坐标转换为极坐标时，一行行的直线变成了一个个同心圆。

图像的四角颜色由刚才直线图案最底下的横线颜色所决定，如图 79-3 所示。

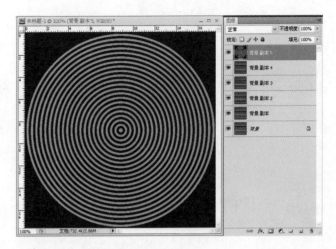

图　79-3

3．放射光

关闭这一层，指定下边一层为当前层。

选择"编辑"|"变换"|"旋转 90°顺时针"命令，将这一层图像旋转 90°成为竖线，如图 79-4 所示。

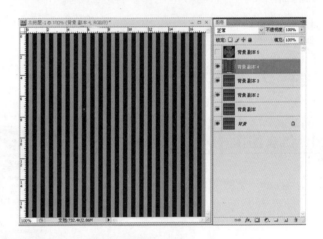

图　79-4

按 Ctrl＋F 键再次执行刚才做过的极坐标操作。

可以看到竖线经过极坐标处理后变成了光芒四射的图案，如图 79-5 所示。

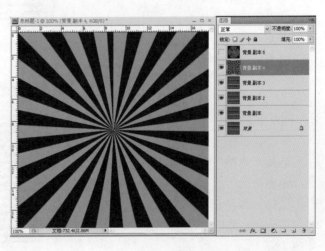

图　79-5

4. 斑马纹

关闭这一层，指定下边一层为当前层。

再次打开极坐标命令窗口，选择第二项"极坐标到平面坐标"，单击"确定"按钮退出，如图 79-6 所示。

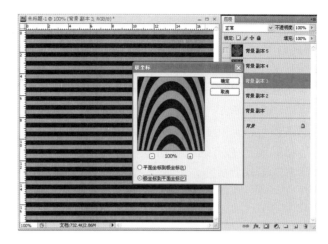

图　79-6

仅仅做一次极坐标转换为平面坐标是不够的，按住 Ctrl 键再连续按 F 键，反复做极坐标转换操作，图案变化越来越有意思，像抽象的京剧脸谱？还是像斑马的花纹？随意想象吧！如图 79-7 所示。

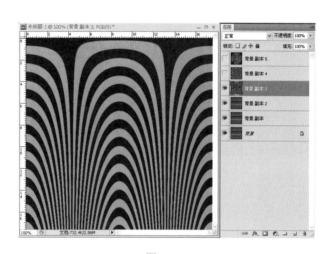

图　79-7

5. 螺旋线

打开导航面板，适当降低显示比例，使图像略小于图像文件框。

关闭这一层，指定下边一层为当前层，如图 79-8 所示。

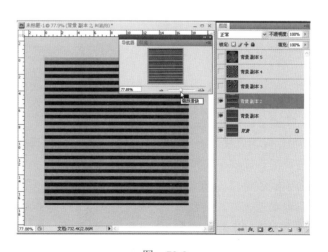

图　79-8

梦幻极坐标

按 Ctrl＋T 键做自由变换。看到图像四周出现变形控制点，按住 Ctrl＋Shift 键，用鼠标将右边点向上方移动，正好移动一条线。让最下边的那条颜色线条抬起来，移动到与上边相同颜色的那条线条相重合。按回车键确认完成变形，如图 79-9 所示。

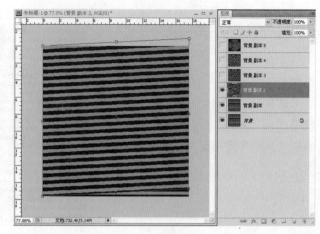

图 79-9

再次选择"滤镜"|"扭曲"|"极坐标"命令，弹出极坐标窗口。选择"平面坐标到极坐标"选项，单击"确定"按钮退出。

一定要看清楚，这可不是同心圆，而是由小到大的阿基米德螺旋线，如图 79-10 所示。

如果螺旋线对接的不准确，是因为刚才做变形时抬高的位置不合适所致。

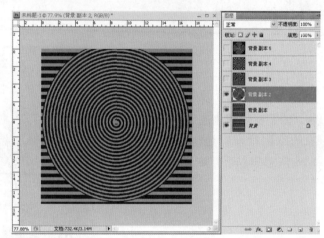

图 79-10

6．混合模式特效

关闭这一层，指定下边一层为当前层。

选择"编辑"|"变换"|"旋转 90°顺时针"命令，将这一层图像旋转 90°成为竖线。在"图层"面板上打开混合模式下拉框，将当前层的混合模式改为"差值"。可以看到两层图像以差值方式混合以后，成为错位的小方格，用这种方法制作方格应该比其他方法更加方便准确，如图 79-11 所示。

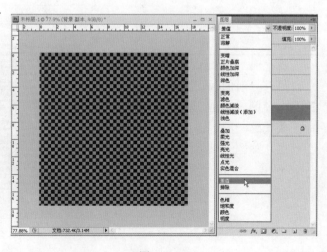

图 79-11

打开顶层的同心圆图像层，将这层的混合模式也改为"差值"。看到现在这个图案开始有一点意思了，如图 79-12 所示。

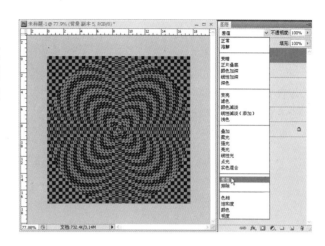

图　79-12

打开下边那层光芒放射的图案，又看到一个新组合成的图案，如图 79-13 所示。

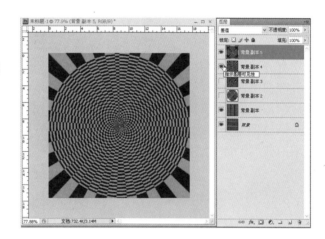

图　79-13

再将这个层的混合模式也改成"差值"。

将上边同心圆的图像层作当前层，选择"滤镜"|"扭曲"|"球化"命令做球面化，数值设到最大，单击"确定"按钮退出，然后按 Ctrl+F 键再重复做一遍球面化，如图 79-14 所示。

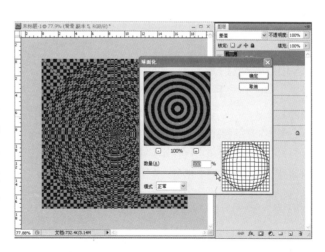

图　79-14

梦幻极坐标

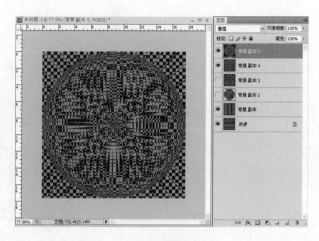

看到中间的球面鼓起来了，整个图案似乎有一种结晶玻璃球的感觉，如图 79-15 所示。

图　79-15

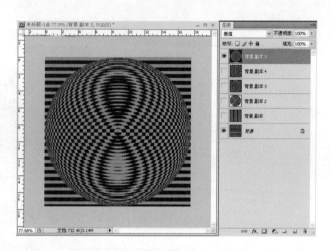

打开或者关闭某个层，会发现各种梦幻组合的精彩图案。

从图层面板上可以看到，现在这个圆球图案是由顶层的同心圆与底层的横线组合而成的，如图 79-16 所示。

图　79-16

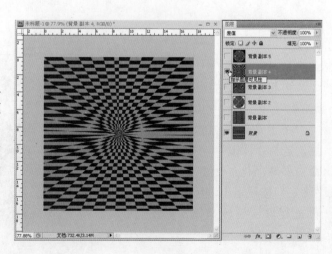

由光芒放射层与底层的横线组合，产生了一种透视线引导的空间感。

如果再继续试验调换某个层的混合模式，还能够组合出更丰富的图案来，如图 79-17 所示。

图　79-17

将一支笔在极坐标中分别执行"平面坐标到极坐标"和"极坐标到平面坐标"命令。由此可以看到极坐标的两种方式的不同效果，如图79-18所示。

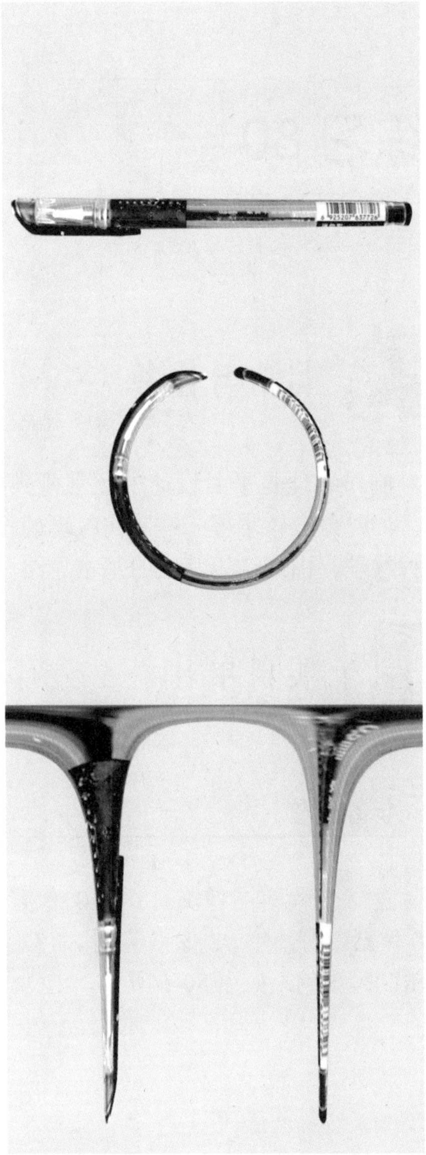

图　79-18

 要 点 与 提 示

经过多层叠加，可以产生各种立体构成的效果。这其中的组合变化还有很多很多，这个练习只是提出一个思路。

如此梦幻般的组合变化，都来自于一个极坐标滤镜。它留下了极其宽广的表现空间，而怎样充分发挥它的表现力，还在于操作者扎实的美术功底和对软件更进一步的探索实践。

练习 80　　　制　作　纹　理

目的与任务

制作纹理是平面设计中经常碰到的事情，操作者需要在平时注意搜集一些有关的素材，同时也应该掌握一些制作纹理的技巧。在这个练习中将通过增加图像杂点的办法制作几种纹理，由此认识其中的基本思路和方法。

实例学习

1．准备图像

建立一幅新图像文件：640 像素×480 像素，分辨率 72 像素/英寸，色彩模式 RGB 颜色，如图 80-1 所示。

图　80-1

2．制作幕布底纹

选择"滤镜"|"杂色"|"添加杂色"命令，在弹出的窗口中设置"数量"到最高 400%，选中"单色"，可以看到图像中布满黑色杂点。单击"确定"按钮退出，如图 80-2 所示。

在"图层"面板上将这个层拷贝一个层备用。

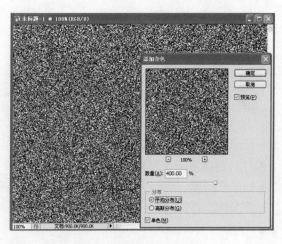

图　80-2

指定最上边的层为当前层。

选择"滤镜"|"模糊"|"高斯模糊"命令，在弹出的窗口中设半径为 2.5 像素，看到图像被模糊了，单击"确定"按钮退出，如图 80-3 所示。

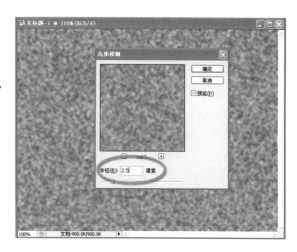

图　80-3

选择"图像"|"调整"|"阈值"命令，在弹出的窗口中将滑标置于峰值中间位置，可以看到图像被简化为黑白两色，单击"确定"按钮退出，如图 80-4 所示。

在"图层"面板上将这个层再拷贝一个备用。

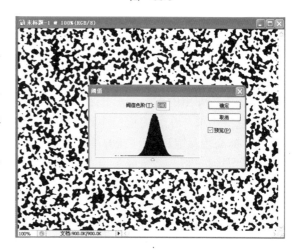

图　80-4

指定最上边的底纹层为当前层。

直接单击滤镜菜单下第一项命令，再重复做一遍刚才的"高斯模糊"，数值不变，如图 80-5 所示。

重复前一次使用过的滤镜的快捷键是 Ctrl+F。

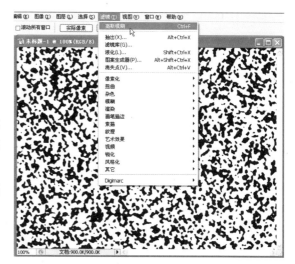

图　80-5

制作纹理

选择"滤镜"|"模糊"|"动感模糊"命令，在弹出的窗口中设角度为90，距离向右侧调高，如果出现透明，或者出现硬线，就要适当降低这个参数值。看到了幕布的黑白效果，满意后单击"确定"按钮退出，如图80-6所示。

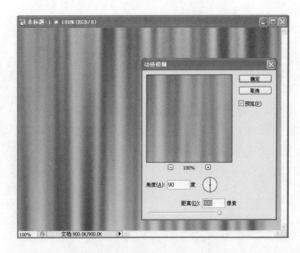

图　80-6

选择"图像"|"调整"|"色相/饱和度"命令，在弹出的窗口中单击右下角的"着色"选项，在新的窗口中设置色相为0，提高色彩饱和度到100，将明度滑标向左调到－35，幕布成了厚重的深红色，如图80-7所示。

图　80-7

还要给幕布打上灯光。选择"滤镜"|"渲染"|"光照效果"命令，在弹出的窗口中先将样式设定为默认模式，光照类型为点光。用鼠标将灯光照射的方向调整到左上方，再用鼠标按住照射范围的中心点向右下方移动，将照射的位置移进图像左上角。在"光照类型"中选择"点光"，将"强度"适当降低，把"聚焦"提到最高。单击"确定"按钮退出，如图80-8所示。

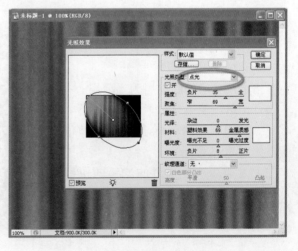

图　80-8

是不是有一种"演出开始了"的感觉？

图像上面可以继续添加所需要的其他图像，如图80-9所示。

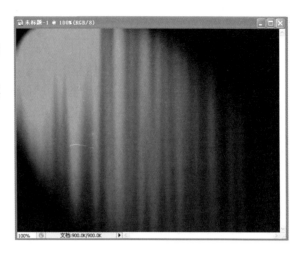

图 80-9

3．制作墙壁纹理

关闭刚刚制作的幕布层，指定第二个已经做过阈值的底纹层为当前层。选择"滤镜"｜"风格化"｜"浮雕效果"命令做浮雕，在弹出的窗口中设角度为－45°，高度为3像素，数量为30%，单击"确定"按钮退出，如图80-10所示。

图 80-10

仍然用"图像"｜"调整"｜"色相/饱和度"命令着色，在着色窗口中将饱和度提高，移动色相滑标到240，画面呈深蓝色，这是一种墙面的纹理效果。将来在这个蓝色底纹上加上一组金字，效果会很好的，如图80-11所示。

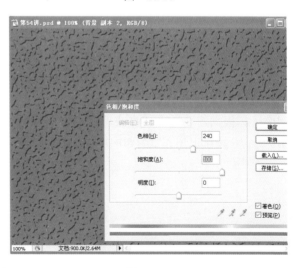

图 80-11

制作纹理

4．制作木材纹理

关闭当前层。到最后一个备用的底层，已经布满了黑色杂点。然后选择"滤镜"|"模糊"|"动感模糊"命令，设角度为 90°，距离为 510 像素，单击"确定"按钮退出，如图 80-12 所示。

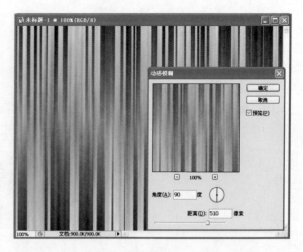

图　80-12

接着选择"滤镜"|"扭曲"|"极坐标"命令，在弹出的窗口中选中"极坐标到平面坐标"，单击"确定"按钮退出，如图 80-13 所示。

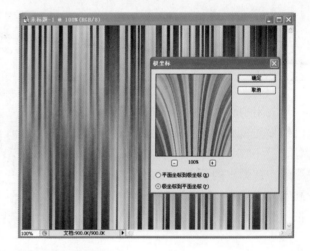

图　80-13

仍然用"图像"|"调整"|"色相/饱和度"命令着色，在着色窗口中移动色相滑标到 45，饱和度提高到 68，将明度滑标根据需要适当调亮或调暗，单击"确定"按钮退出，如图 80-14 所示。

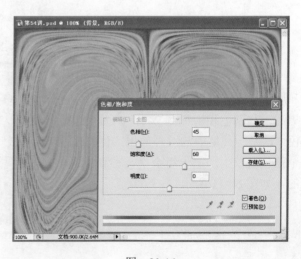

图　80-14

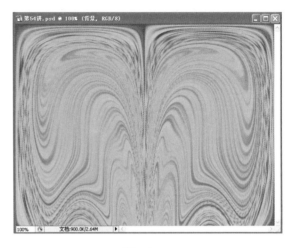

木纹的感觉似乎还不太满意，反复按 Ctrl+F 键看到花纹每次都有新的变化，直到满意，如图 80-15 所示。

图　80-15

 要 点 与 提 示

练习中所设定的各项数值不是固定的，要根据图像尺寸的大小、显示精度的高低进行相应的设置。

制作纹理的方法还有很多种，根据这个练习由此及彼、由表及里、举一反三，就会对纹理制作应用自如了。

为网页制作纹理，必须考虑制作一个符合无接缝四方连续图案要求的图案样板。

练习81 球体上的凹陷字

目的与任务

在一个球体上制作精美的凹陷特效文字或图形，由此使图像产生强烈震撼力。这里将使用滤镜来制作球体的纹理和图像的变形。

实例学习

1．准备图像

打开图像"山丘.tif"。打开图层面板，先创建一个新的层。选择"视图"|"标尺"命令打开标尺，在图像正中做好十字参考线，如图81-1所示。

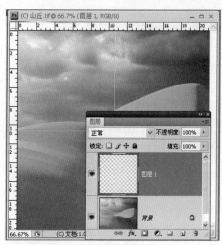

图 81-1

2．制作球形图像

在工具箱中选择圆形选框工具，确定羽化值为0。按住 Shift 键和 Alt 键，从图像参考线十字交叉点向外拉出一个正圆形选区，如图 81-2 所示。

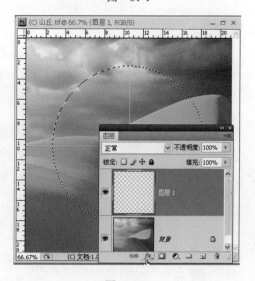

图 81-2

在工具箱中指定前景色为白色，背景色为黑色。选定工具箱中的渐变工具，在最上边的选项栏中设定渐变颜色为从前景色到背景色，渐变方式为径向渐变，模式为正常，不透明度为 100%。在正圆形选区中从左上方到右下方拉出渐变，可以看到出现了一个球形图像，如图 81-3 所示。

图　81-3

选择"滤镜"|"扭曲"|"玻璃"命令，在弹出的窗口中设定扭曲度为 20，平滑度为 3，纹理为小镜头，比例缩放为 60。单击"确定"按钮退出，如图 81-4 所示。

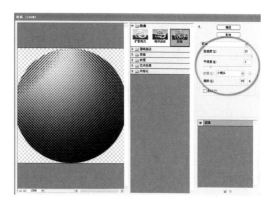

图　81-4

选择"滤镜"|"扭曲"|"球面化"命令。在弹出的窗口中设定数量为 100，单击"确定"按钮退出，如图 81-5 所示。

现在可以看到产生了一个有纹理的球。

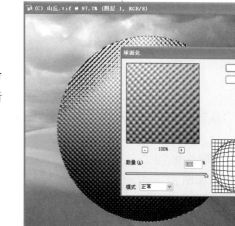

图　81-5

球体上的凹陷字

3．着色

选择"图像"|"调整"|"色相/饱和度"命令，在弹出的窗口中选中右下角的着色复选框，在弹出的新窗口中先将饱和度提高到 100，然后将色相调整到 40，单击"确定"按钮退出。可以看到球变成了橙黄色，如图 81-6 所示。

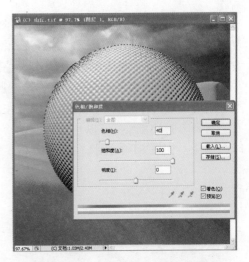

图　81-6

4．制作文字图形

在工具箱中选择文字工具，输入所需的文字，为了在后边做出凹陷的效果，应该采用笔划粗壮的字体。文字输入后在选项栏右上角打勾确认。

按 Ctrl+T 键做变形，拉动变形框的角点，让文字的大小适于球体并且居中，按回车键确认变形操作，如图 81-7 所示。

图　81-7

要将这些文字附着在球面上需要使用球面化滤镜，而滤镜不能作用于文字，因此要选择"图层"|"栅格化"|"文字"命令，将文字转换为图像，如图 81-8 所示。

图　81-8

当前层还是文字层。

按住 Ctrl 键在图层面板上单击圆球层上的缩览图，圆球的选区蚂蚁线被载入了，要在这个范围之内对文字图像做球面化处理。刚才在滤镜中作过一次球面化，因此可以直接按 Ctrl+F 键再做一遍球面化。

现在看到文字已经真正附着在球体表面上了，如图 81-9 所示。

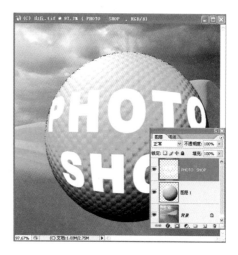

图　81-9

5. 让文字图像凹陷进去

要让文字在球体表面上凹陷进去，就要在这个文字图像层上制作图层样式特效。在"图层"面板下边单击图层样式图标，在弹出的菜单中选"斜面和浮雕"命令，

在弹出的"图层样式"窗口中设置"斜面和浮雕"选项。各项设置为：

● 样式：外斜面；
● 方法：平滑；
● 深度：500%；
● 方向：向下；
● 大小：5px；
● 高光模式的不透明度：100%。

设置界面如图 81-10 所示。

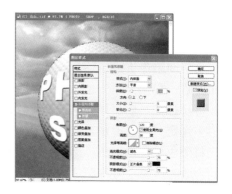

图　81-10

文字图像的边缘开始向里凹陷了，为了让凹陷的效果更突出，还要在这里增加阴影。

在这个窗口左边的命令栏中选中内阴影命令，在右边的参数区中适当调整参数，将鼠标放在图像中的文字上，按住投影向右下方拖动，将内阴影的位置放在适当地方。看到文字真的凹陷进去了，单击"确定"按钮退出，如图 81-11 所示。

图　81-11

385

练习

81

球体上的凹陷字

6. 让文字透明

在图层面板中，将图层填充的参数值降低为 0，可以看到，文字原有的颜色变成了透明，露出了圆球的纹理。尽管文字透明了，但是凹陷的图层样式仍然保留着。这就是"填充"与"不透明度"的区别，如图 81-12 所示。

图 81-12

文字凹陷进去之后，里面的影调应该比外面要暗一些。

再次打开"图层样式"面板，在左边命令栏中选定"颜色叠加"选项，在参数区中首先将颜色设置为黑色，然后将不透明度降低到合适的影调，如图 81-13 所示。

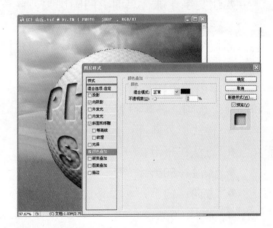

图 81-13

在这样一个表面布满网纹的球体上，有凹陷进去的文字，总体效果还是能够令人满意的，如图 81-14 所示。

图 81-14

要点与提示

　　制作凹陷字或图的方法不止这一种，既可以用通道做，也可以用图层做，还可以用样式来做。过去，制作凹陷特效比制作凸起特效要难得多，因为简单地将凸起图像反相，看起来并不像凹陷，而有一种光线调转方向的感觉。

　　制作凹陷效果的关键是制作出内斜面和内阴影，过去不论是用通道还是用图层，制作内斜面都是比较麻烦的。随着 Photoshop 软件的发展，直接利用样式来制作凹陷特效就越来越简单、方便了。

练习 82　　　雕 刻 纹 理

目的与任务

通过一组滤镜的使用，制作一个沙砾岩石的纹理。在岩石上雕刻上所需的文字或者图形，产生一种力量与悲壮的美感。

实例学习

1. 准备图像

建立一个新文件：500 像素×500 像素，分辨率 72 像素/英寸，色彩模式为 RGB 颜色。

在色板上选择一种适合岩石的浅棕色为前景色，按 Alt+退格键将图像中填满浅棕色，如图 82-1 所示。

图　82-1

2. 输入文本

在工具箱中选文本工具，设定适当的字体、字号，笔划要粗壮。在图像中输入一个"将"字，如图 82-2 所示。

注意：字体为华文琥珀，如果没有这个字体可以从网上下载，然后拷贝到 C:\Windows\Fonts 文件夹中，重新启动 Photoshop 便可使用。

图　82-2

3. 绘制岩石裂纹

在"图层"面板上单击生成新图层图标，建立一个新的图层。

在工具箱中选画笔工具，设定笔刷为 3 像素，前景色为黑色。在图像中按照需要在适当位置画出裂纹，如图 82-3 所示。

图　82-3

4. 制作砂砾岩石

打开通道面板，单击创建新通道图标，生成了 Alpha 1 通道。

选择"滤镜"|"渲染"|"分层云彩"命令，通道中出现云彩效果。连续按 Ctrl+F 键重复使用刚才的滤镜，让通道中白色较多，如图 82-4 所示。

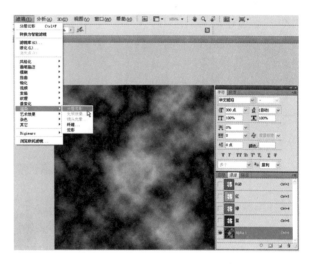

图　82-4

选择"滤镜"|"杂色"|"增加杂色"命令，在弹出的窗口中设定所需的杂点参数，不要太高。看到图像中布满了很细的杂点，单击"确定"按钮退出，如图 82-5 所示。

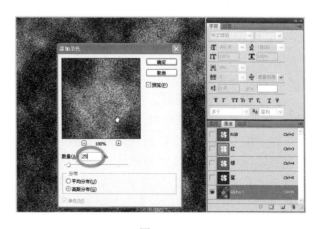

图　82-5

雕刻纹理

打开"图层"面板，按住 Ctrl 键，用鼠标单击刚才制作的裂纹图层上的缩览图，裂纹的选区被读进来。回到通道面板，设定前景色为黑色，按 Alt+退格键，在Alpha 1 通道中填充黑色的裂纹，如图 82-6所示。

图 82-6

取消选区。

在工具箱中选减淡工具，设定较大的画笔直径。在 Alpha 1 通道中检查有裂纹的地方，凡是很暗的地方，都用减淡工具适当加亮。否则将来这里的裂纹就不明显，如图 82-7 所示。

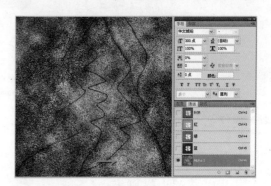

图 82-7

5. 照射单通道

回到 RGB 复合通道，回到"图层"面板，指定背景层为当前层。选择"滤镜"|"渲染"|"光照效果"命令。在弹出的窗口中将光照的方向调整为从左上方照射，光照的范围应该比较宽泛，在窗口面板右下角打开"纹理通道"下拉框，选中其中的 Alpha 1 通道。单击"确定"按钮退出，如图 82-8 所示。

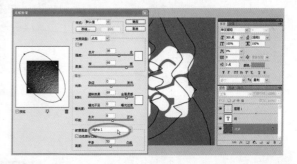

图 82-8

6. 制作凹陷文字效果

砂砾岩石的效果出来了。

指定文字层为当前层。打开"图层样式"窗口，先来做浮雕效果。

在面板左侧选定"斜面和浮雕"，在右侧参数区中设定：样式为"外斜面"，方法为"雕刻清晰"，方向为"下"，适当调整"大小"的值。将高光和阴影的数值都提高到 100%。看到图像中的字开始凹陷了，如图 82-9 所示。

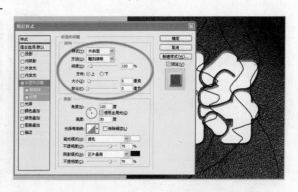

图 82-9

再来做内阴影。

在面板左侧选定"内阴影"，在图像中用鼠标将阴影的位置向右下方略拖动，将大小设定为合适的值，如图 82-10 所示。

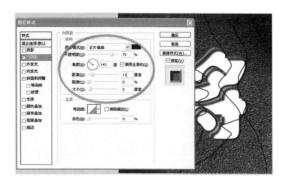

图　82-10

要让文字透明。

在面板左侧选定"混合选项"，将右侧的"填充不透明度"的值降低到 0。看到图像中的文字透明了，如图 82-11 所示。

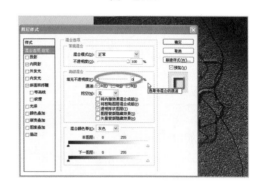

图　82-11

凹陷下去的文字应该暗一点。

在面板左侧选中"颜色叠加"，在右侧参数区中将叠加的颜色设定为黑色，不透明度设定为 10%左右即可。可以看到凹陷进去的文字稍暗一点，都设置完成了，单击"确定"按钮退出，如图 82-12 所示。

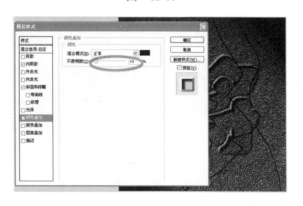

图　82-12

7．纹理位移

凹陷下去的纹理应该与表面的纹理有少许的位移。

将背景层拷贝一个成为背景副本层。按住 Ctrl 键单击文本层，载入文字的选区，看到蚂蚁线了，如图 82-13 所示。

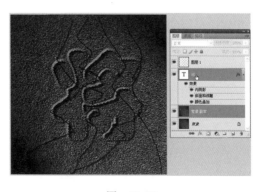

图　82-13

雕刻纹理

在"图层"面板下边单击创建图层蒙版图标,为当前层的背景副本层建立蒙版。去掉蒙版与缩略图中间的链接符,单击当前层上的缩略图,退出蒙版操作状态。

在工具箱中选移动工具,在小键盘上直接按方向键,将文字图像向右、向下稍作移动。看到文字里边的纹理因为位移,有了真实的凹陷感觉,如图 82-14 所示。

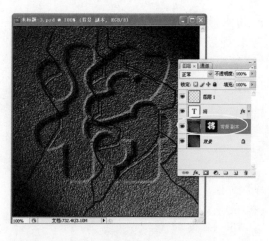

图　82-14

8．照射光影

还可以再加一个光影效果。

选择"图层"|"新建填充层"|"渐变"命令,在弹出的窗口中设置相应的渐变颜色,渐变方式为对称渐变,再设定好渐变方向和位置,单击"确定"按钮退出。将当前层的混合模式设定为"叠加",如图 82-15 所示。

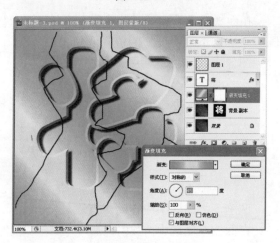

图　82-15

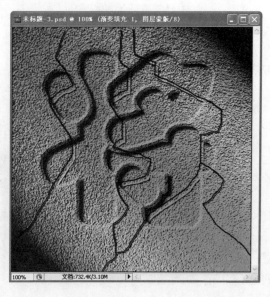

看到在斑驳的砂砾岩石上,雕刻着苍劲的"将"字。石头上留着岁月的裂痕,但是光影照射下的"将"字仍显现出一种遒劲与不屈,如图 82-16 所示。

图　82-16

 **要 点 与 提 示**

　　雕刻纹理的关键是在通道中制作所需的纹理，在图层中照射单通道。然后利用图层样式制作凹陷效果，再用蒙版制作凹陷纹理的位移。

　　这个实例对于初学者来说有一定的难度，实例中综合运用的过去学过的多种知识和技巧，认真把这个实例做下来，对进一步理解 Photoshop 很有好处。

练习 83　3D 对象基本操作

 目的与任务

在 Photoshop CS4 中，能以 2D（二维）图层为起点，从零开始创建 3D（三维）内容，如立方体、球面、圆柱、锥形、易拉罐、酒瓶或金字塔。可以向图像添加更多 3D 图层，3D 图层与 2D 图层进行合并，从而创建 3D 内容的背景。

 实例学习

1. 新建文件

在这里，将要使用的是 Photoshop CS4 中的 3D 功能，先创建一个帽子物体，然后为其赋予一张贴图。并通过对其颜色和灯光进行调整，得到所要的效果。

打开 Photoshop CS4，新建一个 772 像素×636 像素的 2D 图层，如图 83-1 所示。

图　83-1

2．创建 3D 物体

在新建的 2D 图层中，选择"3D"|"从图层新建形状"|"帽形"命令，如图 83-2 所示。

图　83-2

根据上一步的命令得到一个帽子图形，如图 83-3 所示。

图　83-3

这个是 Photoshop CS4 中 3D 功能中多个 3D 图形中的一个，也可以使用这个命令去创建其他三维图形，如图 83-4 所示为创建的金字塔、环形、球体和酒瓶。

3．控制 3D 物体

选择 3D 图层后，3D 面板会显示关联的 3D 文件的组件。在面板顶部列出文件中的网格、材料和光源。面板的底部显示在顶部选定的 3D 组件的设置和选项。

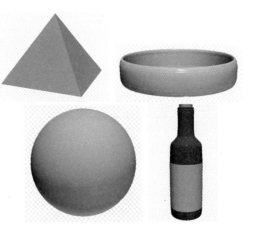

图　83-4

3D 对象基本操作

旋转。选择工具箱中的 3D 旋转工具，或者按 X 键，上下拖动鼠标可将模型围绕其 X 轴旋转；两侧拖动可将模型围绕其 Y 轴旋转。按住 Alt 键的同时进行拖移可滚动模型，如图 83-5 所示。

图 83-5

滚动。选择工具箱中的 3D 环绕工具，或者按 N 键，在帽子两侧拖动可使模型绕 Z 轴旋转，如图 83-6 所示。

图 83-6

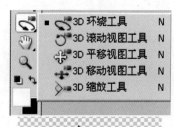

缩放。选择 3D 缩放工具，上下拖动可将模型放大或缩小。按住 Alt 键的同时进行拖移可沿 z 方向缩放，如图 83-7 所示。

将帽子调整到原始状态。

图 83-7

4．增加贴图

观察制作出来的帽子图形可以发现，创建出来的图形是灰色的。需要为其添加一张位图，使得帽子具有纹理贴图。需要添加的位图文件为 map.jpg，如图 83-8 所示。

图 83-8

打开准备好的图片，并将其拖拽到创
建的图形之中，如图 83-9 所示。

图　83-9

按住 Ctrl+E 键，将图片合并到帽子创
建好的 3D 图层之中，如图 83-10 所示。

图　83-10

5. 设置场景灯光

观察赋予了贴图的图形可以发现，整
体显得比较灰。大家都知道，3D 功能能
够加入光照和立体信息。

接下来为场景添加光照信息。在 3D
光源面板中调整无限光 1 的参数，其强度
值为 3、颜色 R、G、B 的值分别为 120、
120、146，如图 83-11 所示。

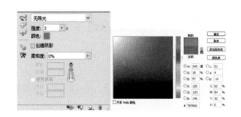

图　83-11

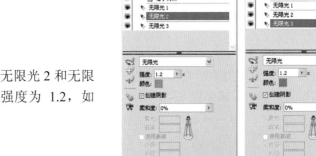

按照相同的办法，对无限光 2 和无限
光 3 进行设置，其颜色强度为 1.2，如
图 83-12 所示。

图　83-12

3D 对象基本操作

6. 最后效果调整

图 83-13

通过对灯光的调整之后，得到效果如图 83-13 所示。

观察图像可以发现，整体显得比较灰暗，需要通过对其自发光颜色的调整得到更好的效果。

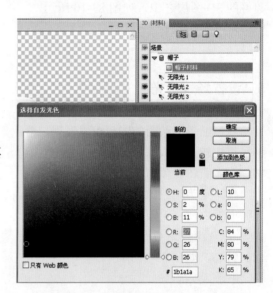

图 83-14

在 3D 光源面板中单击帽子材料，调整其自发光颜色，如图 83-14 所示。

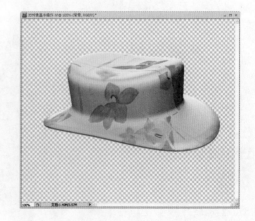

通过对自发光的颜色调整可以得到各种不同颜色的帽子，最终效果如图 83-15 所示。

图 83-15

7. 栅格化 3D 对象

在图层面板中，右击图层，在弹出的菜单中选择栅格化 3D 命令，如图 83-16 所示，3D 图层转换为普通的 2D 图层。

图　83-16

 要点与提示

在 Photoshop CS4 中可以从空白图层中新建一个三维对象，图层转换为 3D 图层；同样，在 Photoshop CS4 中可以导入由三维软件创建的 obj 文件，然后对三维 obj 文件进行编辑。

3D 对象基本操作

练习 84　　导入 3D 物体并赋予贴图

目的与任务

在 Photoshop 中的 3D 文件可以保留它们自身的纹理、渲染以及光照信息。也可以移动 3D 模型，或对其进行动画处理、更改渲染模式、编辑或添加光照，或将多个 3D 模型合并为一个 3D 场景。

实例学习

1. 导入 3D 物体

打开 Photoshop CS4 软件，直接打开在三维软件中创建好的一个 ball.obj 球体文件，如图 84-1 所示。

Photoshop CS4 增加了 3D 功能，能够直接打开 3ds 和 obj 格式文件，在这里可以对它的贴图，灯光、环境颜色进行修改。

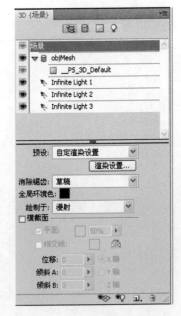

图　84-1

观察打开的 ball.obj 文件，它的图层信息如图 84-2 所示。

接下来将对模型的灯光、漫反射、反射、自发光和环境光等添加一张位图，以实现以往只能在 3D 软件中才能实现的功能。

图　84-2

2. 赋予贴图

在 3D 物体面板中单击漫反射后面的载入纹理贴图，并为其指定一张 wood.jpg 位图，如图 84-3 所示。

图　84-3

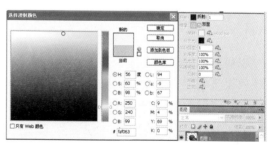

观察图像可以发现，漫反射颜色为灰色，如图 84-4 所示。

图　84-4

要将漫反射颜色进行调整，否则整个图像会显得灰暗，调整颜色如图 84-5 所示。

图　84-5

按照同样的办法，为光泽度和反射度添加一张相同的贴图，如图 84-6 所示。

图　84-6

3．修改 3D 物体属性

这时，观察图像可以发现，整体显得比较灰暗，这时就还需要对球体的反射和环境贴图添加一张位图，效果如图 84-7 所示。

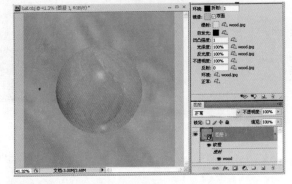

图　84-7

添加了这两张贴图之后可以发现，球体对刚才赋予的贴图产生了强烈的反射效果，主要是环境贴图对球体产生了强烈反射，所以需要在"图层"面板中将其关闭，得到效果如图 84-8 所示。

图　84-8

观察可以发现整个图像显得灰暗且纹理效果不明显，调整反射贴图的值为36，得到效果如图 84-9 所示。

图　84-9

4．灯光设置

贴图的纹理就添加完成了，但是效果还不是很满意，整体显得平，接下来通过对灯光强度的调整以得到更加强烈的层次关系。

在 3D 图层面板中进入灯光 2 层级，调整灯光 2 的颜色强度为 1.5，效果如图 84-10 所示。

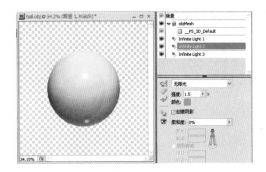

图 84-10

这时，就完成了对球体的编辑，整体显得比较难看，接下来为其添加一个背景，并添加一个阴影特效，使其更像一个作品。

打开配套光盘中提供的"背景.jpg"图片，如图 84-11 所示。

图 84-11

图 84-12

将刚才调整好的 3D 拖曳到背景图像中，这时图像没有投影且显得很飘，没有重量感，如图 84-12 所示。

5．添加投影特效

单击图层特效命令为其添加一个投影，并调整投影方向和强度，效果如图 84-13 所示。

图 84-13

导入 3D 物体并赋予贴图

404

单击球体图层，配合 Ctrl+J 键，拷贝两个图层，并调整其位置，得到最后效果，如图 84-14 所示。

图　84-14

 要点与提示

可以使用 Photoshop 的绘画工具和调整工具来编辑 3D 文件中包含的纹理，或创建新纹理。纹理作为 2D 文件与 3D 模型一起导入。它们会作为条目显示在"图层"面板中，嵌套于 3D 图层下方，并按以下映射类型编组：纹理、漫射、凹凸、光泽度等。本案例以纹理、漫射进行编组。

3D 立方体的制作

目的与任务

在 Photoshop CS4 中，利用其三维功能来轻松实现以往需要非常多繁琐操作才能实现的立方体效果。

实例学习

1. 创建一个立方体

在"图层"面板中新建一个空白图层，选择"图层"|"从图层新建形状"|"立方体"命令，创建一个三维立方体，如图 85-1 所示。

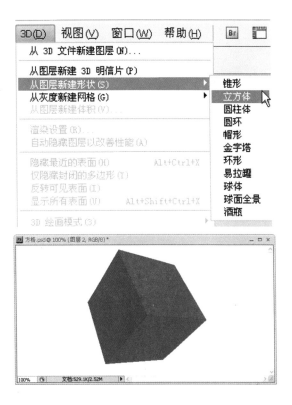

图 85-1

在"图层"面板上双击"左侧材料"图层，打开"左侧材料"图层，如图 85-2 所示。

这个图层一定是一个正方形，不能随便修改它的尺寸，否则到时候在方格里面显示的时候出现拉伸和变形。

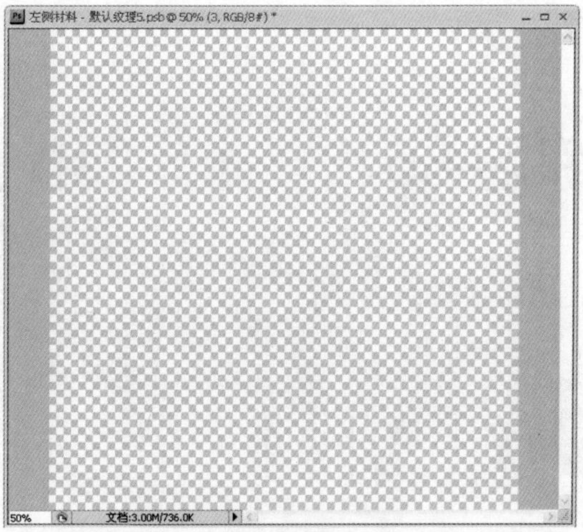

图　85-2

设置这个图层的颜色 R、G、B 分别为 24、203、214，得到效果如图 85-3 所示。为方格设置不同的颜色，是为了区分方格的六个面，以更好地来方便观察。

图　85-3

单击文字工具，在左侧图层上面添加一个数字 3，如图 85-4 所示。

图　85-4

按照相同的办法，为方格的其他 5 个面分别设置不同的颜色和数字。

按照这种方法，制作出其他的 4 个面。制作完成之后，制作完成的立方体的效果如图 85-5 所示。

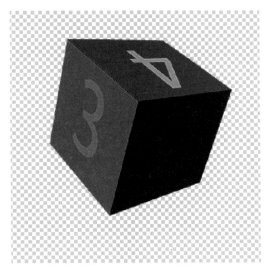

图　85-5

2．观察制作出来的方格并调整位置

这时，方格物体就制作完成了，按住 Ctrl+J 键，将当前图层拷贝出两个，如图 85-6 所示。

图　85-6

接下来就可以利用三维旋转工具将其进行旋转和移动，调整的结果如图 85-7 所示。

图　85-7

3D 立方体的制作

3．为方格制作加减法

观察方格的位置调整好的图形，观察图形看起来很单调，接下来为图层添加一点元素，使得制作出来的图形更加具有表现力。

可以使用很多方法来对刚才创建好的图形进行点缀，以获取更好的设计效果。

仔细观察图形可以发现，方格物体的数字可以成为一个加法。

最终的图层面板如图 85-8 所示。

图　85-8

 要点与提示

在平面中创建三维立方体是 Photoshop CS4 中出现的新三维功能，在以后的艺术创作中，要实现一些类似三维立方体图形，就可以直接根据这种方法进行创建，可以不使用 3D 软件来创建类似图形，以加快工作效率。

练习 86　从灰度新建网格物体

目的与任务

在 Photoshop CS4 中，可以将 2D 图层作为起始点，生成各种基本的 3D 对象。创建 3D 对象后，可以在 3D 空间移动它、更改渲染设置、添加光源。本案例使用 2D 图像的灰度信息来创建凸出的 3D 网格。

实例学习

1. 制作方法分析

本案例将要使用一张噪波贴图结合 Photoshop CS4 中的"从灰度新建网格平面"命令来制作出一个三维对象，然后通过对其漫反射颜色添加贴图，来产生奇幻的效果。

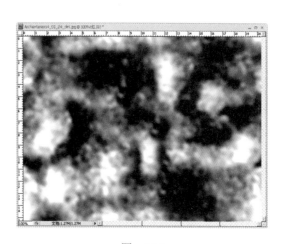

图　86-1

2. 准备创建三维网格图像

在 Photoshop CS4 中打开一张位图文件"噪波贴图.jpg"，如图 86-1 所示。

观察位图发现，整个图像黑白对比太强烈，如果在这个时候就直接使用"从灰度新建网格平面"命令的话，就会造成创建出来的三维物体凹凸太强烈，如图 86-2 所示。

图　86-2

这种效果并不是我们所想要得到的，接下来对这张位图进行处理，使得利用"从灰度新建网格平面"命令创建出来的图形对比没有这么强烈。

选择"滤镜"|"模糊"|"高斯模糊"命令，在弹出来的"高斯模糊"对话框中设置其模糊半径值为 50，得到效果如图 86-3 所示。

图　86-3

3．准备创建三维网格图像

在处理过后的图像中，选择"3D"|"从灰度新建网格"|"平面"命令，创建出一个带有轻微凹凸效果的三维图形，如图 86-4 所示。

图　86-4

这时就利用 Photoshop CS4 软件创建出了三维平面物体，通过旋转移动可以观察其效果，如图 86-5 所示。

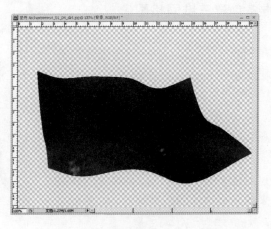

图　86-5

接下来要为其添加一张"漫射"贴图，使其 3D 效果更加强烈。

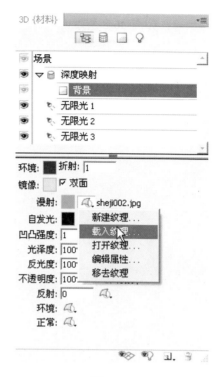

图　86-6

选择创建出来的三维平面图层，在 3D 材料的背景图层中，为其背景的漫射贴图添加配套光盘中的 sheji002.jpg 贴图，如图 86-6 所示。

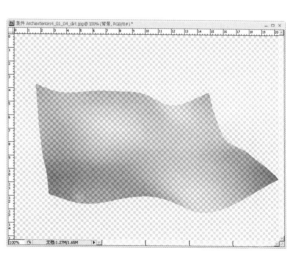

图　86-7

这时，观察效果可以发现，添加贴图之后整个三维图层是透明的，如图 86-7 所示。

这是因为在创建三维平面时，默认使用了那张噪波贴图来作为"不透明度"贴图，所以需要将其进行清除。

从灰度新建网格物体

同样，在当前面板中单击"不透明度"后面的纹理按钮，将默认的"不透明度"贴图进行清除，如图 86-8 所示。

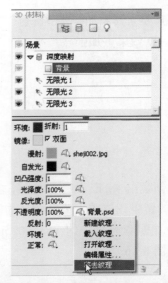

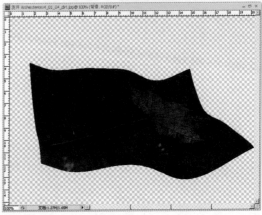

图 86-8

4．添加图层特效

观察通过调整后的图像可以发现，整体显得比较灰暗，和实际情况还有一些差别，接下来通过对图形添加特效，使其变得更加透彻明亮。

选择当前图层，单击创建一个新的填充图层，为其添加一个"亮度/对比度"特效，并调整其亮度值为 54，对比度值为–16，如图 86-9 所示。

图 86-9

使用相同的办法，为其添加一个色阶特效，并调整其色阶滑竿，如图 86-10 所示。

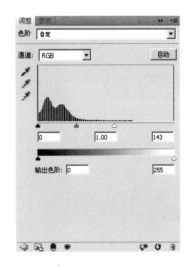

图　86-10

这时，效果如图 86-11 所示。

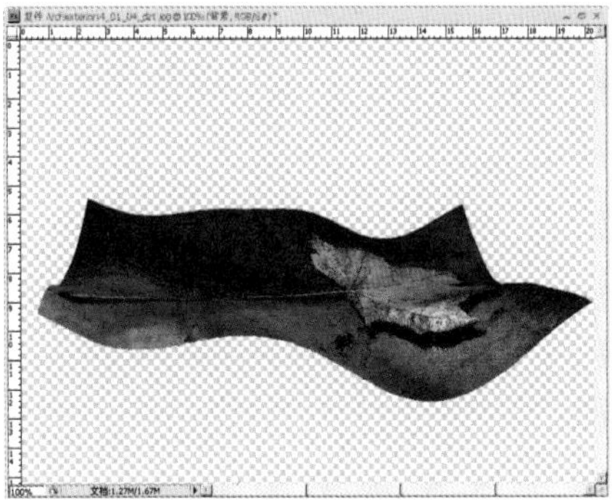

图　86-11

观察图像，发现整体效果还不错，接下来只需要简单的调整其位置，即可得到如图 86-12 所示效果。

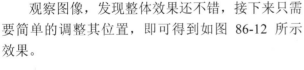

图　86-12

 要 点 与 提 示

"从灰度新建网格"命令可将灰度图像转换为深度映射，从而将明度值转换为深度不一的表面。较亮的值生成表面上凸起的区域，较暗的值生成凹下的区域。然后，Photoshop 将深度映射应用于四个可能的几何形状中的一个，以创建 3D 模型。

练习 87 获得真实的光影信息

目的与任务

打开一张光影关系不好的图片，然后利用三维功能为其添加一张光影信息良好的反射贴图，使原图像具有反射贴图的光影信息。

实例学习

1. 前后效果对比

打开图像文件"三维平面.psd"，这是利用三维平面制作出来的效果。

照片是在阴天的情况下拍摄的，整体显得比较灰，没有光照信息。

在这里使用到了Photoshop CS4的三维平面效果来修改，使得其丰富的光照信息增强，如图87-1所示。

图 87-1

2．制作方法分析

打开"图层"面板。可以看到图层利用三维平面用一张天空图片作为本场景的环境贴图，使得照片接受了天空的反射效果，来弥补照片本身的不足，如图 87-2 所示。

图　87-2

3．制作过程

打开配套光盘提供的"原始照片.jpg"。

如图 87-3 所示，观察照片可以发现，照片灰蒙蒙的，没有一点天光的漫射效果。显得不是很真实，所以要使用三维平面图层来调整。

图　87-3

获得真实的光影信息

选择图片，选择 "3D" | "从图层新建 3D 明信片" 命令，如图 87-4 所示。

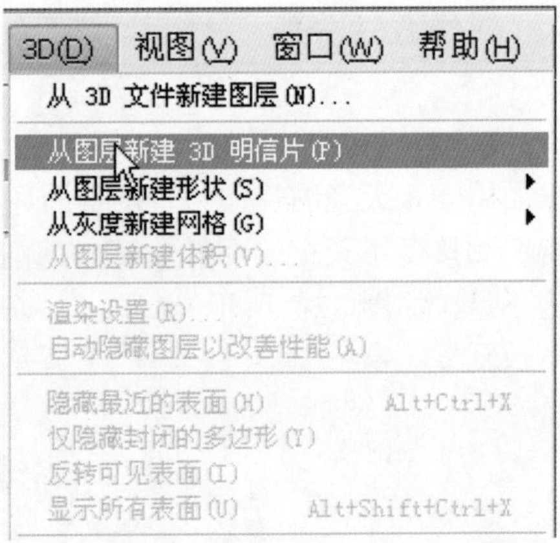

3D(D)	视图(V)	窗口(W)	帮助(H)

从 3D 文件新建图层(N)...

从图层新建 3D 明信片(P)
从图层新建形状(S)　　　　　　　▶
从灰度新建网格(G)　　　　　　　▶
从图层新建体积(V)...

渲染设置(R)...
自动隐藏图层以改善性能(A)

隐藏最近的表面(H)　　　　Alt+Ctrl+X
仅隐藏封闭的多边形(Y)
反转可见表面(I)
显示所有表面(U)　　　Alt+Shift+Ctrl+X

图　87-4

这时，照片就由普通的二维图层变成了三维平面，使用三维旋转命令对图层进行旋转，如图 87-5 所示。

图　87-5

单击 "3D 材料" 面板中的背景图层，可以发现如图 87-6 所示。

发现这里带有环境、漫射、光泽度、反光度、不透明度和自发光贴图。

在这里需要使用到漫射、反射和环境贴图来为图片添加天光效果。

3D {材料}

场景
▼ 背景
　　背景_0

环境：　折射：1
镜像：☑双面
漫射：　　背景.psd
自发光：
凹凸强度：1
光泽度：100%
反光度：100%
不透明度：100%　背景.psd
反射：0
环境：
正常：

图　87-6

4．添加环境贴图

观察"3D 材料"面板，发现不透明度贴图是默认开启的，在这个时候需要将它们关闭。

单击不透明度贴图后的"纹理"图标，在弹出的对话框中选择"移去纹理"，如图 87-7 所示。

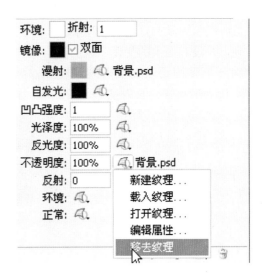

图　87-7

单击"环境贴图"后面的"纹理"图标，在弹出的对话框中单击"载入纹理"按钮，载入一张天空贴图，如图 87-8 所示。

载入的天空贴图，需要是一张光照效果比较强烈的图片，使用了这种图片能够弥补在照片拍摄时缺少的漫射信息。

图　87-8

获得真实的光影信息

当环境贴图添加好之后，观察图像发现，并没有很大的变化。这主要是因为环境贴图还没有反射到图层之中，接下来设置"反射值"，使得拍摄出来的不符合实际情况的照片能够反射刚才添加的环境贴图。图 87-9 是"反射值"为 0 时和"反射值"为 87 时的效果。

图　87-9

调整"反射值"为 16。这个数值不能设置得太大，大了的话会出现曝光过度现象，一般需要调整至 10～20 左右就可以了。调整后照片就对天空产生了反射，弥补了照片在拍摄时期的不足，如图 87-10 所示。

图　87-10

 要点与提示

不透明度纹理映射不会显示在"图层"面板中，因为该映射使用与漫射映射相同的纹理文件（原始的 2D 图层）。当两个纹理映射参考相同的文件时，该文件仅在"图层"面板中显示一次。

练习 88　　举手之劳的"动作"

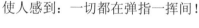

目的与任务

为了完成某些精美的特效制作，往往需要经过复杂烦琐的操作过程，而下次再需要同样的特效又得从头再来。将复杂的过程简单化，把重复的工作规范化，这正是"动作"的特长所在。"动作"中预装了许多操作过程的批处理模板，需要制作其中的某一种特效时，只需选中相应的名称，再用鼠标单击播放按钮，稍等片刻就大功告成了。在这个练习中会使人感到：一切都在弹指一挥间！

实例学习

1. 准备图像

打开图像"向日葵.psd"。

打开批处理"动作"面板，单击面板右上角的三角标志，在弹出的菜单中最下面有"命令"、"画框"、"图像效果"、"制作"、"文字效果"、"纹理"和"视频动作"7套不同用途的"动作"可供选择。选择"命令"，如图88-1所示。

"命令"已经添加到"动作"面板中了。要想添加其他的动作可用同样的方法。

打开"动作"面板中自带的默认动作，可以看到里面包括了12个动作。凡是后面括弧中写有"文字"的是制作特效字用的，写有"选区"的是对选区进行操作的，写有"图层"的是通过调整图层进行操作的，写有"色彩"的是做特殊色彩效果的。

再单击某一动作前面的三角标志使之转向下，有关这一操作的各个步骤又依次显示出来，单击任意一个步骤前面的三角标志，这一步操作中的各项设置数值都显示得清清楚楚，如图88-2所示。

图　88-1

图　88-2

2．分析动作的操作

单击"动作"面板中的"淡出效果"
选项前面的横三角，让它向下，各个操作
步骤依次列出。再逐一单击每个步骤前面
的横三角标志，将这些命令都打开。

① 建立一个新的快照。

② 在已经建立的选区中增加羽化
值，默认值是 5 个像素，并且设置中断，
允许自行设置新的羽化值。

③ 显示当前图层。

④ 用白色填充选区。

⑤ 调整图层关系。

所有这些步骤都已经被录制成了一
个批处理操作过程，而操作者不必知其所
以然，如图 88-3 所示。

图 88-3

现在只要先在图像中建立一个选区，
然后在动作面板上选中要执行的这条命
令，再用鼠标单击最下边的三角播放图
标，这个操作过程就会自动开始执行了，
如图 88-4 所示。

图 88-4

转眼之间，一个带羽化值的局部图像
就制作完成了。打开"图层"面板，可以
清楚地看到这个"动作"做了什么，如
图 88-5 所示。

图 88-5

按 F12 键将图像恢复初始状态。

然后选中"木质画框-50 像素"制作命令，单击面板下边的播放图标，按照提示做好选择，计算机开始逐一执行各项操作指令，如图 88-6 所示。

图　88-6

稍等片刻，制作过程结束，在工具箱中双击抓手工具，看到原来的图像被镶上了精美的木框，如图 88-7 所示。

图　88-7

3．制作特效字

分别单击"文字效果"和"纹理"两个模板命令，将它们加入到"动作"面板中。

打开"文字效果"动作下拉列表，可以看到有 17 种特效字可供选择，如图 88-8 所示。

有些操作命令要先输入文字后再执行动作。用文字工具在图像中输入所需的文字。

然后选中"木质镶板"命令，再单击面板最下面的播放按钮，可以在下面的状态栏中看到计算机自动执行各项操作指令的详细过程。

图　88-8

举手之劳的"动作"

稍等片刻,木质镶板的特效字就制作完成了。整个过程大约 30 步,而在这里不过弹指之间,如图 88-9 所示。

图 88-9

有些操作命令需要先执行,然后再按照提示输入所需的文字。

例如"镀铬"命令,单击播放命令开始执行。先弹出一个窗口要求指定一个图像层为当前层,这时要单击"停止"命令,如图 88-10 所示。

图 88-10

然后到"图层"面板,指定一个所需的图像层为当前层,再回到"动作"面板,单击最下边的播放按钮继续执行操作,如图 88-11 所示。

图 88-11

中间还会弹出一个窗口要求编辑并定位文字。单击"停止"键关闭这个弹出的窗口，然后在工具箱中选择文字工具编辑文字，设定字体、字号，并将文字移动到所需的准确位置，提交后再次单击"动作"面板最下边的播放按钮，程序会继续执行直到最后完成，全部过程有 47 步，如图 88-12 所示。

图　88-12

4．制作纹理

打开"纹理"下拉列表，看到这里有 27 种底纹可供选择，需要注意的是，有些纹理与样式面板中提供的纹理是相同的。

"纹理"可以制作许多种底纹，只需选中所需的纹理命令，单击播放按钮，在执行过程中按照提示做出相应选择，就可以得到精美的底纹了，如图 88-13 所示。

图　88-13

举手之劳的"动作"

在以后的实际操作中，选择制作相应的纹理，并非仅仅是简单地单击一下"播放"按钮，而应该根据不同的需要，对"动作"中的各项操作命令和参数进行修改设定，以达到形式与内容的相符，如图 88-14 所示。

图　88-14

 要点与提示

首先，充分用好动作命令，可以使操作效率大大提高；其次，花一点时间将各种动作命令都试验一遍，对日后制作各种特效大有好处；第三，进一步将其中精彩的特效逐一步骤解剖理解，再稍加变化就会制作出更加丰富多彩的特效来，这也不失为学习特效技法的便捷之路。

練習 89 | **制作自己的"动作"**

 目的与任务

在今后的实际工作中，经常会遇到大量需要重复的操作，那就制作一个自己的"动作"，相当于录制一套程序。然后，把具体的事情放心地交给计算机去完成。

 实例学习

1. 准备图像

建立一个新文件：640 像素×480 像素，分辨率 72 像素/英寸，RGB 颜色。

在工具箱中设定前景色为黑，背景色为蓝，从上到下做直线渐变，填充背景，如图 89-1 所示。

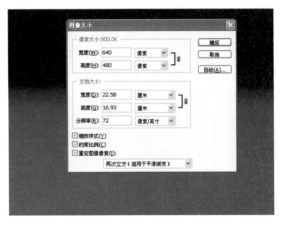

图　89-1

2. 建立自己的动作

打开"动作"面板，开始制作自己的批处理动作。

用鼠标单击"动作"面板最下边的文件夹图标，在弹出的窗口中可以给自己的"动作"组起个新名字，单击"确定"按钮退出。建立了一个新的"动作"组，如图 89-2 所示。

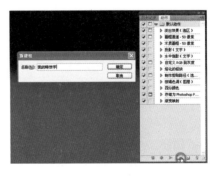

图　89-2

再单击"动作"面板最下边的"创建新动作"图标，在弹出的窗口中，可以为将要生成的动作起一个名字，其他选项默认原有设定，"记录"按钮自动按下开始录制"动作"，如图 89-3 所示。

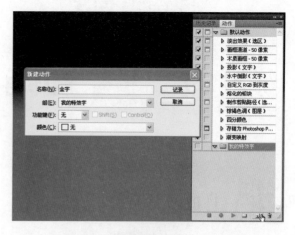

图　89-3

3. 录制"动作"

"动作"面板中增加了新的动作记录的名字，最下边的记录按钮成为红色，表示现在记录功能已经启动，操作者所做的每一步操作命令都将被记录在这个新的动作中，如图 89-4 所示。

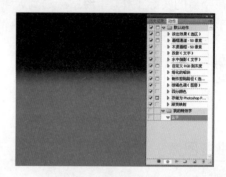

图　89-4

注意：各个菜单下的操作命令都可以被记录，而工具箱中的工具的具体使用情况不能被记录。

制作特效字的过程通常比较繁琐，把这个过程做成一个动作，以后再做特效字就方便了。

在工具箱中选文字工具，在上边的选项栏中设定所需的字体、字号。在图像中输入文字，然后在选项栏最右边打勾，确认文字输入完毕。这时可以看到动作栏中记录了这一步操作，如图 89-5 所示

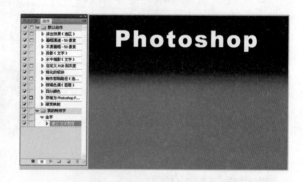

图　89-5

打开"图层"面板，按住 Ctrl 键单击文本层，所有文本的蚂蚁线被载入，如图 89-6 所示。

图　89-6

打开"通道"面板，单击下边创建新通道图标，建立 Alpha 1 通道。文本的蚂蚁线清晰可见，如图 89-7 所示。

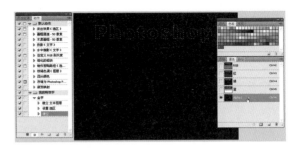

图　89-7

确认工具箱中前景色为白色，按 Alt+退格键将蚂蚁线中的文本填充为白色。取消选区。

将 Alpha 1 通道拖到创建新通道图标上，拷贝成为 Alpha 1 副本通道，也就是过去练习中做过的 Alpha 2 通道，如图 89-8 所示。

图　89-8

在拷贝的通道中添加模糊和浮雕效果滤镜，然后按住 Ctrl 键单击 Alpha 1 通道，将其选区载入。

再选择"选择"|"修改"|"扩展"命令，在弹出的面板中设定扩展 2 像素，单击"确定"按钮退出，蚂蚁线向外扩展了。现在可以按 F3 键拷贝了，如图 89-9 所示。

图　89-9

制作自己的"动作"

回到 RGB 通道，回到"图层"面板，按 F4 键粘贴刚才拷贝的浮雕字。

继续做曲线调整，以及使用"色相/饱和度"着色，然后再做图层样式"投影"和"光泽"，如图 89-10 所示。

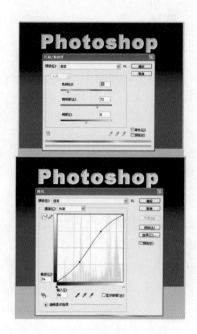

图　89-10

回到"通道"面板，将制作特效字的两个自建通道删除，如图 89-11 所示。

图　89-11

回到"动作"面板，单击最下边的停止图标，结束记录过程，如图 89-12 所示。

图　89-12

4．编辑动作

另外打开一幅图像文件"田野"。

在"动作"面板中选定刚刚制作的这个动作命令，在面板下边单击"播放"按钮，片刻之后，特效金字做好了，如图 89-13 所示。

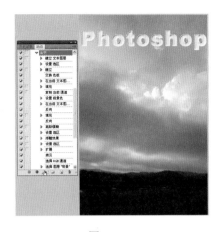

图 89-13

将来不会每次都制作这个同样内容的字，所以应能够随意改变输入文字内容、色彩等项目。

在"动作"面板上单击特效字命令前边的横三角图标，打开全部操作过程。在"创建文字图层"和"色相/饱和度"命令行前边的方框中单击鼠标，出现黑色方框的中断标志。将来程序走到这里将会暂停，等待完成更改设定后再继续，如图 89-14 所示。

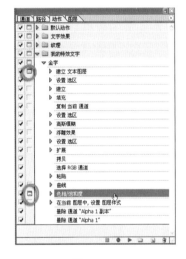

图 89-14

有些操作步骤在这次操作时不想执行了，可以设置关闭。

如"扩展"命令，在某次操作时不想做这个扩展蚂蚁线，用鼠标将这个命令行前边的对勾点掉，这个命令就被关闭了，将来程序走到这里就会跳过这一行，如图 89-15 所示。

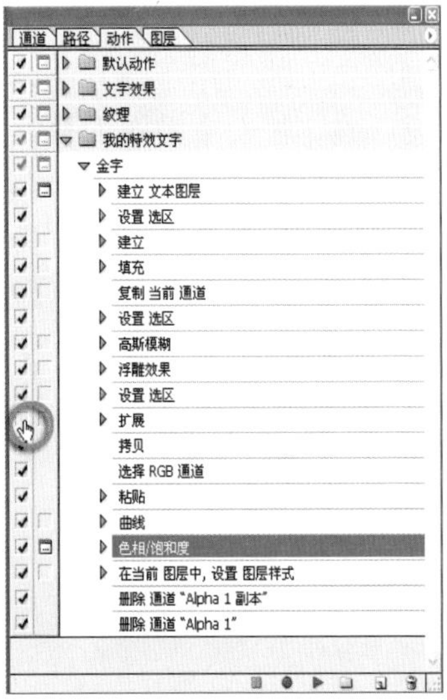

图 89-15

制作自己的"动作"

按 F12 键将图像恢复初始状态。

再次从头播放这个动作，运行到有中断标志时，程序会停下来等待输入新文字，更改新数值。遇到关闭的命令行，程序会跳过去继续运行。

运行到文本编辑命令时，程序中断，可以将文本重新编辑，输入所需的新文本，如图 89-16 所示。

图　89-16

最终完成的效果是令人满意的。

有了这样的动作，以后不管什么时候需要制作这种立体特效字，不管需要制作多少个图像文件，都可以轻点鼠标就潇洒完成了，如图 89-17 所示。

图　89-17

 要 点 与 提 示

制作自己的动作可以方便地记录复杂的操作过程。在开始制作之前，需要有一个精确的构思，确定每一个操作步骤、方法和数值。

需要注意的是，"动作"可以记录菜单下的各项操作命令，但不能记录工具箱中各种工具的操作。如果必须在动作执行过程中使用某些工具，可以在相应的位置设置中断。

录制动作时应该尽量避免出错，否则这些错误的、重复的操作将来也要被依次执行的。录制完成的动作仍然可以进行修改编辑，增删命令行的操作，可以在"动作"面板右上角单击黑三角后弹出菜单中找到相关的命令。

练习 90 　拼接全景照片

目的与任务

　　全景照片是指大大超出人的一般视角宽度的大场面的照片。过去要想获得全景照片是很困难的。数码相机的出现，使得拼接全景照片成为大众化的操作技能。在 Photoshop CS4 中有一个专门用来拼接全景照片的新命令 Photomerge（照片拼合）。

实例学习

1. 准备图像

　　打开随书赠送的光盘中的图像文件"金山岭长城_1"～"金山岭长城_5"一共 5 张照片文件。

　　这 5 张照片最初就是按照拼接全景照片来考虑的，因此在拍摄的时候，在每两幅照片之间都留有一定的重叠位置作为"搭口"，如图 90-1 所示。

图　90-1

2. 选择拼接图像文件

选择"文件"|"自动"|Photomerge 命令，打开
Photomerge（照片拼合）窗口，在照片拼合窗口中单
击添加打开的文件，当前桌面上的图像文件都出现在
窗口中。如果桌面上还有不需要的图像文件，也会出
现在这个窗口中。可以用鼠标选中不需要的文件名称，
这里选择第 5 个图片，单击右侧的"移去"按钮，将
不需要的文件去除，如图 90-2 所示。

图　90-2

3. 拼接全景照片

在 Photoshop CS4 中添加了很多版面拼接方式，
如自动、透视、圆柱等。在这里选择自动，单击"确
定"按钮确定。可以看到一些能够识别拼接的图片已
经自动拼接在一起了，如图 90-3 所示。

关闭新生成的文件，选择"文件"|"自动"|
Photomerge 命令，打开 Photomerge（照片拼合）窗口，
在照片拼合窗口中单击添加打开的文件，当前桌面上
的图像文件都出现在窗口中。移去第 5 张图。

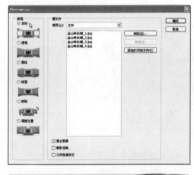

图　90-3

选择透视，单击"确定"按钮确定。可以看到一
些能够识别拼接的图片已经自动拼接在一起了，如
图 90-4 所示。

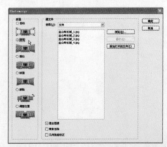

图　90-4

选择圆柱，单击"确定"按钮。可以看到一些能够识别拼接的图片已经自动拼接在一起了，如图90-5所示。

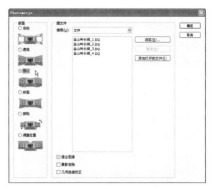

图　90-5

选择球面，单击"确定"按钮。可以看到一些能够识别拼接的图片已经自动拼接在一起了，如图90-6所示。

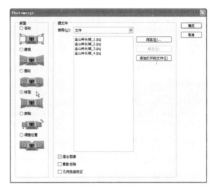

图　90-6

选择拼贴，单击"确定"按钮。可以看到一些能够识别拼接的图片已经自动拼接在一起了，如图90-7所示。

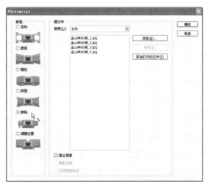

433

图　90-7

选择调整位置，单击"确定"按钮。可以看到一些能够识别拼接的图片已经自动拼接在一起了，如图 90-8 所示。

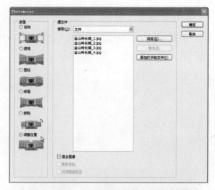

经过自动计算后，在工具箱中选裁切工具，将图像边缘不需要的部分裁掉。

一幅壮美的全景照片拼接完成，如图 90-9 所示。

图　90-8

图　90-9

 ## 要点与提示

用于拼接的全景照片在拍摄的时候就要考虑周到，每一幅照片曝光参数要一致，水平移动相机拍摄，每一幅照片之间要留一定的搭口。

练习 91　　解读 RAW 格式文件

 目的与任务

RAW 数据是单纯地将数码相机内部没有进行任何处理的图像数据，即 CCD 等摄影元件直接得到的电信号进行数字化处理而得到的最原始的图像数据。这是专业数码摄影人士最喜欢的格式，这些未经曝光补偿、色彩平衡、GAMMA 调校等处理的原始数据，为后期处理提供了更广阔的空间和更高的画面质量。直接读取和设置 RAW 格式参数，是 Photoshop CS 增加的新功能，深受专业摄影师的偏爱。在 Photoshop CS4 中解读 RAW 格式的功能有了很大提高。

 实例学习

1．准备图像

实际上 RAW 不是一种图像文件格式，不能直接在图像软件中打开并进行编辑。Photoshop CS4 提供了专门打开 RAW 格式文件的操作功能。

在桌面左上角单击浏览器图标，在打开的"浏览器"面板中找到相关的 RAW 文件，选中所需的文件，并在图像上双击鼠标，如图 91-1 所示。

本书在随书赠书的光盘中特地提供了图像文件 IMG_9019.CR2 做练习，注意：这是用佳能 EOS 5D 相机拍摄的 RAW 格式文件，在低于 Photoshop CS3 的版本中打不开。

图　91-1

2．认识面板

由于选定的是 RAW 格式文件，因此不能直接进入图像软件编辑状态，而是自动打开 RAW 格式文件解读面板。

最上边是修饰工具栏，中间是照片预览窗口。下边是照片基本参数，用鼠标单击基本参数栏，可以弹出工作流程设置面板，包括色彩空间、色彩深度、尺寸大小和分辨率。随着鼠标在照片上的移动，可以在面板右上角看到鼠标所在位置像素的 RGB 值，还可以用吸管在照片中记录查找最多 9 个参考点的颜色值，如图 91-2 所示。

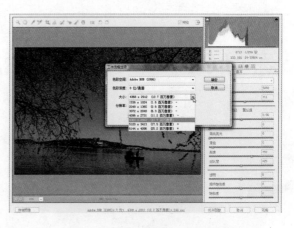

图　91-2

看右侧的参数区。

上边的直方图以红绿蓝三通道颜色十分直观地表现了 RGB 三色的分布状况。

中间是 8 个选项板，包括"基本"、"色调曲线"、"细节"、"HSL/灰度"、"分离色调"、"镜头校正"、"相机校准"和"预设"。

在"调整"中，从白平衡的色温、色调，到曝光控制的暗调、高光、反差和饱和度的设置一应俱全，几乎等于在不改变取景的情况下，重新拍摄这张照片。

Photoshop CS4 在调整项目中比前一个版本增加了大量新功能，方便了普通操作者的操作，提高了 RAW 文件的解读性能和质量，如图 91-3 所示。

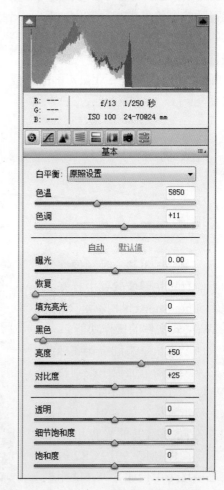

图　91-3

3. 调整 RAW 文件各项参数

在基本调整参数区中有诸多调整选项，如果不熟悉这些选项，也可以单击"自动"调整，软件会根据片子的实际情况自动调整各项参数。这就如同使用傻瓜相机拍摄一样简单，如图 91-4 所示。

图　91-4

实际上，摄影师们是极少使用相机的自动档去拍摄照片的，他们更愿意根据拍摄场景的具体情况，有选择地设置各项拍摄参数，以期获得更符合自己思想意图的照片影像。

现在单击"默认值"，各项参数恢复到初始状态。

根据当前照片的实际情况，一项一项的认真地设置各项参数，同时要注意上面直方图的变化，使得照片的影调和色调逐步接近满意，如图 91-5 所示。

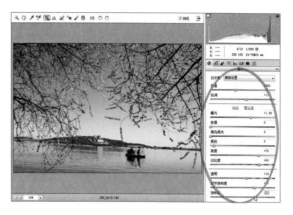

图　91-5

为了表现暖调子的气氛，在基本调整中适当提高了色温的值到 10000。

打开"色调曲线"面板，这里有"参数"和"点"两种调整方法可供选择。一方面根据预览窗口中的观察，另一方面可以看着直方图调整曲线，以使照片的影调和色调达到更满意程度，如图 91-6 所示。

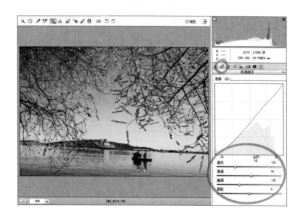

图　91-6

解读 RAW 格式文件

打开"HSL/灰度"面板，这里包括了 RGB 颜色的色相、饱和度和亮度选项，可以在这里做改变色调的精细设置。根据片子中的实际情况，有目的地把山桃花和天空的颜色做了适当强调，调整了橙色和蓝色的参数值，如图 91-7 所示。

需要说明的是，所有这些调整操作对照片质量几乎是无损的，这样做比在 Photoshop 中做调整效果要好得多。

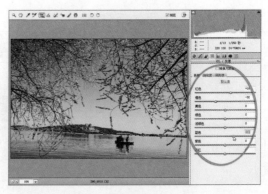

图　91-7

4. 用工具做局部调整

在 Photoshop CS 4 的 RAW 解读中新增了一些调整工具，可以对照片的局部做细致的调整。

在工具栏中选择调整画笔工具，在右侧的参数区中的下方可以设置笔刷的基本参数。

用调整画笔在预览画面的要调整的部分涂抹过去。现在想调整水面的影调和色调，就用调整画笔涂抹水面。然后在右侧调整各项参数，如图 91-8 所示。

图　91-8

想要改变水面的色调，单击参数区中的颜色色标，打开颜色"拾色器"，选择所需的颜色。看到水面的颜色满意了，单击"确定"按钮退出，如图 91-9 所示。

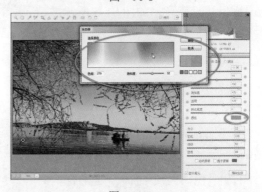

图　91-9

在上面的工具栏中选择渐变滤镜工具，可以对照片添加各种滤镜效果。

用鼠标在照片中需要添加滤镜的位置拉出渐变线，然后根据实际情况逐一调整右侧参数，如图 91-10 所示。

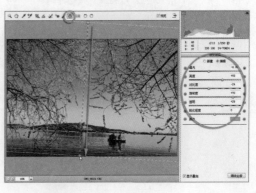

图　91-10

这个片子的地平线是倾斜的。在照片上面的工具栏中选中角度工具，按照地平线的位置拉出一条平行线，看到已经按照校正水平线出现了裁剪框，按回车键确认裁剪操作，照片的水平面已经校正过来了，如图91-11所示。

图　91-11

各项调整完成之后，在面板右下角单击"打开图像"按钮，片子在Photoshop中打开，如图91-12所示。

还可以继续对片子作精细的修饰。经过一系列精心的调整和编辑，片子达到了满意的程度。

各项调整完成以后，可以按照输出的要求存储为相应的格式，这是存储为一个新的图像文件，不会影响和覆盖RAW原文件。

图　91-12

5. 恢复原始数据

RAW格式的一大优势就在于这里保存的是照片拍摄时候的原始信息，可以按照不同的需要反复进行各种调整。再次打开原来的RAW格式文件，看到的是保留的上一次调整的状态。

在参数区右侧单击下拉菜单图标，在打开的下拉框中选择"复位Camera Raw默认值"选项，所有参数恢复没有照片拍摄的初始状态，可以再次进行新的调整了。

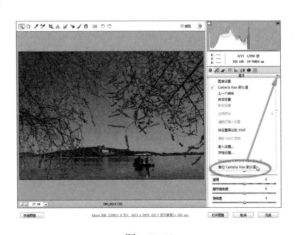

图　91-13

解读RAW格式文件

440

要点与提示

　　其实，RAW 格式并非是一种图像格式，它不能直接编辑。RAW 格式是 CCD 或 CMOS 在将光信号转换为电信号时的电平高低的原始记录，单纯地将数码相机内部没有进行任何处理的图像数据，即 CCD 等摄影元件直接得到的电信号进行数字化处理而得到的。RAW 数据由于没有进行图像处理，因此只能保存在硬盘中。利用相关的 RAW 数据处理软件将其转换成 JPEG、TIF 等普通图像数据。进行转换时，用户任意设置白平衡等参数，调整曝光补偿的余地比 JPEG、TIF 大，效果也好。充分利用 RAW 格式图像文件能够创作自己喜爱的图像的秘密就在于此。与利用图像编辑软件调整 JPEG 图像数据不同的是，图像数据绝不会有画质恶化的情况。

　　并非所有的数码相机都能够存储 RAW 格式文件，通常只有专业数码相机和少量高档的民用数码相机能够存储 RAW 格式。

　　RAW 格式文件容量比较大，以 1200 万像素的照片为例，RAW 格式文件可能需要 13MB 以上的存储空间，而同样一张照片存储为 JPEG 格式往往只需要 2MB 的存储空间。

　　所以说，RAW 格式是追求高画质的专业摄影师的必然选择，而对于普通百姓的家庭摄影来讲，RAW 格式就过于奢侈了。

练习 92　优化网页图像

目的与任务

制作网页图像主要应用 JPEG、PNG 和 GIF 三大格式，而存储每一种格式时在色彩数量、压缩质量、处理方式等许多方面都各不相同，由此直接影响到文件大小、传输速度和图像质量。通过这个练习，要学会如何按照实际需要，设置最优组合，存储网页图像。

实例学习

1. 准备图像

打开图像文件"小鸭.tif"。

在工具箱中选魔术橡皮擦工具，单击鸭子图像的白色背景，将背景色全部擦除成为透明，如图 92-1 所示。

图　92-1

选择"文件"|"存储为 Web 和设备所用格式"命令。在弹出的窗口中选择四联，窗口中出现 4 幅图像，左上角为原始图像，其余三个为经过优化设置的图像，如图 92-2 所示。

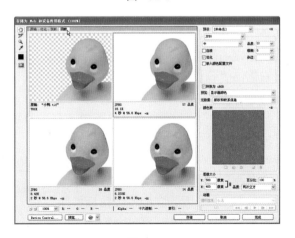

图　92-2

2. 优化 JPEG 图像

仔细观察比较这三个优化设置图像，可以看到它们的格式均为 JPEG，而由于压缩品质不同，所以文件的大小分别为 33.13KB、13.38KB 和 9.31KB，在相同的传输速率下，所使用的时间也不相同。

这三个图像文件的优化参数设置相当于打开"预设"下拉框后，分别选择 JPEG 低、JPEG 高和 JPEG 中，如图 92-3 所示。

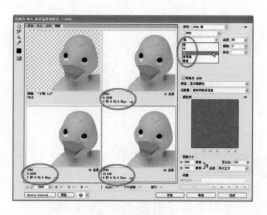

图 92-3

仔细比较，可以看出这三个图像的质量是有差别的。为了看得更清楚，选中右上角的图像，将其品质值提高到 100；再选中右下角的图像，将其品质值降低到 0，用面板左边工具栏中的放大镜把图像放大。这样可以看出二者在图像质量方面的明显差别。另外文件大小也相差很大，由此影响到文件传输速度。

总的原则是图像质量越高，文件越大，传输越慢，如图 92-4 所示。还有一点需要注意：JPEG 格式不支持透明。

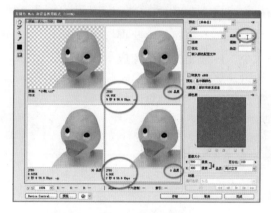

图 92-4

3. 优化 GIF 图像

指定右上角的图像为当前图像，打开右侧的"预设"下拉框，选中 GIF128 仿色。

指定右下角的图像为当前图像，打开右侧的"预设"下拉框，选中 GIF128 无仿色。

指定左下角的图像为当前图像，打开右侧的"预设"下拉框，选中 GIF 限制。

观察比较这三个图像，首先看到 GIF 支持透明。可以看到它们各项指标不同，形成不同的图像质量，如图 92-5 所示。

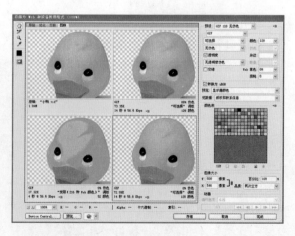

图 92-5

选择不同的色彩索引表、不同的色彩数量、不同的安全色比例等等，都会对图像质量产生不同的影响。

将右上角的图像颜色设为 256 色，左下角图像的颜色设为 8 色，右下角图像的颜色仍为 128 色。

仔细比较可以看出颜色数量对于图像质量的明显影响。

一般来说，GIF 格式适用于图形，而不适用于图像。

索引方式应该使用默认的"可选"，如图 92-6 所示。

单击"取消"按钮退出。

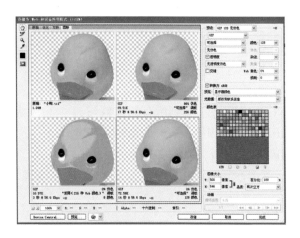

图　92-6

在工具箱中选画笔，设定一个大一点的软画笔，不透明度的值为 40%，选个漂亮的前景色，在鸭子的周围画上一圈淡淡的颜色，这些颜色呈现梯度的逐渐透明状态，如图 92-7 所示。

图　92-7

重新打开"存储为 Web 所用格式"面板。

将三幅图像格式都设定为 GIF128 仿色，看到图像有透明效果了，但是其中边界地方的像素要么透明，要么不透明，不能做到梯度的逐渐透明。

选中右下角的图像，在参数区中打开透明度选项下边的下拉框，这里有三种半透明方式可选，依次试一试，果真看到半透明效果了。但是，这种半透明的效果实在不敢恭维，如图 92-8 所示。

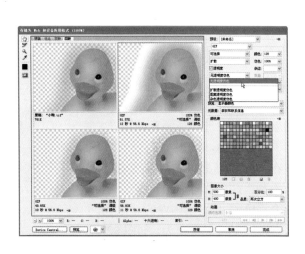

图　92-8

443

4. 优化 PNG 图像

选中 2 联，图像呈左右显示。

指定右侧的图像为当前图像，打开右侧的"预设"下拉框，选中 PNG-8 128 仿色。看到所有的参数与 GIF128 基本相同，显示效果也与 GIF 完全一致，如图 92-9 所示。

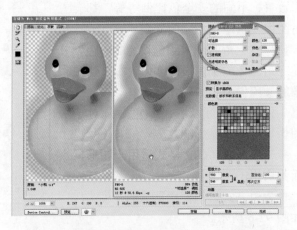

图　92-9

将右侧的图像设置为 PNG-24 格式，可以惊喜地发现，图像显示效果与原图一致，梯度透明的地方十分漂亮。这就是 PNG-24 的一大特点，真正的梯度透明。这种格式在网页图像中有着不可替代的功用。在欣喜之后也要注意：图像下边的各项数据表明，PNG-24 的文件是不压缩的，所以比前两种格式要大得多，几乎是同等效果 JPEG 的 10 倍。所以 PNG 格式被称为宽带网的格式，如图 92-10 所示。

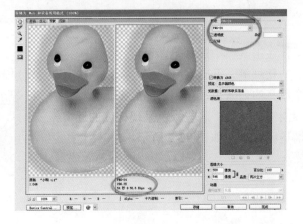

图　92-10

将三个图像分别设置为 PNG-24、JPEG 高和 GIF128 仿色的基本设置，认真比较三种不同格式图像的差别，由此选择最满意的图像。

一般认为，JPEG 的品质设置应该在 30 至 60 之间，过高或者过低都不利；GIF 适于制作色彩简单的图形；PNG 是网络图像的新生代，在宽带网上将大有作为，如图 92-11 所示。

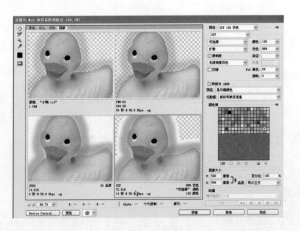

图　92-11

选定所需的优化图像后，在右上角单击"存储"按钮，弹出"将优化结果存储为"窗口，选定相应的存储位置，设定相关选项即可完成新文件的存储，如图92-12所示。

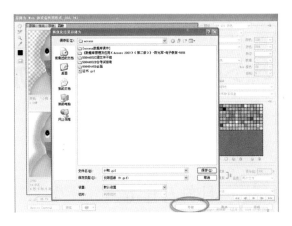

图　92-12

 要点与提示

为网页优化图像，要根据实际情况进行参数设定，不要以图像所显示的下载时间为准，因为实际情况往往与所标注的速率有差别。

优化图像要在图像质量、文件大小和传输速率之间做出选择，在图像质量与传输速度之间，对于普通要求的图像来说，传输速率大概是首要考虑的因素。随着宽带网的逐渐普及，这个矛盾将会缓解。

练习 93

切割网页图像

目的与任务

用于网页的较大的图像，往往需要切割成为多幅较小的图像，并且按照网页的要求设定相关的链接。正确做好网页图像的切割和链接，将为网页图像的传输和浏览提供便利。

实例学习

1. 准备图像

打开图像文件"小鸭.tif"。

2. 建立切片

在工具箱中选择切片工具，在图像中拖动鼠标拉出一个切片。可以看到图像中产生了多个矩形切片，由鼠标拉出来的是实线，叫做"主动切片"。其余的切片是虚线，叫做"被动切片"，如图 93-1 所示。

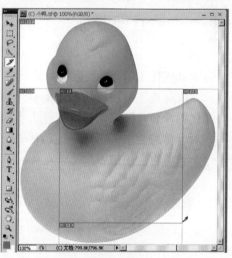

图　93-1

再次在图像中拉出第二个切片，可以看到又产生了多个被动切片。软件会自动按照主动切片的延长边设置被动切片的切线，确保所有的切片都是矩形，如图 93-2 所示。

图　93-2

3. 修改切片

对于制作的主动切片不满意，可以进行编辑修改。在工具箱中选择切片选择工具。单击主动切片，用鼠标拉动边上或者角上的控制点，就可以改变原有的主动切片的宽高，但是不能倾斜和旋转。被动切片是不能编辑的，它们会随着主动切片的变化而自动变化，如图93-3所示。

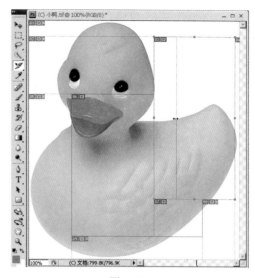

图　93-3

用鼠标按住某个主动切片拖动，可以直接移动这个切片到新的位置，如图93-4所示。

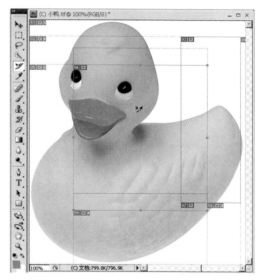

图　93-4

当两个以上的主动切片相重合的时候，后建立的切片在上，先建立的切片在下，由此也影响到被动切片的建立。

要改变主动切片的顺序，在选项栏上单击设置切片顺序图标，可以将被激活的主动切片向上或者向下倒换顺序。同时，与此有关的被动切片也随之自动产生变化，如图93-5所示。

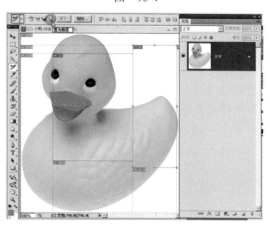

图　93-5

切割网页图像

4．删除切片

要删除某个主动切片，就选用切片选择工具，单击需要删除的切片，将它激活后再单击 Delete 键，这个主动切片即被删除。也可以右击这个主动切片，在弹出的菜单中选择"删除切片"命令，如图 93-6 所示。

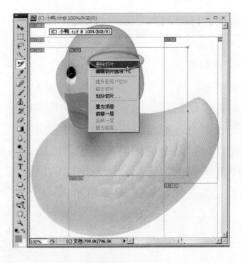

图　93-6

5．建立热区链接信息

用切片选择工具在主动切片上双击，弹出切片设置窗口。可以在 URL 栏中输入需要调用的网站地址。在"信息文本"中输入状态栏提示文字，在"标记"栏中可以输入热区提示文字。下边的 XY 用于确定热区切片的顶点坐标，WH 用于确定热区切片的绝对尺寸。

设置完成后，单击"确定"按钮退出，如图 93-7 所示。

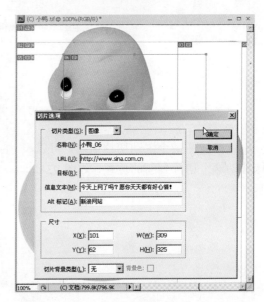

图　93-7

选择"文件"|"存储为 Web 和设备所用格式"命令，在弹出的窗口中单击最下边"预览"按钮，打开网页浏览器，如图 93-8 所示。

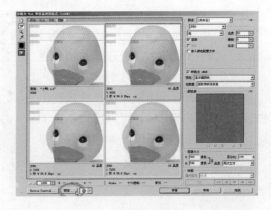

图　93-8

现在看到的是图像将来在网页中的实际效果。

鼠标进入热区变成可单击的小手图标，并且弹出热区提示文字标题。

在热区单击鼠标后，开始调用 URL 中指定的网址。

最下边的状态栏中出现提示文字，如图 93-9 所示。

关闭网页浏览器，回到 Photoshop。

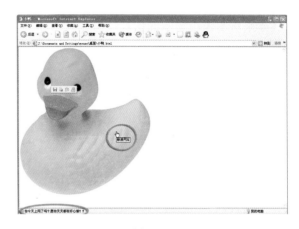

图　93-9

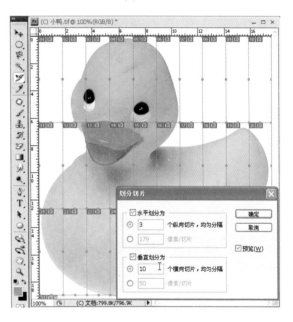

用切片选择工具将主动切片拉大。

在选项栏上单击"划分切片"按钮，在弹出的窗口中可以选定水平分割和垂直分割选项，然后设定所需分割的切片数量，如图 93-10 所示。

图　93-10

对于所需切割的切片，也可以按照每个切片的宽和高来设定精确的像素值。

单击"确定"按钮退出，如图 93-11 所示。

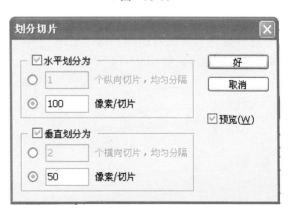

图　93-11

如果对图像中显示的切片线感到妨碍观察，可以选择"视图"|"显示"|"切片"命令，将前边的对勾去掉，就临时关闭了切片显示。什么时候需要显示切片再打开就是了。

要清除所有切片，选择"视图"|"清除切片"命令。这与临时关闭切片不是一回事，如图 93-12 所示。

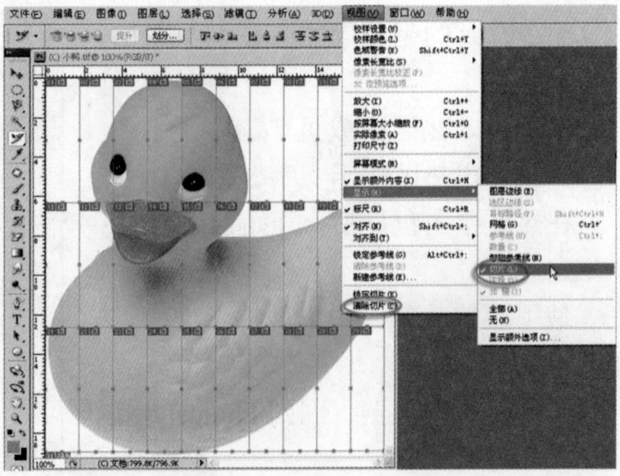

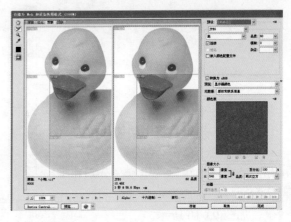

图　93-12

切片制作完成后需要进行存储，选择"文件"|"存储为 Web 和设备所用格式"命令，弹出图像优化窗口。做好各项设置，如图 93-13 所示。

图　93-13

单击"存储"按钮，弹出存储窗口。可以看到最下边的选框中有"所有切片"项。选择存储所需的路径和目录，单击"保存"按钮退出，如图 93-14 所示。

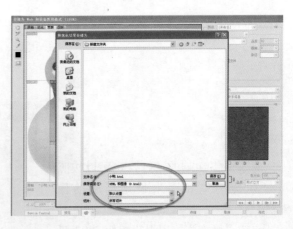

图　93-14

打开资源管理器或者任意图片浏览软件，找到相应的目录，可以看到新建立了一个 images 子目录，打开这个子目录，看到每一个切片都被顺序存储为一个单个的图像文件了，如图 93-15 所示。

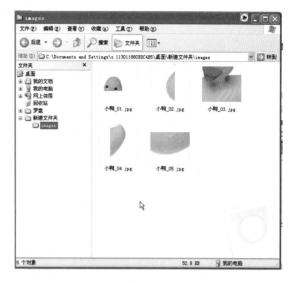

图　93-15

 要 点 与 提 示

图像切割主要应用于网页图像制作，对于各项链接似乎还是在网页编辑中再设置更直观，更方便修改。编辑合成这个图像时，除了放在 images 子目录中的切割图像文件以外，不要把上一级目录中同名的 .html 文件给丢了，那是合成切割图像的依据。

练习 94　重组历史瞬间

目的与任务

合理地运用 Photoshop 中的历史记录和多重快照功能，不仅可以"后悔"，而且能方便地将各种历史瞬间巧妙地组合在一起，生成一幅妙趣横生的新图像。

实例学习

1．准备图像

打开随书赠送的图像文件"瀑布(16bit).tif"。这是一幅 16 位的图像。打开"历史记录"面板，在最上边的快照栏中可以看到已经有了第一个快照。

选择"图像"|"模式"命令，选择"8 位/通道"命令，将这个图像从 16 位色彩转换为 8 位色彩，如图 94-1 所示。

2．建立第二个快照

单击"历史记录"面板右上角的黑三角，在弹出的下拉菜单中选择"新建快照"命令，可以把刚刚做过的步骤作为快照的名称写上去备查。

可以看到"历史记录"面板的上边出现了这个新的快照栏，如图 94-2 所示。

图　94-1

图　94-2

3. 建立第三个快照

选择"滤镜"|"风格化"|"查找边缘"命令。图像产生了明显的边缘。选择"图像"|"调整"|"反相"命令将图像色彩反转过来。

再次单击"历史记录"面板右上角的黑三角，选择"新建快照"命令，在弹出的窗口中把刚刚做过的步骤作为快照的名称写上去备查，如图94-3所示。

单击"确定"按钮退出。"历史记录"面板的上边出现了第三个快照。

图 94-3

4. 建立第四个快照

用鼠标单击"转换色彩模式：8bit"的快照栏，图像又恢复原始状态。

先选择"滤镜"|"风格化"|"曝光过度"命令做中途曝光，再选择"图像"|"自动色调"命令强化影调。再做一遍曝光过度，再重复一遍自动色调。经过两遍中途曝光和强化影调，图像色彩变得有意思了，如图94-4所示。

图 94-4

在"历史记录"面板上单击第一次自动色调记录栏，图像回到第一次强化影调的状态，下面的其他操作栏变成灰色。在第二次自动色调记录栏前边的方框上单击出历史笔，如图94-5所示。

图 94-5

重组历史瞬间

选择工具箱中的历史记录画笔工具，在画笔面板上选定 100 像素的软画笔。再顺着溪水从上到下划过，并且用历史笔小心地修饰溪水中没有划过的地方，这些地方的图像恢复了第二次强化影调时的效果，两相结合很是漂亮，如图 94-6 所示。

图　94-6

再建立一个新快照，为了快捷可以直接单击"历史记录"面板最下边的新建快照图标，上边的快照栏中产生了为这次操作建立第四个快照，默认名称是快照 1。用鼠标双击这个快照栏，在窗口中为它重新命名新名称，如图 94-7 所示。

图　94-7

5. 建立第五个快照

再次用鼠标单击快照栏中的 8bit 一栏，图像重又恢复到初始状态。选择"滤镜"|"模糊"|"动感模糊"命令，在弹出的窗口中设定角度为–60°，距离为 40 像素，图像产生了一种好似雨中的朦胧效果，如图 94-8 所示。

图　94-8

单击"历史记录"面板最下边的建立新快照图标，为这个图像在历史快照栏中建立起第五个快照，如图 94-9 所示。

图 94-9

6．组合不同的历史瞬间

现在已经有了五个不同的快照，把它们巧妙适当地组合起来成为一幅新图像。

选择工具箱中的历史记录画笔工具，在最上边的选项栏中打开画笔库，选定 200 像素画笔。在选项栏最右边单击画笔设置板图标，在弹出的窗口中单击"其他动态"选项，在右侧的参数区中将"流动抖动"下的"控制"下拉框打开，选中"渐隐"项，在后面填入值为 10，如图 94-10 所示。

图 94-10

在历史快照栏中的"查找边缘并反相"快照前的方框中单击鼠标，出现"历史记录画笔"标志。用画笔在溪水两岸分别从下往上划过，这些地方局部恢复了前一幅图像的景象。由于画笔设置了渐隐值，所以恢复的地方随着画笔的移动逐渐被隐去，如图 94-11 所示。

图 94-11

再将历史快照栏中的"历史记录画笔"修饰溪水快照前的方框点中，出现历史笔标志。画笔的设置参数照旧。

用历史笔从溪水最下方沿水流方向往上边划过，再打开画笔库逐一换小画笔，细心地沿着溪水作修饰，一条闪亮的溪水出现了，如图 94-12 所示。

图　94-12

不断换用各个不同快照的历史瞬间，用历史笔修饰不同的局部，直到满意。一幅颇具奇幻味道的图像产生了，较之原始图像感觉要多了些许浪漫与温馨，如图 94-13 所示。

 要 点 与 提 示

首先有一个好的构思，再把历史快照和历史记录画笔的功能结合起来，就能创作出新奇的作品来。这个练习为读者提供了一个利用历史记录功能进行创作的思路，并不是每一张图像都要按照这个操作步骤来做。具体到一张图像的操作，要建立在对软件的熟悉了解的基础上，经过反复试验才能找到满意的制作特效。

历史记录操作要一气呵成，因为一旦关闭文件，那些快照和历史记录也就烟消云散了。

图　94-13

练习 95 | 设计师的好帮手

目的与任务

在 Photoshop CS4 中有一个"图层复合"面板。这个面板能够把不同图层所形成的不同效果方便地保留下来，大大方便了设计师的操作。

实例学习

1. 准备图像

打开图像文件"图层复合.psd"，如图 95-1所示。

图　95-1

打开"图层"面板。可以看到，这是一幅设计稿，设计者使用了很多图层，制作了很多种不同的效果。究竟哪一种效果好，这需要征求各方面的意见，如果在征求客户意见的时候，反复地打开和关闭这些图层，一来很麻烦，二来可能连操作者自己也记不清某个效果使用哪些图层做出来的了。这就需要在制作过程中，把形成某种效果的某些图层复合记录下来，如图 95-2 所示。

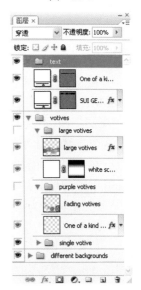

图　95-2

2. 从图层复合面板观察各个设计方案

选择"窗口"|"图层复合"命令，打开"图层复合"面板。这个面板中记录了设计师在制作这个图像中所做出的不同的方案。

首先选中"标题"栏，可以在"图层"面板上看到这个图像中的标题是如何制作的，居然没有用文本层，而是用了两个填充层，如图 95-3 所示。

图　95-3

在"图层复合"面板上选中"多支大蜡烛"，可以看到"图层"面板上这个方案放在了同名的图层组中，是在四个蜡烛的下面加了一个填充白色背景的层，并且作了蒙版的遮挡。这应该是设计师的第一个方案，如图 95-4 所示。

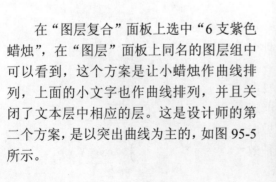

图　95-4

在"图层复合"面板上选中"6 支紫色蜡烛"，在"图层"面板上同名的图层组中可以看到，这个方案是让小蜡烛作曲线排列，上面的小文字也作曲线排列，并且关闭了文本层中相应的层。这是设计师的第二个方案，是以突出曲线为主的，如图 95-5 所示。

图　95-5

第三个方案是"小花瓶"，这个方案比较简洁，文字设计与第一个方案相同，主题图案只有一个亮晶晶的花瓶，如图 95-6 所示。

在"图层复合"面板上单击方案前面的横三角图标，可以打开显示当前方案的注释，了解这个方案的设计思想等内容。

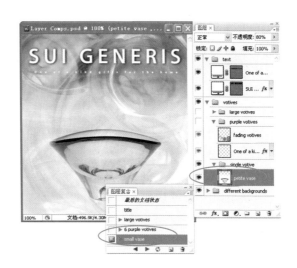

图 95-6

在方案栏中双击鼠标可以打开"图层复合"选项面板，在这里可以作相应的设置，并且填写设计者所要表述的注释内容，如图 95-7 所示。

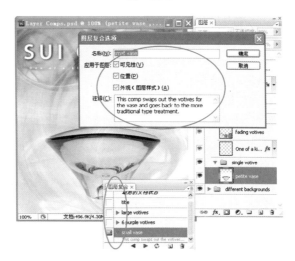

图 95-7

3. 制作一个新的设计方案

在"图层"面板上打开"不同背景"图层组，选中"已使用滤镜"和"着深青色"，为图像换一个朦胧一些的背景效果。

重新选定"多支大蜡烛"图层组。

在上面"文本"图层组中双击大标题层上面的填充色图标，打开拾色器，选择纯红色替换标题颜色，单击"确定"按钮退出，如图 95-8 所示。

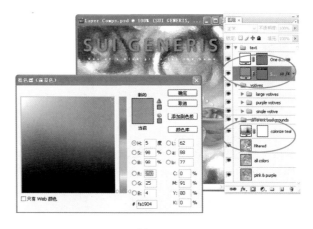

图 95-8

设计师的好帮手

还可以在多支大蜡烛图层上面添加一个渐变填充层，做一个满意的渐变色填充，当然还要把当前层混合模式设置为相应的叠加模式，感觉蜡烛的颜色鲜艳了。现在看到了这样一个新的效果，与前面设计师所作的那些方案相比风格完全不同，这也可以成为一个可选的设计方案，如图 95-9 所示。

图　95-9

4．记录新的方案

在"图层复合"面板下边单击建立新图层复合图标，弹出"新建图层复合"窗口，在"名称"栏中填写新的图层复合名称，在"注释"栏中可以填写必要的说明文字，以利于将来对这个设计方案的阐述，如图 95-10 所示。

以后，什么时候需要向别人展示这个方案，随时可以在"图层复合"面板上单击选择这个方案，而不必在图层面板中逐一更改设置图层了，如图 95-11 所示。

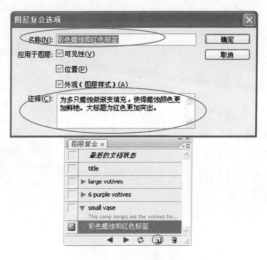

图　95-10

 要点与提示

"图层复合"面板是 Photoshop CS4 新增加的，它为设计师创作提供了很大的方便。操作者可以把自己的不同设计方案完好的记录保存下来，可以方便地向别人展示多种不同的设计方案，这就为设计师更好地发挥创意灵感解除了后顾之忧。

图　95-11

练习 96　　　　裁 切 图 像

目的与任务

裁切是指将图像周围不需要的部分剪掉。

扫描图像时通常会将四周多扫描一些，扫描之后往往又会发现图像歪了，这些问题都需要通过裁切来纠正。

在当前流行的数码照片中，正确使用裁切操作，是对摄影作品的再创作。

实例学习

1. 准备图像

打开图像文件"山丘.tif"和随书赠送光盘中的图像文件"办公楼.jpg"，如图 96-1 所示。

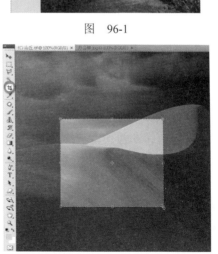

图　96-1

2. 常规图像裁切

指定"山丘.tif"为当前文件。

在工具箱中选裁切工具，在图像中拉出裁切框，中间的亮部区域将保留，而四周的暗部区域将被裁掉。分别拉动裁切框边上的控制点，可以改变裁切范围的宽和高，拉动角上的点可以同时改变裁切范围的宽和高，如图 96-2 所示。

图　96-2

在拉动角上控制点的同时按住 Shift
键，就可以在改变裁切范围的同时，保持
现有的宽高比例不变。

在拉动角上控制点的同时按住 Alt
键，就会以现在的中心点为基准，向四周
同时缩放。

当裁切框靠近图像边缘时，裁切线会
自动吸附在图像边框上，这是因为设置了
"对齐"的原因。如果需要精细移动裁切
线，就按住 Ctrl 键再用鼠标拉动裁切线，
如图 96-3 所示。

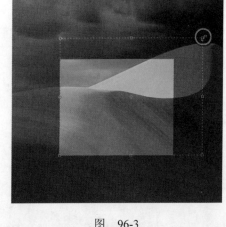

图 96-3

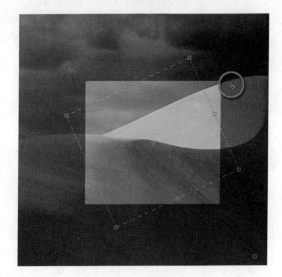

将鼠标放在裁切框之外，变成了双向
的旋转标志，拖动鼠标裁切框就被旋转
了，如图 96-4 所示。

图 96-4

用鼠标将旋转的中心点移动到所需
的位置，再转动裁切框，就会以新的中心
点为基准旋转裁切框，如图 96-5 所示。

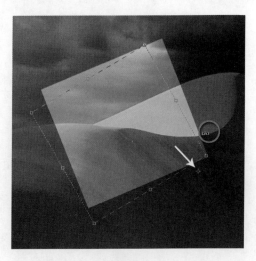

图 96-5

裁切框位置确定以后，在裁切框里边双击鼠标，或者直接按回车键，即可完成裁切操作。还可以在选项栏最右边打勾，于是裁切框以外的图像都被剪掉了，如图 96-6 所示。

按 Ctrl+Z 键退回一步，恢复到未裁切之前的状态。

图　96-6

3．强迫设定裁切

可以在最上边的选项栏中直接输入裁切后最终所需的成品尺寸和分辨率。例如设置参数为长 10 厘米，高 7 厘米，分辨率为 300 像素/英寸，然后在图像中拉出所需要的成品图像位置，如图 96-7 所示。

图　96-7

按回车键确认裁切操作。

裁切后的图像画幅、成品尺寸、分辨率都按所设置的数值完成，如图 96-8 所示。

图　96-8

按 Ctrl＋Z 键退回一步，恢复到
未裁切之前的状态。

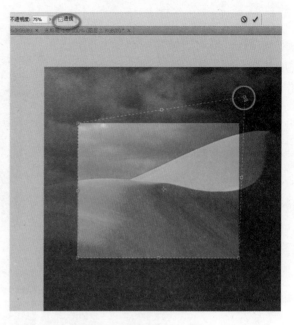

4. 透视矫正裁切

在图像中拉出一个裁切框，在
最上边的选项栏中将"透视"选项
打勾，然后可以随意拉动裁切框的
四角作透视变形，这对矫正某些变
形的图像是很方便的，如图 96-9
所示。

图　96-9

指定"办公楼.jpg"为当前图像
文件。

由于这是用广角镜头拍摄的，
因此画面中的建筑物产生了明显的
变形，大楼是倾斜的。这样的画面
可以通过透视裁切给予矫正，如
图 96-10 所示。

图　96-10

首先在画面中建立全画幅的裁
切框，然后确认选项栏中"透视"
选项已经选中打勾，用鼠标将裁切
框的左上角点向里移动，直到与相
关的建筑物线条相平行。将裁切框
的右上角点也向里移动，直到裁切
框边线与建筑物边线平行，如
图 96-11 所示。

图　96-11

直接按回车键确认裁切操作，可以看到，经过透视裁切后，建筑物的变形得到了较好的矫正，大楼不再倾斜了，如图 96-12 所示。

图　96-12

要点与提示

裁切图像是每一幅扫描进来的图像都必须做的。操作不难，但是方法和种类不少，要根据实际需要选择适当的裁切方式。

在数码照片的编辑中，裁切操作就是摄影中的剪裁操作，一方面可以用来矫正照片的倾斜和变形，另一方面优秀的剪裁也是摄影艺术重要的创作方法之一。

练习 97 | 不同插值方法的不同用途

目的与任务

有的时候，可能需要将某些从网上下载的，或者计算机屏幕上拷屏的图像用于印刷。也就是说，要将低分辨率的图像经过插值成为高分辨率的图像。也有的时候，可能需要将一幅小图像放大成一幅广告牌，也就是说，要大比例的放大图像。这些都必须对图像进行插值，Photoshop 中有五种不同的插值方法，要根据具体情况选择正确的插值方法，操作不当将使插值后的图像质量严重下降。

实例学习

1. 准备图像

按键盘上的 Print Screen 键将计算机屏幕拷屏。

建立一个新文件，将拷屏的图像粘贴进来，如图 97-1 所示。

图　97-1

用裁切工具划出裁切区域，只需要屏幕左上角的一小块就可以了。直接按回车键完成裁切，如图 97-2 所示。

图　97-2

选择"图像"|"复制"命令，将图像再拷贝两个副本备用，如图 97-3 所示。

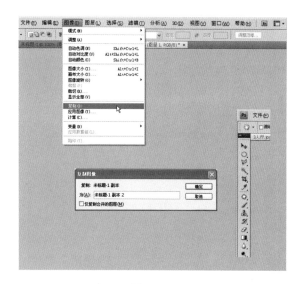

图　97-3

2．两次立方插值方法

指定第一个图像为当前文件，选择"图像"|"图像大小"命令，在弹出的窗口中可以看到当前图像文件的总像素数、图像尺寸和分辨率精度，如图97-4所示。

图　97-4

将分辨率的数值从72 像素/英寸改为 300 像素/英寸，以适应将来铜版纸印刷的需要。单击"确定"按钮退出，如图 97-5 所示。

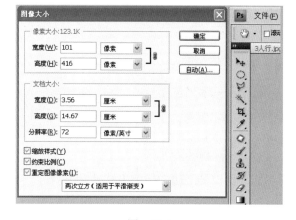

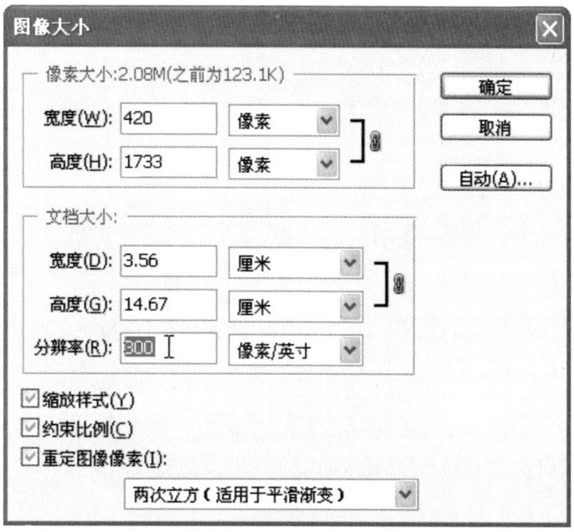

图　97-5

不同插值方法的不同用途

图像以默认的"两次立方"方式插值，现在的像素数量是原来的 4 倍多。在工具箱中双击放大镜，图像以百分之百显示。仔细观察，发现工具箱图像顶端 Adobe Photoshop 的标题图像质量尚可，但是菜单栏中文字与工具栏中的图形明显模糊。这是因为两次立方是在相邻的两个像素之间插过渡值，如图 97-6 所示。

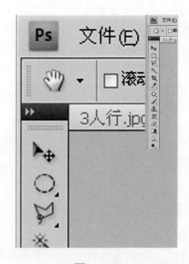

图　97-6

3．邻近插值方法

指定第二个图像为当前文件，再次选择"图像" | "图像大小"命令，在弹出的窗口中仍将"分辨率"的数值从 72 像素/英寸改为 300 像素/英寸。

打开窗口最下边的插值方式选项下拉框，将默认的"两次立方"插值方式改为"邻近"插值方式。单击"确定"按钮退出，如图 97-7 所示。

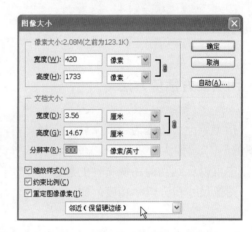

图　97-7

仔细观察，可以发现经过邻近方式插值后，图像中菜单栏中的文字与图形相当清晰，但锯齿明显，而工具箱图像顶端 Adobe Photoshop 的标题图像则有明显的马赛克现象。这是因为邻近插值方式是在每个像素旁边插相同的像素，如图 97-8 所示。

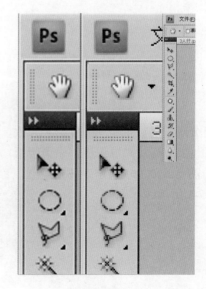

图　97-8

4．两次线性插值方法

指定第三个图像为当前文件，再次选择"图像"|"图像大小"命令，在弹出的窗口中仍将"分辨率"的数值从 72 像素/英寸改为 300 像素/英寸。打开窗口最下边的插值方式选项窗口，将插值方式改为"两次线性"插值方式。单击"确定"按钮退出，如图 97-9 所示。

仔细观察，可以发现经过这种插值后，图像质量介于前两种之间。

将三种插值图像放在一起比较，可以得出结论："两次立方"插值方式适用于对图像进行插值；"邻近"插值方式适用于对文字图像进行插值；而"两次线性"插值方式介于二者之间。应该针对不同内容的图像采用不同的插值方式，如图 97-10 所示。

图 97-9

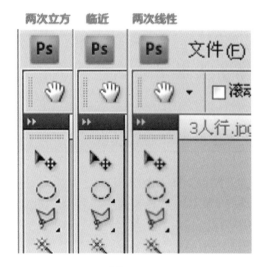

图 97-10

 要点与提示

图像插值是提高图像分辨率和放大图像尺寸的唯一途径，对于一般图像，应采取"两次立方"插值方式；对于文字图像应采取"邻近"插值方式处理；对于二者并重的图像，只好采取"两次线性"插值方式兼顾图像与文字；"贴补丁"大概是确保差值图像质量的最好办法，但制作起来相对繁琐。

大多数教科书都说"二次立方是最精确的插值方式"，这种结论未免过于简单了。

在新版的 Photoshop CS3 和 CS4 中，插值方式增加了"两次立方较平滑"和"两次立方较锐利"两种插值方式，实际差值效果比"两次立方"更清晰一些。

不同插值方法的不同用途

练习 98   输出精度与图像尺寸的关系

目的与任务

每一幅图像都需要输入和输出，而输入与输出的尺寸大多不一致，在转换的过程中，操作不当会使图像质量严重受损。通过这个练习，应该弄清输入与输出之间的换算关系，采取正确的操作命令确保图像质量。

实例学习

1. 准备图像

打开图像文件"山丘.tif"。

选择"图像"|"图像大小"命令，如图 98-1 所示。

图　98-1

弹出的窗口中，上半部分"像素大小"表明当前文件有 1.03MB 大小，框中有当前图像的像素宽度和像素高度（600 像素×600 像素）。下面的"文档尺寸"中有图像宽度（21.17cm）、高度（21.17cm）、分辨率精度（72 像素/英寸）。最下面的"缩放样式"、"约束比例"和"重定图像像素"选项都被选中，如图 98-2 所示。

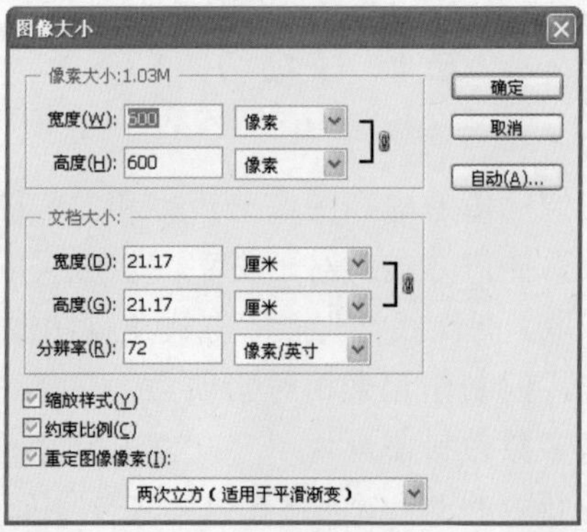

图　98-2

2．原则之一：改变像素总量

可以根据实际需要任意改变像素的总量数值，由于宽高参数的右边有一个链接标志把二者的关系锁定了，所以改变一个，另外一个也会随着变化。

将像素宽 600 像素增加一倍改成 1200 像素，可以看到像素高也由原来的 600 像素自动变成了 1200 像素。这时会看到最上面显示文件大小的地方出现了新的数据，前面的 4.12MB 是改变后的文件大小，后面括号里面是原来文件大小。像素总量增加一倍，文件占有磁盘空间的大小是原来的 4 倍。

这时因为像素总量增加了一倍，所以文件的尺寸也增大了一倍，变成了 42.33cm×42.33cm，但是图像的分辨率精度并没有改变，仍然是 72 像素/英寸，如图 98-3 所示。

图　98-3

反过来，将像素宽改为比原来少一半，当像素宽降低为 300 像素时，像素高也自动降低一半，变成了 300 像素。这时文件尺寸也比原来缩小了一半，而图像分辨率始终没有变化，如图 98-4 所示。

注意：这是第一条原则。像素总量的变更，与文件大小、图像尺寸成正比关系，而与图像分辨率没有关系。

图　98-4

按住 Alt 键，看到窗口中的"取消"按钮变成了"复位"按钮，用鼠标单击它恢复图像原始设置尺寸。

3．原则之二：改变分辨率

将图像分辨率由显示器常用的 72 像素提高一倍，改为 144 像素。可以看到像素总量提高了一倍，变成了 1200 像素×1200 像素，文件占有磁盘空间是原来的 4 倍，但图像的文件尺寸没有变，如图 98-5 所示。

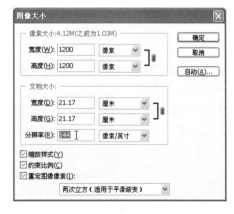

图　98-5

输出精度与图像尺寸的关系

反之，如果降低图像的分辨率，像素的总量和文件大小也会变小。

注意：这是第二条原则。图像分辨率的变更，与像素总量和文件大小成正比关系，而与图像尺寸无关。

4．原则之三：锁定像素总量

先按住 Alt 键，再单击"复位"键，恢复图像初始状态。

将"重定图像像素"选项前的对勾去掉不选，看到文件尺寸右边的链接图标将图像的宽、高、精度三者锁定了。这时图像的总像素数量不变，文件大小也不会变化了，如图 98-6 所示。

图　98-6

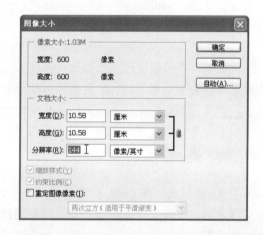

这时将图像分辨率精度提高一倍，文件尺寸就会缩小一半。反之文件尺寸放大一倍，图像精度就会降低一半，如图 98-7 所示。

图　98-7

注意：这是第三条原则。在总像素量不变的情况下，图像的尺寸与分辨率成反比关系。

在实际工作中，草率地改变图像的尺寸和精度，必然对图像的清晰度有影响。特别是大比例的放大图像尺寸或提高分辨率精度时，图像经过默认的二次立方插值会越来越虚。这也就是为什么能把一幅小尺寸图像放大数倍，仍能保持图像原有的清晰度的道理，如图 98-8 所示。

图　98-8

5. 数码照片输出尺寸

数码照片已经流行，一幅数码照片用作印刷品，能够输出多大尺寸？这要根据数码照片的总像素量和印刷品的图像分辨率要求来确定。

打开随书赠送光盘中的"大足石刻.jpg"文件。这是一幅用数码相机拍摄的照片。选择"图像"|"图像大小"命令，打开对话框，可以看到这个照片的宽和高是 1900 像素×1200 像素，可知大致相当于 200 多万像素，如图 98-9 所示

图 98-9

将窗口下边的"重定图像像素"选项的勾去掉不选。照片的宽高总像素被锁定，如果这张片子要印刷在铜版纸上，将"分辨率"改为300 像素/英寸。可以看到，这张照片可以印刷的尺寸为 15.24cm×10.16cm，如图 98-10 所示。

图 98-10

用同样的方法，设置 310（2048×1536）万像素的数码照片图像，可以看到这张片子在铜版纸上的印刷尺寸在 17.34cm×13cm，如图 98-11 所示。

图 98-11

输出精度与图像尺寸的关系

474

用同样的方法，可以看到 550（2004×2748）万像素的照片，在铜版纸上可以印刷成 16.98cm×23.27cm，这就接近正度 16 开的尺寸了，如图 98-12 所示。

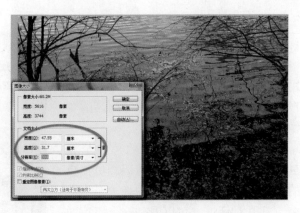

图　98-12

 ## 要点与提示

图像输入与输出尺寸、分辨率的转换需要认真计算，看起来是个理论问题，其实这是个直接关系到图像质量高低的实际操作问题。关键是操作步骤与计算是否正确。

输入与输出的分辨率精度，按照不同的输出材料，有明确的要求，既不是随意定的，也并非越高越好。尤其在制作大幅广告喷绘的时候，更是有根据不同输出尺寸、不同输出要求以及观看距离，分别计算的不同的图像分辨率精度设置。

一般来说，不赞成单项增大图像尺寸或者提高分辨率，因为这样做会以插值的方式降低图像清晰度。

练习 99　主要色彩模式转换

 目的与任务

不同的色彩模式分别应用于不同领域，它们的色彩表现方式、使用方式都不相同。在需要将某种色彩模式转换成另一种色彩模式时，有许多需要注意的问题，这个练习的目的是掌握几种主要色彩模式之间的转换方法。

色彩模式的使用与转换直接影响到图像最后的输出，千万马虎不得。

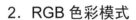 实例学习

1. 准备图像

打开图像文件"山丘.tif"。

用矩形选区工具分别创建五个选区，打开色板，依次选中其中第一排第一个红色、第二个黄色、第三个绿色、第五个深蓝色和第二排最后一个纯黑色，将它们分别填入五个选区之中。而红绿蓝正好是 RGB 色彩模式的三个基本色，如图 99-1 所示。

实际操作时，要建立一个选区，填充一个颜色。再建立下一个选区，再填充下一种颜色。

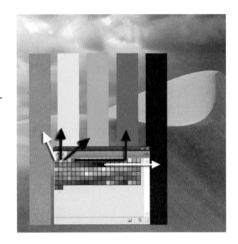

图　99-1

2. RGB 色彩模式

RGB 色彩模式用于显示器的彩色图像输出。

现在这个图像文件本身就是 RGB 模式。打开通道面板。用鼠标依次单击红、绿、蓝三个通道进行观察。因为 RGB 色彩模式是加色法，所以可以看到，在红色通道中，图像中的红色和黄色部分是白的，如图 99-2 所示。

图　99-2

3. 转换 CMYK 色彩模式

CMYK 色彩模式应用于印刷、喷绘、打印图像的输出。

选择"图像"|"模式"|"CMYK 颜色"命令，将图像转换为 CMYK 色彩模式。CMYK 色彩模式的色域比 RGB 色彩模式色域窄，现在的颜色看起来比刚才要黯淡了，如图 99-3 所示。

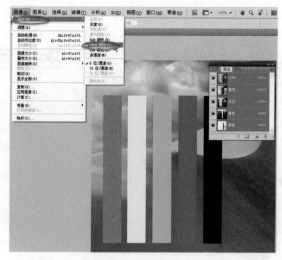

图　99-3

在工具箱中单击前景色，打开颜色拾取器，在右下角将颜色值设定为 C=0、M=0、Y=0、K=100，这是印刷用的纯黑色，如图 99-4 所示。

用工具箱中的油漆桶将这种纯黑色填充到图像中的黑色块中。

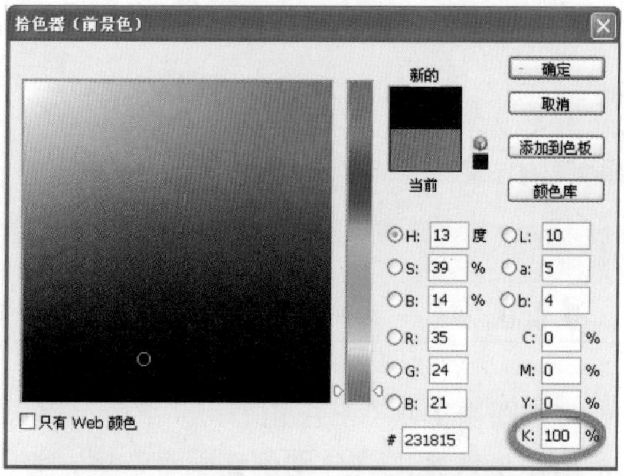

图　99-4

在通道中可以看到图像中黑色块在 CMY 通道中都被留白。因为 CMKY 是减色，因此在某个通道中可以看到，有颜色的地方是深色的，没有这种颜色的地方是白色的。这一点与 RGB 通道中所看到的正相反，如图 99-5 所示。

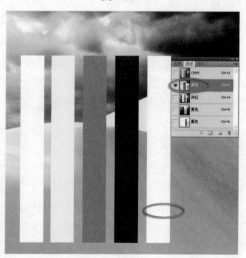

图　99-5

选择"图像"|"模式"|"RGB
颜色"命令，图像被从 CMYK 转换为
RGB 模式。

再选择"图像"|"模式"|"CMYK
颜色"命令，又将色彩模式从 RGB 转
回 CMYK 模式。

在工具箱中选择吸管工具，单击
黑色部分，再打开颜色拾取器，发现
原来 CMKY 的值完全变了，已经不是
单色黑，而是四色黑了，如图 99-6
所示。

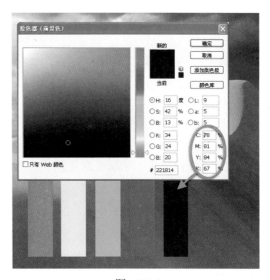

图　99-6

在通道中可以看到黑色部分在
CMYK 通道中已经被填充了相应的青
品黄色，与图 99-5 对比一下就看出来
了，已经不是白色了。

所以，在实际操作中，应该避免
在 RGB 与 CMYK 色彩模式之间的来
回转换，因为这种转换不是完全对等
的，如图 99-7 所示。

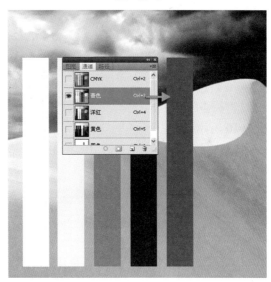

图　99-7

由此得出的结论是，创建一个新
文件时应该知道将来这个图像要做什
么用，要印刷就直接开 CMYK 模式，
不要先开 RGB，以后再转换 CMYK，
如图 99-8 所示。

按 F12 键将图像恢复初始状态。

图　99-8

主要色彩模式转换

4. 转换双色调模式

双色调模式也是应用于印刷的。

要想选择"图像"|"模式"|"双色调模式"命令将图像转换为双色调模式，要先转换为灰度模式。选择"图像"|"模式"|"灰度模式"命令，在弹出的窗口中单击"确定"按钮退出。图像成为灰色，如图 99-9 所示。

图　99-9

再选择"图像"|"模式"|"双色调模式"命令，在弹出的"双色调选项"窗口中打开"类型"下拉框，选择"双色调"，如图 99-10 所示。

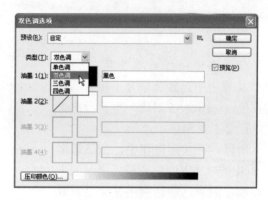

图　99-10

单击"油墨 1"色彩图标，弹出颜色拾取器，单击右侧的"颜色库"选项，在弹出的窗口中选择所需的颜色，如上边的品色，如图 99-11 所示。

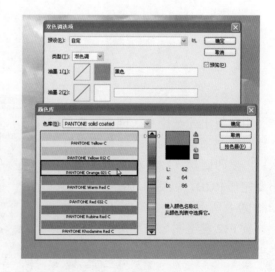

图　99-11

单击"确定"按钮回到"双色调选项"窗口，再单击"油墨2"颜色图标，在打开的自定颜色表中选中所需的色彩图标，例如选择最上边的黄色，如图99-12所示。

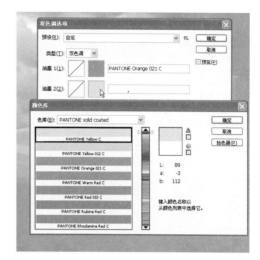

图　99-12

单击"确定"按钮退出，看到一种桔红色的双色调效果。这是由黄和品两种油墨印刷而成的。这种双色调的印刷在今天已经比较少了，如图99-13所示。

按F12键将图像恢复初始状态。

图　99-13

5. 转换索引色模式

索引色彩模式，经常应用于网络图像。

选择"图像"|"模式"|"索引颜色"命令。在弹出的窗口中打开"调板"下拉框，选择Web模式。由于索引色标准模式只有256色，而Web索引色又只有217色，超过217色以外的颜色被索引表中相近的颜色所代替，所以图像中出现了许多噪点，图像质量大大降低了，如图99-14所示。

图　99-14

主要色彩模式转换

如果将仿色方式改为无，则图像质量
简直惨不忍睹，如图 99-15 所示。

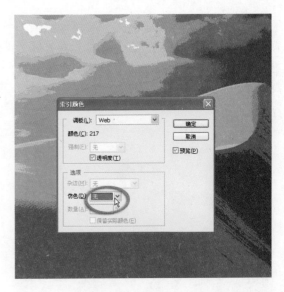

图　99-15

再次打开调板下拉框，选择"局部
（可选择）"模式，并且将抖动方式改回仿
色，可以看到同样是 256 索引色，但图像
质量比刚才好得多。因为前一个 Web 索
引色是建立的标准索引表，而"可选择"
是按照当前图像中的颜色建立自定义色
彩索引表，因此图像质量要好得多，如
图 99-16 所示。

图　99-16

 要点与提示

这个练习说明，CMYK 色彩模式与 RGB 色彩模式有很大的差异。在制作印刷品的时
候，应该直接将图像设置成为 CMYK 色彩模式。如果先在 RGB 模式下进行各种处理工作，
最后转换成 CMYK 色彩模式时，许多色彩的变化恐怕很难令人满意，而且 RGB 黑色的文
字或图形都变成了 CMYK 四色，会在印刷工艺上造成诸多不必要的麻烦。

双色调模式的印刷现在用量不大。

在使用索引色时，建立自定义索引色彩表的方法可以较好地保证图像质量。

练习 100 保存好自己的作品

目的与任务

制作的每个图像在退出 Photoshop 之前都需要进行存储，而存储方法、文件格式、色彩模式都各不相同。通过这个练习，应该明白根据不同的输出需要对图像文件进行不同的存储。

实例学习

1. 准备图像

打开图像文件"小鸭.tif"。

输入文字 Photoshop，字体、字号、色彩均酌情设定，如图 100-1 所示。

图　100-1

2. 先存储 PSD 格式

养成一个习惯：在图像制作过程中先将未完成的图像存储为一个 PSD 格式文件，以后随做随存，避免因意外故障造成损失。选择"文件"|"存储为"命令将文件另存为一个副本。因为现在图像中带有各种编辑操作信息，所以应该存储为 PSD 格式。

PSD 格式是 Photoshop 的默认格式，它能够保存图像中所有的图层、通道、路径以及其他信息，将来可以反复打开重复编辑，如图 100-2 所示。

图　100-2

3. 注意色彩模式

必须注意根据将来输出的需要确定所需的色彩模式。

如果是在网络、视频等显示器上使用的图像文件，就要按照 RGB 色彩模式操作。如果是用于印刷品的图像文件，就要按照 CMYK 色彩模式进行操作。如果是喷绘输出可以用 RGB 模式，但实际上是以 CMYK 模式打印的。

RGB 与 CMYK 这两者之间的色彩差别是非常明显的，而且输出方法也不同，RGB 色彩模式的文件用 CMYK 方式出成四色胶片就无法制版印刷。而 CMYK 色彩模式的文件在网页编辑类软件以及办公等软件中都不能正常导入，如图 100-3 所示。

图 100-3

一定要在建立新文件之初就按照将来输出的要求确定所需的色彩模式。尽管 RGB 与 CMYK 色彩模式之间可以相互转换，但由于二者的色域不同，所以转换是不可逆的。而且 RGB 的黑色在转换成 CMYK 色彩模式时成为四色黑，这给印刷带来诸多工艺上的问题。在计算机内部 RGB 与 CMYK 两种色彩模式是通过 Lab 模式进行转换的，但 Lab 模式在显示器上能表现出来的色彩也没有能超过 RGB 的色域范围，何况在转换成 CMYK 色彩模式之后仍必须进行复杂的色彩调整。所以将新文件设置为 Lab 模式也是不方便的。简言之，需要什么模式就设置成什么模式，尽量减少色彩模式的转换，不允许在两种色彩模式之间反复转换，如图 100-4 所示。

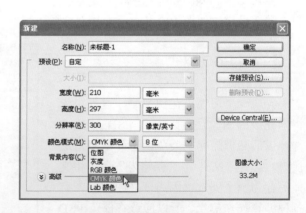

图 100-4

尤其禁止将 CMYK 转换为 RGB，然后做过某些只支持 RGB 模式的操作以后，再将 RGB 转回所需的 CMYK。

如果建立一个 CMYK 文件后，需要对某个图层应用某个滤镜，而恰恰这个滤镜只支持 RGB 模式，只能将这个图层的图像拷贝出来，另建一个新文件去制作，然后将做完的这个单层图像再拷贝回原 CMYK 文件中来。

在为互联网站制作图像时可以使用索引色彩模式。这种模式只有 256 种颜色。需要注意的是索引色彩模式可以与 RGB 模式相互转换，但 CMYK 色彩模式不能直接转换成索引色彩模式，需要通过 RGB 模式过渡。另外索引色彩模式色彩少，因而不适于表现色彩丰富的真彩图像。

在 Photoshop 中，不转换色彩模式就直接存储 GIF 格式文件，软件会自动转换为相应的索引色彩模式。

4．存储为 TIFF 格式

打开通道调板，创建一个 Alpha 1 新通道。在这个通道中画一个白色的图形，还可以用工具箱中的注释工具在这里为图像文件作上相关的注释，如图 100-5 所示。

图　100-5

选择"文件"｜"存储为"命令，在弹出的窗口中打开格式下拉框，选择标准的 TIFF 格式，这是保存图像质量最好的格式。这种格式又是苹果系列与 PC 系列共认的格式，文件可以在两种系列的计算机上顺利地读出来，如图 100-6 所示。

图　100-6

可以看到 TIFF 格式能够存储 Alpha 通道，能够存储图层和相关的注释信息。其中存储图层功能是从 Photoshop 7.0 开始新增加的功能。单击"保存"按钮退出，如图 100-7 所示。

图　100-7

保存好自己的作品

在弹出的"TIFF 选项"窗口中可以设置存储的各种要求，包括是否采用压缩格式，是 PC 还是 MAC 系列，图层压缩方式等等。需要提醒的是，LZW 是一种 TIFF 所特有的无损压缩格式，在存储 TIFF 格式时选择 LZW，存储文件所占空间要节省很多，而且不会损害图像质量。但是，经过 LZW 压缩的 TIFF 文件有可能在某些软件中打不开，因此需要慎重选用这种压缩方式。单击"确定"按钮退出，文件存储完成，如图 100-8 所示。

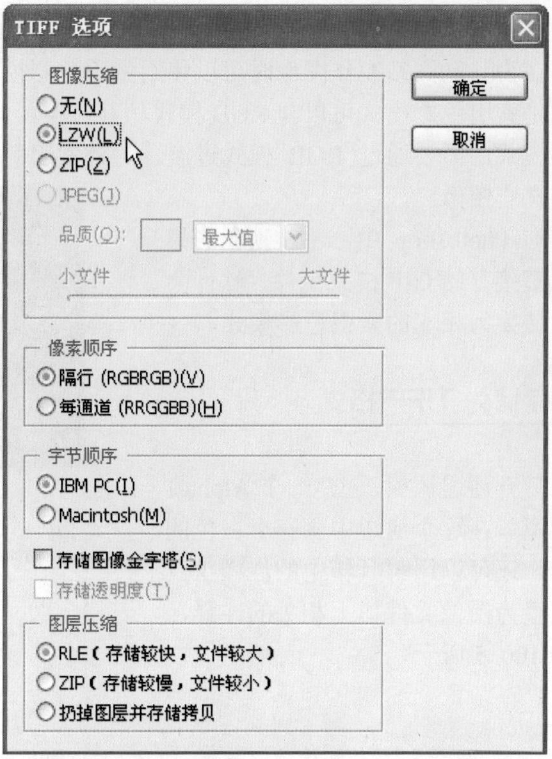

图　100-8

打开 Word 软件。

在 Word 中选择"插入"|"图片"|"来自文件"命令，在弹出的"插入图片"窗口中找到刚刚存储的 TIFF 格式的图像文件，单击"插入"按钮，如图 100-9 所示。

图　100-9

发现插入的图像变了样子，TIFF 格式中的通道相当于一个蒙版或者剪切路径的作用。通道中白色图形以外的东西都被遮掉了，如图 100-10 所示。

图　100-10

也可以在 Photoshop 中将通道中的图形制作成为立体的效果，然后再次存盘，如图 100-11 所示。

图 100-11

这次在 Word 中插入图片后，可以看到半透明的浮雕效果，如图 100-12 所示。

注意：通道只能有一个，如果带有多通道，则无法实现这种效果。只有 RGB 模式能出这种效果，在 CMYK 模式下没有这种效果。在排版软件中不能见到这种效果，如果需要遮挡，还是要作剪切路径。

图 100-12

 要点与提示

在完成图像制作后，务必先将带有图层、通道、路径的文件存储一个 PSD 格式文件。然后再根据需要选择"文件"|"存储为"命令将文件另存为所需的格式。只有 TIFF、TGA、PSD、PNG 等少量格式可以保存自己建立的 Alpha 通道和路径。

保存好自己的作品

后　记

现在，您也许刚刚做完书中的 100 个练习，我诚恳地告诉您：您已经掌握了 Photoshop 的基本操作技能，祝贺您开始迈进了 Photoshop 高高的门槛。

合上这本书之前，听我说几句心里话……

很多朋友都想尽快全面掌握 Photoshop，很多朋友多次和我探讨如何学好 Photoshop。我很理解大家的心情，因为，我走过的也是一条曲折、艰辛的路。

第一次见到 Photoshop 的惊喜，第一次制作印刷品失败的沮丧，第一次走上 Photoshop 讲台的忐忑，太多的第一次伴随我与 Photoshop 走过 15 年的时光。有的朋友对我说，咱们都是玩 Photoshop 的。我实在不敢苟同此言，因为我的 Photoshop 实实在在是熬出来的。每一个创意，每一种技法，每一幅图像都是处心积虑熬出来的，水平谈不上高，但从不敢有一点大撒把的潇洒念头。

我深知学无止境，实不敢妄自尊大。只是想把自己走过的路告诉您，帮助您早日战胜 Photoshop。

我体会，学好 Photoshop 要有"三心二意"：一是信心，眼看那么繁琐的步骤、复杂的操作、大串的命令，别怕！二是恒心，一步一步向前走，一个一个做练习，只要坚持，一定能闯过来！三是细心，每做一个练习，都要想一想，这里有几个知识点，解决什么问题。然后是要有自己的"主意"，要实现一种效果，往往不止一种方法，如何综合运用多种技法达到最佳效果，这是要在熟练掌握软件的基础上自己拿主意的。最终要实现精彩的"创意"。而创意既不是头脑中固有的，也不是从天上掉下来的，丰富精彩的创意，有赖于作者综合素质的提高，不仅仅是操作软件的技能和相关的业务素质，当然也包括良好的政治素质和心理素质。

我体会，学好 Photoshop 可以分四步走：

第一步，认真掌握操作技能，打好基础。要把各项常用命令的位置、功能、用法和效果记住、做熟，这大概至少需要个把月的时间。

第二步，扎实系统整理知识，提高认识。对于学会的操作技法，不仅能独立重复制作，而且要理解其中的知识点，知其然，还要知其所以然。书中每一个练习的设计都是用心良苦的，一定要弄明白每个练习之间的关系，搞清楚每个部分之间的联系，逐步在头脑中建立起一个完整清晰的操作体系，使自己的操作从必然走向自由。

第三步，主动承揽制作任务，积累经验。现在可以找一些活儿来试着做一做，把学过的知识运用到实践当中去。当然会出现顾此失彼、手忙脚乱的局面，只要冷静地处理一个一个的难题，硬着头皮顶过来，您就会发现自己长本事了。

第四步，广泛涉猎相关领域，丰富自我。这时候，您自己就已经知道有哪些方面应该深入，哪些技能急需提高，哪些知识应该拓展。积极主动地去学、去看、去做。经过一段时间的不懈努力，别人不仅说您学会了 Photoshop 操作，而且会夸赞您的素质提高了！

我体会，学好 Photoshop 要有四个条件：一是要有一定的计算机基础知识，会操作机器，会管理文件，会排除简单的故障；二是要精通软件操作，拿到一个任务，或者面对客户提出的要求，马上知道使用哪些操作命令、技能方法能够实现创意；三是要有一定的美术基础，只会操作软件而不懂得起码的色彩、构图、造型等知识是无法独立承担任务的；四是要有一点灵感，这得益于知识和经验的积累，文学、绘画、摄影、印刷、广告、网络……您大概都需要涉猎。这四个方面就像汽车的四个轮子，少了哪个都不灵。

我劝您务必学习一定的美术知识。Photoshop 是科学与艺术的结合，但最终看的是艺术效果。美术功底扎实与否是影响您将来平面作品水平高低的重要因素，Photoshop 只是一个得力的工具。画笔都会用，而画匠只会重复别人的作品，画家才能实现自己的创意。

我劝您边学边干。主动找一些活儿来做，不要怕做砸了。只有下水才能学会游泳，呛几口水不要怕。不可能等您什么都会了再去接活，有压力长进最快。

我劝您不要光做练习，而要去做一个个完整的作品。一个真正的作品是多项技能的大荟萃，每完成一个作品，您的水平肯定提高一大截。比如一个网页，不是单纯考虑特效字、按钮、菜单、底纹如何分别制作，而是必须系统地、综合地考虑尺寸、精度、色彩模式、文件格式、组合、分割、链接、构图、色调、字体，以及方便阅览、下载速度等诸多方方面面因素。光会写一句句漂亮的句子不行，堆在一起成不了好文章。如果您能完成 10 个真正意义上的作品，您的 Photoshop 水平应该说是进阶了。

真诚感谢为这本书的出版而热诚帮助我的老师和朋友们。

真诚感谢对这本书给予关注和厚爱的同行和学员们。

前面《战胜 Photoshop 5 必做练习 50 题》、《战胜 Photoshop 6 必做练习 60 题》和《战胜 Photoshop 7 快易 70 讲》《中文版 Photoshop CS2 入门必练》等书出版后，很多不相识的朋友来信给我鼓舞。有位朋友因为买不到这本书，就把同事手里唯一的样书拿去完全复印了一本。对此我非常感动。我会尽自己的努力用我的书为您带来知识，带来欢乐，带来效益。

这本书在内容上还会有很多不完备不准确的地方，在技法上可能有一些不科学不正确的地方。希望您读过此书之后，把您的高招和批评意见通过清华大学出版社告诉我。

我的本职工作与图像处理并没有直接关系，做 Photoshop 只是我的业余爱好。

我正正经经地坐在教室里学过文学，学过经济，学过绘画，也学过摄影，唯独没有学过计算机，没有学过 Photoshop。这本书中所讲的技法是我在 15 年的实践中边干边学出来的，这本书所讲的实例是我在 9 年的教学实践中积累出来的。

所以我相信：您也一定能战胜 Photoshop！

汪　端

2009 年 6 月

读者意见反馈

亲爱的读者：

　　感谢您一直以来对清华版计算机教材的支持和爱护。为了今后为您提供更优秀的教材，请您抽出宝贵的时间来填写下面的意见反馈表，以便我们更好地对本教材做进一步改进。同时如果您在使用本教材的过程中遇到了什么问题，或者有什么好的建议，也请您来信告诉我们。

　　地址：北京市海淀区双清路学研大厦 A 座 602 室　　　计算机与信息分社营销室　收

　　邮编：100084　　　　　　　　　　　　电子信箱：jsjjc@tup.tsinghua.edu.cn

　　电话：010-62770175-4608/4409　　　　邮购电话：010-62786544

教材名称：Photoshop CS4 中文版上机必做练习
ISBN：978-7-302-20803-7

个人资料

姓名：＿＿＿＿＿＿＿年龄：＿＿＿＿所在院校/专业：＿＿＿＿＿＿＿＿＿

文化程度：＿＿＿＿＿通信地址：＿＿＿＿＿＿＿＿＿＿＿＿＿＿＿

联系电话：＿＿＿＿＿电子信箱：＿＿＿＿＿＿＿＿＿＿＿＿＿＿

您使用本书是作为：□指定教材　□选用教材　□辅导教材　□自学教材

您对本书封面设计的满意度：

□很满意　□满意　□一般　□不满意　改进建议＿＿＿＿＿＿＿＿＿

您对本书印刷质量的满意度：

□很满意　□满意　□一般　□不满意　改进建议＿＿＿＿＿＿＿＿＿

您对本书的总体满意度：

从语言质量角度看　□很满意　□满意　□一般　□不满意

从科技含量角度看　□很满意　□满意　□一般　□不满意

本书最令您满意的是：

□指导明确　□内容充实　□讲解详尽　□实例丰富

您认为本书在哪些地方应进行修改？（可附页）

＿＿＿＿＿＿＿＿＿＿＿＿＿＿＿＿＿＿＿＿＿＿＿＿＿＿＿＿＿＿＿

＿＿＿＿＿＿＿＿＿＿＿＿＿＿＿＿＿＿＿＿＿＿＿＿＿＿＿＿＿＿＿

您希望本书在哪些方面进行改进？（可附页）

＿＿＿＿＿＿＿＿＿＿＿＿＿＿＿＿＿＿＿＿＿＿＿＿＿＿＿＿＿＿＿

＿＿＿＿＿＿＿＿＿＿＿＿＿＿＿＿＿＿＿＿＿＿＿＿＿＿＿＿＿＿＿

电子教案支持

敬爱的教师：

　　为了配合本课程的教学需要，本教材配有配套的电子教案（素材），有需求的教师可以与我们联系，我们将向使用本教材进行教学的教师免费赠送电子教案（素材），希望有助于教学活动的开展。相关信息请拨打电话 010-62776969 或发送电子邮件至 jsjjc@tup.tsinghua.edu.cn 咨询，也可以到清华大学出版社主页（http://www.tup.com.cn 或 http://www.tup.tsinghua.edu.cn）上查询。